UWE KLAUSNER

Bernstein-Connection

GEHEIME KRIEGSBEUTE Berlin, in der Nacht vom 16. auf den 17. Juni 1953. In der Nähe von Schloss Bellevue wird eine männliche Wasserleiche entdeckt. Bald darauf wird das Grab eines unlängst bestatteten Geschäftsmannes geschändet.

Dem Berliner Hauptkommissar Tom Sydow wird schnell klar, dass es zwischen den Fällen einen Zusammenhang geben muss. Schließlich waren der in der Spree gefundene Ex-Sturmbannführer Benjamin Kempa und der wieder ausgegrabene Hans-Hinrich von Oertzen Angehörige einer streng geheimen Sondereinheit der SS. Ihre Aufgabe war es, kurz vor Kriegsende das legendäre Bernsteinzimmer vor der heranrückenden Roten Armee in Sicherheit zu bringen und es an einem sicheren Ort zu deponieren.

Sydow findet vier Mitglieder, die die sogenannte »Operation Alberich« und den Krieg überlebt haben. Jeder von ihnen soll im Besitz des Fragments einer Karte sein, auf der das Versteck des »achten Weltwunders« verzeichnet ist.

Foto © Braune

Uwe Klausner, Jahrgang 1956, studierte Geschichte und Anglistik in Heidelberg. Heute lebt er in Bad Mergentheim. 2007 startete er im Gmeiner-Verlag seine überaus erfolgreiche historische Romanserie um den Zisterziensermönch Hilpert von Maulbronn. Im Frühjahr 2009 erschien mit »Walhalla-Code« sein erster Roman in der zeitgeschichtlichen Krimireihe des Verlags. »Bernstein-Connection« ist nach »Odessa-Komplott« der dritte Fall für den Berliner Kommissar Tom Sydow.

Krimis im Gmeiner-Verlag:
Eichmann-Syndikat (2012)
Kennedy-Syndrom (2011)
Odessa-Komplott (2010)
Walhalla-Code (2009)

Historische Romane im Gmeiner-Verlag
Engel der Rache (2012)
Die Bräute des Satans (2010)
Pilger des Zorns (2009)
Die Kiliansverschwörung (2008)
Die Pforten der Hölle (2007)

UWE KLAUSNER

Bernstein-Connection

Tom Sydows dritter Fall

Original

GMEINER

Besuchen Sie uns im Internet:
www.gmeiner-verlag.de

Im Ehnried 5, 88605 Meßkirch
Telefon 07575/2095-0
info@gmeiner-verlag.de

3. Auflage 2012

Lektorat: Claudia Senghaas, Kirchardt
Herstellung/Korrekturen: Julia Franze / Sven Lang
Umschlaggestaltung: U.O.R.G. Lutz Eberle, Stuttgart
unter Verwendung eines Bildes von: @ Ralph Crane / Getty Images
Druck: GGP Media GmbH, Pößneck
Printed in Germany
ISBN 978-3-8392-1113-7

Personen und Handlung sind frei erfunden.
Ähnlichkeiten mit lebenden oder toten Personen
sind rein zufällig und nicht beabsichtigt.

REALE HAUPTFIGUREN

Katharina II. (1729-1796), genannt die Große, Zarin von Russland

Grigori Grigorjewitsch Orlow (1734-1783), Offizier und ihr Liebhaber

Erich Koch (1896-1986), Gauleiter von Ostpreußen, Reichsverteidigungskommissar und Reichskommissar in der besetzten Ukraine, am 12.11.1986 in polnischer Haft verstorben

Wilhelm Zaisser (1893-1958), Mitglied des Politbüros und des ZK der SED und Minister für Staatssicherheit, im Juli 1953 entlassen und aus der Partei ausgestoßen

Erich Mielke (1907-2000), von 1957 bis 1989 Minister für Staatssicherheit der DDR

Heinrich Himmler (1900-1945), Reichsführer-SS, Reichsinnenminister und Chef der deutschen Polizei, Selbstmord in britischem Gewahrsam

Lawrenti Pawlowitsch Berija (1899-1953), Geheimdienstchef der UdSSR, vermutlich am 26.6.1953 exekutiert

Georgi Maximilianowitsch Malenkow (1902-1988), von 1953 bis 1955 Regierungschef der UdSSR, 1957 endgültig entmachtet und aus dem Politbüro ausgeschlossen

FIKTIVE HAUPTFIGUREN

Tom von Sydow, 40 Jahre, Hauptkommissar der Berliner Kripo

Benjamin Kempa, SS-Sturmbannführer und Bergwerksingenieur

Curt Holländer, Offizier im besonderen Einsatz des Ministeriums für Staatssicherheit

Erna Pommerenke alias ›die Rote Lola‹, Kreuzberger Bordellkönigin

Gregory Boynton Grant, stellvertretender Leiter der CIA

Heribert Peters, Gerichtsmediziner

Waldemar Naujocks, Leiter der Spurensicherung

Luise von Zitzewitz, Toms Tante

Hans-Hinrich von Oertzen, SS-Standartenführer

Eduard Krokowski, Kriminalassistent

Wassili Danilowitsch Slavín, ehemaliger Major des NKWD

Juri Andrejewitsch Kuragin, Oberstleutnant des MGB (Ministerium für Innere Angelegenheiten der UdSSR)

Ole Jensen, SS-Sturmbannführer und Sprengstoffexperte

Annerose Mollig, Sydows Sekretärin

Lea von Oertzen, Ehefrau des SS-Standartenführers

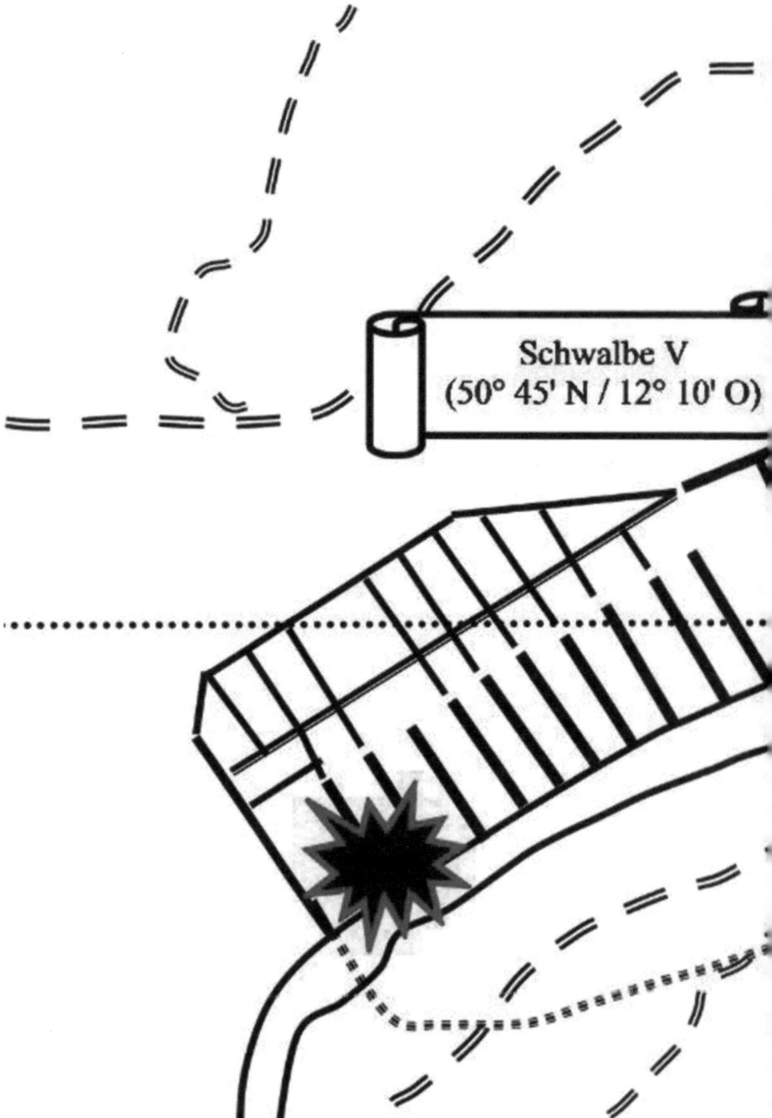
Schwalbe V
(50° 45' N / 12° 10' O)

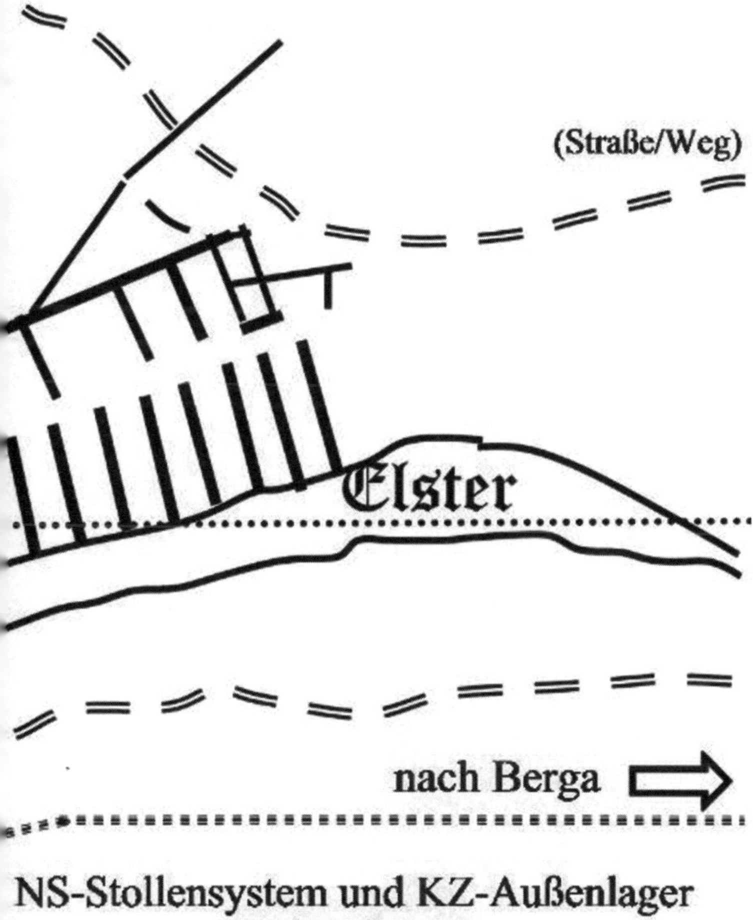

NS-Stollensystem und KZ-Außenlager
'Schwalbe V'
in Berga an der Elster
(Thüringen)

PROLOG

Sankt Petersburg / Russland

(Donnerstag, 21.04.1765 und Freitag, 22.04.1765)

2

Zarskoje Selo[*], *am Morgen des 22. Tages im Monat April*

Mein teurer Gemahl!

Um Euch, der Ihr fernab von hier auf unserem Gut bei Rostow weilt, über die Geschehnisse an Ihrer Majestät Hof auf dem Laufenden zu halten, im Folgenden einige Zeilen von mir.

Ich hoffe, Ihr befindet Euch wohl und bei guter Gesundheit, was ich von mir, die ich aufgrund des jüngsten Skandals immer noch zutiefst erschüttert bin, bedauerlicherweise nicht behaupten kann. Kommt mir doch das, was sich am gestrigen Abend in Ihrer Majestät Gegenwart zugetragen hat, so ungeheuerlich vor, dass selbst jetzt, etliche Stunden später, die Feder in meiner Hand ihren Dienst zu versagen droht. Seit ich in Ihrer Majestät Dienste getreten bin, habe ich etwas Derartiges noch nicht erlebt, und ich bin mir sicher, dass mir die hochwohlgeborenen Damen und Herren, die Zeuge jener höchst unglückseligen Vorkommnisse gewesen sind, darin beipflichten werden.

Doch der Reihe nach. Zunächst hatte es den

---

[*] Residenz der russischen Zaren, ca. 25 Kilometer von Sankt Petersburg entfernt

Anschein, dass der Abend, über den ich Euch berichten möchte, den gewohnten Verlauf nehmen würde. Nach dem Gottesdienst und dem anschließenden Souper, bei dem sich Ihre Majestät mir gegenüber höchst gnädig zeigte, bat uns die Zarin ins Bernsteinkabinett, um den Abend bei Zigeunermusik, Tokaier und einer Partie Whist*, ihrem erklärten Lieblingsspiel, ausklingen zu lassen. Mit von der Partie waren unter anderem Grigori Grigorjewitsch Orlow, von dessen Liaison mit unserer gnädigen Herrin allerlei gemunkelt wird, und – Gott sei's geklagt! – Vater Dmitri, ein hergelaufener sibirischer Starez**, über den in Sankt Petersburg die wildesten Gerüchte kursieren und der bereits mehrere handfeste Skandale verursacht hat. Zu meinem und dem Leidwesen des erlauchten Kreises, welcher sich im Bernsteinzimmer zusammenfand, war dies auch am gestrigen Abend der Fall. Allein der Geruch, den jener Wandermönch aus den Gefilden jenseits des Uralgebirges verströmte, hätte ausgereicht, uns alle in die Flucht zu schlagen, und als sei dies immer noch nicht genug, überhäufte er Jekaterina Alexejewna*** mit Flüchen und benahm sich derart ungebührlich, dass die anwesenden Kavaliere ihre ganze Selbstbeherrschung aufbieten mussten, damit es nicht zu einem neuerlichen Eklat kam. Allein Ihrer Majestät Selbstbeherrschung war es zu verdanken, dass jener der Gosse entstiegene Schweinehirt ungeschoren davon-

* Kartenspiel für vier Personen, Vorläufer des Bridge-Spiels
** Russisch-orthodoxer Mönch bzw. Einsiedler
*** Russischer Name Katharinas der Großen

kam, wenngleich sie sich, wie deutlich zu erkennen war, in nicht geringem Maße echauffierte.

Man stelle sich vor, was jener Scharlatan, der sich Priester nennt, unserer über alles geliebten Herrscherin zu weissagen erdreistete! Die Herrschaft der Zaren, so die Worte jenes impertinentesten unter den Kretins, werde in nicht allzu ferner Zukunft zu Ende gehen und der Letzte vom Stamme der Romanows ein Schicksal erleiden, welches an Grausamkeit nicht zu überbieten sei. Genau das waren seine Worte – Ihr habt Euch nicht verlesen, mein teurer Gemahl. Doch damit nicht genug. Aus dem Aschehaufen, den die Romanows hinterlassen würden – Aschehaufen, welch ungeheurer Frevel! –, werde ein Tyrann emporsteigen, wie ihn sich Ihre Majestät, die Anwesenden und das gesamte russische Volk nicht vorzustellen imstande wären. Dieser Tyrann, so Dmitri, werde Russland unter seine Knute zwingen, ohne Rücksicht auf Millionen von Menschen, die seiner Herrschaft zum Opfer fallen würden. Doch damit immer noch nicht genug. Nur wenige Jahre später werde neues Unheil über Mütterchen Russland kommen, aus dem Westen, von wo aus es sich wie eine Flut über unser Land ergießen würde. Schlimmer als die Tataren würden wilde Heerscharen über unsere Heimaterde hinwegfegen, sengend, mordend, plündernd und raubend. Nicht einmal das Bernsteinkabinett Ihrer Majestät, dies unvergleichliche, an Schönheit nicht zu überbietende Juwel, werde der Raffgier dieser Berserker entgehen und als

Kriegsbeute außer Landes transportiert werden, um für immer vom Angesicht der Erde zu verschwinden. Und so frage ich Euch, mein über alles geliebter Gemahl: Hat man je etwas Absurderes, Frevelhafteres und Lästerlicheres gehört als das wirre Geschwätz dieses hergelaufenen Wanderpredigers, der sich Dmitri Michailowitsch Kapotkin nennt? Hat man je etwas Irrwitzigeres, Abwegigeres und Törichteres gehört als die Behauptung, das Bernsteinkabinett werde in die Hände ausländischer, mit den Mächten des Bösen in Verbindung stehender Invasoren fallen? Verzeiht mir, lieber Gemahl, wenn ich mich derart echauffiere, geht doch das, was mir gestern Abend zu Ohren kam, völlig über meinen und – wie ich annehme – auch über Euren Horizont. Was meine Herrin betraf, nahm sie es mit der ihr eigenen Gelassenheit, ließ diesen Schmutzfink gewähren und zog sich in Begleitung von Orlow alsbald in ihre Gemächer zurück. Als ihre Hofdame tat ich es der Zarin gleich, wenngleich ich gestehen muss, dass ich nach dem Zubettgehen kein Auge zugetan habe.

Soweit mein Bericht, teuerster Gemahl. Falls möglich, lasst bald von Euch hören, damit mir wenigstens ein bisschen Trost zuteilwerden möge.

Irina, Eure Euch in Liebe zugetane Gemahlin

›Am 21., das heißt am Tage des festlichen Feiertages Ihrer Majestät Geburt, geschah in Zarskoje Selo das Folgende: Aus der Kirche geruhte Ihre Majestät in das Bernsteinzimmer hinüberzugehen und erwies den oben beschriebenen Personen [Kavalieren und Hofdamen] ihre Gunst.‹

Aus dem Zeremonialjournal Katharinas II.,
21. April 1765

1

Katharinenpalais in Zarskoje Selo nahe Sankt Petersburg

| *kurz vor Sonnenuntergang*

»Fluch über dich, Herrscherin aller Reußen!«, schleuderte der verwahrloste Wandermönch seiner Widersacherin ins Gesicht. »Fluch über dich, Ehebrecherin, Mörderin und Hure!«

Im Saal wurde es totenstill, und die Blicke der Anwesenden, überwiegend Damen von Stand, Kavaliere und Gardeoffiziere, wandten sich dem Eingang zu. Der Hüne unter dem Türsturz, vor dem die livrierten Lakaien instinktiv zurückwichen, ließ sich jedoch nicht beirren. Er strahlte etwas aus, das den gepuderten Hofschranzen Furcht einflößte, von seinem Wuchs, durch den er sämtliche Anwesende um Haupteslänge überragte, gar nicht zu reden.

»Fluch über dich!«, wiederholte der bärtige, breitschultrige und vor Schmutz nur so starrende Mönch, bevor er zum entscheidenden Schlag ausholte. »Sei verflucht, *Deutsche*, der du Mütterchen Russland zugrunde richten wirst!«

Die attraktive, mit einem Dreispitz und der rotgrünen Uniform der Preobraschenskij-Garde bekleidete Herrin über nahezu ein Siebtel der Erdoberfläche verzog keine Miene, selbst dann nicht, als sich der Hüne mit dem fettglänzenden, schulterlangen Haar eine Gasse durch die Reihen der Höflinge bahnte und hocherhobenen Hauptes auf sie zusteuerte.

»Sie sind an der Reihe, Grigori Grigorjewitsch«, forderte sie stattdessen den stattlichen Offizier rechts von ihr auf, nicht der erste und auch nicht der letzte Liebhaber in ihrem Leben. Beim Whist, ihrem Lieblingsspiel, ließ sie sich nur ungern stören, und das wussten Orlow und die beiden anderen Offiziere am Spieltisch genau. »Oder ist Ihnen etwa die Lust vergangen?«

»Beileibe nicht, Majestät«, versicherte der fünf Jahre jüngere, in Diensten der Venus wie auch des Mars gleichermaßen erfahrene Adelsspross, während der Parkettboden des Bernsteinzimmers unter den Stiefeltritten des sibirischen Starez erzitterte. »Wo kämen wir hin, wenn wir uns von einem hergelaufenen Schmutzfink den Abend verderben ließen!«

Jekaterina Alexejewna, bereits zu Lebzeiten ›die Große‹ genannt, gab sich betont entspannt und setzte ein huldvolles Lächeln auf. Sie war 35 Jahre alt, hatte graublaue Augen und kastanienbraunes, mithilfe einer Schleife aus Silberbrokat zusammengehaltenes, Haar. Das eine Idee zu spitz geratene Kinn zeugte von großem Durchsetzungsvermögen, wenngleich sie sich Mühe gab, diese Fähigkeit hinter einer Fassade demonstrativer Jovialität zu verbergen. Für gewöhnlich die Ruhe selbst, gab es so gut wie nichts, was ihre Laune trüben konnte. Es sei denn, man erinnerte sie an ihre Herkunft, was der Tochter eines deutschen Duodezfürsten überhaupt nicht behagte.

»Recht so, mein lieber Orlow«, pflichtete die Zarin ihrem Favoriten bei, prostete ihren Tischnachbarn zu und nippte an ihrem rubinrot schimmernden Tokaier. »An einem Tag wie diesem sollten wir uns die Laune auf keinen Fall …«

»Fluch über dich, Deutsche!« Die Stimme des ungebetenen Gastes war jetzt ganz nahe, und während sich die Zarin wieder ihrer Whistpartie zuwandte, stieg ihr der Geruch von Schweiß, Kautabak und Schweinestall in die Nase. Die Verlockung, den Wandermönch auf der Stelle arretieren zu lassen, drohte übermächtig zu werden, doch wieder einmal setzte sich ihre Selbstbeherrschung durch.

»Ihr Anliegen, Monsieur?«, richtete sie das Wort an den Starez, ohne ihn auch nur eines Blickes zu würdigen. »Dépêchez-vous!*«

Der Mönch ließ sich nicht lange bitten, entledigte sich des Kreuzes, das er über dem zerschlissenen Habit trug, und reckte es der Zarin aller Reußen entgegen. »Kehre um!«, herrschte er sie an, in einem Ton, der bei den konsternierten Höflingen für helle Aufregung sorgte. »Kehre um, deutsche Hure, auf dass unser geliebtes Mütterchen Russland …«

»Lebe, ich weiß«, vollendete Katharina die Große, geborene Sophie Friederike Auguste von Anhalt-Zerbst. »Wobei ich finde, dass sich unsere rüstige

---

* Dt.: Beeilen Sie sich!

Babuschka durchaus sehen lassen kann. Im Vergleich zu anderen Ländern, meine ich.«

»Und ob, Majestät!«, pflichtete ihr Orlow bei und tat zunächst so, als sei der Wandermönch Luft für ihn. Schließlich rückte er mit kalkulierter Lässigkeit sein Seidenjabot zurecht, blitzte den Kraftprotz scheel an und zischte: »Und jetzt raus hier, Muschik*, sonst wirst du dein blaues Wunder er...«

»Aber, aber, mein lieber Orlow«, fiel die Zarin dem gut gebauten Offizier, zugleich Vater ihres jüngsten Sohnes, mit unüberhörbarem Tadel ins Wort. »Mit der Kirche wollen wir es uns doch wohl nicht verderben, oder?«

»Das verhüte ...«, schickte Orlow sich an, den Ball aufzunehmen, eine Schnupftabakdose in der linken Hand.

Es war der Wandermönch, der den Satz vollendete, und zwar so, dass es dem Offizier die Sprache verschlug.

»Wag es nicht, Sünder ...«, presste der Starez hervor und funkelte den eingedenk seiner erotischen Kunstfertigkeit in den Grafenstand erhobenen Salonlöwen wütend an, »wag es nicht, den Namen des Herrn in den Mund zu nehmen. Sonst wird es ein böses Ende mit dir nehmen.«

»Oder mit dir!«, ergänzte die Zarin, des Schauspiels überdrüssig, während sie sowohl Orlow als auch der hereinstürmenden Palastwache mit erhobener Hand

---

* russ.: Leibeigener

Einhalt gebot. »Und deshalb: Sage Er mir, was Er loswerden möchte, Mönch, und rede Er nicht andauernd um den heißen Brei herum!«

Unter den Offizieren, Lakaien und Hofdamen, die sich mit angehaltenem Atem Luft zufächelten, erhob sich affektiertes Gelächter. Katharina die Große schien es nicht zu bemerken. Anscheinend ganz in ihr Spiel vertieft, legte sie ein Ass auf den Tisch, ließ den Arm auf dem mit Seidendamast bespannten Stuhl ruhen und hauchte mit kaum hörbarer Stimme: »Ich höre.«

»Kehre um, Deutsche, bevor es zu spät für dich ist«, stieß der Mönch hervor, während draußen im Park allmählich die Abenddämmerung hereinbrach. Im Licht der Kerzen, welche die Wände des Bernsteinzimmers wie flüssiges Gold erstrahlen ließen, warf seine Gestalt einen unheimlichen Schatten an die gegenüberliegende Wand, was den Starez wie einen dem Erdboden entstiegenen Dämon erscheinen ließ.

»Und was, wenn ich es nicht tue?«, erwiderte die Zarin scheinbar ungerührt.

»Dann, Herrscherin aller Reußen«, dröhnte der Bass des Sibiriers von den mit Bernsteinpaneelen, Spiegelpilastern und Steinmosaikbildern geschmückten Wänden wider, »wird der Zorn Gottes auf dieses Land herniederfahren, und es wird ein Blutbad geben, wie es die Welt bis dato nicht gesehen hat.« Die pechschwarzen Augen des Mönchs verengten sich, und sein Blick, durchdringender denn je, schien die 35-

jährige Herrscherin förmlich zu durchbohren. »Millionen werden elendiglich zugrunde gehen, der Leib von Mütterchen Russland wird auf das Widerwärtigste geschändet werden. Kein Stein wird auf dem anderen bleiben, und ein Feuersturm wird über das Land hinwegfegen, schlimmer als alles, was sich menschliche Fantasie auszumalen vermag.«

»Und wann wird es so weit sein?«, spöttelte Orlow und sah sich Beifall heischend um. »Damit ich Reißaus nehmen kann, bevor die Welt untergeht.«

Die erhoffte Wirkung seiner Worte blieb indes aus, und es gab nicht wenige, die sich spontan bekreuzigten. Doch das war erst der Anfang. Kaum waren Orlows Worte verklungen, war in der Ferne dumpfes Donnergrollen zu hören. Wie um den Spötter Lügen zu strafen, flog plötzlich eines der Fenster auf. Ein Windstoß fegte durch den Saal, mit einer Heftigkeit, dass er Dutzende von Kerzen zum Erlöschen brachte. Ein dämonisches Lächeln im Gesicht, sah sich der Sibirier triumphierend um. Dann reckte er sein Brustkreuz in die Höhe und setzte seine Tirade fort: »Und es wird kommen der Tag«, verkündete er, den Blick auf die wie versteinert wirkende Zarin geheftet, »an dem das Geschlecht, dem du, Herrscherin aller Reußen, angehörst, vom Angesicht der Erde getilgt werden wird, und mit ihm alles, was an dich und deinesgleichen erinnert. Und siehe, der Letzte aus dem Stamm der Romanows wird ein qualvolles Ende erleiden, und mit ihm alle, die sich um seinen Thron scharen werden. Aus dem Aschehaufen, den dein verderbtes Geschlecht hinterlässt, wird sich ein Tyrann erheben, schlimmer als alle Despoten, welche die Geschichte kennt. Neues, unermessliches Leid wird kommen über unser schwer geprüftes Land, aus dem Westen, von wo aus jene Horden, schlimmer noch als die Tataren, wie Luzifers Heerscharen über unser Land herfallen werden, mordend, sengend, plündernd und alle jene zermalmend, die sich ihnen in den Weg stellen. Nichts wird mehr so bleiben, wie es war, nicht einmal dieses Zimmer, welches der Beutegier der fremden Barbaren zum Opfer fallen wird. Hast du gehört, Herrscherin der Reußen? Nicht einmal dieses Kabinett, in dem du dich niedergelassen hast, um dem Laster, dem Müßiggang und der Sünde zu frönen.«

»Damit du es weißt, Mönch –«, entrüstete sich die Zarin und sprang erregt auf, »solange ich die Geschicke dieses Landes lenke, wird das, wovon du sprichst, ein Hirngespinst bleiben. Kein Widersacher, und sei er auch noch so mächtig, wird es je wagen, Hand an Mütterchen Russland zu legen. Und selbst wenn, wird dieser Jemand der gerechten Strafe nicht entgehen. Niemand wird die Kühnheit besitzen, die geheiligten Rechte der Romanows infrage zu stellen, von nun an bis in Ewigkeit. Keine Macht der Welt wird je imstande sein, unsere geheiligte Muttererde zu entweihen oder dieses Kleinod, welches ich, Jekaterina, geschaffen habe, in ihren Besitz zu bringen. Diese Ländereien, dieses Schloss und vor allem dieses Zimmer, mein liebstes Domizil auf Erden – sie werden auf ewig russisch bleiben, compris*?«

Einmal in Rage, hatte Jekaterina, Herrscherin aller Reußen, sowohl ihre guten Manieren als auch ihre sie entgeistert anstarrende Entourage vergessen. Außer sich vor Empörung, stürzte sie schließlich ihren Tokaier hinunter, doch als sie sich wieder beruhigt hatte und ihr Blick denjenigen des Mönchs suchen wollte, war ihr Kontrahent bereits verschwunden.

* dt.: Verstanden (frz.)

BARBAROSSA*

Puschkin

(15.09.1941)

* Deckname für den geplanten Angriff der deutschen Wehrmacht auf die Sowjetunion (22.6.1941)

›Um 4 Uhr morgens haben deutsche Truppen, ohne Kriegserklärung und ohne irgendwelche Forderungen an die Sowjetunion gestellt zu haben, unser Land angegriffen. Sie haben an vielen Stellen unsere Grenzen überschritten und unsere Städte bombardiert. Wir werden unsere Pflicht tun. Der Feind wird vernichtet werden. Der Sieg wird unser sein.‹

Radioansprache des sowjetischen Außenministers Wjatscheslaw M. Molotow anlässlich des deutschen Angriffes auf die Sowjetunion am 22. Juni 1941

3

Puschkin, vormals Zarskoje Selo | *frühmorgens*

»Die Deutschen, Genosse Direktor!«, rief ihm seine Kollegin schon von Weitem zu. »Die faschistischen Invasoren, hören Sie nicht?«

Und ob er es hörte. Der Kustos* des Katharinenpalastes, knapp 30, schmallippig und bebrillt, senkte den Blick und fuhr sich mit den Handkuppen über die hohe Stirn. Bei dem Lärm, den die Granaten, Haubitzen und Mörser der Heeresgruppe Nord veranstalteten, platzte einem glatt das Trommelfell. Höchste Zeit, sein Heil in der Flucht zu suchen.

»Die Deutschen, Anatoli Michailowitsch, die Deutschen!«

Der Kustos seufzte. »Ich bin weder schwerhörig noch taub noch lebensmüde, Genossin«, versicherte er seiner Assistentin, einer bildhübschen, noch dazu äußerst begabten Kunsthistorikerin. »Das können Sie mir getrost glauben.«

»Aber warum … warum bringen Sie sich nicht in Sicherheit?«

»Und wer passt dann auf das Zimmer auf?«, ereiferte sich der Kustos, dem der Hemdkragen beinahe die Luft abschnürte, strich über die Empire-Kommode

* Wissenschaftlicher Leiter eines Museums, lat. ›Wächter‹

zu seiner Rechten und bedeutete den verbliebenen Bediensteten, das Möbelstück hinauszutragen. »Die Deutschen vielleicht?«

Die brünette Leningraderin, aufgrund ihrer Figur für eine Karriere als Balletttänzerin geradezu prädestiniert, schüttelte ratlos den Kopf. »Weiß ich nicht, Genosse«, flüsterte sie geknickt, den Geschützlärm der Panzergruppe 4 im Ohr, der mit jeder Minute, die sie hier vertrödelten, näher zu kommen schien. »Was ich allerdings weiß, ist, dass Sie alles getan haben, um dieses Zimmer vor größerem Schaden zu …«

Ein Geschoss, das unweit des Puschkindenkmals einschlug, ließ die Kunsthistorikerin jäh verstummen. Ganz anders der Konservator, den der Gefechtslärm offensichtlich kaltließ. »Das sagt sich so leicht, Genossin«, sinnierte er, augenscheinlich ohne jeden Sinn für die Gefahr, in der sie beide schwebten. Und murmelte betrübt: »Das Bernsteinzimmer, ausgerechnet das Bernsteinzimmer. Nicht auszudenken, was passiert, wenn es den Deutschen in die Hände fällt.«

»Sieht so aus, als müssten wir uns damit abfinden«, erwiderte die Kunsthistorikerin lapidar, machte eine weit ausholende Handbewegung und folgte dem Blick des Kustos, der sich von dem leer geräumten, mit Pappe beklebten Zimmer partout nicht losreißen konnte. »Seien wir ehrlich, Genosse: Was zu tun war, haben wir getan. Wir haben die Bernsteinsammlung verpackt, die Gobelins, das Sèvresporzellan. Die Fenster mit Brettern vernagelt, das Parkett mit Teppichen und Sand geschützt, einen Wassertank samt Feuerlöscher bereitgestellt – ich weiß nicht, was wir beide uns vorzuwerfen hätten.« Die zierliche Russin, über deren Madonnengesicht unter den Museumsbediensteten allerlei frivole Witze kursierten, trippelte nervös auf der Stelle. »Kopf hoch, Anatoli Michailowitsch«, redete sie dem in sich gekehrten Bernsteinexperten gut zu. »Wenn der Krieg vorbei ist, werden wir hier wieder Ordnung schaffen.«

Die Antwort war ein desillusioniertes Schnauben, und während der Kustos ein Bernsteinfragment betrachtete, das er soeben aufgehoben hatte, bildeten sich Sorgenfalten auf seiner Stirn. »Wenn es dann noch da ist, Anna Semjonowa«, flüsterte er, nachdem in unmittelbarer Nähe eine weitere Granate detoniert war. »Wenn es dann noch da ist.«

»Sie glauben doch nicht etwa, dass die Deutschen uns *das* antun werden?«

Die Lippen des anerkannten Fachmannes kräuselten sich, auf seinem Mund erschien ein sibyllinisches Lächeln. »Auszuschließen ist es jedenfalls nicht«, versetzte er in nachdenklichem Ton. »Wenn man bedenkt, was sich allein dieser Göring so alles unter den Nagel gerissen hat, werden die Nazis bezüglich des Bernsteinzimmers wohl kaum irgendwelche Skrupel haben.«

»Aber es war doch ein Geschenk, vom preußischen König an Zar …«

»Peter den Großen, ich weiß«, vollendete der Kustos, runzelte die Stirn und sah seine Assistentin amüsiert an. »Wie Sie sich sicher vorstellen können, habe ich meine Hausaufgaben gemacht.«

»Verzeihung, Genosse, ich wollte Sie nicht kränken.«

»Was heißt hier ›kränken‹, Anna Semjonowa«, warf der Angesprochene mit hintergründigem Schmunzeln ein. »Dafür sind doch wohl die Deutschen zuständig. Wie gesagt: Bedenkt man, welche Schätze den faschistischen Invasoren bis jetzt in die Hände gefallen sind, besteht kein Grund zur Annahme, dass sie vor dem achten Weltwunder haltmachen werden.«

»Und was …«, flüsterte die sichtlich betroffene Kunsthistorikerin, während sie der Kustos behutsam Richtung Ausgang bugsierte, »was wird dann geschehen?«

»Zunächst einmal, Anna Semjonowa, wird unser aller Führer, der Genosse Stalin, den Krieg gewinnen müssen. Keine leichte Aufgabe, wie die vergangenen Wochen gezeigt haben.«

»Und danach?«

»Für den Fall, dass diese Utopie Wirklichkeit werden wird, Genossin, gibt es im Grunde zwei Möglichkeiten.«

»Welche denn?«

»Entweder wir bekommen das Bernsteinzimmer unversehrt zurück«, erwiderte der Kustos, drehte sich um und bedachte den Ort, der ihm mehr bedeutete als alles andere auf der Welt, mit einem wehmütigen Blick, »oder wir müssen noch mal ganz von vorn anfangen.«

Daraufhin schloss er die Tür und eskortierte seine Assistentin zum Wagen.

EINS

Ostberlin

(16.06.1953)

4

Berlin-Mitte, Psychiatrische Klinik der Charité, Charitéplatz | *04.40 h*

Im schlimmsten Fall, dachte er, werden sie dich irgendwo verscharren. Oder deinen Leichnam in die Spree werfen. Oder, um ihre Spur zu verwischen, irgendwo aufknüpfen. Der Einfachheit halber am besten gleich hier, an den Gitterstäben.

Oder vielleicht im Park?

Wann, wo und wie auch immer: Er würde ihnen einen Strich durch die Rechnung machen. Er würde etwas tun, womit niemand rechnete. Etwas Unerwartetes, Überraschendes – Kompromittierendes. Er, das in die Enge getriebene Opfer, würde ihre Pläne durchkreuzen.

Hier und jetzt.

Der fragil wirkende, extrem kurzsichtige und viel zu blasse Patient in mittleren Jahren lächelte stillvergnügt vor sich hin. Zugegeben, letzten Endes würde er gegen seine Widersacher auf verlorenem Posten stehen. Das war ihm von Anfang an klar gewesen. Im Grunde schon seit dem Tag, an dem der Professor zum ersten Mal aufgekreuzt war. Der Mann, mit dem er im Krieg durch dick und dünn gegangen war.

Einer, der vor nichts zurückschrecken würde.

Auch davor nicht, ihn zu beseitigen.

Aber darüber brauchte er sich momentan keine Gedanken zu machen. Einmal gefasst, stand sein Entschluss fest. Ganz gleich, zu welcher Zeit, an welchem Ort und auf welche Weise man sich seiner sterblichen Überreste entledigen würde. Daran würden sämtliche Drohungen und Einschüchterungsversuche, ja nicht einmal die alten Zeiten etwas ändern.

Der Insasse von Zelle 5, trotz Verhör, Folter und zahlloser Schikanen kein gebrochener Mann, lachte verächtlich auf, griff in seine Brusttasche und betrachtete die Kapsel zwischen Daumen und Zeigefinger, an denen jeweils der Nagel fehlte, aus nächster Nähe. Bei ihrem Anblick empfand er klammheimliche Freude, weit davon entfernt, es sich noch einmal anders zu überlegen. Fünf Gramm Morphium, mehr als genug. Diese winzige Kapsel, gerade einmal ein paar Millimeter lang, würde ihn von sämtlichen Ängsten, Nöten und einer nicht enden wollenden Tortur befreien.

Von nun an bis in Ewigkeit.

Froh gelaunt wie schon lange nicht mehr, ließ der 33-jährige, kahl geschorene, knapp 1,80 Meter große Patient der psychiatrischen Abteilung der Berliner Charité die Kapsel wieder in seiner Brusttasche verschwinden, erhob sich und schlüpfte in seine Pantoffeln. Danach verrichtete er seine Morgentoilette. In all den Jahren, die er hier verbracht hatte, war er stets auf sein Äußeres bedacht gewesen. Die Frage, ob dies überhaupt einen Sinn ergab, war nicht aufgetaucht. Benjamin Kempa war nun einmal ein penibler Mensch.

Und daran würde sich in der Stunde seines Todes nicht das Geringste ändern.

Knapp fünf Minuten später, im Licht der Deckenlampe, die ihn noch eine Spur blasser erscheinen ließ, war es schließlich so weit. Der entscheidende, von Kempa geradezu herbeigesehnte Moment war gekommen. Der gelernte und für unheilbar schizophren erklärte Ingenieur betrachtete sein Konterfei, rieb die graublauen Augen und hängte das Handtuch wieder an seinen Platz. Durch das Zellenfenster zu seiner Rechten flutete das Licht der Morgendämmerung, aber darauf verschwendete der spröde Dresdener keinen Blick. Heute, am 16. Juni, war sein Todestag. Je eher er seine Absicht in die Tat umsetzen würde, desto besser.

Im Begriff, sich wieder auf seine Pritsche zu legen, fiel Kempas Blick auf das Buch, welches neben ihm auf dem Nachttisch lag. Er kannte es fast auswendig, wie oft er es zur Hand genommen hatte, konnte er beim besten Willen nicht sagen. Genau genommen, wusste er nicht einmal, was genau ihn an seinem Inhalt so sehr faszinierte. Gehörte doch das, worum es sich in dem Buch drehte, unwiderruflich der Vergangenheit an. Einer Vergangenheit, an die er lieber nicht erinnert werden wollte.

Oder etwa doch?

Gegen seinen Willen und die Absicht, seinem Leben möglichst rasch ein Ende zu setzen, nahm der Insasse der geschlossenen Abteilung der Psychiatrie das Buch zur Hand und blätterte es durch. Er wusste, was er tat, war sich im Klaren, dass sein sorgsam ausgetüftelter Plan dadurch in Gefahr geraten würde. In weniger als einer Viertelstunde, vielleicht schon früher, würde der Stationsarzt seine Runde machen. Spätestens bis dahin, so sein Kalkül, musste er sein Vorhaben in die Tat umgesetzt haben. Sonst wäre alles umsonst gewesen und die Chance, über seine Widersacher zu triumphieren, ein für alle Mal vertan.

Doch daran schien Kempa in diesem Moment keinen Gedanken zu verschwenden. »Der Stil des Bernsteinzimmers von Zarskoje Selo«, murmelte er halblaut vor sich hin, während sich sein Blick verklärte und an der gegenüberliegenden Zellenwand haften blieb, »ist ein Gemisch von Barock und Rokoko und ein wahres Wunder nicht nur durch den großen Wert des Materials, der kunstvollen Schnitzerei und der Leichtigkeit der Formen, sondern hauptsächlich durch den schönen, bald dunklen, bald hellen Ton des Bernsteins, der dem ganzen Zimmer einen unaussprechlichen Reiz verleiht.« Er kannte den Text auswendig, in der Tat. Wort für Wort, Zeile für Zeile, jedes einzelne Kapitel. Ausgerechnet er, der er sich mit dem Auswendiglernen stets schwergetan hatte. »Rohde, Alfred«, rezitierte der schmächtige Bergwerkexperte wie in Trance, »Bernstein. Ein deutscher Werkstoff. Seine künstlerische Verarbeitung vom Mittelalter bis zum 18. Jahrhundert. Erschienen in …«

Ein Geräusch auf dem Gang, allem Anschein nach die Schritte mehrerer Personen, katapultierte den Insassen von Zelle 5 wieder in die Gegenwart zurück, und ein nervöses Flackern trat in sein hohlwangiges Gesicht. Die aufkeimende Hektik von Benjamin Kempa währte indes nur kurz. Kaum lag das Buch wieder an Ort und Stelle, hatte er die Giftkapsel geschluckt, deren Morphingehalt ausgereicht hätte, um drei Erwachsene zu töten, und sich mit entspanntem Lächeln auf seine Pritsche sinken lassen.

Er würde ihre Pläne durchkreuzen, so oder so.

»Na, wieder bei Kräften?«, schnarrte der Stationsarzt, die Hände vor der Brust verschränkt. »Oder fühlen wir uns am Ende wieder mal nicht …«

»Kein Grund zur Sorge«, kam ihm Kempa zuvor, ein beseligtes Lächeln im Gesicht. »Mit meinen Wehwehchen ist es ein für alle Mal vorbei.«

»Freut mich zu hören«, versetzte der wie aus dem Ei gepellte, mit Borsalino, dunklem Anzug und Seidenschal ausgestattete Begleiter des Stationsarztes, der wie der Prototyp eines Impresarios aussah. Der sorgsam zurechtgestutzte d'Artagnan-Bart, so etwas wie sein Markenzeichen, trug in erheblichem Maße zu diesem Eindruck bei. »Noch irgendwelche Wünsche?«

Die Reaktion bestand aus einem Achselzucken. »Nicht, dass ich wüsste«, erklärte Kempa lapidar, während sich seine Augenlider langsam senkten. »Könnte mir nicht besser gehen.«

»Na schön, Kleiner«, gab sich der schlanke, mindestens einen Kopf größere Offizier im besonderen Einsatz* betont jovial, »ganz, wie du willst.«

---

* Abk.: OibE

»Du sagst es, Professor.«

Der Mundwinkel des knapp 39-jährigen Oberleutnants der Staatssicherheit zuckte nervös, und der konturlose, auf einem schlanken Hals ruhende Schädel bewegte sich ruckartig nach vorn. »Wenn du denkst, Genosse«, raunzte er den ehemaligen Kriegskameraden ohne Rücksicht auf den Stationsarzt an, »wenn du denkst, du kannst uns verarschen, hast du dich geschnitten.«

»Tatsächlich?«

»Was deine Absichten betrifft«, ergänzte der Stasi-Beamte von oben herab, hinter dessen gepflegter Erscheinung sich der gelernte Folterknecht verbarg, »sind wir nämlich bestens im Bilde, Benjamin.« Und kurz darauf, nach einem Blickwechsel mit dem Stationsarzt: »Ist dir eigentlich klar, dass du uns beiden viel Arbeit abnimmst?«

»Keine Ahnung, wovon du sprichst, Kamerad.«

»Und ob du sie hast!«, widersprach Kempas Widersacher, nach außen weiterhin um Contenance bemüht. »Genug Morphium, um einen Elefanten zu erledigen, und du kleiner Klugscheißer denkst, wir kriegen davon nichts mit. Dazu dieser dilettantische Plan. Ich hätte dich wirklich für klüger gehalten, Benjamin.« Der Stasi-Beamte richtete sich zu voller Größe auf und ließ den Blick über den Todgeweihten wandern. »Damit du Bescheid weißt: Der Fetzen Papier, mit dem du uns beide in Atem gehalten hast, befindet sich seit gestern Abend in unserer Hand.« Der Oberleutnant ließ seiner Häme freien Lauf. »Schachmatt, Genosse Ingenieur.«

»Ich verstehe nicht, was …«

Erst im letzten Moment, als sich der Blick des Oberleutnants in den seinen versenkte, begriff Benjamin Kempa, dass er sich verkalkuliert hatte. Durch den Körper des 33-Jährigen ging ein Ruck, und während er den Stasi-Offizier am Kragen packte, begann sich die Welt um ihn herum zu drehen. Seine Pupillen verengten sich, die Atmung sank zu einem kaum wahrnehmbaren Lüftchen herab. Das Gesicht zu einer Fratze des Entsetzens verzogen, ergab sich der Dresdener, welcher die letzten acht Jahre seines Lebens hinter Gittern zugebracht hatte, in sein Schicksal. Der Kampf mit seinem Widersacher, über den sich das blutrote Licht der Morgendämmerung ergoss, war unwiderruflich vorbei.

Und er hatte ihn verloren.

»Mach's gut, Genosse!«, höhnte der Oberleutnant, schüttelte Kempa ab und wandte sich mit angewiderter Miene zur Tür, gefolgt vom Stationsarzt, der den Sterbenden keines Blickes würdigte.

Kaum hatten die beiden seine Zelle verlassen, war Benjamin Kempa tot.

*

»Und was jetzt?«, fragte der Stationsarzt, ein Endfünfziger mit schlohweißem Haar, das die ideale Ergänzung zu seiner Montur darstellte. Alles an ihm war seriös, makellos, unauffällig: das Allerweltsgesicht, die mausgrauen, ans Farblose grenzenden Augen, der schmallippige Mund. Fast so unauffällig wie sein Gang, der ihm den Spitznamen ›Doktor Schleicher‹ beschert hatte. »Können Sie mir das vielleicht erklären?«

»Ich fürchte, hier gibt es nichts zu erklären«, antwortete der Stasi-Offizier, offenbar bester Laune. »Es sei denn, wie man von hier aus am schnellsten nach draußen kommt.«

»Durch die Tür«, zischte der Stationsarzt, mit den Gedanken noch immer beim toten Patienten von Zelle 5, und räumte ihm zähneknirschend den Vortritt ein. »Hier entlang.«

»Zu gütig«, bedankte sich der Offizier im besonderen Einsatz, den Stationsarzt auf den Fersen, dem es plötzlich nicht schnell genug gehen konnte. Vor der Gittertür angekommen, welche die geschlossene Abteilung mit der Außenwelt verband, blieb er schließlich stehen und wartete, bis sein Lakai sie entriegelt, aufgeschlossen und geöffnet hatte. »Wenn ich Ihnen einen Rat geben darf, Herr Doktor –«, flüsterte er dem Stationsarzt mit unbewegter Miene zu, den Türknauf in der feingliedrigen Hand, »sehen Sie zu, dass Sie Ihren unbequemen Patienten möglichst schnell loswerden.«

»Und wie, wenn man fragen darf? Ich kann ihn nicht so ohne Weiteres verschwinden lassen. Und wenn wir gerade dabei sind: Wer hat ihn denn auf dem Gewissen, Sie oder ich?«

»Vorschlag zur Güte, lieber Doktor«, raunte der Stasi-Offizier dem Stationsarzt über die Schulter und das Ächzen der Verbindungstür hinweg zu, welche sich soeben hinter ihm schloss, »wenn Sie schlau sind, vergessen Sie, was sich am heutigen Tage zugetragen hat. Sonst …«

Im Bewusstsein, sich den Rest des Satzes sparen zu können, zupfte der Oberleutnant seinen Seidenschal zurecht, begutachtete das Parteiabzeichen, das er auf dem Revers seines Anzuges trug, und strebte gemächlichen Schrittes dem Ausgang entgegen.

Der Stationsarzt, herrisch gegenüber seinen Untergebenen, ansonsten der geborene Duckmäuser, hatte verstanden.

Und machte sich an die Arbeit.

FEUERSTURM

Königsberg / Ostpreußen,

(30.08.1944)

»Ich brauchte lange, bis ich vor dem Haus meiner Verwandten stand. Auch hier gab es lediglich Ruinen. In den Kellern glühte noch der Koks, und die Luft war von einem unangenehmen Geruch erfüllt. Weit und breit kein Mensch, den ich hätte fragen können. Mich packte das Grauen und ich hastete weiter. Später bekamen wir Nachricht, dass die ganze Familie Opfer eines Terrorangriffs geworden und unter Nummer sechstausendsoundsoviel begraben worden sei.«

Augenzeugenbericht über die Bombardierung Königsbergs durch die RAF in der Nacht vom 29. auf den 30. August 1944

5

Stadtzentrum | *01.02 h*

Die Nacht, in der die Apokalypse über Königsberg hereinbrach, war wolkenverhangen, der vorletzte Tag im August, ein Mittwoch, gerade einmal eine Stunde alt. Der Wind, der vom Frischen Haff herüberwehte, roch bereits nach Herbst, und es schien, als würde dies eine Spätsommernacht wie jede andere werden.

Doch der Schein trog. Die fünfte Bombergruppe der Royal Air Force und ihre 189 Maschinen vom Typ Avro 683 Lancaster war nicht mehr weit. Zum Verdruss der Piloten, allen voran der Masterbomber, lag jedoch eine schützende Wolkendecke über der Stadt. Und so hatten sie keine Ahnung, wo genau sich ihr Zielgebiet befand.

Noch nicht.

Schon drohte den mit jeweils vier Rolls-Royce-Triebwerken, bis zu sechs Tonnen Bombenlast und acht MGs bestückten Maschinen der Sprit auszugehen, als sich mit 20-minütiger Verspätung die ersehnte Lücke auftat. Was folgte, war bloße Routine. Der Masterbomber, etwa 8.000 Meter über der Stadt, dirigierte die Markierer an Ort und Stelle. Kaum war dies geschehen, regneten Lichtkaskaden vom Nachthimmel herab, gleißend hell wie ein explodierender Stern.

Kurz darauf, begleitet vom Sperrfeuer der deutschen Flak, hatte die letzte Stunde der Perle Ostpreußens geschlagen. Die Schalen des Zorns ergossen sich über der Stadt, und binnen Kurzem wurde die Nacht zum Tage. Die No. 5 Group, Eliteverband der Royal Air Force, kannte keine Gnade, weder jetzt noch im weiteren Verlauf des Krieges. Die tödliche Fracht in den Bombenschächten belief sich auf knapp 500 Tonnen, die aus einer Höhe von 4.000 Metern auf die Metropole am Pregel herabregneten, etliche der Sprengkörper fast 1.000 Kilo schwer. Es war ein Schauspiel, wie es selbst die Hartgesottenen unter den Piloten kaum je erlebt hatten, und der Feuersturm, der unter ihnen entfacht wurde, war mehr, als manche von ihnen ertragen konnten. Schlimmer als sämtliche biblischen Plagen zusammen bahnte er sich seinen Weg, begleitet vom Krachen unzähliger Explosionen, den Einschlägen der Stabbrandbomben und dem unaufhörlichen Phosphorregen, vor dem es kein Entrinnen gab. Nicht lange, und eine unaufhaltsame, alles vernichtende, auch noch das letzte Quäntchen Sauerstoff aufsaugende Feuerwalze rollte heran, die jeden, der sich im Freien aufhielt, in Sekundenbruchteilen tötete.

*

»Sie können da jetzt nicht raus, Herr Direktor!«, entschied der Luftschutzwart und blockierte kurzerhand die Bunkertür. Die Arme vor der Brust verschränkt, blickte der übergewichtige Mittfünfziger mit dem markanten Doppelkinn auf den 52-jährigen, mittelgroßen, mindestens einen Kopf kleineren Brillenträger hinab. Wenn hier jemand etwas zu melden hatte, dann er, mochte sich sein Kontrahent auch Doktor nennen, Kunstgeschichte studiert haben und einer der bekanntesten Bürger der Stadt sein.

»Und ob ich das kann!«, beharrte der unscheinbar wirkende Hanseate, seines Zeichens Direktor der Städtischen Kunstsammlungen von Königsberg. Obschon erst in den frühen 50ern, sah er wesentlich älter aus, gezeichnet von der parkinsonschen Krankheit, unter der er seit geraumer Zeit litt. »Es sei denn, Sie hindern mich mit Gewalt daran.«

Der Luftschutzwart, im Zivilleben Buchhalter, am heutigen Tage jedoch die personifizierte Autorität, rührte sich nicht vom Fleck. Als sei der Direktor Luft für ihn, rückte er seinen Stahlhelm zurecht, gab einen Stoßseufzer von sich und inspizierte den Tornister, in dem sich seine Gasmaske befand. Die Leuchtstoffplakette auf seiner Uniformjacke blitzte kurz auf, ebenso wie die graublauen, von sorgsam gestutzten Brauen überwölbten Augen. Ein Lächeln auf den farblosen Lippen, wandte er sich daraufhin wieder dem in seinen Augen überaus lästigen Querulanten zu. Von einem Zivilisten würde er sich nicht auf der Nase herumtanzen lassen, von einem der oberen Zehntausend schon gar nicht.

»Ob Sie es nun wahrhaben wollen oder nicht, Herr

Rohde«, verschärfte der Luftschutzwart seinen Ton, »da draußen werden Sie vor die Hunde gehen. Schneller, als Sie denken.«

»Darüber machen Sie sich bitte keine Gedanken, Herr …«

»Luftschutzwart!«, ergänzte der Zweizentnermann, während in unmittelbarer Nähe des Bunkers eine Mine explodierte, welche die knapp 300 Meter nördlich des Königlichen Schlosses gelegenen Katakomben bis in die Grundfeste erzittern ließ. Putz rieselte von den Wänden, die Gesichter ihrer Insassen, zumeist Frauen, Kinder und ältere Bewohner aus dem Wohngebiet rund um den Paradeplatz, wurden vor Schreck aschfahl. Der Schrei, der den meisten auf den Lippen lag, blieb jedoch aus. »Und somit verantwortlich für sämtliche Bunkerinsassen. Auch für Sie, Herr Rohde.«

»Haben Sie überhaupt eine Ahnung, was für mich auf dem Spiel steht?«, begehrte Rohde auf und umklammerte seinen Stock. Mit der hanseatischen Gelassenheit, die dem vor der Zeit gealterten Bernsteinexperten anhaftete, war es endgültig vorbei. »Nein? Falls es Sie interessiert, wäre es mir eine Freude, Sie umfassend ins Bild zu setzen, Herr Luftschutzwart.«

Der Angesprochene holte tief Luft, und nachdem sein Doppelkinn wieder die ursprüngliche Position erreicht hatte, schob er es nach vorn und knurrte: »Hören Sie mir gut zu, Sie Klugscheißer: Entweder Sie setzen sich unverzüglich auf Ihren Beamtenarsch, oder Sie kriegen eins auf den Deckel, dass es sich gewaschen hat, klar?«

»Auf die Gefahr, bei wem auch immer in Ungnade zu fallen – sollten Sie den Weg nicht freigeben, kriegen *Sie* eins auf den Deckel, Herr Luftschutzwart. Wenn nötig, vom Gauleiter persönlich.«

Der Wink mit dem Zaunpfahl wirkte, und die Fassade der Autorität, hinter der sich der Kleinbürger in Uniform verschanzt hatte, begann zu bröckeln. »Und was«, hielt er dagegen, die muskulösen Arme immer noch verschränkt, »ist so wichtig, dass Sie bereit sind, Ihr Leben aufs Spiel zu setzen?«

»Dinge von übergeordneter Bedeutung, Herr Luftschutzwart«, tat der Direktor die Frage mit einer gehörigen Portion Ironie in der Stimme ab. »Ein Kunstwerk aus dem Katharinenpalast in Puschkin.«

»Aus dem ...«, begann der Zweizentnermann, unterließ es jedoch, die Frage zu vollenden. Die Genugtuung, im Beisein von einem guten Dutzend Zeugen als Idiot dazustehen, wollte er Rohde nicht gönnen. Der Grund, weshalb er auf ein anderes Terrain auswich. »Ja, wenn das so ist, haben Sie natürlich meinen Segen«, revanchierte sich der Luftschutzwart prompt. »Vor allem, was Ihren kleinen Morgenspaziergang betrifft.« Der Koloss stemmte die Fäuste in die Hüften und schüttelte den Kopf. Dann drehte er den Spieß um. »Für den Fall, dass es Sie ins Schloss ziehen sollte, Herr Rohde –«, tat er mit einer Mischung aus Spott und Herablassung kund, »mittlerweile dürfte dort kein Stein mehr auf dem anderen liegen. So tief können Sie Ihren Krimskrams gar nicht einlagern, als dass er vor den Bomben der Tommies sicher wäre.«

Was als Retourkutsche gedacht war, verfehlte allerdings seine Wirkung. Bevor der Zweizentnermann reagieren konnte, hatte ihn Rohde nämlich am Schlafittchen gepackt und zog ihn auf Augenhöhe zu sich hinab. »Für den Fall, dass es Sie ins Kittchen ziehen sollte –«, ahmte er sein Gegenüber mit feuerrotem Gesicht nach, »mittlerweile ist meine Geduld erschöpft. Zum Mitschreiben, Herr Luftschutzwart: Wenn Sie mir den Weg nicht freigeben, haben Sie mit ernsthaften Konsequenzen zu rechnen. Von welcher Art, werden Sie früh genug erfahren.« Alfred Rohde ließ von seinem Kontrahenten ab, rückte seine Krawatte zurecht und richtete sich auf. »Das heißt, falls Sie den heutigen Tag überleben.«

*

Als der Direktor der Städtischen Kunstsammlungen von Königsberg ins Freie trat, prallte er entsetzt zurück. In der Stadt am Pregel, insbesondere auf der Dominsel, war nichts mehr so wie früher. Die Stadt war dem Erdboden gleichgemacht, in nur neun Minuten von der Landkarte getilgt worden. Selbst jetzt, mehrere Stunden nach dem Angriff der Briten, loderten überall Brände empor, und der Qualm, der ihm entgegenschlug, raubte ihm fast den Atem. Je weiter er sich vom Bunkereingang entfernte, desto größer das Chaos, durch das er sich seinen Weg bahnte. Ein feuchtes Taschentuch vor dem Mund, tastete er sich Schritt für Schritt voran, vorbei an Schuttbergen, Trümmern und verkohlten, bis zur Unkenntlichkeit verstümmelten Leichen. Hin und wieder kreuzten Bekannte seinen Weg, in sich gekehrt, apathisch und tief gebeugt. Die einen mit Leiterwagen, auf denen sich ein paar Habseligkeiten befanden, die anderen mit Rucksack und die meisten nur mit dem, was sie am Leib trugen. Alfred Rohde rang nach Luft, vom Gestank nach verbranntem Fleisch und Phosphor wurde ihm speiübel. Der Asphalt war glühend heiß, an einigen Stellen sogar geschmolzen. Wo er auch hinsah, nichts als Ruinen, Autowracks und Geröllhaufen.

Auf dem Paradeplatz, einem weitläufigen, von der Universität, dem Theater und der Königshalle begrenzten Areal, reihte sich eine Schutthalde an die andere. Einzig das Reiterstandbild Friedrich Wilhelms III. befand sich noch an Ort und Stelle vor der Albertina, wie verloren zwischen Bombenkratern, verkohlten Bäumen und Straßenlaternen, die wie welke Grashalme umgeknickt worden waren. Wenn es die Hölle auf Erden gibt, kam es Rohde im Vorbeigehen in den Sinn, dann hier in Königsberg. Doch so sehr ihm die Trümmerlandschaft unter die Haut ging, er hatte noch eine Mission zu erfüllen. Ungeachtet der Tatsache, dass gerade eine Welt untergegangen war.

Die Welt, in der er lebte, war nämlich eine ganz andere. Die Welt des Kunsthandwerks und der Malerei: Sie war es, in der er sich heimisch fühlte. Aber vor allem galt seine Leidenschaft dem Bernstein, dem Ostseegold, wie er hierzulande genannt wurde. Für das honigfarbene, aus unvordenklichen Zeiten stammende Kleinod würde er sich in jede noch so große Gefahr begeben, auf das Risiko hin, sein Leben aufs Spiel zu setzen. Denn gefährlich war das, was Alfred Rohde tat, allemal. Der Angriff war zwar vorbei, die Gefahr, unter einer herabstürzenden Hauswand begraben zu werden, jedoch beileibe noch nicht gebannt. Und so vergaß er den Vorhof der Hölle, in den es ihn verschlagen hatte, ließ den Paradeplatz hinter sich und bog in die Junkergasse ein. Auch hier das gleiche Bild: geschmolzener Asphalt, deformierte Straßenbahnschienen, wie Kartenhäuser zusammengestürzte Fassaden.

Auf dem Schlossplatz angekommen, wurden seine Befürchtungen bestätigt. Von der einstigen Pracht und Herrlichkeit war kaum etwas übriggeblieben, das Wahrzeichen der Stadt nahezu vollständig niedergebrannt. Rohde wurde schwarz vor Augen, es schien, als reiße man ihm das Herz aus der Brust. Kurz darauf, im Angesicht rußgeschwärzter Trümmer, verkohlter Balken und zerborstener Fensterläden, gab er sich allerdings einen Ruck, durchquerte das Schlossportal und betrat den Hof.

»Herr Direktor – gut, dass Sie da sind!«, rief ihm der

Kastellan vom Südflügel aus zu, den er soeben inspiziert hatte. »Ich dachte schon, Ihnen sei etwas …«

»Danke der Nachfrage, Friedrich«, warf Rohde freundlich, aber bestimmt ein, »doch Sie werden verstehen, dass es momentan weit Wichtigeres als mein persönliches Wohlbefinden gibt.«

Der Schlossverwalter, ein knorriger Ostpreuße, den so schnell nichts erschüttern konnte, hob beschwichtigend die Hände. »Kein Grund zur Beunruhigung, Herr Direktor«, wiegelte er mit unüberhörbar masurischem Timbre in der Stimme ab. »Das Bernsteinzimmer ist heil geblieben.«

»Heil?«, wiederholte Rohde, als könne er es selbst nicht glauben. Und bohrte nach: »Sind Sie sich dessen auch ganz sicher?«

Der Kastellan nickte. »Spiegel, Paneele, Figuren, Mosaike – alles noch an Ort und Stelle. Verpackt in 24 Kisten.« Anschließend wurde er wieder ernst. »Nichts für ungut, Herr Direktor – aber manchmal denke ich, das Zimmer wäre besser in Russland geblieben.«

»Im Besitz der Bolschewisten? Das kann nicht Ihr Ernst sein!«, entrüstete sich Rohde und strafte den Kastellan mit einem missbilligenden Blick. »Denken Sie nur an unsere Ausstellung. Halb Königsberg war damals auf den Beinen.« Der Direktor geriet ins Schwärmen. »Das achte Weltwunder, für immer in unserem Schloss. Zurückgekehrt nach Ostpreußen, von dessen Küste sein unvergleichlicher Werkstoff stammt. Seien wir ehrlich, mein Lieber: Kann es einen würdigeren Aufbewahrungsort für das Bernsteinzimmer geben?«

»Wenn Sie mich so fragen – ja.«

Rohde machte ein verdutztes Gesicht. »Merkwürdige Auffassung«, bemängelte er pikiert. »Und ausgesprochen unpatriotisch.«

»Unter uns, Herr Direktor –«, gab der Verwalter betont sachlich zurück, »sind Sie nicht auch der Meinung, dass es sich bei der Überführung des Bernsteinzimmers von Puschkin hierher nach Königsberg um einen besonders dreisten Fall von …«

»… Kunstraub gehandelt hat?«, vollendete Rohde und sah sein Gegenüber über den Rand seiner Brillengläser hinweg an. »Alles, was recht ist, Herr Schlossverwalter: An anderer Stelle würden Sie mit einer derartigen Einstellung ganz erhebliche Schwierigkeiten bekommen.«

»Na, und wenn schon!«, tat der Kastellan die Bemerkung Rohdes mit einem Achselzucken ab. »Der Krieg ist ja wohl verloren. Bitte nehmen Sie es mir nicht krumm, Herr Direktor, aber von dem Tag an, als wir uns mit dem Iwan angelegt haben, war unser Schicksal besiegelt.« Der Bewacher des Bernsteinzimmers dämpfte den Ton und sagte: »Manchmal denke ich, auf dem Zimmer liegt ein Fluch.«

»Ein Fluch? Jetzt übertreiben Sie aber, Friedrich.«

Der Kastellan ließ sich nicht beirren. »Oder wollen Sie etwa behaupten, es habe den Russen und uns Glück gebracht?«

Eine Spur nachdenklicher gestimmt, wechselte Rohde lieber das Thema. »Sei's drum«, lenkte er rasch ein, ließ seinen Gesprächspartner einfach stehen und steuerte auf den Südflügel zu, »wir werden nicht umhinkommen, uns für die Zukunft etwas einfallen zu lassen.«

Der Verwalter, dem das Wort ›Zukunft‹ unter den obwaltenden Umständen wie blanker Hohn vorkam, machte kehrt und folgte Rohde auf dem Fuße. »Und wie meinen Sie das?«

»So, wie ich es sage.« Am Eingang zum Südflügel angelangt, warf Rohde einen Blick über die rechte Schulter und sah den Ostpreußen, der ihm von jeher nicht ganz geheuer gewesen war, wie einen begriffsstutzigen Pennäler an. Er wirkte entschlossen, keinesfalls bereit, vor den Wechselfällen des Schicksals zu kapitulieren. »Im Klartext: wir müssen unser Kleinod in Sicherheit bringen. Unverzüglich!«

ZWEI

Berlin / Warschau / Hyannis Port, Massachusetts

(16.06.1953)

6

Berlin-Kreuzberg, Yorckstraße | ›Bei Lola‹, 20.30 h

»Von wegen Beförderung!«, grummelte Tom Sydow, öffnete den Hemdkragen und spülte seine schlechte Laune mit einem Doppelten Marke Beefeater hinunter. »Kommt mir nicht in die Tüte.« Wie um sie noch zu steigern, spielte die Wurlitzerjukebox neben dem Tresen gerade die ersten Takte von ›Pack die Badehose ein‹. Sydow gab einen lauten Stoßseufzer von sich. Little Conny, auch das noch. Grund genug, sich gleich den nächsten Doppelten zu genehmigen.

Die dralle Blondine an seiner Seite, bei ihren Freiern unter dem Spitznamen Schampus-Lili bekannt, stellte ihr Glas ab und himmelte den 40-jährigen Beamten der Kripo Berlin wie einen Filmstar an. »Leitender Kriminalhauptkommissar«, gurrte sie mit unüberhörbarem Lispeln, eine Art Markenzeichen von ihr. »Und was soll daran so schlimm sein?«

Auf dem besten Weg, sich aus purer Verzweiflung eine ganze Flasche zu bestellen, ließ der hoch aufgeschossene Kripo-Beamte mit der rotblonden Mähne von seinem Vorhaben ab und hangelte eine Schachtel Lucky Strike aus seinem Jackett. Als Kavalier der alten

Schule, die zuweilen die Oberhand in ihm gewann, bot er sie zuerst seiner Nachbarin an.

»Wenn du meinst, Lili.«

Die mit Stöckelschuhen, Netzstrümpfen und Häschenkostüm bekleidete Animierdame ließ sich nicht zweimal bitten. »Spendierst du mir noch einen Chardonnay, Tommy-Schatz?«, hauchte Kreuzbergs Antwort auf Marilyn Monroe, wobei ihr Lispeln bei der Erwähnung ihres Lieblingsgetränks besonders prononciert ausfiel. So deutlich, dass Sydow instinktiv sein Gin-Glas abschirmte. »Wo du doch bald einer von den Oberen Zehntausend sein wirst.«

»Noch ein Wort, Lili, und du kannst dir 'nen anderen Kavalier suchen«, drohte Sydow mit erhobenem Zeigefinger und steckte sich eine an. »Willst du das etwa riskieren?«

»Wo denkste hin, Süßer«, lenkte Schampus-Lili, mit bürgerlichem Namen Anneliese Petzold, lasziv kichernd ein und setzte ihren Schlafzimmerblick auf. »Glaubst du, ich bin so blöd, es mir mit dem attraktivsten Bullen von Berlin zu verderben?«

»Wenn schon, dann von ganz Deutschland, Lili«, flachste Sydow zurück, durch einen Blick in den Spiegel hinter dem Tresen eher vom Gegenteil überzeugt. Na ja, von attraktiv konnte in Bezug auf sein Konterfei momentan wirklich nicht die Rede sein. Dreitagebart, Augenschatten, zerknittertes Jackett und zu allem Überfluss noch die ersten grauen Strähnen im Haar. Wie der Polizeipräsident auf die

Schnapsidee gekommen war, gerade ihn zum Leitenden der Mordinspektion I befördern zu wollen, würde für immer sein Geheimnis bleiben. Sydow schloss die blassblauen Augen und inhalierte tief. Der Job als Kripo-Beamter machte ihm Spaß, keine Frage. Und das nach mittlerweile fast 15 Jahren. Was ihm dagegen überhaupt keinen Spaß machte und ihn mitunter sogar beinahe in den Wahnsinn trieb, war der Papierkram, von dem er derzeit regelrecht überschwemmt wurde. Statistiken, Akten und Formulare. Allein der Gedanke an eine Zukunft im Innendienst trieb ihm den Angstschweiß auf die Stirn. Soll sich der Herr Polizeipräsident doch einen anderen Trottel vom Dienst suchen!, entschied Sydow und bedeutete dem Barkeeper, ihm einen Doppelten nachzuschenken. Auf einen Schreibtischjob konnte er getrost verzichten. Dafür waren andere bestimmt besser geeignet als er.

»Warum so nachdenklich, Tommy-Schatz?«

Ach ja, Lili, die hätte er beinahe vergessen. »Nur ein bisschen müde, weiter nichts«, hatte Sydow eine eher halbherzige Entschuldigung parat, nicht willens, sein Seelenleben zu offenbaren. »Jede Menge zu tun, weißt du.«

»In den besten Jahren, ein Bild von einem Mann und immer noch nicht unter der Haube!«, seufzte die Animierdame und sah Sydow kopfschüttelnd an. »Was für eine Verschwendung.«

»Findest du?«

Das Busenwunder im Häschenkostüm nickte resolut. »Ja, finde ich. Weißt du was, Sonnyboy? Ich denke, du solltest dir endlich mal ’ne Frau zulegen. Arbeit allein macht nämlich nicht glücklich.«

»Aber sie lenkt ab«, hielt Sydow dagegen, wohl wissend, dass Lili recht hatte. Seit dem Tod von Rebecca waren bereits acht Jahre vergangen, seit dem Techtelmechtel mit Gladys beinahe fünf Jahre, in denen er wie ein Besessener geackert, im Grunde jedoch immer mehr zum Einzelgänger verkommen war. Hätte es seine nunmehr bald 80-jährige Tante Lu nicht gegeben, unter deren fürsorglicher Fuchtel er sich befand, wäre es ihm vermutlich noch viel dreckiger gegangen. »Kann mich vor ihr zurzeit kaum noch retten.«

»Wem sagst du das!«, tat die Animierdame im Brustton der Überzeugung kund, zog an ihrer Fluppe und blies ihrem Nebenmann, dessen Knollennase in ihrem Ausschnitt zu versinken drohte, den Rauch ins Gesicht. »Besonders in den letzten paar Tagen.«

»Na, dann sieh mal zu, dass du keine Kreuzschmerzen …«, begann Sydow, dessen rabenschwarzer Humor, ein Erbteil seiner englischen Mutter, wieder einmal zum Vorschein kam. Ein Ausruf des Barkeepers erstickte seine Witzeleien im Keim.

»Ruhe im Puff!«, röhrte der ehemalige Boxer, der es sogar bis zum Sparringspartner von Max Schmeling gebracht hatte, und presste ein Transistorradio ans Ohr. »Ruhe, verdammt noch mal, sonst gibt’s was auf die Schublade!«

Die Geburtstagsgäste von Erna Pommerenke, der unumstrittenen Kreuzberger Bordellkönigin, verstummten auf einen Schlag und wandten die Blicke dem Tresen zu. Das Ohr am Lautsprecher, würdigte der Barkeeper die versammelte Halbwelt jedoch keines Blickes, mit jeder Faser seiner zweieinhalb Zentner auf die Stimme aus dem Radio konzentriert: ›Die Delegation der Bauarbeiter der Stalinallee, die uns heute Nachmittag im RIAS* aufsuchte – als ihre Kundgebung bereits den Sieg registrieren konnte –, sie war so siegesbewusst, dass ihr das Zugeständnis der sowjetdeutschen Regierung, der Rückzieher bezüglich der Normenerhöhung, nicht genug schien. Wir, verehrte Hörerinnen und Hörer, wir würden uns glücklich schätzen, wenn wir Ihnen in den nächsten Tagen von weiteren Siegen berichten könnten.‹

»Das glaubst doch wohl selbst nicht!«, polterte Sydows Nachbar zur Linken, nachdem die Sendung beendet war. Kurt Smuda, nach eigenen Angaben Antiquitätenhändler, laut Polizeiakte jedoch Schieber, Hehler und Kunstfälscher in einer Person, winkte ab und brach in höhnisches Gelächter aus. »Wenn die so weitermachen, haben sie demnächst den Iwan auf dem Hals. Deutsche Einheit – einfach lachhaft, so was. Die Zeiten sind doch wohl endgültig vorbei.«

»Noch ein Wort, Kurt«, echauffierte sich der Barkeeper, stellte das Transistorradio ab und ballte die Rechte zur Faust, »noch ein einziges Wort, und du

* Rundfunk im amerikanischen Sektor

kriegst dermaßen eins auf die Fresse, dass deine Zähne im Arsch Klavier spielen!«

»Jetzt aber mal halblang, ihr zwei«, fuhr Fluppen-Fred dazwischen, durch Schwarzhandel mit Glimmstängeln jeder nur erdenklichen Marke und Qualität reich gewordene Halbweltgröße, begleitet von Zurufen, er möge sich tunlichst heraushalten. »Oder wollt ihr, dass unser Familientreffen in eine Keilerei ausartet?«

»Hätte nicht übel Lust darauf«, grollte der Barkeeper und baute sich drohend hinter dem Tresen auf. Die mehrfach gebrochene Nase und ein Blick, gegen den sich derjenige eines angriffslustigen Gorillas wie das Lächeln eines buddhistischen Mönchs ausnahm, ließ Zweifel an seiner Entschlusskraft erst gar nicht aufkommen. »Kannst von Glück sagen, dass die Chefin heute Geburtstag hat, sonst …«

»Genau, Ede!«, trompetete eine rauchige, vom Konsum zahlloser Havannas, Schnäpse und reichlich französischem Cognac gefärbte Stimme, die dafür sorgte, dass sich die Blicke sämtlicher Anwesenden der Treppe zuwandten, die unter dem Gewicht der grell geschminkten 95-Kilo-Venus bedrohlich zu ächzen begann. »An meenem Jeburtstag hat selbst 'ne halbe Portion wie Trödel-Kurt nüscht zu befürchten.« Auf dem Treppenabsatz angekommen, welcher die Beletage mit dem in Zigarettenrauch eingehüllten Schankraum verband, legte die mit Federboa, bis zum Zerreißen gespannter Bluse und hautengem Glitzerkostüm bekleidete Herrin über ein halbes Dutzend Amüsierbetriebe eine Verschnaufpause ein. Dann winkte sie Sydow neckisch zu und schärfte ihren Untertanen ein: »Keene Keilerei, ham wir uns verstanden, Jungs?«

»Unter einer Bedingung«, konterte Flitzefinger, der Barpianist, nachdem das zustimmende Murmeln der Crème de la Crème unter den Berliner Ganoven wieder abgeebbt war.

»Und die wäre?«, grunzte Erna Pommerenke, ein breites Lächeln auf dem mit Rouge vollgekleisterten Gesicht.

»Na, dass du uns ein Ständchen bringst, was sonst?«, hieb Trödel-Kurt in die gleiche Kerbe. »Am allerbesten dein Lieblingslied.«

»Na jut, wenn's denn sein muss.«

»Musses, Lola, musses.«

Ein Blick über die Köpfe der feinen Gesellschaft, ein asthmatisches Räuspern und Blinzeln in Richtung von Sydow, das von diesem pflichtschuldigst erwidert wurde. Und schon konnte die Darbietung, auf die nicht nur der Kriminalhauptkommissar liebend gern verzichtet hätte, beginnen: »Ick bin die Rote Lola«, intonierte die nunmehr 60-jährige Königin des horizontalen Gewerbes, die Sydow gleich mehrfach wichtige Tipps gegeben hatte, »der Liebling der Saisong, ick hab 'n Pianola daheim in mein Salong, ick bin die Rote Lola, mir liebt halt jeder Mann, doch an mein Pianola, da lass ick keenen ran.«

*

Knapp zehn Minuten später, gefolgt von Pfeifen, Trampeln, allgemeinem Gejohle und einem raubeinigen ›Happy Birthday‹, war das kleine Hauskonzert beendet, und nachdem er auf das Wohl der Hausherrin angestoßen hatte, setzte sich Sydow wieder an die Bar.

»Na, junger Mann, wie gehen die Geschäfte?«, richtete er das Wort an Trödel-Kurt, sehr zum Leidwesen einer gewissen Anneliese Petzold, deren Schmollmund die gewohnte Wirkung verfehlte. »Keine Bange, der große Coup lässt bestimmt nicht mehr lange auf sich warten.«

»Wer's glaubt, wird selig!«, erwiderte der pomadisierte Kleinganove, bei dessen Anblick man sich automatisch an Fred Astaire erinnert fühlte. »Hab ja schließlich drei Kinder zu ernähren.«

»Drei? Bist du dir da auch ganz sicher?«

»Hahaha – selten so gelacht, Herr Kommissar«, antwortete Smuda und fingerte an der Nelke herum, die in seinem abgetragenen Smoking steckte. »Ob Sie's glauben oder nicht: Bei mir herrscht momentan Flaute, schon seit geraumer Zeit. Nicht mehr lange, und wir nagen alle am Hungertuch.«

Als Kenner der Szene kaufte Sydow dem vermeintlichen Antiquitätenhändler sein Lamento natürlich nicht ab. »So schlimm?«, heuchelte er.

Smuda schien es nicht zu bemerken. »Schlimmer, als Sie denken, Herr Kommissar. Mal im Ernst: Meinen Sie wirklich, dass man von dem, was mir Ihre Kollegen vom Betrugsdezernat unterjubeln wollen, auf die Dauer leben kann? Na also, daran glauben doch wohl nicht einmal Sie. Nee, Herr von Sydow, noch ein paar Monate, und der gute, alte Kurt Smuda kann stempeln gehen. Darauf können Sie Gift nehmen.«

»Es sei denn, er landet den großen Coup.«

»Und der wäre?«

»Das frage ich dich, Kurt.«

Trödel-Kurt gab ein resigniertes Schnauben von sich, schüttete sein Pils Marke Berliner Kindl in sich hinein und blitzte Sydow aus den Augenwinkeln an. Vor diesem Bullen musste man auf der Hut sein, je misstrauischer, desto besser. »Wenn, dann aber auf ehrliche Weise«, gab er zurück. »Was bedeutet, dass der Finderlohn entsprechend hoch sein müsste.«

»Finderlohn?«

»Na ja, wenn man bedenkt, was im Krieg so alles abhandengekommen ist, wäre ich mit ein wenig Glück auf einen Schlag saniert.« Smuda setzte ein schelmisches Grinsen auf und bestellte sich noch ein Bier. »Durch den Finderlohn, damit wir uns richtig verstehen.«

»Jetzt machst du mich aber neugierig, Kurt«, hakte Sydow nach und rückte näher heran. »Gegen ein bisschen mehr Kohle im Geldbeutel hätte selbst ich nichts einzuwenden.«

»Wie schön, dass wir uns in diesem Punkt einig sind«, parierte Smuda und strich mit den Fingerkuppen über sein Haar, das zur Feier des Tages mit einer

Extraportion Pomade traktiert worden war. »So was verbindet, keine Frage.«

»Du warst gerade dabei, mir Nachhilfe in Sachen Beutekunst zu geben, Kurt.«

»Stimmt, Herr Kommissar«, gab Smuda mit perfekter Unschuldsmiene zurück. »Fragt sich nur, in wessen Netz die ganz großen Fische gelandet sind.«

»Wahrscheinlich dort, wo sie nicht hingehören.«

»Sie haben es erfasst, Herr Kommissar«, antwortete der nur gut einen Zentner schwere Fred-Astaire-Verschnitt und nahm sein fünftes Pils in Empfang. »Dank Adolf dem Wahnsinnigen, wie wir alle wissen. Der bekanntlich nichts Besseres zu tun hatte, als halb Europa plattzumachen. Beziehungsweise mit freundlicher Unterstützung des Einsatzstabes Reichsleiter Rosenberg ausplündern zu lassen. Getreu dem Motto: ›Heim ins Reich, vor allem, wenn's einem nicht gehört‹.« Trödel-Kurt genehmigte sich einen langen Schluck. »Als Erstes waren anno 40 die Franzmänner dran. Und da vor allem die Juden, weniger die Artefakte in staatlichem Besitz. Mehr als 20.000 Objekte aus über 200 Sammlungen, das muss man sich mal vorstellen. Kein Wunder, dass sie diesen Rosenberg aufgehängt haben.«

»Nutznießer?«

»Zuvorderst ein gewisser Hermann Göring, seines Zeichens Reichsmarschall und Oberbefehlshaber der Luftwaffe. Just der Mann, welcher sich unsterbliche Verdienste um die Bausubstanz dieser Stadt erworben hat.«

»Und Hitler?«

Smuda lachte sich beinahe schief. »Der hatte es sich in den Kopf gesetzt, in Linz ein Museum zu eröffnen. Nach dem Krieg, wie ich korrekterweise betonen muss. Kurzum: Allein der sogenannte ›Sonderauftrag Linz‹ hat dem geplanten Musentempel an die 5.000 Gemälde beschert.«

»Nicht wenige davon aus jüdischem Besitz.«

»Sie lernen schnell, Herr Kommissar.« Smudas Miene verfinsterte sich. »Gegenüber dem, was wir dem Iwan abgeknöpft haben, jedoch nur ein Klacks.«

»Nur keine Hemmungen, wenn's um die Bolschewisten geht.«

»Genau.« Trödel-Kurt leerte sein Glas und fuhr mit dem Handrücken über den Mund. »Eins muss man den Jungs lassen: die haben wirklich Nägel mit Köpfen gemacht.«

»Und alles weggekarrt, was nicht niet- und nagelfest war.«

Smuda zog die Nase hoch, und die mausgrauen Glupschaugen stierten ins Leere. »So ziemlich jedenfalls«, pflichtete er Sydow bei und fuhr fort: »An die Schätze der Eremitage* sind sie zwar nicht rangekommen, aber …«

»Und wen meinst du mit ›sie‹?«

»Zum einen die Experten aus den Reihen der Wehrmacht, unter anderem Archivare, Bibliothekare und

* Im Winterpalast in Sankt Petersburg untergebrachte Sammlung wertvoller Gemälde, Kunstwerke und Artefakte.

Offiziere der Heeresmuseen, andererseits die Wühlmäuse aus dem Auswärtigen Amt. Ständig auf der Suche nach Akten, Landkarten, Briefen et cetera.«

»Und zum Dritten der Einsatzstab Reichsleiter Rosenberg«, vollendete Sydow in nachdenklichem Ton. »Wobei die Russen von Glück sagen können, dass die Wehrmacht vor Moskau und Leningrad schlappgemacht hat.«

»›Glück‹ würde ich das nicht nennen, Herr Kommissar«, gab Trödel-Kurt zu bedenken, nahm sein Mundstück zur Hand und paffte nachdenklich vor sich hin. »Nicht bei dem Flurschaden. Die Russen haben zwar Himmel und Hölle in Bewegung gesetzt, um die kostbarsten Stücke in Sicherheit zu bringen, nur leider eben nicht in Puschkin.«

»Puschkin?«, fragte Sydow, dem die Vorstellung, vor Smuda als Kunstbanause dazustehen, überhaupt nicht behagte. Und nach konzentriertem Nachdenken: »Die Zarenschlösser?«

»Kompliment, Herr Kommissar, Sie sind ja ein ganz Schlauer«, konnte sich Smuda einen kleinen Seitenhieb nicht verkneifen. »Viel schlauer jedenfalls als die Russen, die es anscheinend nicht für nötig gehalten haben, das Bernsteinzimmer in Sicherheit zu bringen. Für einen Ganoven wie Gauleiter Koch natürlich *die* Gelegenheit.«

»Noch so einer, der den Kanal nicht voll kriegen konnte.«

Smuda nickte. »Den Kanal und die eigene Tasche«,

ergänzte er, ein süffisantes Grinsen im Gesicht. »Mit dem, was dieser Westentaschen-Adolf aus Ostpreußen so alles zusammengeramscht hat, hätte er Göring ernsthaft Konkurrenz machen können. Sagt man jedenfalls. Haben Sie überhaupt eine Ahnung, welcher Schaden den Russen durch unsere kleine Stippvisite entstanden ist?«

Sydow antwortete mit einem Schulterzucken. »Nicht die geringste«, gab er unumwunden zu, im Wissen, auf diesem Gebiet nicht sonderlich bewandert zu sein. »Dem Vernehmen nach scheint der Schaden jedenfalls immens …«

»Mehr als eine halbe Million Objekte mit kultureller Bedeutung, Herr Kommissar. Aus über 400 Museen«, ereiferte sich Sydows Nachbar und bettete die Stirn in seine linke Hand. »Weiß der Teufel, wo der Kram hingekommen ist.« Trödel-Kurt verfiel in dumpfes Brüten. Der Gedanke, welchen Gewinn man aus den verloren gegangenen Preziosen hätte schlagen können, hatte ihm sichtlich auf den Magen geschlagen.

»Na ja, Schwamm drüber«, nahm er geraume Zeit später den Gesprächsfaden wieder auf, »es trifft eben immer die Falschen.«

Da er ahnte, was in Smudas Kopf vorging, konnte sich Sydow eines Schmunzelns nicht erwehren. »Kopf hoch, Kurt«, munterte er den sichtlich geknickten Ganoven auf. »Schließlich bist du ein freier Mann.«

»Und Koch sitzt bei den Polacken im Knast, ich weiß«, brummte Smuda, auf das Land seiner Vorväter offensichtlich nicht gut zu sprechen. »Bedenkt man, was der Reichsverteidigungskommissar a. D. alles auf dem Kerbholz hat, braucht er sich darüber auch nicht groß zu wundern. Mal ehrlich: die Polacken hätten ihn doch längst an die Wand gestellt, wenn sie nicht gezwungen wären, den Herrn Gauleiter bei Laune zu halten.«

»Weswegen denn?«

»Na, wegen dem Bernsteinzimmer, Herr Kommissar. Wenn einer weiß, wo es gebunkert worden ist, dann er.«

»Meinst du wirklich, es hat den Krieg heil überstanden?«

Smuda straffte sich und sein bis dahin trüber Blick hellte sich auf. »Wenn ich mir in einem Punkt sicher bin, dann hier. Fragt sich nur, ob es sich immer noch in Königsberg befindet oder rechtzeitig vor dem Iwan in Sicherheit gebracht worden ist.«

»Woher willst du überhaupt wissen, dass es in …«

»Weil mir ein Kumpel davon erzählt hat, darum. Stammt ursprünglich aus Pillau, der Gute. Beziehungsweise stammte.« Trödel-Kurt atmete geräuschvoll aus. »Scheißkrieg, verdammter … wo war ich denn eigentlich stehen… egal – dieser Kumpel hat mir erzählt, dass das Zimmer im Königsberger Schloss ausgestellt war. Anno 41, soweit ich weiß. Anscheinend sind die Leute in Scharen hingepilgert, unter anderem auch er. Zu dumm, dass an der Ostfront alsbald wieder kehrt marsch angesagt war. Und das Zimmer wieder komplett eingemottet worden ist.«

»Mit anderen Worten –«, fuhr Sydow in nachdenklichem Ton fort, »kein Mensch weiß, wo das Bernsteinzimmer …«

»Für Sie, Herr Kommissar.«

Sydow war so sehr in das Gespräch vertieft, dass er den Barkeeper erst bemerkte, als der ihm mit breitem Grinsen den Hörer hinhielt. »Das Präsidium.«

»Ist bestimmt wegen deiner Beförderung«, schaltete sich Schampus-Lili ein und ließ die sorgfältig manikürte Hand auf seiner rechten Schulter ruhen. »Höchste Zeit, mir einen aus…«

»Später vielleicht, Lili«, vertröstete Sydow die Animierdame und griff nach dem Hörer, welcher in der behaarten Pranke des Exboxers lag. »Sydow hier.«

Die Nachricht, mit der er konfrontiert wurde, war beinahe schon Routine für ihn, und dementsprechend gefasst hörte sich Sydow an. »Wo denn?«, fragte er, neugierig beäugt von seinen Nachbarn, die dank des Geplärres aus der Jukebox nichts mitbekamen. Und seufzte mit schicksalergebener Miene: »Na schön – bin unterwegs.«

7

Mokotów-Gefängnis in Warschau / Polen
| 21.12 h Berliner Zeit

»Sie sind doch nicht etwa hergekommen, um mir das zu sagen?« Erich Koch, ehemaliger Gauleiter von Ostpreußen und Ex-Reichskommissar der Ukraine, machte aus seiner Verachtung gegenüber dem knapp 30-jährigen, in Zivil gekleideten Leutnant des polnischen Staatssicherheitsdienstes keinen Hehl. Im Verlauf der letzten dreieinhalb Jahre hatte der bis auf 50 Kilo abgemagerte, nach wie vor mit keinerlei Skrupeln behaftete und mit allen Wassern gewaschene Paladin Hitlers sämtliche Tricks und Finten seiner Bewacher kennengelernt. Ihm, dem einstmals mächtigsten Mann und Schrecken der unterworfenen Völker in den besetzten Ostgebieten, konnten diese vor Dilettantismus nur so strotzenden slawischen Untermenschen nicht das Wasser reichen. An Erich Koch, Parteisoldat der ersten Stunde, würden sie sich hier die Zähne ausbeißen. Davon war er felsenfest überzeugt.

»Das und noch ein paar andere Dinge«, tat Dariusz Guzik, Leutnant des Ministeriums für Öffentliche Sicherheit, kurz UB* genannt, gänzlich unbeeindruckt

* eigentlich MBP

kund. »Dinge, für die Sie sich brennend interessieren dürften.«

Der 57-jährige, mittelgroße, an Händen und Füßen gefesselte und in den Jahren seiner Haft sichtlich gealterte Exgauleiter schnitt eine gelangweilte Grimasse, lehnte sich zurück und ließ den Blick durch das schalldichte Kellerverlies im berüchtigten Mokotów-Gefängnis wandern. Das Gegenstück zur Moskauer Lubjanka* war Endstation für ihn, das wusste der Kriegsverbrecher, der knapp 50.000 Ukrainer und Polen auf dem Gewissen hatte, natürlich genau.

»Und die wären?«, antwortete er gedehnt, trotz oder gerade wegen seines cholerischen Temperaments und der ausweglosen Situation von nicht mehr zu überbietender Arroganz beherrscht. »Falls es sich um die Nachricht handelt, dass Ihre Landsleute oder deren große Brüder aus Moskau mich demnächst aufknüpfen werden, machen Sie es bitte kurz.«

Des Deutschen und des Polnischen gleichermaßen mächtig, ließ sich der dunkelhaarige UB-Leutnant nicht aus der Ruhe bringen. »Eile mit Weile«, entgegnete er mit stoischer Gelassenheit, »oder haben Sie heute noch etwas vor, Herr Gauleiter?«

»Mal sehen, was sich noch ergibt.«

»Eben.« Rein äußerlich sah Dariusz Guzik wie ein strebsamer Oberprimaner aus, aber davon durfte man sich im Gegensatz zu Erich Koch nicht täuschen las-

---

* Zentrale diverser russischer Geheimdienste am gleichnamigen Platz in Moskau

sen. »So viel Zeit, mir Ihr königliches Ohr zu leihen, werden Sie ja wohl noch haben.«

»Kommt drauf an, was sich mein Hofnarr so alles ausgedacht hat«, amüsierte sich Koch, während er der Gestalt, die von der Mitte der Verhörzelle aus kaum zu erkennen war, einen flüchtigen Blick zuwarf. Mit diesem Milchgesicht in Diensten der Staatssicherheit würde er allemal fertig werden, mit dem Kleiderschrank im Halbschatten neben der Tür wohl weniger. Doch das focht Erich Koch, bei dem man es während seiner Haft mit allen nur erdenklichen Schikanen und Verhörmethoden versucht hatte, nicht an.

Ein Fehler, wie sich bald erweisen sollte.

Guzik, an dem Kochs gezielte Provokation scheinbar spurlos vorübergegangen war, konterte mit einem Lächeln. »Wenn man bedenkt, dass Ihnen das Wasser bis zum Hals steht, Herr Gauleiter, kommt mir Ihr Benehmen reichlich überheblich vor.«

»Doch wohl meine Sache, oder?«

»Aber nicht, wenn man sich für den Tod von 47.565 Menschen zu verantworten hat«, konterte der Leutnant der Staatssicherheit und entknotete das Aktenbündel, das vor ihm auf dem Schreibtisch lag. »Zwangsarbeit, Judenvernichtung, Raub, Plünderungen und Mord: das für jene Zeit typische Szenario.« Guzik nahm Koch eingehend ins Visier. »Oder liege ich da falsch?«

»Menschen?«, höhnte Koch, mehr denn je überzeugt, mit einem Mann vom Schlage Guziks leichtes Spiel zu haben. »Habe ich da eben richtig gehört?«

Ein Schriftstück in Händen, das im Licht der Schreibtischlampe einen überdimensionalen Schatten warf, geriet die nach außen hin zur Schau getragene Unterkühltheit des UB-Leutnants ins Wanken. »Für jemanden wie Sie mag dies wie Hohn klingen, Koch, aber für das, was Sie auf Ihre Kappe nehmen müssen, werden Sie sich in Kürze zu verantworten haben.«

Über das eingefallene, durch gezielte Fausthiebe verunstaltete Gesicht des ehemaligen Provinzfürsten stahl sich ein gelangweiltes Lächeln. »Heißt das, ihr habt euch endlich dazu aufgerafft, mir den Prozess zu machen?«, fragte er, seine Hände auf dem Schoß und die Augenlider nur einen winzigen Spaltbreit offen. »Wurde auch langsam Zeit.«

»Immer mit der Ruhe, Koch«, murmelte Guzik beim Durchforsten der Akten, aus denen er sich die umfangreichste heraussuchte. »Bevor das zuständige Gericht mit hoher Wahrscheinlichkeit Ihrem Wunsch Folge leisten wird, hätte ich da noch ein paar Fragen.«

»Wenn, dann aber bitte nicht immer die gleichen.«

Nach außen hin betont sachlich, innerlich jedoch schäumend vor Wut, schob der polnische Geheimdienstoffizier den Aktenstapel beiseite und nahm sich die etwa zwei Dutzend Seiten umfassende Kladde mit der Aufschrift ›Bursztynowa Komnata – ściśle tajne!‹* vor. »Ihr Problem, wenn Sie nicht mit offenen Karten spielen, Koch.«

»Warum sollte ich?«

»Vielleicht, um quasi in allerletzter Minute noch den Kopf aus der Schlinge zu ziehen«, erwiderte Guzik, kurz davor, endgültig die Geduld zu verlieren. Und vollendete: »Um beim Bild von einer Hinrichtung durch den Strang zu bleiben.«

»Frage: Glauben Sie allen Ernstes, ich verrate Ihnen das Versteck des Bernsteinzimmers, wenn Sie mich dafür ein paar Tage später an die Wand stellen?«

»Tod durch Erschießen – eigentlich viel zu human.«

»Bitte etwas lauter, mit meinem Gehör steht es nicht zum Besten.«

»Schluss mit der Schmierenkomödie!«, stauchte Guzik den ehemaligen Gauleiter zusammen, sprang auf und umrundete den Tisch. »Zur Sache: Trifft es zu, dass Sie sich noch am 5. April, also vier Tage vor der Kapitulation von Königsberg, im Hof des dortigen Schlosses aufgehalten haben? Um sich der Tarnung halber über den Fortgang der Aufräumungsarbeiten zu informieren? In Wahrheit, Herr Reichsverteidigungskommissar, hatten Sie ja wohl etwas ganz anderes im Sinn. Nämlich das Bernsteinzimmer. Trifft dies zu – ja oder nein? Antworten Sie, Koch, oder haben Sie tatsächlich Tomaten auf den Ohren?«

---

* poln.: ›Bernsteinzimmer – streng geheim!‹

In den abschätzigen Blick, mit dem Koch den verhassten UB-Offizier beäugte, kam Bewegung. Kurze Zeit später hatte sich Hitlers ehemaliger Statthalter in Ostpreußen wieder im Griff. »Immer wieder die alte Leier. Bis zum Erbrechen. Sagen Sie, haben Sie nicht vielleicht etwas Interessanteres auf …«

»Trifft es weiterhin zu, dass Sie bereits am 27. und 28. Januar, also gut zwei Monate vor der Eroberung Königsbergs durch die Rote Armee, Ihr bis dahin unweit der Stadt verstecktes Beutegut abtransportieren ließen?« Auf dem besten Wege, Koch an die Gurgel zu gehen, konnte sich Guzik gerade noch bremsen. »Alle Achtung, Herr Gauleiter. Was dem Vernehmen nach auf Ihrem Landgut gehortet worden war, konnte sich wahrhaftig sehen lassen: Gemälde von unschätzbarem Wert, hochwertige Gobelins, Tafelsilber, Kerzenleuchter und andere Preziosen, größtenteils aus Museen in Kiew oder von anderen Orten in der Sowjetunion. Groß-Friedrichsburg muss eine wahre Schatzkammer gewesen sein. Fragt sich nur, wohin der Hort nach dem Abtransport verschwunden ist.«

»Keine Ahnung.«

»Am 9. Februar wurde er durch Ihren Hausverwalter im Landesmuseum von Thüringen in Weimar abgeliefert – ja oder nein?«

Koch zuckte die Achseln. »Woher soll ich das wissen? Beim Endkampf um Königsberg musste ich schließlich meine ganze …«

»… Kraft einsetzen, ich weiß. Die alte Mär vom wackeren Reichsverteidigungskommissar, der die ostpreußische Muttererde bis zum letzten Atemzug verteidigt hat.« Guzik verzog das Gesicht und blätterte weiter. »Hier: ›Der ostpreußische Bauer und seine Familie verkrallen sich in ihre heimatliche Erde.‹ Originalton Erich Koch, der sich, wie inzwischen bekannt, an Bord des mit Flakgeschützen und Maschinengewehren ausgestatteten Eisbrechers Ostpreußen nach Norddeutschland abzusetzen geruhte, den auf einen gewissen Major Rolf Berger ausgestellten Wehrmachtsausweis im Gepäck. Pech, dass die Briten nicht lockergelassen und Sie vier Jahre später in der Nähe von Hamburg aufgespürt haben.« Auf dem glatt rasierten Gesicht des polnischen Geheimdienstoffiziers tauchte ein flüchtiges Lächeln auf. »Was uns beide zum eigentlichen Gegenstand dieser freundschaftlichen Unterhaltung bringt.«

»Und das nicht zum ersten Mal.«

»Stimmt. Und darum aufs Neue die Frage: an welchem Ort ist das Bernsteinzimmer …«

Ein heiseres, vor Überheblichkeit nur so strotzendes Lachen ließ den Redefluss des Geheimdienstlers jäh versiegen. »Korrigieren Sie mich«, fuhr Koch dazwischen, offenbar bester Laune. »Aber wäre die Jagd nach dem Bernsteinzimmer nicht Sache der Russen? Soweit ich informiert bin, gehört Königsberg inzwischen zur Sowjetunion.«

»Korrekt, Towarischtsch*.« Zum ersten Mal wäh-

* Genosse

rend des Verhörs, im Grunde sogar während seiner dreijährigen Haft, spiegelte sich so etwas wie Furcht in Erich Kochs Gesicht. Weniger deshalb, weil der Unbekannte neben der Tür urplötzlich das Wort ergriff, sondern aufgrund des Tonfalls, mit dem dies geschah. Einer Stimme, die selbst dem abgebrühtesten Häftling Furcht und Respekt eingeflößt hätte.

Und das mit nur zwei Wörtern.

»Vollkommen korrekt.«

Ohne dass er sich dagegen wehren konnte, war Kochs Arroganz urplötzlich verpufft. Sein Instinkt sagte ihm, dass das Verhör durch den UB-Beamten lediglich ein Vorgeplänkel gewesen war, und so war er instinktiv auf der Hut.

Die Reaktion des Schattenmannes ließ nicht auf sich warten. »Na also«, heuchelte er erleichtert und stieß sich mit an Trägheit grenzender Lässigkeit vom Türbalken ab. »Wurde aber auch Zeit.«

»So glauben Sie mir doch, verdammt noch mal!«, beschwor Koch den muskulösen, sich nahezu lautlos auf ihn zubewegenden Anzugträger mit unverkennbar russischem Akzent. »Ich …«

Im Verlauf seiner Haft und insbesondere während des Krieges hatte Erich Koch alle nur erdenklichen Arten von Verletzten und Getöteten zu Gesicht bekommen. Nahe gegangen war ihm dies nicht. Im Falle des durchtrainierten, über 40 Jahre alten Russen, dessen komplette linke Gesichtshälfte durch eine hässliche Brandwunde entstellt war, verhielt es sich jedoch anders. Er hatte etwas an sich, das ihn zu einem willenlosen Befehlsempfänger degradierte, nicht etwa nur wegen seines Gesichts oder der Klappe, hinter der er sein linkes Auge verbarg. Nein, dieser Schlägertyp war anders, auf eine Art, die schwer in Worte zu kleiden war. Abgesehen von seiner Brandwunde, die seinen Kontrahenten automatisch das Fürchten lehrte, waren es vor allem sein penibel zurechtgestutzter Bürstenschnitt, das rötliche Haar und die pockennarbige Haut, die den muskelbepackten Hünen geradezu unverwechselbar machten. Verstärkt wurde Kochs Eindruck durch dessen Tonfall, mitunter sarkastisch, ab und an einschüchternd und rau. Eine Stimme, die sich jedem, insbesondere Koch, auf Anhieb einprägte. »Ich habe nicht die leiseste Ahnung, wo sich das Zimmer …«

»Genug.« Mit einem Lächeln im blutleeren Gesicht, aus dem das nahezu wimpernlose, wie erstarrt wirkende rechte Auge besonders hervorstach, hatte der Fremde neben Koch Position bezogen und richtete den Blick auf die gegenüberliegende Wand. Als sei dies die selbstverständlichste Sache der Welt, bot er dem polnischen Geheimdienstoffizier daraufhin die Fläche der Hartgummiprothese dar, welche seine rechte Hand ersetzte. »Ihre Waffe, Genosse!«, forderte er seinen polnischen Kollegen auf, die Stimme, in der ein Hauch von Unmut mitschwang, deutlich erhoben.

Der Beamte des polnischen Staatssicherheitsdienstes stutzte, tat jedoch, was von ihm verlangt wurde und zog eine Tokarew Kaliber 9,2 mal 18 Millimeter aus dem Halfter unter seinem Jackett hervor. »Hier Ge...«, begann er, ein leichtes Stirnrunzeln auf dem verdutzten Gesicht.

Genug Zeit, sein Unbehagen zum Ausdruck zu bringen, hatte Guzik indes nicht. Denn kaum lag die Waffe in seiner Hand, riss der Unbekannte die Tokarew empor, zielte mit der Linken auf die Stirn des UB-Offiziers und jagte ihm eine Kugel durch den Kopf. Immer noch das gleiche, durch den jähen Tod wie eingefroren wirkende Stirnrunzeln im Gesicht, verharrte der polnische Leutnant zunächst auf der Stelle.

Dann beschrieb er einen Halbkreis und brach mit ersticktem Gurgeln zusammen.

All das war so schnell gegangen, dass Koch zunächst dachte, er habe geträumt. Den Mund halb offen, wandte er sich ruckartig um, den Blick wechselweise dem Toten und seinem Henker zugewandt. Während all der Jahre, in denen er sich als Kriegsverbrecher betätigt hatte, war ihm so etwas nicht untergekommen. Erst als er die Blutspritzer an der Wand registrierte, wusste er, dass die Exekution des Polen keine Einbildung gewesen war.

Erich Koch war sprachlos. Und das wollte bei einem wie ihm etwas heißen.

So schnell würde der einstmals wortgewandte Parteibonze die Sprache auch nicht wiederfinden. Dafür sorgte allein der Lauf der Tokarew, den er plötzlich an seiner Stirn spürte. Und die Stimme, mit der die nun folgenden Worte untermalt waren: »Erlauben Sie, dass ich mich vorstelle«, hallte sie von den schalldichten Wänden wider, »mein Name ist Kirow, Igor Kirow.« Der Fremde pausierte, fuhr mit der Zungenspitze über die Oberlippe und gestand: »Nur ein Pseudonym, wie ich korrekterweise betonen muss.«

Vor Angst wie gelähmt, rührte sich Koch nicht vom Fleck.

»Warum ich mich dann überhaupt vorgestellt habe, wollen Sie wissen?«, erriet der Unbekannte Kochs Gedanken. »Ganz einfach, weil mir korrekte Umgangsformen am Herzen liegen.« Stolz auf seinen makaberen Scherz, grinste der Rothaarige über beide Backen. Wenig später war seine Heiterkeit jedoch verflogen. »Was meine Erklärung für diesen in der Tat höchst bedauerlichen Vorfall betrifft, Herr Gauleiter – einstweilen nur so viel: Ich werde die polnischen Genossen glauben machen, der junge Kollege habe die Beherrschung verloren, sei mit gezückter Waffe auf Sie losgegangen. Schon gewusst, dass sein Heimatdorf von der SS ausgelöscht worden ist?«

Der Angesprochene senkte den Kopf und schwieg.

Nicht so der Unbekannte, der den Druck auf Kochs Stirn spürbar verstärkte. »Ein kurzes Gerangel, um einen Akt unzulässiger Selbstjustiz zu verhindern, ein Schuss – und schon hauchte mein heißblütiger Kollege sein Leben aus.« Der Fremde sah Koch Beifall heischend an. »Durchaus plausibel, oder?«

»Was wollen Sie von mir?«

Der Mann mit der Augenklappe brach in Gelächter aus. »Das Gleiche wie dieser bedauerliche Tropf da«, antwortete er und wies mit dem Kopf nach rechts, wo sich der Leichnam Guziks befand. Aus dem Schädel, den das Projektil mühelos durchschlagen hatte, sickerte immer noch Blut, die mit Hirnmasse und Knochensplittern vermischte Lache breitete sich rasend schnell aus.

Nein, so etwas hatte Erich Koch, notorisch bekannter Massenmörder, wirklich noch nicht erlebt.

Und würde es auch nicht mehr erleben.

»Was ich von Ihnen will?«, knurrte der Unbekannte, drückte Koch mithilfe seiner Tokarew den Kopf in den Nacken und öffnete den Reißverschluss seiner Hose. »Meinen Sie das, was Sie gerade von sich gegeben haben, wirklich ernst?«

»Ob Sie es mir nun glauben oder nicht, ich habe keine Ahnung, wo sich das Bernsteinzimmer …«

»Verzeihung, Herr Reichsverteidigungskommissar –«, ließ der Rothaarige Koch erst gar nicht ausreden, während sich sein Urin über dessen Häftlingskleidung ergoss. »Aber das nehme ich Ihnen nicht ab.« Und brüllte ihn nach Verrichtung seiner Notdurft an: »Wo ist das verdammte Zimmer abgeblieben? Raus mit der Sprache!«

8

Hyannis Port, Massachusetts / USA
| 21.30 h Berliner Zeit

Es war ein Nachmittag, wie er ihn liebte. Von jenseits des Nantucketsunds strich der Wind über die Dünen, und auf dem Meer, wo es von Segelbooten und Jachten nur so wimmelte, bildeten sich silberne Schaumkronen. Am wolkenlosen, zwischen azurblau und violett wechselnden Firmament erstrahlte die Sonne, nicht so heiß wie im Hochsommer, doch warm genug, damit er es sich auf der Veranda bequem machen konnte. Hier, nur einen Steinwurf vom smaragdfarbenen Atlantik entfernt, dessen Wellen im feinkörnigen Sand verebbten, ließ es sich leben, weit weg von Washington, das ihm stets aufs Neue wie eine Schlangengrube vorkam. An einem Tag wie heute, eingehüllt von dem Geruch nach Meersalz, Dünengras und Rhododendronblüten, gelang es ihm, sich vollends zu entspannen, und wenn er an die Schwierigkeiten dachte, in denen er steckte, hatte er das auch dringend nötig.

Was er jetzt brauchte, war Ruhe, Ruhe und nochmals Ruhe. Und einen kühlen Kopf. Der braun gebrannte, mit Lackschuhen, dazu passender Stoffhose und einem weißen Tennis-Pullover mit V-Ausschnitt bekleidete Blondschopf jenseits der 30 schenkte sich einen Jim

Beam ein, ließ einen Eiswürfel in sein Whiskeyglas fallen, hob das Glas zum Mund – und stellte es auf dem Verandageländer ab. Besser, so die blitzartige Erkenntnis, er ließ die Finger von diesem Zeug. Angesichts der Klemme, in der er steckte, brauchte er einen klaren Kopf. Einen klaren Kopf und kühlen Verstand. Sonst war er ein für alle Mal geliefert. Goodbye Villa, goodbye Segeljacht, goodbye Polo-Klub!, würde es dann heißen. Und das, vor allem das drohende Ende seiner Karriere, galt es zu verhindern.

Um jeden Preis.

Die sorgsam manikürte linke Hand auf das weiß gestrichene Geländer gestützt, warf der Herr über das größte Anwesen weit und breit einen Blick auf die sündhaft teure Rolex, die er bei Tiffany's in New York erstanden hatte, und blickte mit nachdenklicher Miene auf den zusehends stürmischeren Atlantik hinaus. Um in Ruhe über alles nachdenken zu können, hatte er dem Personal seiner im Kolonialbaustil errichteten 15-Zimmer-Villa freigegeben. In einer Situation, die ihm alles abverlangte, konnte er keine Domestiken brauchen. Und erst recht keine Nachbarn vom Kaliber dieser neureichen Kennedys, die sich am Wochenende hier breitmachten und seine Nerven über Gebühr strapazierten.

Er brauchte jetzt Ruhe, sonst nichts.

Oder am Ende vielleicht doch einen Jim Beam?

Na, wenn schon, sagte sich der ungekrönte König von Cape Cod, trank sein Whiskeyglas leer und machte sich auf den Weg zum Strand. Dort würde er in Ruhe über alles nachdenken, wie immer, wenn er Ärger am Hals hatte.

Der gelernte Jurist und Harvardabsolvent, den man ebenso gut für einen Dressman hätte halten können, hatte die Dünen fast erreicht, als er plötzlich das Telefon schrillen hörte. Unschlüssig, ob er den Anruf entgegennehmen sollte, schob er die weiße Schiebermütze in den Nacken und blieb stehen. Dann machte er kehrt und trottete gemächlichen Schrittes zum Haus zurück, in der Hoffnung, der Anrufer, um den es sich höchstwahrscheinlich handelte, würde wieder auflegen.

Doch weit gefehlt.

Im Salon angekommen, ließ sich der begehrteste Junggeselle im Umkreis von 100 Meilen in einen ledernen Ohrensessel fallen, wandte sich der Empire-Kommode aus Mahagoni zu und griff zum Hörer. »Grant hier«, sprach er mit fester, ganz und gar nicht seinem Naturell entsprechender Stimme. Und dann: »Ja, bitte?«

Die Antwort war ein asthmatisches Keuchen, ein Röcheln, Würgen und Schnaufen, das ihm nur allzu bekannt vorkam. Gregory Boynton Grant, stellvertretender Direktor der CIA, hielt den Atem an. Die Hand, die den Hörer umschloss, begann zu zittern, und der Drang, wieder aufzulegen, wuchs mit jeder Sekunde, während er auf eine Antwort wartete.

»Schön, Ihre Stimme zu hören, Grant«, drang es schließlich an sein Ohr, seltsam verzerrt und bar jeglichen Gefühls. »Hatten Sie einen schönen Nachmittag?«

»Bislang schon.«

Anstelle einer Antwort, die Grant mit angespannter Miene erwartete, war am anderen Ende der Leitung erneut ein Keuchen zu hören, und obwohl er wusste, dass die Tage des Anrufers gezählt waren, konnte er sich eines Fröstelns nicht erwehren. »Der gute … der gute alte Greg – immer zu einem Späßchen bereit«, stieß sein Gesprächspartner hervor, unterbrochen von einem Hustenanfall, nach dessen Ende er mit brüchiger Stimme hechelte: »An Ihrer Stelle, mein lieber Grant, würde ich mich nicht so weit aus dem Fenster lehnen.«

»So. Meinen Sie.«

»In der Tat.« Ein spastisches Keuchen, gefolgt von einem weiteren Hustenanfall, und die Worte: »Wenn ich ehrlich bin, Greg, ich hätte Sie für klüger gehalten. Und für dankbarer. Nach allem, was ich für Sie getan habe, machen Sie es mir nicht gerade leicht. Dabei verlange ich wahrlich nichts Unmögliches. Lediglich eine … nur eine kleine …«

»Gefälligkeit?«

»Wie schön, dass wir uns verstehen«, würgte die Stimme am Telefon hervor. »Und darum lassen Sie uns nunmehr zu meinem Anliegen kommen.«

»Oder Erpressungsversuch, je nachdem.«

Mit seiner Geduld offenbar am Ende, verschärfte der Anrufer seinen Ton. »Junger Freund –«, zischte er maliziös, woraufhin Grants Widerstand fast augenblicklich erlahmte, »ist Ihnen überhaupt klar, an welch seidenem Faden Ihr Wohlbefinden hängt? Ja? Gut zu wissen, sonst müsste ich Sie daran erinnern, dass ich es war, der Ihnen aus der Patsche geholfen hat. Oder haben Sie die Hypotheken, an denen Sie zu knabbern hatten, schon wieder vergessen? Oder Ihre Spielschulden? Oder Ihren unglückseligen Hang zu …«

»Genug davon.«

»Ach, wirklich?«, übergoss ihn die Stimme mit ätzendem Spott. »Wenn dem so ist, können wir ja endlich zur Tagesordnung übergehen. Zeit haben wir ja inzwischen genug vergeudet.« Der Zyniker am Telefon wurde leiser, bis zu einem Punkt, an dem Grant ihn fast nicht mehr verstand. »Und – wie weit sind Ihre Bemühungen gediehen?«

»Recht weit, Mister K.«

»Darf man fragen, *wie* weit? Kommen Sie schon, Greg, ich habe nicht ewig Zeit.«

»Na schön.« Seiner demonstrativ zur Schau getragenen Gelassenheit zum Trotz rutschte Grant auf der Kante seines Sessels hin und her. »Meinem Kontaktmann zufolge stehen die Chancen, in den Besitz des Objekts Ihrer Begierde zu kommen, nicht schlecht.«

»Was Sie nicht sagen!«, rief der Anrufer aus, die Stimme auf einmal so laut, dass sie Grant in den Ohren schmerzte. »Tut mir leid, Greg, für meine Begriffe reicht das bei Weitem nicht aus.«

»So einfach, wie Sie sich das denken, liegen die Dinge leider nicht«, setzte sich Grant vehement zur Wehr. »Wie gesagt – aus naheliegenden Gründen ist mein Kontaktmann gezwungen, mit äußerster Vorsicht zu Werke zu gehen. Der geringste Fehler, und seine Tarnung fliegt auf.« Grant öffnete den Kragenknopf seines Designerhemdes und holte tief Luft. »Wollen Sie das etwa riskieren, Mister K?«

»Wenn Sie mich so fragen, Grant – ja. Hauptsache, wir finden das Versteck.«

»Einmal angenommen, dem wäre so. Was hat ein todkranker Mann davon, wenn er in den Besitz des …«

»… Bernsteinzimmers gelangt? Ganz einfach: die Genugtuung, eines der kostbarsten, wenn nicht sogar *das* kostbarste Kunstwerk in seinem Besitz zu wissen, welches menschliche Hände je erschaffen haben. Soll ich Ihnen was sagen, Greg? Seit meiner Jugend, der Zeit, in der mein Leben noch nicht von der Funktionstüchtigkeit diverser Maschinen abhing, habe ich davon geträumt, es zu erwerben. Mir vorgestellt, wie es wohl wäre, wenn ich in seinen Besitz gelangte. Vielleicht können Sie das nicht verstehen, Greg, aber es ist so, war so und wird auch immer so sein. Zumindest, solange ich lebe.« Als könne er die Gedankengänge seines Gesprächspartners erraten, fügte der Anrufer, in dessen Händen sich mehr Kunstschätze befanden als in manchem Museum, mit heiserer Stimme an: »Schön und gut, werden Sie sagen, der alte Knacker hat nicht mehr lange zu leben. Wozu also die ganze Aufregung?« Nachdem ein weiterer, ungleich schlimmerer Hustenanfall verebbt war, gab sich Grants Peiniger einen Ruck und flüsterte: »Es ist der letzte Wunsch, den ich auf diesem Scheißplaneten habe. Nur ein Blick auf dieses Wunderwerk, und ich kann getrost sterben.«

»Und dann? Gesetzt den Fall, unsere Suchaktion wäre erfolgreich, was soll aus dem …«

»Das, mein lieber Greg, lassen Sie lieber meine Sorge sein«, erklärte der Anrufer von oben herab, keineswegs so kraftlos, wie man es sich bei einem Todgeweihten vorstellen würde. »Über Dinge, die einen nichts angehen, sollte man sich keine Gedanken machen.« In der Leitung begann es laut zu knistern, und ein durchdringender Pfeifton ließ Grant zusammenzucken. Den Hörer in der rechten Hand, saß er da wie gelähmt, und als er die Muschel wieder ans Ohr presste, war der Mann, dem er auf Gedeih und Verderb ausgeliefert war, mit seiner Lektion in Sachen Gefügigkeit fast am Ende. Die Pointe, mit deren Hilfe er sie zu krönen gedachte, stand freilich noch aus: »Ach, noch eins, Greg –«, zischte er, während Grant die Linke zur Faust ballte, »sollten Sie die Dummheit begehen, sich meinen Plänen zu widersetzen, wäre dies ein Grund für mich, wider Willen andere Saiten aufzuziehen. Haben wir uns verstanden, Deputy Director?«

»Und Ihre Gegenleistung?«, fragte Grant, bebend vor Zorn.

Ein Lachen erklang, wie es schauerlicher nicht hätte sein können. »Besteht darin, dass Ihr süßes kleines Geheimnis bestens bei mir aufgehoben ist. Falls Sie verstehen, was ich meine.«

Und ob er verstand.

»Ich gebe Ihnen exakt einen Tag, zwei Stunden und zehn Minuten Zeit, das heißt, bis morgen Abend um sechs. Dann will ich Fakten sehen. Spuren. Greifbare Ergebnisse. Für den Fall, dass Sie bis dahin noch nichts zuwege gebracht haben, müssen Sie mit ernsthaften Konsequenzen rechnen. Habe ich mich klar genug ausgedrückt, Greg?«

Klar doch, deutlicher ging es wirklich nicht.

»Dann bis morgen, Deputy Director.«

Fünf Minuten später, als Mister K längst aufgelegt hatte, war Gregory Boynton Grant, anerkanntes Mitglied des Jetsets von Hyannis Port und Bankrotteur in großem Stil, immer noch wie erstarrt. Erst das viermalige Schlagen der Standuhr, passend zum übrigen Mobiliar ebenfalls im Empire-Stil, rüttelte den am Boden zerstörten Beau wach. Fernes, aus südöstlicher Richtung heranrollendes Donnergrollen erfüllte die Luft, und als Grant aus dem Fenster schaute, hingen pechschwarze Wolken über dem sturmgepeitschten Meer. Die Stirn gegen das Fensterkreuz gepresst, konnte er sich von dem Unwetter, das sich über Cape Cod zusammenbraute, einfach nicht abwenden, nicht einmal, als er plötzlich eine Hand auf der Schulter spürte.

»Besser spät als nie«, flüsterte er, den Duft von Eau de Toilette in der Nase, natürlich von Chanel. »Ich dachte schon, du … du …«

»Ja?«, raunte ihm die Stimme ins Ohr, die ihn seit jeher in ihren Bann gezogen und mitunter sogar völlig willenlos gemacht hatte. »Probleme?«

»Mehr als genug.«

»Erzähl mir davon«, forderte ihn die Stimme seines Liebhabers auf, während dessen Hand durch seinen Haarschopf fuhr und ihm im Anschluss daran den Nacken massierte. »Dafür bin ich ja schließlich da.«

9

Berlin-Tiergarten, Schloss Bellevue | *21.42 h*

Auf den ersten Blick sah der halb nackte Leichnam wie eine Figur aus dem Panoptikum aus. Der kahl rasierte und zugleich überproportional große Schädel wirkte seltsam deplatziert, nicht zuletzt aufgrund des aufgedunsenen, mit Algen und Schlingpflanzen drapierten Gesichts. An mehreren Stellen, insbesondere am Rücken, wies die Haut Abschürfungen auf, die aufgrund der hereinbrechenden Dunkelheit jedoch kaum zu erkennen waren. Ungleich größer und nicht zu übersehen waren allerdings die Bissspuren, welche mit hoher Wahrscheinlichkeit von einer Wasserratte, vielleicht aber auch von einem Hecht oder Karpfen stammten. Im Augenblick des Todes jäh erstarrt, stierte das linke Auge des Toten zum Abendhimmel hinauf. Das rechte hingegen fehlte komplett, auch dies möglicherweise die Tat eines Spreefisches, der sich an der Leiche zu schaffen gemacht hatte.

Alles in allem kein erfreulicher Anblick, für Heribert Peters, Gerichtsmediziner am Städtischen Krankenhaus Moabit, jedoch nichts Ungewöhnliches. Die anerkannte Kapazität mit Lehrstuhl an der FU Berlin, in Studentenkreisen unter dem Spitznamen ›Professor Blaffke‹ bekannt, erledigte ihre Arbeit mit der gewohnten Akribie. Ein Lied auf den Lippen, bei dem es sich um eine höchst eigenwillige Interpretation des Hans-Albers-Hits ›Goodbye Johnny‹ handelte, richtete sich der korpulente, nahezu kahlköpfige und sichtlich unter Bluthochdruck leidende Genussmensch aus Moabit auf, zog seine Handschuhe aus und legte eine Verschnaufpause ein. An deren Ende, das er bewusst hinauszögerte, ließ er sich schließlich herab, das Wort an Sydow zu richten: »Wurde aber auch Zeit!«, mäkelte Peters herum. »Wo, zum Teufel, hast du eigentlich gesteckt?«

»Ich? Auf einer Geburtstagsfeier«, beichtete der Kriminalhauptkommissar verschämt. Die volle Wahrheit behielt er angesichts der Übellaunigkeit von Peters lieber für sich.

So leicht ließ sich der versierte Gerichtsmediziner und Choleriker von hohen Gnaden jedoch nicht besänftigen. »Riecht man«, murrte Peters und sah Sydow missbilligend an. »Möchte wissen, wieso der Polizeipräsident ausgerechnet an dir einen Narren gefressen hat.«

»Aufgrund meines Lebenswandels, weshalb denn sonst«, frotzelte Sydow, der genau wusste, wie er den langjährigen Freund und Kollegen zu nehmen hatte. »Keine Weiber, kein Glücksspiel und …«

»… hin und wieder ein Glas Gin. Am besten Beefeater, als halber Brite gleichsam ein Muss für dich«, kanzelte der Vertreter der Spezies harte Schale, weicher Kern den mehr als einen Kopf größeren Hauptkommissar ab. Peters konnte einfach nicht anders, und Sydow nahm es ihm auch nicht krumm. Im Hinblick auf die Abgründe, mit denen der Gerichtsmediziner tagtäglich konfrontiert wurde, kam sein schroffes Gebaren weiß Gott nicht von ungefähr. »Wenn sich hier einer als Leitender aufdrängt, dann du.«

»Verbindlichen Dank«, witzelte Sydow zurück, den Blick auf den Park von Schloss Bellevue gerichtet, hinter dem ein spärlich beleuchteter Promenadenweg vorbeiführte.

In unmittelbarer Nähe, am Ufer der rasch dahinfließenden Spree, waren Naujocks und zwei weitere Kollegen von der Spurensicherung gerade dabei, mithilfe von Taschenlampen das Ufergestrüpp zu durchkämmen. Ob mit Erfolg, war angesichts der hereinbrechenden Dunkelheit und der schmalen Lichtkegel, welche die Laternen auf die Promenade warfen, mehr als fraglich.

»In puncto Menschenkenntnis macht dir so leicht niemand etwas vor.«

»Das will ich meinen«, brüstete sich Peters mit einer gehörigen Portion an Ironie. »Insbesondere was diejenigen Angehörigen der Gattung Homo sapiens maskulinum angeht, die keinerlei Lebenszeichen mehr von sich geben.«

»Deinen Humor möchte ich haben«, bereitete Sydow den bissigen Kommentaren des Gerichtsmediziners ein abruptes Ende, näherte sich dem auf eine Plane gebetteten Leichnam und ging neben ihm in die

Hocke. Im Umgang mit Toten, vor allem mit Leuten wie diesem armen Teufel da, hatte er bisweilen so seine Probleme, was den Kollegen, Peters mit eingeschlossen, im Verlauf der Jahre natürlich nicht verborgen geblieben war. Das abendliche Zwielicht, welches dem Anblick einen fast mystischen Beigeschmack verlieh, tat ein Übriges, weshalb Sydow mit sich und den Nachwirkungen seines Alkoholkonsums erheblich zu kämpfen hatte. Scheiß Sauferei!, verwünschte er sich insgeheim, ein zuletzt recht häufig geäußerter Stoßseufzer, wenn auch einer ohne Folgen.

»Ran an die Buletten, Holzauge!«, forderte Peters den Kripo-Beamten auf, tippte ihm auf die Schulter und ließ sich mit entspanntem Lächeln auf einer nahen Bank nieder, um den Lichtkegel seiner Taschenlampe von dort aus über den Körper des Toten wandern zu lassen. »Nur keine Scheu, der gute Mann beißt nicht.«

»Wie gesagt – deinen Humor möchte ich haben.«

»Humor oder nicht«, konterte Peters, unter dessen Achseln sich zwei riesige Schweißflecken gebildet hatten, »was will uns dieser Tote sagen?«

»Gar nichts.«

»Scherzkeks. Und was noch?«

Sydow kniete sich hin und dachte nach. Der Geruch, den die Leiche verströmte, war kaum auszuhalten, die leere Augenhöhle des Makaberen entschieden zu viel.

»Vermutlich ein Hecht, vielleicht aber auch eine

Wasserratte«, erriet der Gerichtsmediziner seine Gedanken und breitete die Arme auf der Lehne aus. »Sonst noch was? Komm schon, für jemanden, der zu Höherem berufen scheint, könntest du dich ruhig etwas mehr ins …«

»… Zeug legen, ich weiß«, vollendete Sydow mit verbissener Miene und ließ den Blick über den Körper des Unbekannten wandern. »Anfang bis Mitte dreißig, knapp 1,80 Meter groß, männlich, Hämatom am Hinterkopf, jede Menge blaue Flecken am Oberarm und nur noch drei intakte Fingernägel an der rechten Hand.«

»Für einen Anfänger gar nicht so übel«, ließ Peters gönnerhaft verlauten. »Ihre Schlussfolgerung, Watson?«

»Sieht so aus, als sei Mister Namenlos ziemlich durch die Mangel gedreht worden.«

»Oder verunglückt.«

»Und was ist mit den fehlenden Fingernägeln?«

»Nebensache«, tat Peters den Einwand des Kripo-Beamten mit einem mitleidigen Lächeln ab. »Augen auf, Sonnyboy, oder willst du hier übernachten?«

»Die Striemen oberhalb des Knöchels?«

»Genau die«, antwortete der Gerichtsmediziner und applaudierte affektiert. »Wenn ich könnte, würde ich dich jetzt für einen Orden vorschlagen. ›Held der Berliner Kripo‹ – nicht übel, oder?« Ein vermutlich seit Weihnachten in Gebrauch befindliches Taschentuch in der Hand, betupfte Peters seine schweißglänzende

Stirn und sah seinen vermeintlich begriffsstutzigen Eleven mit mitleidigem Augenaufschlag an. »Deine Hypothese, Blaublüter?«

»Klarer Fall von missglücktem Vertuschungsmanöver.«

»Volltreffer«, spöttelte Peters und verfiel ins Dozieren, »unabhängig davon, auf wessen Konto das Ganze geht, waren der oder die Täter darauf aus, ihr Opfer den Fischen zum Fraß vorzuwerfen.«

»Stattgegeben.«

»Aller Wahrscheinlichkeit nach mithilfe eines Steins, Gewichts oder anderer Konstrukte, deren man sich in solchen Fällen zu bedienen pflegt. Pech gehabt, sprach der Gott des Zufalls, entwickelte diese bemitleidenswerte Kreatur doch post mortem* ungeahnte Kräfte und entledigte sich seiner Fesseln.«

»Wie gesagt – …«

»Mein Humor – ich weiß«, setzte sich Peters mit entschuldigender Geste zur Wehr. »Soll nicht wieder vorkommen. Wo war ich denn gerade stehen … genau! Nachdem die Strömung, der Dilettantismus des oder der Täter oder welcher Umstand auch immer dafür gesorgt haben, dass der Tote zurück an die Oberfläche kommt, treibt der Leichnam spreeabwärts und verheddert sich geraume Zeit später im Ufergestrüpp.«

»Sehr lange kann das nicht gedauert haben.«

»Ins Schwarze getroffen, Traum aller ledigen Großmütter. Vom Zustand des Leichnams aus betrachtet,

---

* dt.: nach dem Tode

in etwa einen halben Tag, unter Umständen etwas länger.«

»Heißt das, du willst damit sagen, dass …«

»… der Tote irgendwann heute früh in der Spree gelandet ist. Wo genau, bleibt ungewiss, höchstwahrscheinlich nicht allzu weit entfernt. Wenn's hochkommt, ein paar Hundert Meter.«

Sydow schürzte die Lippen und warf dem auf der Bank sitzenden Falstaff, der sich gerade eine Fluppe ansteckte, einen schrägen Blick zu.

»So wenig?«

Heribert Peters, in diesem Moment ganz thronender Zeus, runzelte indigniert die Stirn. »Was heißt hier ›wenig‹!«, polterte er drauflos, kurz davor, sein Blitzbündel zu schleudern. »Worauf willst du eigentlich hinaus?«

»Darauf, Herr Professor Blaffke, dass der Tote ebenso gut mehrere Kilometer flussaufwärts in der Spree versenkt worden sein könnte. Durchaus vorstellbar, finde ich. Insbesondere, wenn man die gegenwärtige Strömung berücksichtigt.«

»Das glaubst du doch wohl selbst nicht, Tom. Mehrere Kilometer innerhalb eines halben Tages – ausgeschlossen.«

»Nichts ist unmöglich, Heribert – es sei denn, der gegenteilige Beweis läge vor.«

»Scharfsinnig wie immer, der gute Tom.« Sichtlich verstimmt, rümpfte der Gerichtsmediziner die Nase und zog sich in seinen Schmollwinkel zurück. Sydow indes würdigte ihn keines Blickes, streifte die neben dem Toten liegenden Gummihandschuhe über und bettete ihn behutsam auf die Seite. »Was soll denn das werden?«

»Immer mit der Ruhe.« Ins grelle Licht der Taschenlampe getaucht, ließ sich Sydow nicht beirren und sah sich das Unterhemd des Toten näher an.

Kurz darauf gab er einen leisen Pfiff von sich.

»Machen Sie's nicht so spannend, Holmes«, drängte Peters, erhob sich und lugte ihm neugierig über die Schulter. »Sonst stehen wir noch morgen früh hier rum.«

»Das wohl kaum«, griente Sydow mit schadenfroher Miene und bog das Etikett nach außen. »Schau mal her, du Spezialist.«

»Au Backe«, ächzte Peters, seinen Schmerbauch weit nach vorn gebeugt. »Muss ich in der Eile übersehen haben.«

»So viel zum Thema Professionalität«, scherzte Sydow, der sich die Gelegenheit, den Gerichtsmediziner aufzuziehen, natürlich nicht entgehen ließ. »Was, um mit deinen Worten zu sprechen, will uns dieses Etikett sagen?«

»Dass der oder die Täter absolute Dilettanten waren. Oder in Eile.«

»Oder beides«, korrigierte Sydow seinen Freund. »Und was sagt es uns noch?«

»VEB* Textilwerke Babelsberg«, las Peters unter

* Volkseigener Betrieb

Zuhilfenahme seiner randlosen Brille vor. Und fügte kleinlaut hinzu: »Dass meine Theorie einer Überarbeitung bedarf. Und zwar dringend.«

»Nichts dagegen, Herr Diplom-Leichenfledderer«, gestand Sydow ihm huldvoll zu und kostete seinen Triumph weidlich aus. »Wer hat denn nun recht gehabt – du oder ich?«

»Du«, räumte Peters unumwunden ein, ließ die Brille im Etui und dieses im Zeitlupentempo in seiner Brusttasche verschwinden. »Was bedeutet, dass wir Erkundigungen über diesen VEB Textilwerke einziehen müssen. Und sei es nur, um festzustellen, wen er beliefert.«

»Schon mal an die veränderten politisch-gesellschaftlichen Verhältnisse im Osten unserer geteilten Heimatstadt gedacht?«

Wie so häufig, wenn er nicht mehr weiterwusste, zwirbelte Peters auch jetzt an seinen opulent sprießenden Brauen herum. »Sieht so aus, als hätten wir ein Problem«, räumte er nach längerem Überlegen ein, mit einem Blick, der verriet, wie ratlos er momentan war. »Willst du etwa damit sagen, dass …«, begann er, brach jedoch unvermittelt ab.

»Einmischung in die inneren Angelegenheiten der DDR, du hast es erfasst, Herr Professor. Nach der Handschrift zu urteilen, welche die Täter hinterlassen haben, käme für mich nämlich von vornherein jemand Bestimmtes infrage.« Sydow hob den Kopf und starrte ins Leere. »Stichwort ›Fingernägel‹.«

»Doch nicht etwa der VEB Horch, Guck und Greif*?«, japste Peters, dem Sydows Kombinationsgabe langsam unheimlich wurde.

»Genau der«, ahmte der Kriminalhauptkommissar den bisweilen hochtrabenden Tonfall seines Freundes nach. »Ein Gegner mit dem Prädikat ›brandgefährlich‹, wie wir alle wissen.«

»Heißt das, du ziehst den Schwanz ein, oder was?«, bot ihm Peters die Stirn, auf einen Schlag wieder der Alte.

»Natürlich nicht«, beteuerte Sydow, richtete sich auf und warf einen Blick nach Westen, genau dorthin, wo die Dunkelheit das Abendrot soeben zum Erlöschen brachte. »So gut müsstest du mich eigentlich kennen.«

»Was bedeutet, dass wir herauskriegen müssen, wer zur Kundschaft besagter Genossen in Babelsberg zählt«, murmelte Peters und brachte den Leichnam wieder in seine ursprüngliche Position, um ihn anschließend mit Sydows Hilfe in den bereitstehenden Zinksarg zu betten. »Nicht ganz einfach, hab ich das Gefühl.«

»Nur Mut, Professor Blaffke«, munterte Sydow den nachdenklich gewordenen Gerichtsmediziner auf. »Noch ist nicht aller Tage Abend.«

»Ist es auch nicht, Tom, ist es auch nicht.«

Zur Gänze in ihr Gespräch vertieft, hatten Sydow und Peters nicht bemerkt, dass Naujocks seine Suche beendet und sich ihnen auf Hörweite genähert hatte.

---

* Spitzname für die Stasi

Die aus Potsdam stammende und vor knapp zwei Jahren in den Westen geflüchtete Bohnenstange mit der Halbstarkenfrisur setzte ein siegesgewisses Lächeln auf, bezog gegenüber von Sydow Position und sagte: »Zur Not gibt es ja noch mich.« Woraufhin er mit sichtlichem Vergnügen ergänzte: »Und meinen in der Textilbranche tätigen Bruder.«

*

»Ach du lieber Himmel!«, rief Peters auf dem Rückweg zum Wagen aus, schlug sich mit der Handfläche gegen die Stirn und kramte seinen Notizblock hervor. »Die hätte ich ja beinahe vergessen.«

»Wen denn?«, fragte Sydow und trat unter eine Straßenlaterne, von der aus man einen Blick auf die Fassade von Schloss Bellevue und die nicht weit davon entfernte Siegessäule werfen konnte. »Deine Frau oder deine Freundin?«

»Sehr witzig«, knurrte Peters und drückte Sydow den Block in die Hand. »Tut mir leid, deinen Voyeurismus nicht befriedigen zu können. Wie du weißt, bete ich Evelyn an.« Danach präzisierte er zerknirscht: »Die Entdecker des Leichnams.«

»Schön, dass man so was auch mal erfährt«, raunzte Sydow den Gerichtsmediziner nach vollendeter Lektüre an, was Peters nicht auf sich sitzen ließ. »Meine Schuld, wenn du dich schon am helllichten Tag besäufst?«, keifte er.

»Schon gut, Heribert – war nicht so gemeint.« Für seine Verhältnisse ungewöhnlich konziliant riss Sydow das Blatt mit den beiden Adressen ab, ließ es in seinem Sakko verschwinden und reichte den Block an Peters zurück. Um ihn zu besänftigen, tätschelte er ihm anschließend die Wange. »Und wann, denkst du, bist du mit der Obduktion fertig?«

Die Hände in den Hüften, baute sich der Gerichtsmediziner wie ein angriffsbereites Walross vor Sydow auf. »Auf gut Deutsch: Mylord wünschen, dass ich mich umgehend an die Arbeit mache«, schnaubte er, während zwei Schupos den Zinksarg zu dem auf einem nahen Feldweg parkenden Leichenwagen trugen. »Denkst du vielleicht, ich habe nichts Besseres zu tun, als immer nur nach deiner Pfeife zu tanzen?«

»Nein«, rettete Naujocks die Situation und grinste über beide Backen. »Aber du weißt ja, wie er ist.«

Auf dem besten Weg, sich auch noch mit dem Leiter der Spurensicherung anzulegen, stopfte Peters den Block in seine Gesäßtasche, zeigte Sydow einen Vogel und stapfte wutentbrannt zu seinem Wagen.

»Bis nachher, Harry-Schatz!«, rief ihm Sydow hinterher, schloss seinen Aston Martin auf und warf den Zündschlüssel auf den Beifahrersitz. »Solltest du Sehnsucht nach mir haben, kannst du mich jederzeit im Präsidium …« Ein Streifenbeamter, der Sydow etwas ins Ohr flüsterte, bereitete seinen Hänseleien ein abruptes Ende. »Was gibt's?«

Eine halbe Minute später, vor Schreck kalkweiß

im Gesicht, konnte es der 40-jährige Kriminalhauptkommissar immer noch nicht fassen. »Scheiße!«, rief er zur Belustigung von Heribert Peters aus, der wieder umgekehrt und mit scheinheiligem Lächeln neben den rot lackierten Sportwagen getreten war. »Auch das noch.« Dann kurbelte er das Fenster hoch und startete den Motor.

»Mach's gut, Tommy-Boy!«, rief der 53-jährige Gerichtsmediziner und machte keinerlei Anstalten, mit seiner Schadenfreude hinterm Berg zu halten. »Winke, winke! Und nicht vergessen: Geteiltes Leid ist halbes Leid.«

Aber da war Tom Sydow bereits in Richtung Siegessäule davongerast.

10

Berlin-Lichtenberg, Ministerium für Staatssicherheit der DDR in der Normannenstraße

| *21.55 h*

»Versagt? Auf der ganzen Linie? Wir?« Wilhelm Zaisser, Minister für Staatssicherheit, war so erbost, dass er dem Mann am anderen Ende der Leitung am liebsten den Marsch geblasen hätte. »Denken Sie vielleicht, ich bin Hellseher?«

Kurz vor dem Auflegen schnappte der gebürtige Westfale, dessen gestrenger Blick nur selten einem Lächeln wich, laut und vernehmlich nach Luft. Im Verlauf seines Lebens hatte der bald 60-jährige KPD-Aktivist der ersten Stunde jede Menge niederschmetternde Nachrichten verkraften müssen. An die von heute reichten sie jedoch allesamt nicht heran. Im Vergleich dazu waren seine Zeit im Untergrund, die Teilnahme am Spanischen Bürgerkrieg und das Exil im stalinistischen Russland die reinste Sommerfrische gewesen. Der heutige Tag, so sein Fazit, war der Tiefpunkt seines Lebens.

Irrtum ausgeschlossen.

»Konterrevolutionärer Putschversuch? Machen Sie es sich da nicht ein bisschen einfach, Genosse?« Das Ohr am Hörer, aus dem sich eine wahre Flut von Vorwürfen über ihn ergoss, verdüsterte sich Zaissers ohnehin schon ernste Miene noch mehr. So dämlich konnte wirklich nur Ulbricht* daherreden. Das machte diesem penetrant sächselnden Spitzbart so schnell keiner nach. Dabei wollten die Werktätigen doch nur eins: mehr Geld in der Lohntüte und leben wie die Bevölkerung von Westberlin. Aber genau das wollte und konnte sein erklärter Intimfeind ja nicht kapieren.

»Konterrevolutionäre Banditen, imperialistische Agenten, Faschisten!«, quakte es dermaßen schrill aus dem Hörer, dass es einem in den Ohren wehtat. »Und die Staatssicherheit, Schwert und Schild der Partei, bekommt nicht das Geringste davon mit. Können Sie mir vielleicht verraten, Genosse, wie wir der Lage wieder Herr werden wollen?«

»Jedenfalls nicht, indem wir zur Waffe greifen«, warf Zaisser lakonisch ein und bedachte die Porträts von Marx, Engels und Lenin, welche die gegenüberliegende Wand mit dem ockerfarbenen Tapetenmuster zierten, mit einem nostalgischen Blick. Beim Anblick des Konterfeis von Stalin, der vor gut drei Monaten das Zeitliche gesegnet hatte, wurde dieser jedoch wieder ernst. Wie es nach dem Tod des Generalissimus weitergehen würde, konnte man nicht mit Bestimmtheit sagen. Nur so viel, dass für die DDR eine Menge davon abhing, wer in der Sowjetunion das Ruder ergreifen würde.

Eine Menge, wenn nicht gar alles.

---

* Generalsekretär des ZK der SED (1893–1973)

»Wenn wir das tun, Genosse Ulbricht, haben wir für alle Zeiten ausgespielt.«

»So, meinen Sie.«

»Mit Verlaub – ja!«, bellte Zaisser in den Hörer, während sich die Zornesfalten oberhalb seiner Nasenwurzel zusehends vertieften. »Oder muss ich Sie daran erinnern, wie weit wir bereits hinter dem Klassenfeind zurückgeblieben sind?«

»Was Sie da von sich geben«, japste Ulbricht, der vor Empörung glatt das Sächseln vergaß, »ist Hochverrat. Glatter Hochverrat. Ich hoffe, das ist Ihnen bewusst, Herr Minister.«

»Ist es, Genosse Generalsekretär, ist es«, parierte Zaisser ungerührt. Einmal in Fahrt, wollte er es seinem Erzrivalen im Politbüro mal so richtig zeigen. Zu verlieren hatte er ohnehin nichts mehr. »313 Mark Durchschnittslohn für einen Produktionsarbeiter, für die Mitglieder des Politbüros dagegen mehr als das Sechsfache. Circa 65 Mark Rente, gravierende Versorgungsmängel, Lebensbedingungen wie kurz nach dem Krieg, Rationen knapp über dem Existenzminimum, HO-Waren, die sich kein Mensch leisten kann – und Sie, Genosse, wundern sich, warum die Werktätigen langsam auf die Barrikaden gehen.«

»Diese an Defätismus grenzende Polemik werde ich mir nicht länger …«

»Jetzt hör mir mal gut zu, Walter«, wurde es Zaisser, dem das Idiom seines Gesprächspartners den letzten Nerv tötete, allmählich zu bunt. »Wenn du mich auf einmal siezt, ist mir das, ehrlich gesagt, egal. Als Generalsekretär muss man schließlich auf Distanz gehen – klar. Aber wenn du mir für etwas, das wir alle auf unsere Kappe nehmen müssen, die Schuld in die Schuhe schieben willst, lasse ich mir das nicht bieten.«

»Vorsicht, Sie spielen mit dem Feuer.«

»Ganz wie Sie wollen, Genosse Ulbricht«, antwortete Zaisser mit versteinerter Miene und fuhr sich durch das schüttere, stets angefeuchtete und nach hinten gekämmte Haar. »Dann wollen wir mal Tacheles reden.«

»Ich glaube nicht, dass mir dein Ton gefällt, Willy.«

»Na also, warum nicht gleich?«, antwortete Zaisser gedehnt und ließ sich in den gepolsterten Bürosessel sinken, den Panzerschrank im Auge, in dem sämtliche Geheimnisse schlummerten, welche die Führungskader der DDR zu verbergen hatten. Weit mehr jedenfalls, als Ulbricht ahnte oder ihm zu überlassen bereit gewesen wäre – je nachdem. »So ein Du schafft bekanntlich gleich eine intime Atmos...«

Ausgerechnet jetzt, im denkbar ungünstigsten Moment. Den Hörer am rechten, das Klopfen im linken Ohr, unterdrückte Zaisser seine aufkeimende Wut, brach mitten im Satz ab und sagte: »Wir hören voneinander, Walter.« Unmittelbar danach legte er auf.

»Wer, zum Teufel ...«, setzte er daraufhin an, fest entschlossen, den Störenfried vor der Tür zurechtzuweisen. Wenn schon nicht Ulbricht, würde wenigstens er seinen Zorn zu spüren bekommen.

Doch Wilhelm Zaisser, einer der mächtigsten, wenn nicht gar der mächtigste Mann der DDR, hatte falsch gedacht.

Kaum hatte er den Blick nämlich gehoben, fiel dieser auf einen lediglich 1,63 Meter großen, bulligen und eher ungepflegt wirkenden MfS-Beamten, bei dessen Anblick sich seine Wut quasi in nichts auflöste. Aus Gründen, die ihm selbst nicht ganz klar waren, empfand er so etwas wie Respekt vor ihm. Umso unverständlicher, da es sich hier lediglich um seinen Stellvertreter handelte. Ein Mann, der es nach landläufiger Meinung in sich hatte. Brandgefährlich, geheimnisumwittert – und ohne jeden Skrupel.

»Bitte um Verzeihung, Genosse Minister«, scholl es durch das schmucklose, nach einer Mischung aus Bohnerwachs, Zigaretten und Bohnenkaffee riechende Büro, dessen einzige Zierde ein roter Teppich war, der die Schritte des stellvertretenden Ministers für Staatssicherheit fast komplett verschluckte. »Aber Sie hatten mich auf 22 Uhr zu sich gebeten. Die allgemeine Lage, Sie verstehen.« Und ob er verstand.

»Ihre Einschätzung, Mielke?«, antwortete Zaisser reserviert und bedeutete der Nummer zwei der Stasi, auf dem Stuhl vor seinem Schreibtisch Platz zu nehmen.

Sein Stellvertreter reagierte jedoch nicht darauf. »Wenn es Ihnen nichts ausmacht, Genosse«, antwortete der 45-jährige SED-Funktionär, cholerisch, grobschlächtig und nicht übermäßig intelligent, »würde ich lieber stehen. Ich denke, es gibt noch viel zu tun.«

Zaisser beließ es bei einem knappen Kopfnicken. »Die Lage?«

»Überaus ernst, Genosse Minister – um nicht zu sagen bedrohlich.« Der stellvertretende Minister für Staatssicherheit machte ein grimmiges Gesicht, wie ein Bullterrier, der darauf wartet, von der Leine gelassen zu werden. »Aufrufe zum Generalstreik, zur deutschen Einheit, ja sogar zu gewalttätigem Losschlagen. Darüber hinaus Forderungen nach Rücknahme der Normenerhöhung, nach Senkung der Lebenshaltungskosten, nach freien und geheimen Wahlen und Verzicht auf jegliche Maßregelung der Streikenden, insbesondere derjenigen in der Stalinallee.* Gepaart mit faschistisch-reaktionärer Propaganda – wie zum Beispiel in diesem Pamphlet hier.« Die Sonderausgabe des ›Abend‹ in der Hand, wich Mielke dem Blick seines Vorgesetzten aus, ließ sie auf dessen Schreibtisch fallen und zitierte: »›Ostberliner Arbeiter rufen zum Generalstreik gegen ihre Unterdrücker auf‹ – deutlicher geht es wohl nicht, oder?«

»Scheint so«, murmelte Zaisser bei der Lektüre des Artikels, der seine Laune unter null sinken ließ. »Und was nun?«

Eine Frage, auf die Mielke nur gewartet zu haben schien. »Sofortige Gegenmaßnahmen!«, schnarrte er, einem Soldaten beim Appell zum Verwechseln ähnlich.

---

* siehe Glossar

»Als da sind: Zerschlagung der faschistischen Widerstandsnester, Ergreifung der Schuldigen und umgehende Wiederherstellung der öffentlichen Sicherheit und Ordnung.«

»Und was, wenn diese Maßnahmen nicht greifen?«

»Beistandsersuchen an die sozialistischen Bruderländer und Liquidierung der imperialistischen Agenten, die sich den Untergang unseres sozialistischen Vaterlandes zum Ziel gesetzt haben.«

Kalkweiß im Gesicht, hielt es Zaisser nicht mehr auf dem Sitz. »Wie bitte?«, presste er hervor, außerstande, seine Erregung zu zügeln. »Habe ich da eben richtig gehört? Sie wollen die Russen um Hilfe bitten, uns zu einem hilflosen Popanz degradieren?«

»Wenn es sein muss – ja.«

»Mit welchem Ziel?«

»Neutralisierung sämtlicher Spione, Verräter, Aufwiegler und CIA-Agenten. Wenn möglich, innerhalb kürzester Zeit.«

»›Neutralisierung‹, so, so.« Das vorspringende Kinn zwischen Daumen und Zeigefinger geklemmt, begann Zaisser hinter seinem Schreibtisch auf und ab zu gehen. Als einer der wenigen, die wussten, wie es um die DDR stand, durfte er die Warnungen, die ihn im Laufe des Tages erreicht hatten, natürlich nicht ignorieren. Schon gar nicht im Angesicht von Mielke, der ihm dies bei nächstbester Gelegenheit unter die Nase reiben würde. »Ich darf wohl annehmen, Genosse«, schlug er deshalb wieder einen versöhnlicheren Ton an, »dass Sie imstande sind, in Bezug auf Ihre Verschwörungstheorie die entsprechenden Beweise vorzulegen.«

»Mit dem größten Vergnügen, Genosse Minister.« Mielke konnte es kaum erwarten. Beflissen bis an die Grenze der Servilität, öffnete er die Mappe, die er unter den linken Arm geklemmt hatte, entnahm ihr ein Foto und legte es behutsam auf den Tisch. »Bedienen Sie sich.«

»Wer ist das, wenn man fragen darf?«, murmelte Zaisser, nachdem er sich wieder an den Schreibtisch gesetzt und die auf 20 mal 30 Zentimeter vergrößerte Schwarz-Weiß-Aufnahme, auf der zwei in etwa gleichaltrige Männer zu erkennen waren, im Licht seiner Schreibtischlampe begutachtet hatte. Der Minister für Staatssicherheit kratzte sich nachdenklich am Ohr. Eigentlich war ihm ja nicht nach Scherzen zumute. Um Mielke eins auszuwischen, war ihm allerdings jedes Mittel recht: »Doch nicht etwa zwei US-Agenten?«

Mielke verneinte.

»Ein Agent und seine Kontaktperson?«

»Das schon eher.«

Zaisser schaute auf und warf Mielke einen unwirschen Blick zu.

»Ein Verräter aus den eigenen Reihen und eine unbekannte Person, vermutlich Amerikaner.«

Zaisser pfiff überrascht durch die Zähne. »Tatsächlich?«

»Mit einem Faible für teure Klamotten, Salonlöwe durch und durch.«

»Und das Prachtexemplar rechts von ihm?«

»Ist der Dreckskerl, mit dem ich von heute an eine Rechnung offen habe.«

»Aus den eigenen Reihen, sagen Sie?«

Mielke nickte, drehte die geöffnete Mappe um und bot sie Zaisser dar. »Bitte.«

Binnen Sekunden um Jahre gealtert, schob Zaisser das Foto beiseite, nahm das Geheimdossier entgegen und vertiefte sich in ein Schriftstück, auf dem sich die Aufschrift ›streng geheim!‹ befand. Bis er sich wieder gefangen hatte, vergingen mehrere Minuten, und selbst dann kam er aus dem Kopfschütteln nicht mehr heraus. »Rembrandt?«, stieß er plötzlich hervor, nachdem er die Akte zum wiederholten Mal gelesen hatte.

»Sein Deckname«, erläuterte Mielke, in einem Tonfall, der seine Verachtung überdeutlich werden ließ. »Mit richtigem Namen heißt das Schwein Curt Holländer und stammt aus …«

»Jahrgang 1914, geboren in Ostpreußen, Abitur, unmittelbar danach Studium der Kunstgeschichte an der Friedrich-Wilhelms-Universität«, rezitierte Zaisser, immer noch nicht ganz bei der Sache.

»Von daher auch sein Pseudonym.«

»Wie originell!«, grummelte Zaisser und murmelte: »Mit 22 Eintritt in die SS, Dienst in der SS-Panzer-Division ›Das Reich‹ und kurz vor Kriegsende in der ›Leibstandarte Adolf Hitler‹. Gefangennahme durch die Rote Armee.« Puterrot vor Empörung, klappte der Minister den Aktendeckel zu und funkelte Mielke wutentbrannt an. »Können Sie mir verraten, Sie Experte, wie es sein kann, dass sich ein gestandener Faschist wie dieser … dieser …«

»Holländer.«

»Belassen wir es lieber bei seinem Decknamen«, schnaubte Zaisser, warf einen Blick auf das Foto und knurrte: »Und aus welchem Grund ist dieser Rembrandt nicht auf der Stelle exekutiert oder auf Nimmerwiedersehen nach Sibirien deportiert worden?«

»Spitzeldienste im Kriegsgefangenenlager. Verrat von Fluchtplänen und detaillierte Angaben über die Vita seiner Kameraden. Speziell über diejenigen aus der SS.«

»Verstehe.« Um einiges nachdenklicher, stützte Zaisser die Ellbogen auf die Schreibtischkante und ließ sein Gesicht hinter den Handflächen verschwinden. »Und in welcher Abteilung treibt sich die Ratte herum?«

»In der HVA.«*

»Wie praktisch.«

»Als OibE.«

»Ganz schöner Flurschaden, Mielke. Und das ausgerechnet jetzt.«

»Dennoch kein Anlass zum Pessimismus, wenn die Bemerkung gestattet ist.«

Zaisser hob den Kopf und sah Mielke entgeistert an. »Und worauf – wenn die Bemerkung gestattet ist –«, äffte er seinen Gesprächspartner nach, »gründet sich Ihre Zuversicht?«

* HVA: ›Hauptverwaltung Aufklärung‹, der 1951 gegründete Auslandsnachrichtendienst der DDR

Die Antwort der grauen Eminenz im Ministerium für Staatssicherheit kam prompt. »Darauf, dass Leutnant Lippmann, ein zuverlässiger Kader in Westberlin, ihm seit geraumer Zeit auf den Fersen ist. Übrigens der Mann, der Holländer bei seinem kleinen Plausch im Café Kranzler abgelichtet hat. Unbemerkt, wie ich wohl nicht extra hinzufügen muss.« Ein Lächeln, für seine Verhältnisse fast eine Entgleisung, huschte über Mielkes Gesicht. »Ihre Direktiven, Genosse Minister?«

»Unauffällige Beschattung«, erwiderte Zaisser, plötzlich wie ausgewechselt. »Zumindest so lange, bis wir wissen, mit wem dieser Holländer in Verbindung steht. Und in welcher Sache. Liquidierung nur bei Fluchtgefahr, ist das klar? Erst die Arbeit, dann das Vergnügen. Mit anderen Worten – sollten wir den Schlamassel, in dem wir stecken, heil überstehen, knöpfe ich mir diesen Holländer vor.« Zaisser setzte eine grimmige Miene auf, noch verbissener, als er ohnehin wirkte. »Höchstpersönlich.«

»Ihr Wunsch sei mir Befehl, Genosse.«

»Wenn wir gerade dabei sind – worum hat es sich in dem Gespräch zwischen Rembrandt und diesem Yankee-Fatzke überhaupt gedreht?«

Fast schon an der Tür, hielt Mielke inne und drehte sich ohne erkennbare Anzeichen von Eile um. »Dem Vernehmen nach um das Bernsteinzimmer«, antwortete er, ein sibyllinisches Lächeln im Gesicht. »Hatte ich das nicht erwähnt?«

11

Ostberlin, Bahnhof Friedrichstraße | *22.45 h*

Er war der Mann mit den vielen Gesichtern, charmant, weltoffen und gebildet, zuweilen auch grob, rücksichtslos und brutal und so skrupellos, dass er seinesgleichen suchte. Er war der Mann, auf den die Frauen flogen, schlank, aber nicht zu sehr, gut gebaut und dunkeläugig, mit einnehmendem, fast hypnotischem Blick und walnussfarbenem, kaum zu bändigendem Haar. Dank dieses Blickes und der Fähigkeit, die jeweiligen Gesprächspartner völlig für sich einzunehmen, hatten diese das Gefühl, der Sohn eines betuchten Gemischtwarenhändlers aus dem ostpreußischen Gumbinnen sei ausschließlich an ihnen, und nur an ihnen interessiert. Es war diese Fähigkeit, die ihn fast nie auf taube Ohren stoßen ließ, in welchen Kreisen er sich auch bewegte.

Darüber hinaus besaß Curt Holländer, Offizier im besonderen Einsatz, Oberleutnant der Staatssicherheit und Wagner-Verehrer, die Fähigkeit, in jede beliebige Rolle zu schlüpfen. Und sei sie auch noch so ausgefallen. Hier Folterknecht, da Charmeur. Bei ihm funktionierte so etwas auf Knopfdruck. Nicht etwa, weil er ein übermäßig begabter Schauspieler gewesen wäre, sondern weil er Worte wie Prinzipientreue, Loyalität und Standfestigkeit nur vom Hörensagen kannte. Holländer war völlig gewissenlos, ein in seiner Zunft nützliches, wenn nicht gar unverzichtbares Requisit. Das einzig Wichtige für ihn war, auf der Seite der Sieger zu stehen. Dafür würde er alles, aber auch alles tun.

Wenn es sein musste, sogar den Leichnam eines ehemaligen Kameraden ausbuddeln.

In Gedanken bereits bei seinem Vorhaben, kramte Rembrandt eine zerknitterte Anzeige aus seiner Tasche und überflog den Text.

›In aller Stille nehmen wir Abschied von unserem Ehemann, Vater, Bruder, Schwager und Onkel, Hans-Hinrich von Oertzen, (*17.9.1917, †4.6.1953). Wir werden ihm stets ein ehrenvolles Andenken bewahren.‹

Die Todesanzeige in der rechten, sein Feuerzeug in der anderen Hand, entzündete Rembrandt den Zeitungsausschnitt und hielt ihn so lange in der Hand, bis die bläulich-gelbe Flamme seinen Daumen beinahe erreicht hatte. Dann ließ er das Feuerzeug wieder in die Tasche gleiten, öffnete den Abfallbehälter und ließ die spärlichen Reste darin verschwinden. Holländer lachte leise in sich hinein. Der gute alte von Oertzen. Vorzeigearier vom Scheitel bis zur Sohle, auch optisch. Gardemaß, blond, blauäugig und von edelstem Geblüt. SS-Standartenführer. Ein nordischer Recke wie aus der Rassenfibel.

Genau der Mann, nach dem er jahrelang auf der Suche gewesen war.

Im Begriff, in Höhe der Museumsinsel aus einem

Waggon der Linie 5 zu sehen, blieb Holländers Blick an seinem Spiegelbild haften. Der Impresario mit dem d'Artagnan-Bart, eine seiner Paraderollen, hatte ausgespielt. Nicht zuletzt deshalb hatte er seine Klamotten gewechselt, sich rasiert und seine Lockenpracht kräftig gestutzt, wenngleich er sich nicht dazu hatte durchringen können, auf seinen exotischen Bartschmuck zu verzichten. Kein Zweifel, im alles entscheidenden Moment war der Mann ohne Gesicht gefragt, nicht der, den die Kameraden im Krieg Professor getauft hatten. Dabei konnte Holländer wirklich nicht von sich behaupten, dass er musisch oder künstlerisch desinteressiert war. Ganz im Gegenteil. Schließlich hatte er nach dem Abitur Kunstgeschichte studiert und es diesbezüglich zu profunden Kenntnissen gebracht. Wirklich Feuer gefangen hatte er jedoch nie, und so war es für ihn kein Verlust gewesen, als sich aufgrund der Beziehungen seines Vaters die Chance für eine Karriere in der SS ergeben hatte. Rembrandt fuhr mit dem Zeigefinger über seinen Musketierbart und lächelte. Dieses Gesülze von Ariertum, der Überlegenheit der nordischen Rasse und unverbrüchlicher Treue zum Führer war ihm zwar von Anbeginn zuwider gewesen, geschadet hatte es seiner Karriere allerdings nicht, war er schließlich dadurch in die unmittelbare Nähe zur Macht gerückt, auf Tuchfühlung sozusagen. Wenn nicht die Frauen, dann war es die Karriere gewesen, die ihn stets angezogen hatte. Macht, entsprechende Beziehungen und die Möglichkeit, nach Kräften davon zu profitieren. Profit, persönliche Vorteile und das Kapital, welches sich aus dem Wissen um die Geheimnisse der Mächtigen schlagen ließ. Darauf, und nur darauf kam es an.

Apropos Geheimnis. Wenn es eines gab, hinter dem die halbe Welt her war, dann das, dessen Enträtselung er sich mit Haut und Haaren verschrieben hatte. Auf einen Schlag wie elektrisiert, sprang Rembrandt auf, blieb aber auf halbem Weg zur Waggontür stehen. Allein der Gedanke an das Bernsteinzimmer hatte genügt, um ihn die sozialistische Tristesse ringsum vergessen zu lassen. Keine Macht der Welt, am allerwenigsten eine Frau, würde ihm so kurz vor dem Ziel einen Strich durch die Rechnung machen. Ein habgieriges Funkeln trat in Rembrandts Gesicht, ungeachtet der adretten Blondine, die ihn aufmerksam beäugte. Wandvertäfelungen aus Bernstein, jede davon ein Vermögen wert. Dazu Spiegelpilaster, Steinmosaiken und Schnitzwerk, sorgsam verpackt in 24 Kisten. Eines der kostbarsten Kunstwerke, das die Welt je gesehen hatte, und er, Curt Holländer, würde den Finderlohn dafür kassieren. Vorausgesetzt, es käme ihm niemand in die Quere. Rembrandts Miene verfinsterte sich wieder und nahm einen dämonischen Ausdruck an. Panzergrenadier Benjamin Kempa, Weichling vom Scheitel bis zur Sohle, bei der SS völlig fehl am Platz. Ausgerechnet er hatte versucht, ihn zu übertölpeln. Obwohl er ganz genau hätte wissen müssen, mit wem er sich anlegte.

›Bahnhof Friedrichstraße. Bitte aussteigen, der Zug endet hier.‹ In Gedanken bei seiner Zeit in der SS, holte ihn die Durchsage auf dem Bahnsteig in die Gegenwart zurück. Wieder ganz der Alte, sah sich der Mann mit den vielen Gesichtern argwöhnisch um, stieg aus und steuerte auf die Stufen zu, die hinunter zum U-Bahnhof führten. Um potenzielle Verfolger abzuschütteln, bestieg er einen Zug der Linie 6, wartete bis kurz vor der Abfahrt und stieg in letzter Sekunde wieder aus. Danach kehrte er wieder in die Bahnhofshalle zurück, halbwegs sicher, von nun an freie Bahn zu haben. Dabei fiel ihm ein Transparent auf, und obwohl er momentan andere Sorgen hatte, wäre er bei dessen Lektüre beinahe in Gelächter ausgebrochen. ›Von der Sowjetunion lernen, heißt siegen lernen‹, war auf dem Spruchband zu lesen.

Welch ein Hohn.

Ein Glück, dass seine Tage in Diensten der Stasi gezählt waren. Gut gelaunt wie schon lange nicht mehr, ließ Rembrandt den Blick durch die gähnend leere Bahnhofshalle schweifen. Kurz darauf, offenbar allein auf weiter Flur, ging er zum öffentlichen Münzfernsprecher, griff zum Hörer, wählte und übermittelte die kürzeste Nachricht seines Lebens. Eine Nachricht, die nur aus einem einzigen Wort bestand: »Ostseegold«. Dann hängte er auf und schlenderte ohne erkennbare Eile zum Haupteingang.

Die Hände in einen Trenchcoat gesteckt, der ebenso unauffällig wie schäbig war, trat Rembrandt auf die Straße. Es war ruhig hier draußen, dermaßen ruhig, dass es einem schon wieder verdächtig vorkam. Vor dem Eingang waren zwei Taxifahrer in ein hitziges

Gespräch vertieft, das war auch schon alles. Fahles Laternenlicht, Nieselregen und Pfützen, in denen sich eine bleifarbene Brühe staute. Und immer noch Ruinen, mehr als acht Jahre nach dem Krieg. Realistischer hätte man den Sozialismus nicht darstellen können.

Doch damit, vor allem mit diesen Scheißparolen, dem dämlichen Propagandagequatsche und Herbeireden einer goldenen Zukunft, war jetzt ein für alle Mal Schluss. An das, was die Berufsoptimisten aus der Partei vom Stapel ließen, glaubten ja wohl selbst die treuesten Jünger der SED nicht mehr.

Auferstanden aus Ruinen* – von wegen.

Ohne sich umzudrehen, beschleunigte Rembrandt seinen Schritt und schlug den Weg in Richtung Linden ein. Obwohl es auf Mitternacht zuging, war die Schwüle, unter der Berlin ächzte, immer noch nicht abgeklungen, und nach ein paar Hundert Metern tropfte dem Offizier im besonderen Einsatz bereits der Schweiß von der Stirn. Aus den Gullys am Straßenrand stiegen grauweiße Dunstschwaden empor, kein Mensch, nicht einmal ein Vopo, kreuzte seinen Weg. Eine unerträgliche, fast mit Händen zu greifende Spannung lag über der Stadt, doch Rembrandt, in Gedanken längst woanders, bekam davon nichts mit. Für ihn zählte nur noch eins: sein Vorhaben in die Tat umzusetzen. Alles andere, das Schicksal des Arbeiter- und- Bauernstaates mit eingeschlossen, war ihm vollkommen egal.

Hauptsache, er kam unbehelligt nach drüben.

---

* Titel der DDR-Hymne

An der Ecke Linden-Friedrichstraße, nur wenige Gehminuten vom Brandenburger Tor entfernt, sollte sich diese Hoffnung jedoch zerschlagen. Unter normalen Umständen hätte er die Zivilstreife, die auf ihn zusteuerte, bereits hundert Meter gegen den Wind gerochen. Aber was, stöhnte Rembrandt innerlich auf, während er nach seinem Dienstausweis tastete, ist am heutigen Tag schon normal. Gar nichts. Was er auf Teufel komm raus hatte vermeiden wollen, trat nun ein, und obwohl er die beste aller Ausreden parat hatte, machte sich schleichendes Unbehagen in ihm breit.

Die Rettung kam in allerletzter Sekunde, in Gestalt eines dunklen 62er Cadillac mit amerikanischem Nummernschild und der Plakette CD*. Rembrandt atmete hörbar auf. Auf Deputy Director Grant und seine Handlanger in Berlin war eben doch Verlass.

»Volkspolizei – Ihren Aus…«, war das Einzige, was der ältere der beiden Streifenbeamten, ein Wachtmeister mit dem Gesicht einer Dogge, herausbrachte. Dann hielt der Cadillac an und Rembrandt stieg ein.

»Hatten Sie einen erfolgreichen Tag?«, fragte der CIA-Beamte, als der Mann, dessen Namen er nicht kannte, auf dem Rücksitz Platz genommen hatte.

»Kann man wohl sagen«, antwortete Rembrandt auf Englisch, als der Wagen des amerikanischen Militärattachés unbehelligt das Brandenburger Tor passierte. »Und soll ich Ihnen was sagen? Er wird noch wesentlich erfolgreicher werden.«

---

* frz.: Corps Diplomatique (diplomatisches Korps)

12

Berlin-Zehlendorf, Waldfriedhof | *23.50 h*

Erich Mielkes Mann in Westberlin war nicht viel größer als ein Kind, zum Schein als Journalist tätig und einer der zuverlässigsten Männer, über welche das MfS verfügte. Unter den dortigen Agenten war der umtriebige, stets zu Scherzen aufgelegte Sportreporter mit dem Pepita-Hut schon längst eine Legende. Im Gegensatz zu etlichen KPD-Funktionären, die durch die Hölle des KZs Oranienburg gegangen waren, hatte der unverwüstliche kleine Pankower nämlich stets dichtgehalten, und das volle acht Jahre lang, bis zu seiner Befreiung durch die Rote Armee. Neben ausgeprägter Beharrlichkeit und seinem Überlebenswillen war es vor allem eine Fähigkeit, die ihn auszeichnete, nämlich die, jeden auch noch so misstrauischen Agenten der Gegenseite aufzuspüren, unauffällig zu observieren und obendrein gestochen scharfe Bilder zu schießen.

Mit den Körperkräften von Willy Lippmann, Lebendgewicht 58 Kilo, war es dagegen nicht so weit her. Das hatte er im Verlauf der vergangenen eineinhalb Stunden wieder einmal zur Genüge erfahren müssen.

Nass bis auf die Haut, stieß der kleinwüchsige Agent der Staatssicherheit seine Schaufel in die feuchtwarme, vom letzten Sturzregen aufgeweichte Erde, richtete sich auf und ließ die Hand über seinen deformierten Rücken gleiten. Mein Andenken an die Zeit im KZ!, pflegte er bisweilen zu scherzen, aber danach war ihm momentan nicht zumute. Zuallererst musste er nämlich zusehen, wie er seinen Hintern in Sicherheit brachte. Und danach würde er diesem Lackaffen die Rechnung präsentieren. Stück für Stück, ohne Erbarmen. Für das, was Rembrandt auf dem Kerbholz hatte, würde dieser Salon-Kommunist bezahlen. Das war so gewiss wie das Amen in der Kirche. Hätte man ihn, Lippmann, gewähren lassen, wären die Tage dieses Verräters ohnehin längst gezählt gewesen. Gehörte die gegenwärtige Mission doch zum Makabersten, mit dem er im Verlauf seiner Agentenkarriere konfrontiert worden war. Mit Abstand. Auf die Idee, einen Toten auszugraben, wäre vermutlich nicht einmal die Gestapo gekommen. Und das wollte bekanntlich etwas heißen.

Fernes Donnergrollen im Ohr, durch das sich der nächste Regenguss ankündigte, zuckte der Leutnant der Staatssicherheit jäh zusammen. Fast gleichzeitig fiel sein Blick auf die Inschrift, welche sich auf dem Grabstein aus Rosengranit befand. ›Hans-Hinrich von Oertzen‹ stand darauf in gotischen Lettern geschrieben, ›17.9.1917-4.6.1953‹. Hört sich ganz nach Krautjunker an, mutmaßte Lippmann, bestimmt einer, mit dem die Genossen in der Normannenstraße noch eine Rechnung offen hatten. Und zwar eine ziemlich hohe. Anders konnte er sich den Auftrag, der ihm mithilfe eines verschlüsselten Funkspruchs übermittelt worden war, nicht erklären.

»Und dann auch noch unpünktlich.« Der vermeintliche Sportreporter, in Stasi-Kreisen unter dem Decknamen ›Laurin‹ bekannt, ließ die angestaute Atemluft entweichen und trat einige Schritte zurück. Der Geruch, der ihm aus dem offenen Grab in die Nase stieg, war infernalisch. Eine Mischung aus Fäulnis, Moder und fortgeschrittener Verwesung und somit nichts für schwache Nerven. Selbst für ihn, der er im KZ mit allen möglichen Gräueltaten konfrontiert worden war, definitiv nicht zu ertragen.

Um sich abzulenken, aber auch, um den Gedanken an das Kommende auszuweichen, ließ Laurin sein Feuerzeug aufleuchten und sah auf die Uhr. Kurz vor Mitternacht, übte er sich in Galgenhumor. Gewitterschwüle. Wie passend. Von den Ästen der Kiefer, unter die er sich zurückgezogen hatte, tropfte die Feuchtigkeit, und wie er so ausharrte, umgeben von Dunstschwaden, Gräbern und einem Marmorengel, der seine mit Moosflechten bedeckten Schwingen im mitternächtlichen Zwielicht ausbreitete, beschlich ihn das Gefühl, das alles hier sei nur ein Traum. Oder etwas weitaus Schlimmeres.

»Na, schon fertig, Genosse?«

»Mann, haben Sie mich vielleicht erschreckt!« Wachsbleich im Gesicht, wirbelte Laurin herum. Wie es die Gestalt im Trenchcoat geschafft hatte, sich unbemerkt an ihn heranzupirschen, war ihm schleierhaft.

Einen flüchtigen Moment lang, die Hand bereits am Abzug seiner Tokarew, drängte sich ihm der Gedanke auf, hier könne es sich nur um ein Hirngespinst handeln. Doch weit gefehlt.

»Weshalb so unwirsch, Genosse? Von mir haben Sie nichts zu befürchten.« Rembrandt zückte sein Feuerzeug, zündete sich eine KARO-Zigarette an und neigte den Kopf zur Seite, ein gönnerhaftes Lächeln im Gesicht. »Wie ich sehe, haben Sie gute Arbeit geleistet.«

»Danke für die Blumen.«

»Ehre, wem Ehre gebührt«, scherzte Rembrandt und inspizierte das offene Grab, wobei sich Laurin der Eindruck aufdrängte, sein Führungsoffizier verwechsle den Friedhof mit einer Vernissage. »Hübsch, wirklich sehr hübsch.«

»Und was nun?«

»Sprach Lenin und schickte seine Kinder ins Bett.«

»Selten so gelacht, Genosse.« Außerstande, mit seiner Antipathie hinterm Berg zu halten, ballte Laurin die Faust, bis die Knöchel hervortraten, und bedachte Rembrandt mit einem finsteren Blick.

»Aber, aber, wer wird denn gleich patzig werden«, besänftigte Rembrandt den zwei Köpfe kleineren, ihm hoffnungslos unterlegenen Kontrahenten. »Nur ein kleiner Scherz am Rande.«

»Besten Dank. Was das angeht, ist mein Bedarf gedeckt.«

»Na schön – ganz wie Sie wollen!«, brach es aus Rembrandt ohne erkennbare Anzeichen von Groll hervor. Laurin war völlig überrumpelt. »Dann eben zum Geschäftlichen. Finger weg von der Waffe, Genosse, sonst muss ich andere Methoden anwenden.«

»Was erlauben Sie sich eigentlich? Noch ein Wort, und ich werde mich bei Mielke über Sie …«

»Gar nichts werden Sie. Ihre Waffe – aber ein bisschen dalli! Raus aus dem Halfter und her damit!«

Ein Blick auf Rembrandts ausgebeulten Trenchcoat, und Lippman hatte verstanden. Laurins Tokarew in der linken Hand, nahm Rembrandt die Finger vom Abzug, führte sie zum Mund und sog genüsslich an seiner Zigarette. Gerade so, als sei dies ein gemütlicher Plausch unter Freunden. Geraume Zeit später, als er sie fast zu Ende geraucht hatte, schnippte er die Kippe ins nahe Gestrüpp, zwinkerte Laurin zu und richtete die eigene Waffe auf ihn. »Etwas dagegen, wenn ich Ihnen einen Rat gebe, Genosse?«, fragte er in hochtrabendem Ton.

Die Knie weich wie Butter, schüttelte Laurin den Kopf.

»Ein Berufswechsel stünde Ihnen gut zu Gesicht. Nicht gerade professionell, Ihr Verhalten.«

»Sag, was du von mir verlangst, und dann …«

»Einen Freundschaftsdienst unter frischgebackenen Duzbrüdern«, feixte Rembrandt, »mehr nicht.«

»Und der wäre?«

»Du wirst jetzt in die Grube klettern, den Sarg aufknacken und etwas zutage fördern, das von außerordentlicher Wichtigkeit ist. Für mich!«, erläuterte Rembrandt süffisant, »damit wir uns richtig verstehen.«

»Fahr zur Hölle, Verräterschwein!«, schleuderte ihm Laurin ins Gesicht, dessen Couragiertheit unmittelbar darauf einen herben Dämpfer erlitt. Die Mündung der Tokarew, die er an der schweißverklebten Stirn spürte, sprach eine zu deutliche Sprache.

Und so tat Willy Lippmann, linientreuer Kommunist und Agent aus Überzeugung, genau das, was sein Gegenüber von ihm verlangte.

Am Fußende des Sarges angekommen, schnappte Laurin nach Luft. Hier wimmelte es nur so von Regenwürmern, Maden und allen nur erdenklichen Kriechtieren, und als er den Blick hob, sah er, wie im Lichtkegel von Rembrandts Taschenlampe ein Borkenkäfer über den Sargdeckel spazierte. Laurin würgte, hätte sich beinahe übergeben. Zum Henker mit dir!, hämmerte es ihm durch den Schädel, das Geräusch des auffrischenden Windes im Ohr, der eine Handvoll aufgehäufter Erde wieder zurück in die Grube wehte. Bisher der Meinung, ihn könne nichts mehr erschüttern, wurde Laurin eines Besseren belehrt. Himmel und Hölle waren keine Erfindung. Vor allem Letztere nicht. Die Hölle existierte wirklich, und der Teufel auch.

»Nur keine Scheu, Agent Laurin!«, rief ihm der Mann, der Lippmanns Eindrücken zufolge in dessen Fußstapfen getreten war, wie aus weiter Ferne zu. »Gleich ist es geschafft.« Rembrandt gluckste. »Jemand wie du wird doch ausgerechnet jetzt nicht schlappmachen. An den Anblick von Toten bist du ja gewöhnt. Und was, frage ich dich, ist denn schon dabei, wenn man einem toten

SS-Standartenführer einen kleinen Höflichkeitsbesuch abstattet? Rein gar nichts. Zugegeben, zehn Tage nach der Beerdigung werden gewisse – wie drücke ich mich jetzt möglichst taktvoll aus? – genau! Um deine zarte Kommunistenseele nicht allzu sehr zu strapazieren, tust du gut daran, über den körperlichen Zustand von SS-Standartenführer Hans-Hinrich von Oertzen einfach hinwegzusehen. Absolut normal, dass sich das Fleisch bereits in Wohlgefallen auflöst. Oder dass die Haare gleich büschelweise ausfallen. Oder dass die Knochen langsam zum Vorschein kommen. Über die lieben kleinen Tierchen, die sich an ihm gütlich getan haben, wollen wir gar nicht erst reden.«

Die Tokarew im Anschlag, ließ Rembrandt die Taschenlampe über die Längsseite des Buchenholzsarges gleiten. Hie und da klafften bereits einzelne Löcher, vor denen es von Maden nur so wimmelte.

»Und jetzt zum wichtigsten Teil unserer kleinen Mutprobe«, ließ er theatralisch verlauten, der sich an dem schreckensbleichen Häufchen Elend namens Willy Lippmann einfach nicht sattsehen konnte. »Wenn mich nicht alles täuscht, wirst du in der Brusttasche meines ehemaligen Vorgesetzten ein sorgsam gefaltetes Schriftstück vorfinden. Eine Art Schatzkarte, um dich richtig ins Bild zu setzen.« Auf Rembrandts Gesicht tauchte ein selbstgefälliges Grinsen auf. »Das heißt, du wirst jetzt deinen ganzen Mumm zusammennehmen, den Sarg öffnen, besagtes Schriftstück an dich nehmen und es mir übergeben. Ohne

Fisimatenten, versteht sich. Ach ja – das Ritterkreuz, an dem Herrn von Oertzen so sehr gelegen war, kannst du übrigens behalten. Als Belohnung sozusagen.« Rembrandt brach in affektiertes Gelächter aus. »So viel zu deiner Mission. Vorausgesetzt, sie verläuft zu meiner Zufriedenheit, werden sich unsere Wege wieder trennen. Für immer. Hier, Genosse, deine Spitzhacke, damit du dich nicht zu sehr abmühen musst.«

*

»He, was soll das? Hilf mir gefälligst wieder raus, du …«

»Ich höre?« Während Rembrandt das vergilbte und in Plastikfolie eingeschweißte Schriftstück in seinem Trenchcoat verschwinden ließ, blickte er mit versteinerter Miene auf seinen Agenten-Kollegen hinab. Der Wind wurde stärker und das Donnergrollen im Osten rückte langsam näher. »Noch irgendwelche Wünsche?«

»Zieh mich hoch, du Scheißkerl, sonst kriegst du es mit mir zu tun!« Außerstande, ohne fremde Hilfe wieder an die Oberfläche zu gelangen, mobilisierte Laurin seine letzten Kräfte. Die Falle, in die er sich hatte manövrieren lassen, war jedoch zugeschnappt. Sämtliche Versuche, ihr zu entrinnen, von vornherein zum Scheitern verurteilt.

»Mit dir?«, äffte Rembrandt das Gekläffe von Lippmann nach, nur eine Handbreit vom Fußende des Grabes entfernt. »Der größte Unfug seit dem Kommunistischen Manifest, Genosse.«

»Kommst dir wohl reichlich schlau vor, Kanalratte!«, schrie Laurin und drohte seinem Gegenspieler mit der Faust. »Dabei haben sie dich schon lange auf dem Kieker.«

»Und wer sind ›die‹, bitte schön?«, fragte Rembrandt im gewohnten Plauderton und zerquetschte, als sein Kontrahent bereits Morgenluft witterte, Laurins linke Hand. Ohne Gefühlsregung, gerade so, als trete er eine Kippe aus. Dessen Antwort, so denn überhaupt eine von ihm erwartet wurde, ging in einer Mischung aus Schmerzenslauten, Wutgeheul und kläglichem Winseln unter.

»Raus mit der Sprache, du Zwerg!«, fuhr der Oberleutnant der Stasi sein Opfer an, zückte die Tokarew und reckte sie ihm entgegen. »Sonst zwingst du mich dazu, andere Me…«

Fast besinnungslos vor Schmerzen, hangelte Lippmann eine Fotografie aus der Gesäßtasche und reckte sie mit zitternder Hand in die Höhe. »Na, und was jetzt?«

Ohne ihn eines Blickes zu würdigen, riss Rembrandt ihm das Foto aus der Hand, zückte sein Feuerzeug und betrachtete die Aufnahme näher. Bei ihrem Anblick verschlug es ihm die Sprache.

»Gute Arbeit, Lippmann«, murmelte er, weit entfernt von der Abgebrühtheit, die er sonst an den Tag legte. »Gute Arbeit.«

Im Bewusstsein, das eigene Todesurteil unterschrieben zu haben, ließ Laurin seinem Groll freien Lauf. »Etwas dagegen, wenn ich dir einen Rat gebe, Genosse?«, ahmte er den verhassten Oberleutnant nach. »Ein Berufswechsel stünde dir gut zu …«

Weiter kam Willy Lippmann, der sich zu Recht auf der Verliererstraße wähnte, jedoch nicht. Fast zeitgleich mit einem Blitz, der sich unweit des Grabes von SS-Standartenführer von Oertzen in die Erde des Zehlendorfer Waldfriedhofes bohrte, traf ihn eine Kugel aus dem Lauf der Tokarew mitten in die Stirn.

Mit einer derartigen Präzision, dass ein zweiter Schuss reine Verschwendung gewesen wäre.

»Das zum Thema Berufswechsel«, belächelte ihn Rembrandt, nachdem der Körper seines Widersachers auf dem demolierten Sarg aufgeschlagen war. »Ich hoffe, ihr beide vertragt euch gut.«

Anschließend klemmte er die Tokarew hinter seinen Gürtel, entledigte sich seines Trenchcoats und griff zum Spaten, um die Spuren seiner Tat zu beseitigen.

Es gab noch viel zu tun heute Nacht.

Weit mehr, als ihm lieb war.

13

Berlin-Wilmersdorf, Koenigsallee | *01.45 h*

»Du brauchst eine Frau, Tom«, schärfte Luise von Zitzewitz, knapp 80-jährige Witwe eines pommerschen Junkers, ihrem Neffen Tom Sydow ein. An den leichten Schlaganfall, den sie vor gut vier Stunden erlitten hatte, verschwendete sie offenbar keinen Gedanken mehr.

»Na, du machst mir vielleicht Spaß, Tante Lu«, lachte Sydow amüsiert auf, einmal mehr voller Dankbarkeit für die Frau, die ihn immer wieder aufgepäppelt hatte, rückte den Stuhl näher an die Chaiselongue und tätschelte ihre Hand. »Das Wichtigste ist doch wohl, dass es dir wieder besser geht.«

»Ob du's nun hören willst oder nicht«, insistierte die resolute alte Dame, deren rollendes R im Verein mit ihrer rauchigen Stimme stark an Zarah Leander erinnerte, »du brauchst eine Frau. Nicht morgen oder übermorgen, sondern am besten heute. Punkt.«

Beim Anblick der als spröde verschrienen Hausherrin, die mit Argusaugen über sein Wohlergehen wachte, huschte ein liebevolles Lächeln über Tom Sydows Gesicht. In abgewandelter Form hatte er den gut gemeinten Rat ja bereits aus dem Mund von Lili gehört. Folglich musste etwas dran sein, besonders, wenn zwei so unterschiedliche Frauen wie eine Animierdame und ein pommerscher Dragoner vom Schlage seiner Tante zu der gleichen Schlussfolgerung gekommen waren.

»Und woher nehmen und nicht stehlen?«

»Eine berechtigte Frage«, konzedierte Luise von Zitzewitz, richtete sich trotz abwehrender Gestik von Sydow auf und rückte die Silberbrosche zurecht, eines der wenigen Erinnerungsstücke, die sie auf ihrer Flucht in den Westen hatte retten können. »Wenn du willst, kann ich mich mal für dich um…«

»Untersteh dich, Tante Lu!«, drohte Sydow mit erhobenem Zeigefinger, die Andeutung eines Stirnrunzelns auf dem übernächtigten Gesicht. »Angelegenheiten wie diese möchte ich lieber selbst regeln.« Sydow glättete die Decke, in die sich seine Tante gehüllt hatte, und schob ihr ein Kissen ins Genick. Das half. Die Patientin, dank Spitzenkragen, Lesebrille und hochgesteckter Locken Adele Sandrock* zum Verwechslen ähnlich, dankte es ihm mit einem huldvollen Kopfnicken und ließ das Thema auf sich beruhen. »Und außerdem kann ich mich vor Arbeit kaum retten. Ich und heiraten – ein Ding der Unmöglichkeit.«

»Schon wieder ein Mord?«, fragte seine Tante mit lauerndem Blick, wobei das rollende R apokalyptische Ausmaße annahm.

»Und was für einer.«

»Da haben wir's mal wieder!«, schimpfte Luise von Zitzewitz und ließ das Parkett ihrer guten Stube mithilfe eines Stocks mit Elfenbeinknauf, ihrer bevorzug-

* UFA-Star der 20er- und 30er-Jahre († 1937)

ten Waffe, weithin hörbar erzittern. »Merk dir eins, mein Junge!«, verkündete die alte Dame, während sie kerzengerade auf ihrer Jugendstil-Chaiselongue thronte und den Blick auf das Porträt des ehemaligen Reichspräsidenten Paul von Hindenburg heftete, mit dem sie zuweilen geheime Zwiesprache hielt. »Im Verlauf dieses Jahrhunderts hat es zwei Katastrophen gegeben, die unser Vaterland an den Rand des Untergangs …«

»… gebracht haben«, ergänzte Sydow gequält und reichte seiner Tante eine Tasse Tee, um ihre vaterländische Ader nicht über Gebühr anschwellen zu lassen. »Nämlich die Abdankung Seiner Kaiserlichen Majestät und die Inthronisation Adolfs des Wahnsinnigen 15 Jahre später.«

»Exakt!«, bekräftigte seine Tante, wobei ihre Replik in Ermangelung des Buchstabens R eher moderat ausfiel. »Woher weißt du eigentlich, was ich sagen wollte?«

»Kriminalistischer Spürsinn«, witzelte Sydow mit Blick auf Tante Lus gute Stube, in der die Zeit dank Standuhr, Bücherschrank aus der Gründerzeit und einem Ölgemälde, das den 1945 verloren gegangenen Familiensitz derer von Zitzewitz zeigte, stehen geblieben zu sein schien. »Geht einem in Fleisch und Blut über, weißt du.«

»Mag sein«, räumte die Dame des Hauses widerwillig ein. »Und darum, will sagen, um dich auf andere Gedanken zu bringen, solltest du möglichst bald in den Stand der Ehe …«

»Verzeihung, wenn ich einfach so hereinplatze, Frau von Zitzewitz!«, machte Tante Lus Zugehfrau, der es offenbar nicht schnell genug gehen konnte, auf sich aufmerksam. »Da draußen ist ein Herr, der Ihren Neffen dringend zu sprechen wünscht.«

»Um diese Zeit?«, entrüstete sich die alte Dame, drauf und dran, ihren Parkettboden zu ruinieren. »Unerhört!«

Zwei Mal R, mit deutlich anschwellender Tendenz. Aus Sorge um die Konstitution seiner Tante und Furcht vor einer Attacke nach Gutsherrinnenart warf Sydow der Dame des Hauses einen begütigenden Blick zu, tätschelte erneut ihre Hand und begab sich rasch zur Tür.

»Keinerlei Aufregung, Sie wissen schon«, ermahnte Sydow die korpulente, mit Kittelschürze und altbackener Bluse bekleidete Haushälterin, bei deren Anblick ihn der Eindruck beschlich, er sei soeben in die Kaiserzeit zurückkatapultiert worden. »Sonst geht es beim nächsten Mal nicht so glimpflich ab.«

»Gott behüte!«, warf die aufgrund eines allzu proletarischen Vornamens kurzerhand Minna getaufte Zugehfrau ein, als sich die Tür zur guten Stube hinter ihr schloss. »Sie ohne Ihre Tante – das muss man sich mal …«

»Und um wen handelt es sich?«, fragte Sydow, nicht in der Stimmung, sich noch mehr gut gemeinte Ratschläge anzuhören.

»Um einen Herrn Peters«, antwortete die Haushälterin pikiert. »Er sagt, es sei dringend.«

*

»Weißt du was, Tom?«, verkündete ein sichtlich übernächtigter und durchgeschwitzter Heribert Peters, als er sich in den Sessel von Sydows Junggesellenbude fläzte, »ich glaube, du brauchst 'ne Frau.«

»Noch ein Wort, Heribert, und *deine* Frau wird Witwe.«

Der Gerichtsmediziner hob abwehrend die Hände. »Schon gut, schon gut«, besänftigte er seinen Freund. »War nur so eine Idee. Vor allem, wenn man das Durcheinander hier sieht.«

»Ein Labor wie eine Rumpelkammer, und anderen Leuten Vorschriften machen«, setzte sich Sydow, der Peters insgeheim recht geben musste, eher halbherzig zur Wehr. Im Zusammenhang mit dem Zustand seiner Bude war das Wort ›Durcheinander‹ sehr dezent gewählt, Sauladen im Grunde viel passender. Auf seinem Schreibtisch stapelten sich Aktenordner, Magazine und Zeitungen, und weil ihm dort langsam der Platz ausging, musste eben die Fensterbank herhalten. Um das Chaos komplett zu machen, lagen überall Klamotten, aufgeschlagene Bücher und Zigarettenschachteln herum, die meisten davon leer. Kurz und gut, in seinen vier Wänden sah es zum Davonlaufen aus, so viel zum Thema Junggesellenleben. »So haben wir's gern.«

»Chaos oder nicht – ohne mein Labor wäre der Herr von und zu Kuddelmuddel sicher aufgeschmissen, oder?«, lästerte Peters und zwirbelte genüsslich an seiner Augenbraue herum. »Vor allem, was die Datierung von Wasserleichen angeht.«

»Neuigkeiten aus dem Gruselkabinett?«

»Und was für welche!«, versetzte Peters und verschränkte die Hände hinter dem Kopf. »Du wirst aus dem Staunen nicht mehr rauskommen, altes Haus.«

»Nicht gackern, legen!«, drängte Sydow, ging zum Kühlschrank und entnahm ihm zwei Flaschen ›Berliner Kindl‹, von denen eine für Peters bestimmt war.

Der lehnte jedoch dankend ab. »Bei dem, was du gleich zu hören kriegst, wäre Sprudel wahrscheinlich passender.«

»Tatsächlich?« Im Begriff, sich das erste Bier des noch jungen Tages zu genehmigen, ließ Sydow den Schnappverschluss wieder einrasten und sah Peters erwartungsvoll an. »Jetzt komm schon, mach's nicht so spannend.«

»Erstens: Wie bereits vermutet, ist der Leichnam nicht übermäßig lange in der Spree rumgeschwommen, unter Umständen nicht länger als einen halben Tag.«

»Und wie kann man das …«

»Anhand des Zustandes, du Anfänger, in dem sich die Fingerbeeren befinden. Zu Deutsch: die Tastballen am Ende der Innenseite seiner Patschhändchen. Kapiert?«

Sydow streckte die Zunge heraus und setzte ein läppisches Grinsen auf.

»Wie dir sicherlich bekannt ist«, fuhr Peters augenzwinkernd fort, »ist die Bildung von Waschhäuten, einen permanenten Aufenthalt im Wasser vorausgesetzt, nach etwa 24 Stunden abgeschlossen, ausgehend von einer Wassertemperatur von circa 20 Grad. Was wir im vorliegenden Fall mehr oder weniger voraussetzen können. Im Winter, das sei der Klarheit halber gesagt, dauert die Prozedur erheblich länger, manchmal mehrere Tage.«

»Fazit: Im Falle des unbekannten Toten war die Bildung der Waschhaut noch nicht vollendet.«

»Wusste ich's doch, dass du für höhere Aufgaben bestimmt bist!«, rief Peters aus und spendete demonstrativ Applaus. »Das war aber längst noch nicht alles.«

»Ach ja?«

»Abgesehen von zahlreichen Hautabschürfungen, die durch Äste, Zweige, Treibgut und was weiß ich nicht alles verursacht worden sein könnten, sind keinerlei Anzeichen für einen längeren Badeurlaub zu erkennen.«

»Ha, ha. Verwesungsspuren?«

»Rudimentär. Keinerlei Spuren von Maden.«

»Ganz im Sinne meiner Theorie«, murmelte Sydow und ließ die Handfläche über seinen Stoppelbart gleiten.

»So ungern ich dir auch recht gebe – ja«, pflichtete ihm Peters bei und sah sich nach allen Seiten um. »Zumal sich die Vorhut der possierlichen kleinen Tierchen erst nach etwa 24 Stunden die Ehre gibt.«

»Is was?«, fragte Sydow, dem der forschende Blick des Gerichtsmediziners nicht entgangen war.

»Wenn du mich so fragst – ja«, gestand Peters im Stile eines Lausejungen, der gerade dabei war, bei seiner Mutter eine Generalbeichte abzulegen. »Haste vielleicht mal 'ne Stulle für mich?«

»Erst die Arbeit …«

»Dann die Labsal – schon kapiert. Dabei könnte ich eine kleine Stärkung wirklich vertragen. Das Beste kommt nämlich noch.« Peters rang theatralisch nach Luft. »Im Hinblick auf die genaueren Todesumstände von Herrn Unbekannt tappe ich natürlich im Dunkeln, was die Ursache für seinen Tod betrifft, liegen die Dinge jedoch anders.«

»Spuck's aus, Doc.«

»Tod durch Überdosis, Herr Kriminalrat in spe. Der gute Mann hatte so viel Morphium intus, dass man damit ein halbes Bataillon hätte schachmatt setzen können. Pietätvoller ausgedrückt: klarer Fall von mehrfacher Überdosis.«

»Suizid?«

»Und die Hämatome, vor allem am Hinterkopf? Nee, Tommy-Boy, da steckt wesentlich mehr dahinter. Wie du bereits zu schlussfolgern geruhtest: Gut möglich, dass der Knabe nach allen Regeln der Kunst durch die Mangel gedreht worden ist. Und nicht nur einmal.«

»Gefoltert, wolltest du sagen.«

»Anzunehmen. Zumal manche der Hämatome älteren, andere wiederum, so zum Beispiel dasjenige am Hinterkopf, wesentlich jüngeren Datums sind.«

»War's das?«

»Bis auf das Sahnehäubchen – ja.«

»Moment, ich muss mich erst setzen«, bat Sydow, räumte einen Stapel Klamotten beiseite und nahm auf seinem Schreibtischstuhl Platz.

»Eine weise Entscheidung«, sprach Peters, redlich bemüht, seinen Heißhunger zu unterdrücken. »Sonst hätte es dich nämlich umgehauen.«

»Wieso denn?«

»Weil der linke Oberarm des Toten, dessen Namen wir *noch* nicht kennen, auf der Unterseite eine uns beiden bestens bekannte Tätowierung aufweist, in etwa 20 Zentimeter vom Ellbogen entfernt.« Der Schalk im Nacken des Gerichtsmediziners verflüchtigte sich und wich unterdrücktem Groll. »Muss ich etwa noch deutlicher werden?«

»Nicht nötig, ich weiß, was eine Blutgruppentätowierung ist.«

»Höchste Zeit, dass wir's wieder mit der SS zu tun kriegen, oder?«

Sydow blähte die Backen auf, ließ seine Atemluft entweichen und rieb die blassblauen, von rötlichen Wimpern umrahmten Augen. »Nur knapp 1,80 Meter groß, dunkelhaarig und das genaue Gegenteil eines nordischen Recken – ich frage mich, wie es den in die SS verschlagen hat.«

»Besser, du fragst dich, wie es ihn in die Psychiatrische Abteilung der Charité verschlagen hat.«

»In die ... was?«

»Naujocks lässt dir ausrichten, er habe mit seinem Bruder telefoniert.« Peters beugte sich nach vorn, stützte die Ellbogen auf die Knie und verschränkte die Hände. »Der VEB Textilwerke Babelsberg, so der Herr Vertriebsleiter unter dem Siegel äußerster Verschwiegenheit, beliefere mehrere Großkunden, aber nur einen einzigen in Berlin-Mitte.«

»Die Psychiatrie?«

»Bist ein kluges Kerlchen, Tom«, trompetete Peters und breitete die Arme aus. »Und was lernen wir daraus?«

»Dass unser Kumpel von der SS möglicherweise nicht mehr alle Tassen im Schrank gehabt hat.«

»Oder?«

»Oder dass man ihn in die Klapse gesteckt hat, um ihm in aller Ruhe auf den Zahn fühlen zu können. Fragt sich, was so wichtig war, dass sich die Stasi ...«

»Einspruch, Eure Lordschaft. Eine durchaus denkbare, jedoch durch keinerlei Fakten untermauerte These.«

»Wo du recht hast, hast du recht, Leichenfledderer.« Nachdenklich geworden, ließ Sydow den Zeigefinger über die Kante seines Schreibtisches gleiten. »Das war's, oder?«

»Fast.« Peters ließ sich zurück in den Sessel fallen, legte die Knie über Kreuz und sagte: »Dem Inhalt seines Verdauungstraktes nach zu urteilen, muss er am Abend zuvor Huhn mit Reis konsumiert haben. Als Henkersmahlzeit sozusagen.«

»Kompliment, Doktorchen«, lobte Sydow am Ende einer kurzen Denkpause, erhob sich und drückte seine

Anerkennung durch ein kräftiges Schulterklopfen aus. »Ohne dich bin ich eben nur die Hälfte wert.«

»Schön, dass du's einsiehst, Watson«, stellte Peters befriedigt fest, nachdem sein Magen erneut laut und vernehmlich rebelliert hatte. »Wenn ich ehrlich bin, käme mir eine Stulle gerade …«

Schuld daran, dass sich die Hoffnungen des Gerichtsmediziners in Luft auflösten, war nicht etwa sein Freund, sondern das schrille Läuten des Telefons. Sydow machte eine entschuldigende Geste und nahm ab. »Sydow hier – welcher Affe hat denn Sie … Ach, du bist's, Eduard, jaja, schon gut, lass hören.«

Unter den Augen von Peters, dessen gequälter Blick Bände sprach, lauschte ein sichtlich angespannter Tom Sydow den Worten seines Assistenten, der anscheinend nichts Besseres zu tun hatte, als ihn mitten in der Nacht anzurufen. Allerdings sollte keine Minute vergehen, bis Sydows Gereiztheit in gespannte Aufmerksamkeit umschlug. Die Hiobsbotschaften, die ihn im Verlauf des Abends erreicht hatten, schienen nicht abreißen zu wollen, wobei es sich beim vorliegenden Anruf um eine der besonderen Art handelte. »Anonymer Anruf, auch das noch!«, stöhnte er. »Und wann genau? Zehn nach eins, aha.«

Krokowski war kaum zu bremsen, sehr zum Verdruss von Peters, der allmählich sämtliche Felle davonschwimmen sah.

»Männlich, na immerhin etwas«, grummelte Sydow und gab ein hörbares Räuspern von sich. Die epische Breite, mit der sein Assistent Bericht erstattete, sprengte wie so oft jeden Rahmen, und wenn es ihm momentan an etwas mangelte, war es Geduld. »Also gut –«, warf er schließlich ein, um den Redeschwall von Krokowski abzuwürgen, »wir sind auf dem Weg. Wann? In etwa einer halben Stunde.«

Im Anschluss daran legte er auf und fluchte, dass die Wände wackelten.

»Wir?«, japste Peters, als Sydow sich wieder abgeregt hatte. »Darf man fragen, wen du damit meinst?«

»Na, wen wohl?«, blaffte Sydow, schenkte sich ein Glas Limonade ein und trank es auf einen Zug leer. »Wer, denkst du, wäre besser geeignet als du und ich, einen Fall von Grabschändung aufzuklären?«

»Grabschändung.« Untermalt von einem langgezogenen Knurren seines Verdauungsorgans, sackte der Kopf von Peters nach vorn, und was als Frage gedacht war, hörte sich wie ein Echo an.

»Einfach unerhört, so etwas! Es gibt Leute, die machen wirklich vor nichts halt.«

Bass erstaunt, sahen sich Sydow und Peters an. Erst als sie sich halbwegs sicher waren, keiner Halluzination erlegen zu sein, wanderte ihr Blick zur Tür.

»Kopf hoch, ihr beiden!«, schnarrte Luise von Zitzewitz, die rechte Hand auf ihren Stock gestützt. »Ihr werdet das Kind schon schaukeln«, und fügte mit der Andeutung eines Lächelns hinzu: »Bevor ihr eure Pflicht tut, wartet noch eine kleine Stärkung auf euch – Sie haben bestimmt Hunger, Herr Doktor Peters, oder?«

NIBELUNGENTREUE

Hohenlychen / Mark Brandenburg

(07.03.1945)

›Es herrscht bei Himmler eine sehr nette, bescheidene und absolut nationalsozialistische Atmosphäre, was außerordentlich wohltuend wirkt. Man kann sich nur freuen, dass wenigstens bei Himmler noch der alte nationalsozialistische Geist vorherrschend ist.‹

Aus dem Tagebuch von Joseph Goebbels unter dem Datum vom 8. März 1945

14

Kurhotel Hohenlychen | *17.45 h*

»Auf den frischgebackenen Ritterkreuzträger, SS-Standartenführer Hans-Hinrich von Oertzen!«, schnarrte der meistgefürchtete Scherge Adolf Hitlers und prostete den anwesenden Stabsoffizieren zu. Auf die Tatsache, dass die Rote Armee die Oder längst überschritten und der Fall von Berlin möglicherweise nur noch eine Frage von Wochen war, verschwendete der 44-jährige Uniformträger mit den kahl geschorenen Schläfen und der eher bescheidenen Körpergröße von 1,71 Meter keinen Gedanken. »Ein dreifaches Sieg ...!«

Durch den Speisesaal des um die Jahrhundertwende errichteten Backsteingebäudes mit dem markanten Zinnengiebel hallte ein vielstimmiges Echo, gefolgt vom Klang zusammengeschlagener Hacken, dem Klirren der Sektgläser und den üblichen Lobhudeleien. Der Offizier in Schwarz, an den die Glückwünsche gerichtet waren, nahm sie ohne erkennbare Gefühlsregung hin. Im Innern platzte der 27-jährige Prototyp eines SS-Angehörigen jedoch vor Stolz. Auf diesen Moment hatte der Spross aus uradeligem Hause seit Jahren hingearbeitet. Er hatte sein Architekturstudium geschmissen, mit seinen Eltern gebrochen, an der Ostfront die Drecksarbeit gemacht, in brenzligen

Situationen den Kopf hingehalten. Jetzt, wo es aufs Ganze ging, wollte er endlich den verdienten Lohn kassieren. Die Flinte ins Korn zu werfen, wäre ihm nie in den Sinn gekommen, erst recht nicht, dass das Dritte Reich dem Untergang geweiht sein könnte. So leicht würde sich der Führer von diesen bolschewistischen Horden nicht in die Flucht schlagen lassen. Davon war er heute, auf dem Höhepunkt seines bisherigen Lebens, mehr denn je überzeugt. Führer befiehl – wir folgen!

»Na, von Oertzen?«, drang plötzlich die Stimme seines Mentors an sein Ohr, nach Hitler der mächtigste Mann im Reich. »Zufrieden mit meiner kleinen Ansprache?«

»Aber selbstverständlich, Reichsführer!«, erwiderte Hans-Hinrich von Oertzen in zackigem Ton, die Hände an der Hosennaht. »Vielen Dank für Ihre Mühe.«

»Ich habe zu danken«, stellte Heinrich Himmler klar, von den Folgen einer Angina immer noch nicht ganz genesen. Die Brillengläser, auf die der extrem kurzsichtige Reichsführer-SS, Innenminister und Chef der deutschen Polizei seit jeher angewiesen war, blinkten kurz auf, und ein nervöses Zucken, unter dem er zuweilen litt, huschte über sein fliehendes Kinn. »Wie heißt es so schön«, sinnierte er mit Blick auf das Ritterkreuz, das er seinem Zögling an den Kragen geheftet hatte, »›Unsere Ehre heißt Treue‹.«

»Bis in den Tod, Reichsführer!«, ergänzte von Oertzen, sowohl verbal als auch vom Erscheinungsbild her geradezu das Musterbeispiel eines SS-Offiziers. Blondes, kurz geschorenes Haar, kantiges, willensstarkes Profil, durchdringender Blick aus hellblauen Augen. Und im Gegensatz zu Himmler natürlich Gardemaß. So und nicht anders wollten Hitler, der Reichsführer und die Goebbels'sche Propaganda ihn haben. Rücksichtslos, gewissenlos, skrupellos. Der Sache des Führers bedingungslos ergeben.

Wenn nötig, bis in den Tod.

»Jetzt aber mal langsam, junger Mann.« Ein flüchtiges Lächeln im Gesicht, fuhr Himmler über den frisch rasierten, nach dem Vorbild seines Führers zurechtgestutzten Bart. »So schnell schießen die Preußen nicht.«

Von Oertzen machte ein verständnisloses Gesicht. »Wer soll die bolschewistischen Untermenschen denn aufhalten? Wer, wenn nicht wir, die SS?«

Die Stirn in Falten, wich Himmler dem Blick seines Musterschülers aus und kratzte sich an der Braue. »Ihr Kampfgeist in allen Ehren, mein Junge«, antwortete er, löste sich aus dem Kreis seiner Getreuen und nahm seinen Zögling beiseite. »Aber im Moment habe ich etwas Wichtigeres mit Ihnen vor.«

Der knapp 1,90 Meter große, überaus kräftige und mit rascher Auffassungsgabe gesegnete SS-Standartenführer schlug die Hacken zusammen und nahm Habachtstellung ein. »Stehe zur Verfügung, Reichsführer!«, stieß er mit markiger Stimme hervor. »Ganz gleich, was Sie befehlen.«

»Daran, mein lieber von Oertzen, hege ich auch nicht den geringsten Zweifel«, flüsterte Himmler wie im Selbstgespräch und trat an das Panoramafenster, von dem man einen Blick in den Park werfen konnte. Der Frühling ließ auf sich warten, ein Regenschauer löste den nächsten ab. Und das schon seit Tagen. Keine Spur mehr von der Betriebsamkeit früherer Tage, wo sich Parteigrößen wie Heß und Bormann hier reihenweise die Klinke in die Hand gegeben hatten. Das Kurhotel war verwaist, das Land der Seen, Alleen und Kiefernwälder in Erwartung des nahenden Sturms aus dem Osten wie ausgestorben.

»Ebenso wenig wie an Ihrer rückhaltlosen Treue gegenüber dem Führer«, fuhr Himmler fort. Sichtlich geschwächt, schob er seine Uniformmütze in den Nacken, als wolle er den Totenkopf, der an seinem schwarzsamtenen Zierband prangte, aus dem Blickfeld des jugendlichen Durchhaltefanatikers befördern. »Er und ich verlassen uns auf Sie.«

»Der Führer?«, echote von Oertzen, begleitet von heftigen Regenböen, die von außen gegen die Scheibe brandeten. Mehr brachte er angesichts des Schauers, der ihn bei der Erwähnung Hitlers überkam, nicht über die Lippen.

»Stehen Sie bequem, von Oertzen«, presste Himmler, Opfer eines neuerlichen Schweißausbruchs, mühsam hervor. Die Frage, ob dieser ein Produkt seiner Angina oder der Vorahnung auf die kommenden Wochen und Monate war, schob er geflissentlich beiseite. »Und merken Sie sich eins. Über den Auftrag, mit dem ich Sie im Folgenden betrauen werde, dürfen Sie niemals auch nur ein Wort verlauten lassen. Haben wir uns verstanden, junger Mann?«

»Jawohl, Reichsführer.« Trotz gegenteiliger Bemühungen schien von Oertzen weiterhin wie erstarrt, den in Marmor gehauenen Heldengestalten eines Arno Breker zum Verwechseln ähnlich.

»Hören Sie gut zu, von Oertzen«, forderte Himmler ihn auf, während er die schweißglänzende Stirn betupfte. »Wie Sie sicherlich wissen, war der Führer gezwungen, in letzter Zeit umfangreiche Frontbegradigungen vorzunehmen. Im Zuge dieser Rückzugsbewegungen, vor allem im Hinblick auf das Wüten der bolschewistischen Berserker, wird es nötig sein, wertvolles Kulturgut vor besagten asiatischen Untermenschen in Sicherheit zu bringen. Können Sie mir folgen, Standartenführer?«

Und ob er es konnte. Berstend vor Stolz, erstarrte von Oertzen in seiner Pose. So nachhaltig, dass er beinahe das Nicken vergaß.

»Sehr schön!«, lobte Himmler, in diesem Moment wieder ganz der Sohn eines bayerischen Gymnasialrektors. »Und nun zum Kern des Problems.« Ohne eine Miene zu verziehen, gab Himmler seinem Adjutanten einen Wink, woraufhin dieser in Sekundenschnelle zur Stelle war, dem Reichsführer-SS eine dunkelbraune Aktentasche aus Hirschleder aushändigte und sich anschließend rasch wieder außer Hörweite begab. »Welches, mein lieber von Oertzen, wie gesagt, darin besteht, Kunstschätze von überragender Bedeutung dem Zugriff des Feindes zu entziehen. Ganz gleich, ob es sich um Russen, Amerikaner, Briten oder sonst wen handelt.«

»Und wohin …?«

»Immer mit der Ruhe, Standartenführer«, fuhr Himmler dazwischen, stellte die Tasche auf das Sims und holte einen versiegelten, mit dem Aufdruck ›Vertraulich!‹ versehenen Umschlag hervor. »Alles, was Sie zu diesem Thema wissen müssen, finden Sie in der beiliegenden Geheimakte. Es bedarf wohl keiner besonderen Erwähnung, dass sie dem Feind unter gar keinen Umständen in die Hände fallen darf. Das Gleiche gilt selbstverständlich auch für Sie, von Oertzen. Aus diesem Grund wird man Ihnen am Beginn Ihrer Mission eine Giftkapsel aushändigen. Für alle Fälle. Noch irgendwelche Fragen, Standartenführer?«

»Nein, Reichsführer!«, lautete die postwendende Antwort, wobei Himmler die latente Skepsis im Blick seines Paladins nicht entging. »Auf mich können Sie sich voll und ganz …«

»Nicht nur auf Sie, mein Junge, nicht nur auf Sie allein. Falls es das ist, wonach Sie mich gerade fragen wollten«, fügte Himmler süffisant an, während sich sein Blick zwischen den Regenschleiern verlor. »Nichts für ungut – nach meinem Dafürhalten wäre dies viel zu gefährlich. Um den Sonderauftrag des Führers zu dessen Zufriedenheit zu erledigen, habe ich mich entschlossen, Ihnen drei weitere Kameraden aus den Reihen der SS an die Seite zu stellen, samt und sonders renommierte Fachleute. Im Verlauf des Abends werde ich Sie mit ihnen bekannt machen.«

»Kameraden, die ich kenne?«

»Selbstverständlich nicht«, erwiderte Himmler mit verkniffener Miene, während ein neuerlicher Schweißausbruch bereits im Anflug war, und betonte: »Die Sie nicht kennen, von Oertzen, und die Sie nach erfolgreicher Erledigung des Auftrages auch nicht mehr kennen werden.« Himmler geriet ins Grübeln. »Einer von ihnen ist Bergwerksingenieur von Beruf, und ein höchst sachkundiger obendrein. Nicht gerade das, was man sich landläufig unter einem SS-Offizier vorstellt, allein schon aufgrund seiner geringen Körpergröße.« Der Reichsführer hüstelte verlegen. »Trotz allem jedoch ein Spezialist, ein wahrer Meister seines Fachs.«

»Und die beiden anderen?«, bohrte von Oertzen forsch.

»Sie sind mir ja ein ganz Neugieriger«, amüsierte sich Himmler, während die Stimmung ringsum feuchtfröhlich und das Lied ›SS marschiert in Feindesland‹ angestimmt wurde. Naiver als dieser Blaublüter, den er für seine eigenen Zwecke einzuspannen gedachte, ging es wirklich nicht. Selbst Koch, der geglaubt hatte, er könne das Bernsteinzimmer für sich beanspruchen, kam da nicht mehr mit. Auf die Idee, es auf einer Burg in Sachsen zu bunkern, hatte auch nur dieser ostpreußische Goldfasan kommen können. Aber nicht mit ihm, nicht mit Heinrich Himmler. Ohne die SS ging in diesen Tagen gar nichts, und das würde auch in Zukunft so bleiben. Je mehr Faustpfänder in des Reichsführers Hand, so sein Kalkül, umso größer die Chance, bei einem Kuhhandel mit den Alliierten die eigene Haut zu retten. In einer Zeit, in der die Zeichen auf Sturm standen, musste man einfach an sich selbst denken. An sich und die Zeit nach dem Krieg. »Nun gut, der Zweite im Bunde fällt etwas aus dem Rahmen. Nicht gerade aus bestem Hause, Sie verstehen. Ostpreuße und Kunsthistoriker von Beruf. Eigenwillig, um nicht zu sagen skurril. Nichtsdestotrotz ein Fachmann, nur darauf kommt es momentan an.«

»Und wozu all diese Experten?«, argwöhnte von Oertzen, nicht gerade ein Freund akademischer Gelehrsamkeit, und lehnte sich für seine Verhältnisse ungewöhnlich weit aus dem Fenster. »Je weniger verschrobene Koryphäen und je mehr verdiente Parteigenossen, desto besser.«

»Schon möglich«, räumte Himmler ein, entfernte eine Staubfaser, welche an dem mit Eichenlaub geschmückten Kragenspiegel des SS-Standartenführers haften geblieben war, und wippte auf seinen Stiefelabsätzen hin und her. »Schon möglich, dass Sie recht haben, von Oertzen«, sprach er gedehnt, »aber wenn es um das Bernsteinzimmer geht, kann ein bisschen Fachidiotentum sicher nicht schaden.«

DREI

Berlin / Hyannis Port, Massachusetts / Sotschi, UdSSR

(17.06.1953)

15

Hyannis Port, Massachusetts / USA

| 01.55 h Berliner Zeit

Fünf vor acht. Und somit nur noch ganze 22 Stunden Zeit.

Mehr nicht.

Das Whiskeyglas in der Hand, lief Gregory Boynton Grant im Wintergarten seiner Nobelvilla ruhelos hin und her. An das Unwetter, das seit Stunden über dem Nantucketsund wütete, verschwendete er keinen Blick, geschweige denn irgendwelche Gedanken. Mit denen war er nämlich woanders, mehrere Tausend Meilen weit weg, auf der anderen Seite des Ozeans.

Doch alles Warten, Bangen und Grübeln hatte keinen Zweck. Der stellvertretende Direktor der CIA unterdrückte einen Fluch und leerte sein Glas bis zur Neige. An allem war nur dieser aufgeblasene irische Zuchtbulle mit Namen McCarthy* schuld. Dieser pathologische Kommunistenhasser, der eine regelrechte Hysterie entfesselt hatte. Ob Wissenschaftler, Künstler oder Politiker, ob Staatsbeamter oder Geheimagent: Von den Mitgliedern der Bosto-

---

* Senator Joseph McCarthy (1908-1957)

ner High Society bis hinunter zum Staubsaugervertreter aus dem Mittelwesten war niemand vor seinen Nachstellungen sicher. Nicht einmal er, Gregory Boynton Grant. Wer dem Idealbild eines Amerikaners nicht entsprach, würde früher oder später in die Mühlen der McCarthy'schen Bespitzelungsmaschinerie geraten.

Homosexuelle mit inbegriffen.

Ohne Rücksicht auf Beziehungen, Rang oder Namen. Ohne Respekt vor der CIA.

Um sich abzulenken, schaltete Grant das Radio ein. Und wurde prompt von seinen Problemen eingeholt: ›Good evening, Ladies and Gentlemen‹, flirrte die Stimme der CBS-Sprecherin durch den Äther. ›This is CBS News, brought to you by Beverly Thompson. Berlin. According to our correspondent, mass protests in East Berlin have reached an alarming …‹

Auch das noch!, stöhnte Grant innerlich auf. Als ob die Lage, in die er sich hineinmanövriert hatte, ohnehin nicht schon kompliziert genug gewesen wäre. Der stellvertretende CIA-Direktor wechselte rasch den Sender. Na also, warum nicht gleich. ›Schwanensee‹ von Tschaikowski. Genau das Richtige, um auf andere Gedanken zu kommen.

Auf andere Gedanken, jedoch nicht auf die rettende Idee.

Kurz vor acht, als er sich das nächste Glas Southern Comfort genehmigte, war es schließlich so weit. Grant schnappte nach Luft. Na endlich, der erwartete Anruf. Die Nerven bis zum Zerreißen gespannt, stellte er sein Glas ab, schaltete das Radio aus und riss den Hörer von der Gabel. »Grant hier, wer ist am Apparat?«

»Als ob Sie das nicht wüssten!«, mokierte sich die Stimme am anderen Ende der Leitung und gab ein kehliges Lachen von sich. »Oder bin ich etwa zu spät dran?«

»Im Gegenteil«, versicherte Grant und blickte verstohlen auf die Uhr. »Pünktlich auf die Minute.« Woraufhin er den Anrufer mit den Worten umgarnte: »Auf Sie kann man sich wenigstens verlassen.«

»Danke für das Kompliment. Fragt sich nur, ob ich mir in Zukunft etwas davon kaufen kann.«

»Kommt drauf an, was Sie zu bieten haben.«

»Einspruch, Euer Ehren!«, versetzte die Stimme in zynischem Ton. »Kommt drauf an, was *Sie* zu bieten haben. Zu Ihrer Information, Deputy Director: Hinter der Ware, auf die Sie mich angesetzt haben, sind noch ganz andere her als Sie. Zeitgenossen, mit denen Sie sich nicht unbedingt anlegen sollten.«

Wie so häufig, wenn er unter Druck stand, rutschte Grants Stimmlage eine Oktave höher. »Soll das etwa ein Erpressungsversuch sein?«, entrüstete er sich in dem vergeblichen Bemühen, Kaltschnäuzigkeit zu demonstrieren.

»Nennen Sie es, wie Sie wollen!«, fauchte ihn der Anrufer an, offenbar fest entschlossen, sich von Grant nicht die Butter vom Brot nehmen zu lassen. »Damit

Sie Bescheid wissen – Mielke und Zaisser haben anscheinend Lunte gerochen. Die lassen mich beschatten, kapiert?«

»Woher wollen Sie das …«

»Ein Foto von unserem kleinen Tête-à-Tête im Café Kranzler vor einer Woche. Geschossen von einem unserer Westberliner Agenten. Deutlicher kann ein Warnschuss nicht ausfallen, oder?«

»… so genau wissen?«, hielt Grant dagegen, was nichts daran änderte, dass sich seine Stimme beinahe überschlug. »Und der Agent?«

»Liquidiert«, erwiderte die Stimme dumpf und gab sich nicht einmal die Mühe, mit der Häme, die in ihr mitschwang, hinterm Berg zu halten. »Und neugierigen Blicken für alle Zeiten entzogen. Erde zu Erde, Asche zu Asche, Staub zu Staub. Was nichts anderes bedeutet, dass der Hort, auf den Ihre Begehrlichkeiten gerichtet sind, zum Greifen nahe ist.« In der Absicht, Grant eine Lektion in Sachen Abgebrühtheit zu erteilen, zögerte Rembrandt die Pointe etwas hinaus. Erst geraume Zeit später, als jener vermutete, die Leitung sei unterbrochen, brachte er sie schließlich an den Mann. »Vorausgesetzt, Sie zahlen einen anständigen Preis dafür.«

Grant glaubte, er habe sich verhört. »Gehe ich richtig in der Annahme, dass wir den Kaufpreis für die Trophäe längst ausgehandelt haben?«

»In der Tat«, bekräftigte Rembrandt und ließ seinen Worten einen provozierenden Lachanfall folgen. »Für eine kleine Gefahrenzulage wäre ich Ihnen trotzdem sehr verbunden. Eine großzügige Erstattung meiner Spesen mit eingeschlossen.«

»Gefahrenzulage?«

»Damit Sie im Bilde sind – aus Gründen, die mit meiner operativen Bewegungsfähigkeit zusammenhängen, war ich gezwungen, mir ein Motorrad zu borgen. Auf gut Deutsch, ich musste es klauen und den Fahrer neutralisieren. Kein Kinderspiel, wenn man bedenkt, wie renitent der gute Mann war.«

»100.000 Dollar, und keinen Cent mehr«, knirschte Grant, während seine Hand die Mingvase umschloss, die er vor gut drei Wochen bei Christie's ersteigert hatte. »Haben wir uns verstanden?«

»Wenn hier jemand den Ernst der Lage nicht verstanden hat, dann Sie!«, korrigierte ihn Rembrandt amüsiert. »Und darum hören Sie mir jetzt mal gut zu.«

»Einen Teufel werde ich tun.«

»Wetten, dass nicht? Wetten, dass Sie sich ins nächstbeste Flugzeug setzen, eine kleine Spritztour über den Atlantik machen und sich im Kempinski am Kurfürstendamm zu meiner Verfügung halten werden? Und das innerhalb der nächsten zehn Stunden? Wer weiß, vielleicht überlege ich es mir ja noch anders. An zahlungskräftigen Konkurrenten herrscht nämlich derzeit kein Mangel. Wetten, dass Sie alles tun werden, um sie zu überbieten? Wetten, dass Sie klüger sind, als Sie tun, Mister Grant?« Seiner Sache absolut sicher, ließ Rembrandt erneut einige Zeit verstreichen, um schließlich zum entscheidenden Schlag auszuholen. »Wetten, Sie Schwuchtel, dass Sie mir ein Präsent in Höhe von exakt einer Million Dollar aushändigen werden? Fein säuberlich abgezählt und garantiert nicht registriert? Oder glauben Sie wirklich, das Bernsteinzimmer sei für einen Schleuderpreis zu haben?«

*

»Wohin so eilig?«, rief ihm sein Liebhaber hinterher, als er die Reisetasche auf den Rücksitz seines Buick Skylark Cabriolet warf, sich über die Fahrertür schwang und nur Sekundenbruchteile später den Motor anließ. Es war kurz nach neun, und der Südostwind fegte mit Orkanstärke über seinen Landsitz hinweg. So heftig, dass die Stimme des Mannes, deren Anziehungskraft er sich nur mit Mühe entziehen konnte, beinahe übertönt wurde. »Und das um diese Zeit?« Grant erstarrte und blickte stur geradeaus. Bis jetzt hatte er versucht, Ethan aus allem, was mit seinem Job zu tun hatte, herauszuhalten. Nicht immer mit Erfolg, aber wenigstens so, dass er sich keine Vorwürfe zu machen brauchte. »Geheime Reichssache«, witzelte er, ein weiterer kläglicher Versuch, nach außen hin gelassen und entspannt zu wirken. »Spätestens Donnerstagabend bin ich wieder da.« Und schloss mit den Worten: »Zur Feier des Tages wird uns Martha ein 1-A-Dinner auf den Tisch zaubern. Austern, Krimsekt und Kaviar. Hört sich gut an, oder?«

»Übermorgen erst? Riecht nach Arbeit, wenn du mich fragst.«

»Nach Arbeit und Unannehmlichkeiten in Hülle und Fülle«, wich Grant im Bewusstsein aus, bereits mehr als nötig ausgeplaudert zu haben.

»Und wohin soll die Reise …«

»Nach Berlin. So, jetzt muss ich wirklich los. Bis Donnerstag dann. Bye!«

Ohne sich umzudrehen, ja, ohne den beträchtlich jüngeren, breitschultrigen und mit einem sündhaft teuren Morgenmantel aus Maulbeerseide bekleideten Modellathleten auch nur mit seinem Blick zu streifen, drückte Gregory Boynton Grant aufs Gas, wirbelte den Kiesbelag auf und raste auf das schmiedeeiserne Tor seines Landsitzes zu. Kurz darauf war er in der Dunkelheit verschwunden.

Bei seinem Liebhaber, der sich behaglich in den mit Drachenmustern verzierten Morgenmantel schmiegte, hielt sich die Trauer über Grants überstürzte Abreise in Grenzen. Keineswegs irritiert, wandte sich der dunkelhaarige, tief gebräunte und mit samtweicher Stimme sprechende Adonis wieder dem Eingang zu, lächelte stillvergnügt vor sich hin und ließ die Tür hinter sich ins Schloss fallen.

Danach begab er sich ins Wohnzimmer und griff zum Telefonhörer.

Auf die Idee, dass sein Liebhaber Russisch sprach, wäre der stellvertretende CIA-Direktor nie gekommen. Auch darauf nicht, dass der Mann, der sich

Ethan O'Donnel nannte, ihn schmählich hintergehen, anschließend das Weite suchen und auf Nimmerwiedersehen verschwinden würde. Kalt lächelnd und ohne Reue.

16

Berlin-Zehlendorf, Waldfriedhof | *04.40 h*

»Sonst noch irgendwelche Hiobsbotschaften?«, stöhnte Tom Sydow, heilfroh, das Schreckensszenario der letzten beiden Stunden hinter sich zu haben. Zwischen den Wipfeln der Kiefern, Ebereschen und Birken, welche die Gräber ringsum flankierten, konnte man bereits die Morgendämmerung erahnen, und ein weiterer brütend heißer Tag kündigte sich an. Sydow unterdrückte ein Gähnen. Wenn er sich so umschaute, beschlich ihn das Gefühl, hier eine halbe Ewigkeit verbracht zu haben. Na ja, früher oder später würde jeder mal in der Versenkung verschwinden. Daran war nun mal nichts zu ändern. Blieb allerdings zu hoffen, dass sich das, was den sterblichen Überresten eines gewissen Hans-Hinrich von Oertzen widerfahren war, in Berlin so schnell nicht wiederholen würde.

»Ein offenkundiger Fall von Raubmord«, konstatierte Eduard Krokowski, seit mehr als fünf Jahren sein Assistent, der den Anblick, auf den sie nach der Öffnung des Grabes gestoßen waren, wesentlich besser verdaut zu haben schien als er. »In Tateinheit mit dem Diebstahl eines Motorrades.«

»Darauf kommt's jetzt auch nicht mehr an«, murmelte Sydow mit schicksalsergebener Miene, die

Hände tief in den Hosentaschen vergraben. »Wer weiß, vielleicht fliegt ja demnächst der Lange Lulatsch* in die Luft.«

Der knapp 25 Jahre alte Kriminalassistent, Abstinenzler und zu allem Überfluss auch noch Nichtraucher, nahm Sydows Fatalismus mit unbewegter Miene auf, und da er dessen Hang zum Sarkasmus kannte, ging er einfach über die Bemerkung hinweg. Während der vergangenen fünf Jahre hatte der personifizierte Gegenpol seines Vorgesetzten so manches Bonmot zu hören bekommen, eins makabrer als das andere. Das Gute daran war, dass er in puncto schwarzer Humor durch nichts mehr zu erschüttern war. Auch dadurch nicht, dass sein Faible für karierte Jacketts, Umgangsformen à la Knigge und exzessive Paragrafenreiterei zur Zielscheibe für Sydows Frotzeleien geworden waren. »So schlimm wird es bestimmt nicht kommen, Herr …«

»Tom, wenn es keine allzu große Mühe macht. Zum 100.000 Mal. Einfach Tom.«

Krokowski, dessen verblüffende Ähnlichkeit mit Theo Lingen für nicht enden wollende Imitationsversuche seitens der übrigen Kripo-Beamten sorgte, deutete eine Verbeugung an. »Verzeihung, ich vergaß«, näselte er, woraufhin Sydow einen schicksalsergebenen Blick zum Himmel sandte. »Apropos Raubmord – die Meldung der zuständigen Streifenbeamten aus Wannsee hat uns um 1.45 Uhr erreicht, also kurz vor meinem

* Spitzname für den Berliner Funkturm

Anruf bei Ihnen … äh … dir. Ersten erkennungsdienstlichen Maßnahmen der Kollegen zufolge …«

»Geht's noch ein bisschen hochgestochener?«, polterte Sydow, der Verzweiflung nahe.

»Verzeihung, Herr …«

»Tom, verdammt noch mal!«

Krokowski schlug betreten die Augen nieder. »Wie dem auch sei«, winselte er im Stile eines Primaners, der einer Arreststrafe zu entgehen versucht, »schenkt man den Streifenbeamten Glauben, scheint der Täter den Eigentümer des Motorrades … ähm … scheint der Täter ihn zum Halten gezwungen, ihm eine Kugel verpasst, von seiner BMW R 51/3 runtergezerrt …«

»Mein Kompliment, Eduard. So hört sich das schon viel besser an.«

»… und sich samt Motorrad in südlicher Richtung verpisst zu haben.«

»Richtung Grenzübergang Dreilinden?«, hakte Sydow mit nachdenklicher Miene nach.

»So hat es zumindest den Anschein«, bestätigte Krokowski, der dem Stimmungsumschwung seines Vorgesetzten nicht so recht traute. »Dem Vernehmen nach wäre er dabei um ein Haar mit einer amerikanischen Streife zusammengestoßen. Sieht so aus, als sei er mit nicht angepasster Geschwin… äh … mit einem Affenzahn unterwegs gewesen und habe den Zeugen die Vorfahrt genommen.«

»Und der Motorradfahrer?«

»Derzeit noch nicht vernehmungsfähig«, erklärte Krokowski lapidar. »Wer weiß, vielleicht wissen wir heute Abend mehr.«

»Kommt Zeit, kommt Rat, kommt Kriminalrat oder so ähnlich«, kalauerte Sydow in dem Bemühen, sein Stimmungstief zu überwinden. Genug Zeit, sich eingehender mit dem Fall zu beschäftigen, würde er im Moment ohnehin nicht haben. »Im Klartext: Eins nach dem anderen. Zuallererst kommt ein gewisser Herr von Oertzen an die Reihe, und danach sehen wir weiter.«

»Und der Tote am Spreebogen?«

»Stimmt, Eduard, den hätte ich beinahe vergessen.« Sydow fuhr mit der Handfläche über die Stirn, schüttelte unwirsch den Kopf und kramte den Zettel mit den Namen der Spaziergänger hervor, die den Leichnam entdeckt hatten. »Bitte tu mir den Gefallen und bestelle die beiden Herrschaften auf 8 Uhr ins Präsidium ein, ja?«

»Wird umgehend erledigt, Tom.«

Beeindruckt von so viel Diensteifer, verpasste Sydow seinem Assistenten einen freundschaftlichen Klaps. »Über einen Mangel an Beschäftigung können wir beide weiß Gott nicht klagen, was, Eduard?«

»Mit Sicherheit nicht«, stimmte Krokowski zu und strich die Haare beiderseits seines wie mit einem Lineal gezogenen Mittelscheitels glatt. »Mir scheint, da kommt noch eine Menge auf uns zu.«

»Und echter Bohnenkaffee, um euch beide wieder

auf Vordermann zu bringen«, platzte Naujocks dazwischen, rechts und links einen dampfenden Pappbecher in der Hand. »So viel Zeit muss einfach sein.«

»Du sprichst mir aus der Seele, Waldi«, seufzte Sydow und nahm die Morgengabe von Waldemar Naujocks, seines Zeichens Leiter der Spurensicherung, mit dankbarem Lächeln entgegen. »Schieß los – was gibt's Neues?«

»Nicht viel«, entgegnete Naujocks geknickt und überreichte Krokowski den anderen Becher. »Kieswege und Platzregen – schlechtere Ausgangsbedingungen hätte ich mir wohl kaum wünschen können. Doch wie heißt es so schön: Jeder hinterlässt Spuren, sogar der cleverste Gangsterboss.«

»Und die wären?«, fragte Sydow und nahm einen kurzen Schluck. Der Bohnenkaffee tat ihm gut, auf einmal sah die Welt wieder halbwegs erträglich aus. »Dein Hang zu Ami-Deutsch in allen Ehren, aber könntest du dich vielleicht ein bisschen gesitteter …«

»Kann ich, Tom, kann ich«, versicherte Naujocks, dessen Halbstarkenfrisur aufgrund einer ausgedehnten Suchaktion im umliegenden Gestrüpp erheblich gelitten hatte, mit einem reumütigen Grinsen. Das Gleiche galt für seine nagelneuen Cowboystiefel, die durchnässte Ledermontur mit inbegriffen. »Die Fußabdrücke des Mannes, der in von Oertzens Grab gelandet ist, sind mit denjenigen unter der Kiefer da hinten identisch«, erläuterte er und wies mit dem Daumen über die linke Schulter. »So viel zum Thema Opfer.«

»Und der vermeintliche Täter?«

»Scheint bis auf eine Kippe, die möglicherweise von ihm stammt, keinerlei Spuren hinterlassen zu haben.«

»Eine Kippe, sagst du?«

»Lungentorpedo Marke DDR. Für Insider – soll nicht wieder vorkommen, Tom! – für ehemalige Zoo-Bewohner wie mich auf Anhieb zu erkennen. Eine Schachtel KARO, und der Platz im Sanatorium ist dir nicht mehr zu nehmen.«

»Sicher?«, hakte Sydow, hellhörig geworden, nach.

»Absolut!«, bekräftigte Naujocks und zog seine Halbstarkenjacke zurecht. »Drei Jahre Arbeiter- und Bauernstaat hinterlassen eben ihre Spuren. Und sei es nur in der Lunge.« Naujocks rang sich ein gequältes Grinsen ab. »Nur keine Müdigkeit vorschützen, Tom!«, munterte er Sydow auf. »Wenn einer den Fall lösen kann, dann du.«

»Hab Dank für deine trostreichen Worte, Waldi«, gab Sydow zurück. »Aber wenn ich an die Hinterbliebenen eines gewissen Herrn von Oertzen denke, mit denen ich mich demnächst auseinandersetzen muss, könnte ich glatt in Frühpension gehen.«

»Diejenigen der Wasserleiche, derentwegen wir uns vergeblich abgerackert haben, nicht zu vergessen«, ergänzte Naujocks und zündete sich eine Camel an.

»So er denn welche hat, Waldi«, gab Sydow zu bedenken und ließ den Zeigefinger über den Rand des leeren Bechers gleiten. »Ach, wenn wir gerade dabei sind – vielen Dank, dass du deine Beziehungen hast spielen lassen.«

»Nichts zu danken«, wehrte Naujocks ab. »Hat sich zwar vor Angst beinahe in die Hose geschissen, mein Bruderherz, aber am Ende alles ausgeplaudert.«

»Ja, so haben wir's gern!«, bellte Peters, der sich dem Trio unbemerkt genähert hatte. »In der Gegend rumstehen und tratschen – deutsche Beamtenseele, was begehrst du mehr?«

»Immer mit der Ruhe, Blaffke«, beschwichtigte Sydow den schweißgebadeten Gerichtsmediziner, der wie ein angriffslustiger Eber auf ihn zusteuerte. »Sonst kriegst du am Ende noch einen Herzinfarkt.«

»Ein Schicksal, das dir ja wohl erspart bleiben wird«, keifte Peters, entledigte sich des Mundschutzes, der um seinen Hals baumelte, und stopfte ihn mit grimmiger Miene in die Tasche. Im Anschluss daran bedeutete er Sydow, ihm zu folgen. »Auf ein Wort, Herr Kriminalhauptkommissar.«

Die Begeisterung aufseiten des Gerüffelten hielt sich allerdings in Grenzen. »Muss das sein?«

»Wenn du nicht weiter auf der Stelle treten willst – ja«, gab Peters zur Antwort, machte kehrt und stapfte zu von Oertzens Grab hinüber. Dessen Leichnam war inzwischen in einen Zinnsarg gebettet worden, genau wie derjenige des Unbekannten. Der süßlich-moderige Geruch, welcher dem Grab entstieg, war jedoch nach wie vor der gleiche. Geeignet, auch noch den abgebrühtesten Kripo-Beamten in die Flucht zu schlagen. »Es sei denn, du machst demnächst schlapp.«

»Sehe ich etwa so aus?«

Die Mundwinkel von Peters verzogen sich zu einem Lächeln. »Dein Gesicht müsstest du jetzt sehen«, lachte er in sich hinein. »Aber keine Angst, eine weitere Begegnung mit Herrn von Oertzen bleibt dir erspart. Aus Pietätsgründen.«

»Dann lass hören!«, forderte Sydow den Gerichtsmediziner auf, nachdem dieser den Sarg geöffnet hatte, in den der unbekannte Tote gebettet worden war. »Jetzt komm schon, lass dir nicht die Würmer einzeln aus der Nase ziehen.«

»Welch passendes Bild«, lästerte Peters und winkte Sydow, bei dem die Aktion offenbar auf wenig Gegenliebe stieß, zu sich heran. »Nur keine Angst, der ist mausetot.«

»Wärst du auch, wenn man dir eine Kugel durch den Kopf gejagt hätte.«

»Vor allem, wenn es aus nächster Nähe geschehen wäre«, erwiderte Peters, ging neben dem Kopfende des Zinksarges in die Hocke und begann mit seinen Erläuterungen. »Wie du siehst, hat es dem guten Mann die halbe Schädeldecke weggerissen«, dozierte er. »Aber das ist momentan nicht der Punkt.«

»Sondern?«

»Das da«, antwortete Peters und kramte eine Kugel aus seinem Jackett hervor.

»Wo hast du denn die her?«, erkundigte sich Sydow,

nachdem er das Corpus Delicti in der Pranke des Gerichtsmediziners begutachtet hatte.

»Im Brustkorb eines gewissen Herrn von Oertzen«, tat Peters mit sichtlicher Befriedigung kund. »Um dein zartes Gemüt nicht über Gebühr zu belasten, einstweilen nur so viel: Alles spricht dafür, dass die Kugel nicht von Angesicht zu Angesicht, sondern von oben herab abgefeuert worden ist. Anders lässt sich das Faktum, dass sie aller Wahrscheinlichkeit am ersten Halswirbel vorbeigeschrammt und im Nackenbereich wieder ausgetreten ist, nicht erklären.«

»Das heißt, er muss ... er muss freiwillig in das Grab ... zumal es keinerlei Kampfspuren ...« Allein schon der Gedanke an den vermeintlichen Verlauf der Geschehnisse sorgte dafür, dass Sydow jäh verstummte. »Aber aus welchem Grund?«

»Genau das ist des Pudels Kern«, murmelte Peters, drückte Sydow die Kugel in die Hand und verschloss den Sarg. Danach richtete er sich mühevoll auf. »Made in the USSR«, fügte er mit Blick auf Sydow an, der das Geschoss von allen Seiten begutachtete. »Vermutlich aus einer Tokarew.«

Jetzt fängt der auch noch an!, seufzte Sydow innerlich als erklärter Gegner eines mit Amerikanismen durchsetzten Idioms. »Wenn du mich fragst, ergibt das Ganze überhaupt keinen Sinn.«

»*Noch* nicht, mein lieber Tom«, warf Peters ohne Rücksicht auf Sydows ratlose Miene ein. »Sä opera ain't over until sä fat lady sings.«

»Oder der beleibte Heldentenor«, grollte Sydow mit Blick auf den voluminösen Rumpf des Gerichtsmediziners, der seine gezielte Provokation sichtlich genoss. »Dessen Aussprache im Übrigen stark zu wünschen übrig lässt.«

»Da haben wir's wieder mal – Undank ist der Welt Lohn!«, tönte Peters, ein Schmunzeln im Gesicht, das ebenso schnell wieder verschwand, wie es gekommen war. »Weißt du was, Tom?«, fragte er mit betretener Miene. »Ich befürchte, dass uns das Frotzeln in nicht allzu ferner Zukunft endgültig vergehen wird.«

»Und wieso?«, fragte Sydow, dem der abrupte Stimmungsumschwung seines Freundes überhaupt nicht gefiel. »Komm schon, Heribert, spuck's …«

»Weil die Tätowierung unter seinem maroden linken Arm beweist, dass Hans-Hinrich von Oertzen ebenfalls SS-Mitglied war«, flüsterte Peters, zog seine Handschuhe aus und schleuderte sie ins Gras. »Noch Fragen, Herr Kriminalhauptkommissar?«

17

Sotschi, Region Krasnodar / UdSSR
| 05.20 h Berliner Zeit

Nein, auf ukrainische Edelhuren ließ er nichts kommen. Unter gar keinen Umständen. Diese Natalja da neben ihm war das beste Beispiel dafür. Blonder Pferdeschwanz, Unschuldsblick und üppige Proportionen. Der 19-jährige Wildfang war sein Geld wert gewesen, jeden einzelnen Rubel.

Besuchow öffnete die Augen, schlug die Decke zurück und machte Anstalten, aus dem hoffnungslos zerwühlten Prunkbett zu kriechen. Das war schwieriger als gedacht, wieder einmal war der Wodka daran schuld. Nur vom Feinsten, keine Frage, nicht der billige Fusel, mit dem sich das Sowjetvolk über den tristen Alltag hinwegtröstete. An seinem Brummschädel, in dem es brodelte wie in einem Hochofen, änderte dies aber nichts. Der machte ihm gewaltig zu schaffen, weit mehr, als ihm unter den gegebenen Umständen lieb war.

Nach mehreren Versuchen, bei denen er sich beinahe übergeben musste, hatte er es schließlich geschafft. Valentin Sergejewitsch Besuchow saß auf der Bettkante, genauer gesagt, er klammerte sich an ihr fest. Durch die Fensterläden seiner Luxussuite fluteten die ersten Sonnenstrahlen, und da er heute viel vorhatte, stemmte er die 120 Kilo, welche über seinen Körper mittlerer Größe verteilt waren, laut ächzend in die Höhe, schlurfte zum Fenster und riss die Läden auf.

Es war ein einzigartiges Panorama, welches sich ihm vom Balkon aus bot, mit nichts auf der Welt zu vergleichen. Das Schwarze Meer funkelte wie geschmolzene Silberbarren, von einer Helligkeit, dass ihm die Augen wehtaten. Bis auf eine Flottille von Fischerbooten, die sich in der unendlichen Weite verlor, gab es nichts, was das morgendliche Idyll trübte, keine Wolke, kein Motorengeräusch – nichts. Auf der Uferpromenade, wo Palmen, Bananensträucher und Zitrusbäume in Hülle und Fülle gediehen, herrschte gähnende Leere, kein Vergleich zum gestrigen Abend, an dem es von Flaneuren, Straßenmusikanten und amüsierwilligen Damen nur so gewimmelt hatte.

Überhaupt – die Damen. Mit denen war es bekanntlich so eine Sache. Die Hände auf dem schmiedeeisernen Geländer, schloss Besuchow die Augen und genoss die Sonnenstrahlen, die sein pockennarbiges, von einem Paar abstehender Ohren flankiertes Ganovengesicht erwärmten. Die Frauen konnte er sich nur dank der üppig sprudelnden Quellen leisten, aus denen er seinen unermesslichen Reichtum schöpfte. Bei einer Nutte wie Natalja wäre sonst nichts zu machen gewesen. Ebenso wenig wie bei den meisten ihrer Kolleginnen. Valentin Besuchow lachte verächtlich auf. Er war beileibe kein schöner Mann, aber das kümmerte ihn kaum. Er war glatzköpfig, dickbäuchig und hatte eine Körperbehaarung wie ein Faun. Und er trank entschieden zu viel. Na, wenn schon, dachte er, während sich seine Augen allmählich an die Helligkeit gewöhnten. So etwas zählt nicht, erst recht nicht bei den Weibern! Was zählte, war, dass der Rubel rollte, aus welchen Quellen er auch stammen mochte. In diesem Fall standen einem alle nur erdenklichen Türen offen. Nicht nur die zu den Frauengemächern.

Wieder einigermaßen klar im Kopf, drehte sich Besuchow um, warf einen Blick auf die schneebedeckten Dreitausender des Kaukasus, an deren Hängen er im Winter Ski fuhr, und kehrte in seine im Fin-de-Siècle-Stil möblierte Suite zurück. Beim Anblick von Nataljas Hinterteil, was allein die 1.000 Rubel wert war, die er für sie hingeblättert hatte, wurde er von einer Gier gepackt, gegen die er seit jeher machtlos gewesen war. Im Hinblick darauf, was ihm der Tag bescheren würde, riss er sich jedoch am Riemen, raffte seine Oberbekleidung zusammen und trottete in Richtung Bad.

Zu seinem Verdruss, dem er durch einen obszönen Fluch Luft verschaffte, kam er dort allerdings nicht an. »Ja, ja – ich komm schon!«, knurrte er, ein Klopfgeräusch im Ohr, mit dem das Dröhnen in seinem Schädel nicht mithalten konnte. »Was ist denn los, verdammt noch mal?«

»Es ist dringend«, wisperte Wolodja, sein Faktotum, nachdem er die Tür einen Spaltbreit geöffnet hatte.

»Das will ich auch hoffen, du alter Hurenbock.« Erst im Angesicht des täppisch grinsenden Tscherkessen fiel Besuchow auf, dass er nur seine Unterhose trug. Peinlich genug, wenn man von seiner Wodkafahne absah. »Sonst kannst du nämlich gleich dein Testament machen.«

»Er ist wieder da, seit einer halben Stunde.«

»Was du nicht sagst«, murmelte Besuchow, nicht etwa ein Ausdruck von Hohn, sondern Resultat eines Impulses, der sämtliche Nachwehen einer durchzechten Nacht vertrieb. »Dann wollen wir mal sehen, was es Neues gibt.«

*

Knapp zehn Minuten später, frisch rasiert und die übernächtigten Züge hinter einer Sonnenbrille verborgen, durchquerte Besuchow die Hotellobby, begutachtete sein Konterfei in einem Barockspiegel und trat ins Freie. In seinem dunkelgrauen Flanellanzug war er von den Sommerfrischlern, welche die Strandpromenade bereits zu Dutzenden bevölkerten, nicht zu unterscheiden, und genau darauf kam es ihm an. So kurz vor dem Ziel durfte nichts mehr schiefgehen. Sonst wäre die Mühe, die er auf sein Lieblingsprojekt verwandt hatte, umsonst gewesen. Die Mühe, jede Menge Schmiergelder und sonstige Gefälligkeiten. Kostenlose Bordellbesuche natürlich mit inbegriffen.

Kurz vor dem verabredeten Treffpunkt, einer Mole in knapp zwei Kilometern Entfernung, warf Besuchow einen Blick auf die Uhr. Drei vor sieben, genau pünktlich!, schoss es ihm durch den Kopf, und obwohl er seit seiner Zeit beim NKWD* ein Gespür für Verfolger entwickelt hatte, sah er sich unauffällig um. Als er sich vor unerwünschten Schnüfflern sicher wähnte, verließ er die Strandpromenade und steuerte auf die weit ins Meer hinausragende Mole zu. Der Wind, um diese Zeit noch recht frisch, trieb den feinkörnigen Sand vor sich her, und als er Slavín erspäht hatte, fröstelte ihn.

»Pünktlich wie …«, sprach der Mann, von dem sehr viel abhing, in gedämpftem Ton, während unmittelbar neben ihm eine Gischtfontäne in die Höhe schoss. Der Rest ging im Gekreische der Möwen unter, die sich um die Brotkrumen zankten, mit denen er sie fütterte. »Ich hoffe, Sie hatten eine angenehme Nacht.«

»Geht so«, antwortete Besuchow, dem die Art, wie ihn sein Gesprächspartner empfing, überhaupt nicht behagte. Er war es nicht gewohnt, dass man ihm den Rücken zudrehte, schon gar nicht bei einem derart wichtigen Gespräch. »Und die Ihrige?«

»Vor oder nach dem Flug hierher?«

»Wenn Sie mich so fragen – vor dem Flug«, stellte

* russ.: Volkskommissariat für Innere Angelegenheiten (dem die Geheimpolizei unterstellt war)

Besuchow mit unüberhörbarem Missfallen klar. »Bei der Durchführung Ihres Auftrages.«

»Der, wie ich annehme, zu Ihrer vollsten Zufriedenheit erledigt worden ist«, nahm der fast zwei Köpfe größere Kleiderschrank die Antwort auf die nächste Frage ohne erkennbare Gefühlsregung vorweg. »Von der bedauerlichen Tatsache, dass ich einen Mitwisser liquidieren musste, einmal abgesehen.«

Besuchow runzelte die Stirn und holte tief Luft. »Hatte ich Ihnen nicht eingeschärft, Komplikationen jedweder Art tunlichst zu …«

»Natürlich war ich darauf bedacht, sie zu vermeiden«, kam Wassili Danilowitsch Slavín dem Rüffel seines Auftraggebers in hochnäsigem Tonfall zuvor. »Leider ging es nun mal nicht anders. Der Leutnant, mit dem ich mich auseinanderzusetzen hatte, wusste einfach zu viel. Aber keine Angst – ich habe mir die größte Mühe gegeben, dass es so aussieht, als habe es zuvor ein Gerangel zwischen Koch und diesem Grünschnabel von der polnischen Staatssicherheit gegeben.« Aus Slavíns Mund erscholl ein heiseres Lachen. »Diesbezüglich, mein lieber Besuchow, dürfen Sie mir ruhig trauen. So wie diese polnischen Bauerntrampel, die auf meinen gefälschten Geheimdienstausweis und die Version vom Patrioten, der im Namen seiner geknechteten Landsleute eine alte Rechnung begleicht, ohne Weiteres hereingefallen sind. Die Akte, welche besagter Leutnant Guzik angelegt hatte, habe ich natürlich verschwinden lassen, ohne dass diese Anfänger in Warschau, denen man übermäßige Professionalität bestimmt nicht zum Vorwurf machen kann, auch nur das Geringste davon mitbekommen haben. Und ohne dass irgendjemand in Moskau, Genosse Chruschtschow* inbegriffen, etwas spitzkriegen wird. Was Letzteren betrifft, hat der alte Bauerntrampel seit Stalins Tod bestimmt alle Hände voll zu tun, sich seine Rivalen vom Hals zu halten.«

»Und Koch?«, lenkte Besuchow ab und trat einen Schritt näher.

»Gauleiter Koch?«, amüsierte sich Slavín, schüttete eine Portion Brotkrumen in die Fläche seiner Prothese und warf sie schwungvoll in die Luft, woraufhin sich die Möwen der Beute wegen beinahe zerfleischten. »Der hat gesungen. Eine Arie nach der anderen. Wie eine Operndiva im Bolschoi. Die elende Kreatur wollte gar nicht mehr aufhören, so sehr hatte sie die Hosen voll.«

Besuchow rieb sich die Hände, ein beutelüsternes Lächeln im Gesicht. »Wusste ich's doch, dass der alte Ganove die Finger mit im Spiel hat!«, rief er aus, in der Gewissheit, seinem Ziel einen großen Schritt näher gekommen zu sein. »Raus mit der Sprache, Slavín – wo hat das korrupte Schwein das Bernsteinzimmer versteckt?«

»Genau das, mein lieber Besuchow«, entgegnete Slavín, drehte sich auf dem Absatz um und bedachte

---

* Nikita Chruschtschow (1894-1971), Nachfolger Stalins als Parteichef der KPdSU

den Paten des Organisierten Verbrechens im Kaukasus mit einem Blick, der anderen auf der Stelle zum Verhängnis geworden wäre, »ist die Frage.«

»Wie bitte?«, keuchte Besuchow, dem der Hüne mit der Augenklappe und der Hartgummiprothese mehr Furcht einflößte, als er sich eingestehen wollte. »Haben Sie nicht gerade eben gesagt, Ihre Mission sei ein Erfolg …«

»›Gewesen‹ ist das richtige Wort!«, fuhr Slavín barsch dazwischen, zerknüllte die Tüte, die er in der linken Hand hielt, und warf sie über die Schulter hinweg ins Meer. »Insofern, als dass wir wissen, wo sich das Bernsteinzimmer *nicht* befindet. Aber keine Sorge, Besuchow, wie so oft, wenn einem das Wasser bis zum Hals steht, erscheint bekanntlich der Retter in der Not.«

»Retter?«, röchelte Besuchow, drauf und dran, sich einen Schluck aus dem Flachmann zu genehmigen, den er als eiserne Ration ständig bei sich trug. »Hören Sie, wenn Sie mich auf den Arm nehmen wollen, wird Sie das teuer zu stehen kommen.«

»Und Sie erst!«, konterte Slavín scharf. »Aber lassen wir das. Damit Sie wieder ruhig schlafen können, Besuchow – kurz nach meiner Ankunft, also vor gut einer Stunde, erreichte mich der Anruf eines Kollegen und alten Freundes aus NKWD-Zeiten in Berlin, wie ich korrekterweise hinzufügen sollte. Raten Sie mal, welche Art von Handel mir mein Kumpan vorgeschlagen hat.«

»Eine Million Dollar als Gegenleistung für verlässliche Angaben über den Verbleib des Bernsteinzimmers?«

»Bravo, Genosse Besuchow«, erwiderte Slavín in gönnerhafter Manier, die linke Gesichtshälfte hart wie Granit, die rechte zu einer missgünstigen Fratze verzerrt. »Sieht so aus, als hätten Sie Ihr Handwerk von der Pike auf gelernt.«

Puterrot vor Zorn, konnte Besuchow dem Drang, seine Tokarew zu ziehen, nur mit Mühe widerstehen. »Wo ist das …«

»Auf jeden Fall nicht dort, wo es auf Kochs Betreiben hin aufbewahrt wurde.«

»Sondern?«

»Das freilich wollte mir mein Gewährsmann nicht sagen«, verkündete Slavín in hochtrabendem Ton. »Nicht, bevor Sie mit ihm handelseinig geworden sind.«

»Und wer, wenn Sie die Frage gestatten, ist dieser ominöse Freund?«

Hochnäsig bis an die Grenze zur Provokation, ließ Slavín einige Sekunden verstreichen. »Finden Sie nicht auch, Genosse«, zischelte er im Vorbeigehen, »es ist langsam an der Zeit, dass Sie in Bezug auf meine Wenigkeit über eine kleine Prämienerhöhung nachdenken sollten?«

»Wie viel?«

»Jedenfalls mehr als die paar Kröten, mit denen Sie mich bislang abspeisen wollten.«

»Erst die Ware, dann das Geld – so gut müssten Sie mich inzwischen kennen.«

Nur noch wenige Meter vom Strand entfernt, drehte sich Slavín schwungvoll um. »Sie sind ein knallharter Geschäftsmann, Besuchow!«, rief er dem Kaukasus-Paten über das Rauschen der Brandung hinweg zu. »Das habe ich schon immer gewusst. Erlauben Sie mir trotzdem eine Frage?«

Besuchow nickte, den Finger am Abzug der Tokarew, die sich in der Innentasche seiner Flanelljacke befand.

»Weshalb wollen Sie das verdammte Zimmer eigentlich unbedingt haben?«

»Das, mein lieber Slavín«, entgegnete Besuchow, wobei er den gelangweilt-hochtrabenden Tonfall seines Kontrahenten gekonnt imitierte, »muss ich leider für mich behalten.«

»Warum denn? Was ist so schlimm daran, wenn herauskommt, in welch vornehmen Kreisen Sie sich bewegen? Keine Angst!«, beteuerte Slavín voller Häme, »von mir wird niemand je erfahren, dass Sie für Berija* arbeiten.«

»Das will ich Ihnen auch geraten haben, Slavín!«, knurrte Besuchow, plötzlich wieder der Alte. »Sonst müsste ich Sie töten.«

---

* Lawrenti Berija, (1899-1953), Geheimdienstchef der UdSSR

18

Berlin-Tiergarten, Sowjetisches Ehrenmal

| 06.55 h

»Keine Sorge, Herr Kommissar«, versicherte der 35-jährige Russe hinter dem Steuer des schwarz lackierten Moskwitsch 400, nachdem der amerikanische Jeep auf der Gegenfahrbahn die Geschwindigkeit kurz gedrosselt, danach aber in Richtung Brandenburger Tor weitergefahren war. »Solange ich in Ihrer Nähe bin, sind Sie vor den Yankees sicher.«

»Gut zu wissen«, gab Sydow zurück, auf den die Lässigkeit, die der tipptopp gekleidete sowjetische Geheimdienstoffizier an den Tag legte, wie eine Provokation wirkte. Um den einzigen Trumpf, den er derzeit im Ärmel hatte, nicht zu verspielen, verkniff er sich jeglichen Kommentar und warf einen Blick auf einen der beiden T-34-Panzer, die den Zugang zum sowjetischen Ehrenmal flankierten. So früh am Morgen war außer der Ehrenwache, die in stocksteifer Haltung auf der Stelle verharrte, kein Mensch zu sehen. Mit ein Grund, weshalb sein Gesprächspartner ausgerechnet diesen Treffpunkt vorgeschlagen hatte, jedoch beileibe nicht der einzige. Das Ehrenmal war eine sowjetische Exklave, Vorsicht bekanntlich die

Mutter der Porzellankiste. »Die Frage ist nur, ob Sie sich mit denen anlegen wollen.«

Juri Andrejewitsch Kuragin, Liebhaber maßgeschneiderter Anzüge, kubanischer Zigarillos und französischer Haute Cuisine, wog das dunkelhaarige Haupt, welches ihm den Spitznamen ›Kaukasier‹ beschert hatte, und schwieg sich geraume Zeit aus. »Nicht unbedingt«, gestand der Oberstleutnant des MGB* schließlich mit übernächtigter Miene ein, wobei sich Sydow nicht zum ersten Mal fragte, durch welche Art von Familienbande ein in Leningrad geborener Geheimdienstoffizier wie Kuragin zu einem ausgeprägt südländischen Teint, dunklen Augen und dichten schwarzen Brauen gekommen war. »Es sei denn, man zwingt uns dazu.«

Die Skepsis, mit der Sydow die Aussage des Oberstleutnants aufnahm, war weder zu übersehen noch zu überhören. »Sie glauben doch wohl nicht, dass die Amis hinter dem ganzen Schlamassel da drüben stecken?«, begehrte er mit hochgezogenen Brauen auf und wies mit dem Daumen über die rechte Schulter. »Im Ernst, Kuragin, auf so eine Idee kann man ja wohl nicht kommen. Die Genossen brauchen was zwischen die Kiemen, und zwar dringend. Sonst kann Ulbricht den Laden dichtmachen. Wie viele von denen bereits die Kurve gekratzt haben, brauche ich Ihnen bestimmt nicht zu verklickern.«

Kuragin schüttelte den Kopf. »Nein, brauchen Sie

---

* russ.: Ministerium für Innere Angelegenheiten

nicht«, bekräftigte er, den Blick nach vorn gerichtet, wo die Siegessäule aus dem morgendlichen Dunst emporragte. Ein weiterer heißer Tag stand bevor, und das gleich in mehrfacher Beziehung. »Und wissen Sie, was? In letzter Zeit stelle ich mir immer häufiger die Frage, ob unsere deutschen Genossen überhaupt so etwas wie Fingerspitzengefühl besitzen. Oder ob sie nicht schon längst jeglichen Kredit bei der Bevölkerung verspielt haben. Falls ja, ist guter Rat teuer.«

Im Begriff, seine Sicht der Dinge darzulegen, überlegte Sydow es sich anders. Er wollte nicht mehr Öl ins Feuer gießen als nötig, nicht jetzt, wo es weitaus wichtigere Dinge zu besprechen gab.

Kuragin schien es nicht zu bemerken. »Soweit also der Tragödie erster Teil«, sprach er in gedämpftem Ton, trotz alledem wachsam und vor möglichen Beobachtern auf der Hut. »Titel: ›Die Deutschen und der Sozialismus‹.«

»Und der zweite?«

»Der zweite, mein lieber Kommissar, trägt einen gänzlich anderen.«

»Welchen?«

Kuragin lächelte matt. »Wie wär's mit ›Verhasste Freunde‹?«, schlug er vor. »Keine schlechte Idee, was denken Sie, Herr Kommissar?«

»Dass der Laden da drüben jede Sekunde hochgehen kann«, ließ Sydow bärbeißig verlauten. »Schneller, als wir beide es uns möglicherweise vorstellen können.«

»So, meinen Sie.«

Sydow nickte und wich dabei dem forschenden Blick seines Nebenmannes aus.

»Ein Grund mehr, unseren kleinen Plausch nicht über Gebühr in die Länge zu ziehen!«, verkündete Kuragin resolut und straffte sich. »Was liegt an, Herr Kommissar?«

»Ich habe einen Mord aufzuklären. Genau genommen, sogar zwei.«

»Ihr Beruf, Herr Kommissar, oder?«

»Stimmt. Zumindest, was einen der beiden Morde angeht, bin ich jedoch am Ende mit meinem Latein.« Sydow hielt kurz inne. »Im wahrsten Sinne des Wortes.«

Kuragin biss allerdings nicht an. »Wem sagen Sie das, Herr Kommissar!«, heuchelte er, wohl wissend, worauf das Gespräch hinauslaufen würde.

»Ich brauche Ihre Hilfe, Kuragin. Dringend.«

»Helfen – ich Ihnen? Wie?«

»Indem Sie mir Informationen verschaffen, an die ich auf herkömmliche Art und Weise nicht rankomme.«

Kuragin pfiff durch die Zähne und bewegte tadelnd den Zeigefinger. »Ich muss doch sehr bitten, Herr Kommissar«, spöttelte er und fuhr genüsslich über seinen Oberlippenbart, »was wird der Herr Polizeipräsident dazu sagen, wenn Sie einen Offizier des sowjetischen Geheimdienstes um Hilfe bitten. Wenn das rauskommt, können Sie Ihre Karriere an den Nagel hängen.«

»Und Sie die Ihre.«

Kuragins Miene wurde skeptisch. »Und was macht Sie so sicher, dass ich Ihnen meinen brüderlichen Beistand gewähren werde?«

»Die Tatsache, dass ich Ihnen vor fünf Jahren einen der meistgesuchten Kriegsverbrecher der Welt ans Messer geliefert habe. Eine Hand wäscht bekanntlich die andere.«

»Abgesehen von der Frage, welches Anliegen Sie haben, Herr Kommissar«, sprach Kuragin mit unbewegter Miene, kurbelte das Fenster herunter und zündete sich eine Montecristo an, »ist Ihnen hoffentlich klar, dass ich sibirische Gastfreundschaft genießen werde, wenn ich mit einem Westberliner Kriminalkommissar gemeinsame Sache mache.«

»Kriminalhauptkommissar, wenn ich bitten darf.«

Kuragin gab ein belustigtes Schnauben von sich. »Immer noch der Alte, wie ich sehe«, stellte er fest und schnippte die Asche zum Fenster hinaus. Gleich darauf wurde er wieder ernst. »Soll ich Ihnen etwas verraten, Herr Kommissar? Etwas, das Sie womöglich in Erstaunen versetzen wird?«

»Nur zu.«

»Im Verlauf der letzten fünf Jahre – also nicht erst seit gestern – bin ich zu der wohlfundierten Überzeugung gelangt, dass wir hier auf verlorenem Posten stehen.« Kuragin inhalierte und ließ den Rauch durch den linken Mundwinkel entweichen. »Ob 10, 20, 30 oder mehr Jahre: der Tag, an dem wir unsere Koffer packen müssen, wird kommen. So sicher wie das Amen in der

Kirche. Wie pflegte der Genosse Stalin zu sagen: ›Der Kommunismus passt zu den Deutschen wie der Sattel zu einer Kuh.‹ Zitat Ende.«

»Und zu Ihnen?«

»Wusste ich's doch, dass Sie mir diese Frage stellen würden, Sydow!«, rief Kuragin aus. »Wie ich Sie kenne, haben Sie die passende Antwort längst parat.« Der MGB-Offizier räusperte sich und hob die Stimme: »Frage an Radio Eriwan: Gibt es einen Grund, weshalb man seit mehr als 15 Jahren für den sowjetischen Geheimdienst tätig sein kann?«

»Im Prinzip ja. Falls man vorhat, seinem Land zu dienen. Und nicht einem blutrünstigen Diktator.«

»Kommt Ihnen bekannt vor, nicht wahr, Herr Kommissar?«

Sydow nickte, obwohl er an die Zeit, in der Deutschland von den Nazis regiert und er, Tom Sydow, Kripo-Beamter geworden war, lieber nicht zurückdenken wollte. »Heißt das, dass Sie mir …«

»Nur keine Scham, Herr Kriminalhauptkommissar, worum handelt es sich?«

»Um die Identifizierung eines Toten, den wir gestern Abend aus der Spree gefischt haben«, antwortete Sydow, bemüht, die Worte möglichst sorgfältig zu wählen. »Gut möglich, dass die Tat … dass er vom Territorium der DDR aus in die Spree geworfen wurde.«

»Alles, was recht ist, Herr Kommissar, aber ein bisschen mehr darf es schon noch sein.«

»Es gibt Indizien, dass der Mann Insasse der Psychiatrischen Abteilung der Ostberliner Charité gewesen sein könnte.«

»Wenn dem so ist, warum wenden Sie sich in diesem Fall nicht an Ihre Ostberliner Kollegen?«

Sydow seufzte gequält. »Sie wissen so gut wie ich, dass ich das gar nicht erst zu versuchen brauche.«

»Sonst noch was?«

»Nein«, log Sydow und kam sich ziemlich schäbig dabei vor. »Was mich betrifft, wär's das so ziemlich gewesen.«

»›So ziemlich‹, aha«, echote Kuragin und fuhr sich durch das dunkle, in dichten Wellen nach hinten gekämmte Haar. »Na schön, ich werde sehen, was sich machen lässt. Mal schauen, welche Abgründe sich vor mir auftun werden. Von denen, welche sich dank der Inkompetenz unserer SED-Genossen im Verlauf des gestrigen Tages bereits aufgetan haben, gar nicht zu reden.«

»Danke, Kuragin«, flüsterte Sydow und reichte seinem Nebenmann die rechte Hand, »vielen Dank, dass Sie meinetwegen so viel …«

»Nichts zu danken, Herr Kriminalhauptkommissar«, kam ihm der MGB-Oberst rasch zuvor und drückte sie. »Wer weiß, vielleicht können Sie sich in nächster Zeit revanchieren.«

»Für den Fall, dass Sie mit dem Kempinski zufrieden sein sollten – gerne!«

Kuragin gab ein ungezwungenes Lachen von sich,

zum ersten Mal, seit Sydow ihn kennengelernt hatte. »Mehr kann man bei Ihrer Besoldung auch nicht verlangen«, scherzte er, während Sydow die Tür öffnete und aus dem Moskwitsch stieg.

»Doswidanja*, Herr Kriminalhauptkommissar – und viel Glück.«

»Viel Glück, Kuragin – und danke!«, rief ihm Sydow hinterher, nachdem der Moskwitsch ein waghalsiges Wendemanöver vollzogen und mit quietschenden Reifen Kurs auf das Brandenburger Tor genommen hatte. Danach überquerte er die Fahrbahn und schlug den Weg ein, der zum Potsdamer Platz führte. Genug Zeit, die morgendliche Idylle im Tiergarten zu genießen, blieb ihm jedoch nicht. »Extrablatt!«, hörte er plötzlich eine Stimme rufen. »Die neuesten Meldungen aus Ostberlin – Extrablatt! 10 Pfennig, der Herr – danke.«

Volle zehn Minuten, nachdem ihm der Zeitungsjunge unweit des Kemperplatzes die Sonderausgabe der Morgenpost in die Hand gedrückt hatte, stand Sydow immer noch an der gleichen Stelle, wütend wie seit Langem nicht mehr. Mit ein Grund waren natürlich die Nachrichten auf Seite eins, ein anderer der ausführliche Artikel zwei Seiten weiter. »Na warte, du Schlawiner«, grollte er, nachdem weitere fünf Minuten vergangen und sein Zornausbruch ins Unermessliche gestiegen waren. »Wenn ich dich kriege, kannst du dein Testament machen!«

---

* dt.: Auf Wiedersehen!

ALBERICH

Burg Kriebstein / Sachsen

(01.04.1945)

›Wie durch Fluch er mir geriet, verflucht sei dieser Ring!
Gab sein Gold mir Macht ohne Maß,
nun zeug sein Zauber Tod dem, der ihn trägt!‹

Fluch des Alberich, Hüter des Nibelungenhortes
in Richard Wagners Oper *Das Rheingold*
aus dem Jahre 1869

*

›Am 12. Januar 1945 meldete Rohde dem Städtischen Kulturamt schriftlich, er sei nunmehr dabei, die Paneele zu verpacken. Er gedenke, sie nach Sachsen zu bringen.‹

(*Der Spiegel* Nr. 49 / 4.12.2000)

19

Torhaus | *19.40 h*

»Wie Parsifal vor der Gralsburg«, lästerte Ole Jensen, als der Kommandeur seiner Sondereinheit, SS-Standartenführer Hans-Hinrich von Oertzen, an das Tor der wehrhaften Burganlage hämmerte, die sich auf einem steil aufragenden Felsgrat über dem Zschopautal erhob. Die Sonne war soeben untergegangen, und aus dem Talgrund krochen feuchtwarme Dunstschwaden empor. Was wie eine Opernkulisse anmutete, entsprach jedoch der Realität, genau wie die Türme, Dachreiter und Erker, die mit den Schatten der hereinbrechenden Nacht verschmolzen. »Der könnte glatt in Bayreuth auftreten.«

»Das lass ihn mal lieber nicht hören, du Heringsbändiger!«, wies ihn der Fahrer des VW-Kübelwagens in die Schranken und warf einen Blick über die linke Schulter. »Bei so was versteht unser Mustergermane keinen Spaß.«

SS-Sturmbannführer Jensen, Friese aus echtem Schrot und Korn, zuckte mit den Schultern. »Na und? In ein paar Wochen ist der Krieg sowieso …«

»Enthüllet den Gral! Walte des Amtes!«, deklamierte der Dritte im Bunde, der den Rang eines Obersturmbannführers bekleidete. Im Gegensatz zu seinen Kameraden, deren Erscheinungsbild zu wünschen übrig ließ, saß seine Uniform wie angegossen. »Dich mahnet dein Vater: Du musst, du musst!«

»Soll er doch schiffen gehen, hinterher isses ihm leichter«, setzte der knorrige, wettergegerbte und obendrein strohblonde Emder mit Blick auf seinen Nebenmann noch eins drauf. »Und jetzt halt's Maul, Holländer! Sonst fliegst du in hohem Bogen hier raus.«

Der 30-jährige Kunsthistoriker, bei seinen Kameraden unter dem Spitznamen ›Professor‹ bekannt, schien sich nichts daraus zu machen. »Aber, aber, mein lieber Olaf«, lästerte er, hundertprozentig sicher, seinen Nebenmann, den alle Welt Ole rief, damit auf die Palme zu bringen. »In Zusammenhang mit dem Kommandeur unserer Sondereinheit wäre etwas mehr Respekt angebracht.«

»Ach, leck mich doch am Arsch, du Salonlöwe!«, fauchte der baumlange Friese und machte eine wegwerfende Bewegung mit der Hand. »Mit deinem hochgestochenem Gesabber kannst du bei mir keinen Eindruck schinden.«

»Redet man so mit einem Vorgesetzten, Sturmbannführer Jensen?«, schnarrte Holländer in dem Bemühen, von Oertzens Kasernenhofton nachzuahmen.

Wie nicht anders zu erwarten, stieß er mit seinen Hänseleien auf wenig Gegenliebe. »Vorgesetzter – dass ich nicht lache«, amüsierte sich Jensen, seine Storchenbeine weit von sich gestreckt. »Ausgerechnet du.«

»Ruhe da hinten, verdammt noch mal!«, stauchte

der Fahrer, vom Dienstgrad her auf gleicher Ebene wie Jensen, die beiden Streithähne zusammen, während die Scheinwerfer des VW Kübelwagens Typ 82 die hoch aufragende Gestalt vor dem verschlossenen Burgtor wie den Solisten in einer Opernaufführung erscheinen ließen. Benjamin Kempa, mit 24 nicht nur der Jüngste, sondern aufgrund seiner eher bescheidenen Körpergröße von knapp 1,80 Meter auch der Kleinste des Trios, ließ den unwirschen Blick zwischen den beiden Kameraden hin und her wandern. Etwas Derartiges kam bei dem introvertierten Experten für das Bergwerkswesen äußerst selten vor, und vielleicht war gerade das der Grund, weshalb sich die Gemüter auf dem Rücksitz beruhigten.

»Hat hier irgendjemand eine Ahnung, was der Alte überhaupt vorhat?«, knurrte Jensen und schnippte das Streichholz ins Gras, auf dem er seit geraumer Zeit herumgekaut hatte. Da Glimmstängel fast so begehrt und leider ebenso selten wie amüsierwillige Nachrichtenhelferinnen waren, hatte er sich die Marotte mit den Streichhölzern angewöhnt und es sich in den Kopf gesetzt, bei der Gelegenheit mit dem Rauchen aufzuhören. »Tötet mir langsam den Nerv mit seiner Geheimniskrämerei.«

»Muss sich um was Größeres handeln, sonst hätte von Oertzen keine Lastwagen angefordert«, mutmaßte Kempa, von seinen Bataillonskameraden seit jeher ›Kleiner‹ genannt. »Fragt sich nur, um was.«

»Operation Alberich – einfach lachhaft!«, grummelte Jensen, ein veritables Lästermaul vor dem Herrn. »Möchte wissen, wozu das kurz vor knapp überhaupt noch gut sein …«

»Vorsicht, Kamerad«, warnte Holländer auf eine Weise, welche den knorrigen Friesen aufhorchen ließ. »Was du da von dir gibst, ist Wehrkraftzersetzung. Sieh zu, dass du dir Bemerkungen dieser Art in Zukunft verkneifst. Sonst landest du vor dem Kadi.« Holländer fuhr mit der Handkante über die Kehle und verdrehte die Augen. »Oder vor dem Erschießungskommando, je nachdem.«

»Ach, leck mich doch …«

»Nein, danke, nicht ganz meine Geschmacksrichtung!«, wehrte Holländer naserümpfend ab. »Aber wenn wir gerade von Geschmack reden – und zwar von gutem –, weiß unser Sprengstoffexperte von der Waterkant überhaupt, wer Alberich war?«

»Wenn du mir so kommst, Professor, kann es sich ja nur um irgendeinen Brüllaffen aus einer Wagneroper handeln.«

»Nicht schlecht, Olaf, nicht schlecht«, lobte Holländer und rekelte sich genüsslich auf dem Hintersitz. »Für einen gestandenen Nationalsozialisten aber noch lange nicht genug. Bei Alberich, so die teutonische Mär, handelte es sich nämlich um den Hüter des Nibelungenhortes. Ein hässlicher kleiner Zwerg – in etwa vergleichbar mit Kempa.«

»Hahaha«, lautete die Antwort des Ingenieurs, der von Oertzen, dem die Warterei vor dem Burgtor allmählich zu bunt wurde, nicht aus den Augen ließ. »Wart's ab – irgendwann kommt die Retourkutsche.«

»Wenn schon, dann bitte mit Sekundanten. Wo waren wir stehen geblieben, Sturmbannführer Jensen?«, schulmeisterte Holländer seinen Nebenmann und beantwortete die Frage gleich selbst. »Bei Parsifal, stimmt. Wie allseits bekannt, war es besagter Alberich, welcher den Hort vor den Blicken unserer wackeren Vorfahren verbarg. Na, fängt's jetzt an zu klingeln, Jungs?«

»Nicht unbedingt.«

»Bei einem Kunstbanausen wie dir, Jensen, nicht weiter verwunderlich«, schwadronierte Holländer, überheblich bis an die Grenze zur Provokation. »Könnte es nicht sein, dass wir, des Führers letztes Aufgebot, dazu auserkoren worden sind, Preziosen von hohem Wert hier abzuholen und bis auf Weiteres – zumindest so lange, bis die Luft wieder rein ist – vor dem Zugriff der Alliierten zu verbergen? Na, was meint ihr dazu, Jungs?«

*

»Führervorbehalt?«, rätselte der Kastellan, von der Echtheit des Schriftstücks in seiner Hand alles andere als überzeugt. »Ich glaube, Sie stellen sich das ziemlich einfach vor, Herr …«

»Zum dritten Mal, Sie verkappter Saboteur. Mein

Name ist von Oertzen, SS-Standartenführer Hans-Hinrich von Oertzen. Schreiben Sie sich das gefälligst hinter die Ohren. Ein für alle Mal. Ich darf doch wohl annehmen, dass Sie des Lesens mächtig sind, oder?«

»Durchaus«, erklärte der Greis mit dem schütteren weißen Haar und reckte den schmächtigen, von Altersschwäche und Rheumatismus gebeugten Körper so weit als möglich zu dem ungebetenen Besucher empor. »Was aber nicht heißt, dass ich mit dem, was hier steht, auf Teufel komm raus einverstanden sein muss.«

»Jetzt hören Sie mal gut zu, Sie verkalkter Trottel«, knurrte von Oertzen, streifte die Handschuhe ab und klemmte sie hinter den Gürtel. »Wenn Sie nicht sofort tun, was von Ihnen verlangt wird, sehe ich mich gezwungen, andere Saiten aufzuziehen.«

Beim Kastellan, Veteran aus dem Ersten Weltkrieg und ehemaliges Mitglied des Rotfrontkämpferbundes, zeigte der harsche Tonfall des SS-Offiziers keine Wirkung. »Und wer sagt mir, dass es damit seine Richtigkeit hat?«, bezweifelte er und tippte auf die Akte, in der sich das Schreiben des Reichsführers-SS befand.

Von Oertzen, jeder Zoll ein getreuer Paladin Himmlers, winkelte die Arme an und richtete sich zu voller Größe auf. »Soll das etwa heißen, Sie wagen es, sich einem Befehl des Reichsführers-SS zu widersetzen?«, bellte er, riss die Pistole aus dem Halfter und drückte sie dem Burgverwalter an die Stirn. »Ich zähle jetzt bis zehn, Burggespenst«, knirschte er, den

Zeigefinger am Abzug und die Augen sprühend vor ohnmächtigem Zorn. »Falls du bis dahin nicht zur Vernunft gekommen sein …«

»Geben Sie sich keine Mühe, Standartenführer!«, widersetzte sich der Kastellan und ließ die Tür, die vom Burghof aus in die Säulenhalle führte, mit unbewegter Miene ins Schloss fallen. »Von mir werden Sie die Erlaubnis zum Abtransport des Bernsteinzimmers nicht bekommen. Klipp und klar gesagt: nur über meine Leiche.«

»Ja, wenn das so ist, wäre die Sache allerdings geritzt«, knirschte von Oertzen, riss dem Kastellan das Schreiben Himmlers aus der Hand und reichte es an Holländer weiter. Im Scheinwerferkegel des Dreitonners vom Typ Mercedes-Benz L 701, der an der Spitze eines Konvois aus Wehrmachtsfahrzeugen in den Burghof rollte, haftete seiner Gestalt etwas Dämonisches an. Der Grund, weshalb Letzterer instinktiv zurückwich, als der uniformierte SS-Recke mit den Fingern der linken Hand zu zählen begann. »Eins. Vorlesen, Holländer!«, schrie von Oertzen mit sich überschlagender Stimme, so laut, dass das Echo zwischen den Wänden des Burghofes widerhallte und das Motorengeräusch der Lkws einen Moment lang übertönte.

»Aber … aber, Herr Standartenführer …«, stammelte der SS-Obersturmbannführer und blickte sich verstohlen um.

»Drei. Vorlesen, sonst lasse ich Sie vor ein Kriegsgericht stellen!«, geiferte von Oertzen und verstärkte den Druck seiner Browning 641, freilich ohne beim Kastellan den gewünschten Effekt zu erzielen. »Fünf. Jetzt machen Sie schon, Mann!«

Holländer schluckte. »Der Reichsführer-SS und Chef der deutschen Polizei, Heinrich Himmler, an …«

»Sieben. Weiter unten, Sie Vollidiot!«

»… den Empfänger … Verzeihung, Herr Standartenführer … ist dem Überbringer dieses Schreibens, SS-Standartenführer von Oertzen, jede nur erdenkliche Hilfe beim Abtransport besagter Kunstgegenstände, worunter sich unter anderem das vom Direktor der Städtischen Kunstsammlungen von Königsberg, Doktor Rohde, dorthin verbrachte Bernsteinzimmer befindet, zu leisten.«

»*Zehn*«, flüsterte von Oertzen, den Blick in denjenigen des Burgverwalters versenkt.

Nur Sekundenbruchteile später, die entgeisterten Blicke der übrigen SS-Männer im Rücken, feuerte er das Magazin seiner Browning bis auf den letzten Schuss leer.

*

»Scheiß Plackerei!«, fluchte Ole Jensen, als die letzte von mehreren Dutzend Kisten, Behältern und Kartons, die er und seine Kameraden bei strömendem Regen vom Rittersaal aus in den Hof geschleppt hatten, auf den Ladeflächen der beiden Lastwagen verschwunden war. »Da hätte ich ja gleich Möbelpacker werden können.«

»Wenn du schlau bist, Jensen«, knirschte Holländer, während er die klitschnasse Plane festzurrte, »hältst du jetzt einfach deinen Mund. Sonst sehe ich mich gezwungen, den Alten zu informieren. Und dann kannst du sehen, wo du bleibst.«

»Jetzt hör mir mal gut zu, du Diplom-Lackaffe«, grollte Jensen, packte seinen Kontrahenten am Kragen und trieb ihn vor sich her, »wenn du denkst, mir damit Angst einjagen zu können, irrst du dich. Und zwar gewaltig. Von einem feinen Pinkel wie dir lasse ich mir nämlich nichts sagen, kapiert? Aber auch gar nichts. Und jetzt noch mal zum Mitschreiben. Entweder du hältst in Zukunft die Klappe, oder ich polier dir die Fresse, dass ...«

»Zum Donnerwetter, Jensen, was ist denn eigentlich hier los?«, fuhr von Oertzen dazwischen, im Begriff, den abfahrbereiten Konvoi zu inspizieren. »Haben Sie denn völlig den Verstand verloren?«

»Er hat mich provoziert, Herr Standartenführer«, rechtfertigte sich der Friese, ließ von Holländer, der ihn schadenfroh angrinste, mit grimmiger Miene ab und glättete seine Uniform. »Mit voller Absicht.«

»Ganz egal, wer hier wen provoziert hat, meine Herren«, kanzelte von Oertzen die beiden Streithähne ab, während er den Lkw einer flüchtigen Prüfung unterzog. »Nach Erledigung unseres Auftrages wird die Angelegenheit noch ein Nachspiel haben.

Speziell für Sie, Sturmbannführer Jensen. Und jetzt aufsitzen, aber ein bisschen plötzlich!«

*

»Wohin soll die Reise eigentlich gehen?«, fragte Benjamin Kempa, nachdem von Oertzen auf dem Beifahrersitz Platz genommen und der Konvoi zu mitternächtlicher Stunde das Burgtor passiert hatte.

»Kümmern Sie sich gefälligst um Dinge, die Sie etwas angehen, Kempa!«, stauchte ihn von Oertzen zusammen und blickte stur geradeaus. Wahre Sturzbäche ergossen sich vom Himmel, und um ein Haar wäre der Kübelwagen ins Schleudern geraten.

Hans-Hinrich von Oertzen focht dies jedoch nicht an. Auch dann nicht, als der Wind stark auffrischte und taubeneigroße Hagelkörner vom nachtschwarzen Himmel prasselten. Ganz und gar in seinem Element, flog sogar ein Lächeln über sein Gesicht, erst recht, als der Konvoi die Talsohle erreicht und in westlicher Richtung davongebraust war.

Eine volle Stunde später, kurz vor Altenburg, brachte Kempa den Mut auf, erneut eine Frage zu stellen. »Was ist eigentlich mit den Lkw-Fahrern, Herr Standartenführer?«, murmelte er, den Blick in den Rückspiegel gerichtet. »Ich meine, wenn wir an unserem Bestimmungsort angekommen sind.«

Die Neugierde sollte ihm indes vergehen.

Für alle Zeiten.

»Die drei Gefreiten?«, griff von Oertzen die Frage erst auf, als der Dresdener die Hoffnung auf eine Antwort fast schon begraben hatte. Er tat dies in einem Tonfall, den Kempa selbst bei ihm, dem Treusten der Paladine Himmlers, beim besten Willen nicht erwartet hätte. »Nun, einmal an Ort und Stelle, werden wir nicht umhin kommen, sie zu liquidieren.«

»Zu liquidieren?«

»Richtig«, bekräftigte von Oertzen, nicht einmal die Spur einer Regung im Gesicht. »Je weniger Mitwisser, desto besser.«

VIER

Berlin / Brandenburg an der Havel

(17.06.1953)

20

Berlin-Lichtenberg, Ministerium für Staatssicherheit der DDR in der Normannenstraße

| 07.30 h

»Und die Lage im demokratischen Teil von Berlin?«, polterte Erich Mielke und warf seinem Büroleiter einen jener Blicke zu, vor denen das ganze Ministerium zitterte.

»Äußerst besorgniserregend«, räumte der schneidige junge Leutnant der Staatssicherheit unumwunden ein und machte erst gar nicht den Versuch, die Lage zu beschönigen. »Vorsichtig ausgedrückt.«

»Auf gut Deutsch: total beschissen!«, platzte Mielke heraus, einmal mehr überzeugt, von lauter Dilettanten umgeben zu sein. Um zu erkennen, dass die Tage der DDR gezählt waren, musste man wirklich nicht viel Grips in der Birne haben. Im Hinblick auf den drohenden Kollaps glichen sich die Spitzelberichte, Lagebeurteilungen und Depeschen, die sich auf seinem Schreibtisch häuften, nämlich aufs Haar. Die Lage war nicht nur ernst, sondern beinahe hoffnungslos. »Und wo genau ist die Kacke am Dampfen?«

»Vor allem am Strausberger Platz«, antwortete der ehemalige FDJ-Aktivist in dem Bestreben, dem zu erwartenden Temperamentsausbruch die Spitze zu nehmen. Dagegen war hier niemand gefeit, nicht einmal der Minister selbst. »Ersten Berichten unserer V-Leute zufolge gehen die Demonstranten dort bereits in die Tausende.«

»Demonstranten?«, echote Mielke, auf dem besten Wege, die Befürchtungen seines Büroleiters Wirklichkeit werden zu lassen. »Kann es sein, dass Sie ein bisschen Deutsch-Nachhilfe brauchen? Diversanten, Konterrevolutionäre und kriminelle Elemente zuhauf, und Sie Grünschnabel haben nichts Besseres zu tun, dieses Gesindel als Demonstranten zu bezeichnen. Das haut ja wohl den stärksten Kosaken um.« Mielke hieb mit der flachen Hand so heftig auf den Tisch, dass es weit und breit zu hören war. »Merken Sie sich eins, Sie Anfänger: Wenn Sie es hier zu was bringen wollen, drücken Sie sich gefälligst anders aus. Haben wir uns verstanden, Genosse?«

»Selbstverständlich, Genosse Miel…«

»Sonst noch was?«

»So leid es mir tut – ja.«

»Nun reden Sie schon, Mann!«

Noch eine Spur bleicher als sonst, senkte der ehemalige Schlosser, der mit seinen 28 Jahren eine wahre Blitzkarriere hinter sich hatte, mit betretener Miene das Haupt. »Wir haben ihn aus den Augen verloren, Genosse«, bekannte er mit schlotternden Knien, als könne er das Unheil, das sich über ihm zusammenbraute, mithilfe dieser vagen Aussage aufhalten. Ein Blick auf Mielkes grimmige Miene genügte, um seine Beichte schleunigst zu präzisieren: »Rembrandt, Genosse Minister, es geht um Rembrandt. Trotz der von Ihnen angeordneten Observierung ist es ihm offenbar gelungen, sich in den Westen abzusetzen. Und das vor den Augen der Volkspolizei.« Der sichtlich geknickte Leutnant schnappte nach Luft. »Laut Aussage der betreffenden Streifenbeamten muss der Grenzübertritt in einem Wagen der amerikanischen Botschaft erfolgt sein.«

»Und die mit seiner Beschattung beauftragten Genossen?«, schnaubte Mielke, kurz vor einem neuerlichen Wutausbruch, der den vorigen weit in den Schatten zu stellen drohte. »Was ist mit denen?«

»Aufgrund des Gedränges auf dem Bahnhof war die betreffende Genossin leider nicht imstande, Rembrandts Observierung wie geplant …«

»Mit anderen Worten – die dämliche Pute hat ihn aus den Augen verloren.«

Mielkes Büroleiter senkte den Blick. »In der Tat, Genosse.«

»Wenn wir diese Konterrevolutionäre hinter Schloss und Riegel gebracht haben, Sie Tollpatsch, wird es hier ein Großreinemachen geben, das sich gewaschen hat!«, spie Mielke hervor und sprang mit krebsrotem Gesicht auf. Zur Erleichterung des Büroleiters, der mit einer unwirschen Handbewegung abgewimmelt wurde, klingelte in diesem Moment das Telefon.

Als sich die Tür hinter dem sichtlich erleichterten Blondschopf schloss, hob Mielke den Hörer ab. Er sollte sich noch mehr aufregen. »Ja, bin ich hier von lauter Trotteln umgeben?«, schrie er in den Hörer, den er am liebsten sofort wieder auf die Gabel geknallt hätte. »Was denkt sich dieser Dilettant von der HA* VIII eigentlich? Ich hab doch wahrhaftig Besseres zu tun, als mich mit einem x-beliebigen IM** ... Was, das Bernsteinzimmer? Na gut, stellen Sie durch.« Mit einem Fluch, der vor Obszönität nur so strotzte, ließ sich Mielke in seinen Schreibtischsessel sinken und nippte an seiner morgendlichen Tasse Tee. Erst Laurin, zu dem der Kontakt abgerissen war, dann Rembrandt, dieser mit allen Wassern gewaschene Verräter. Und zu guter Letzt das Bernsteinzimmer. Ausgerechnet jetzt. In einer Zeit, in der die Konterrevolutionäre ihm keine ruhige Minute gönnten. Nun ja, vielleicht würde er bei den Russen Eindruck damit schinden können, vorausgesetzt, er bekäme heraus, wo genau dieses Gerümpel abgeblieben war. Aber genau das war das Problem. Als Versteck kamen mindestens ein Dutzend Orte infrage, angefangen bei Bergwerken bis hin zu alten Stollen, Gruben und so weiter. Die Suche würde eine Menge Zeit kosten. Und vor allem das, woran es der DDR seit jeher mangelte: Geld.

Es sei denn, er bekäme heraus, wo genau sich das Zimmer befand.

»Mielke hier.«

Minuten später, als er den Bericht des Informanten

---

* Hauptabteilung
** Inoffizieller Mitarbeiter

bereits zum dritten Mal gehört hatte, konnte es Erich Mielke immer noch nicht glauben. »Der MGB?«, rätselte er und überlegte hin und her, was von der Sache zu halten war. »Sind Sie sich da wirklich sicher?«

»Hundertprozentig«, beteuerte der Anrufer, der den wenig einfallsreichen Decknamen ›Sigmund‹ trug. »Schließlich hat er mir seinen Ausweis gezeigt.«

»Und wie heißt der gute Mann?«

»Das … das kann ich leider nicht sagen, Genosse«, räumte die Stimme am anderen Ende der Leitung ein. »Kyrillische Buchstaben sind mir nicht …, ich kann nämlich kein Russisch, müssen Sie wissen.«

»Auch das noch.« Viel zu niedergeschlagen, um sich über irgendetwas aufzuregen, bettete Mielke seine Stirn in die Fläche der rechten Hand und brütete dumpf vor sich hin. Erst ein verlegenes Räuspern seines Gesprächspartners, von Beruf Psychiater und Stationsarzt in der Charité, rüttelte ihn wieder wach. »Dann eben noch mal von vorn!«, schnaubte er. »Gestern früh, genauer gesagt kurz vor fünf, begeht einer Ihrer Patienten im Beisein eines Offiziers im besonderen Einsatz Selbstmord. Ein Patient, der zuvor über Jahre hinweg und insbesondere während der letzten Woche auf jede nur erdenkliche Weise unter Druck gesetzt, verhört und sogar … und sogar mithilfe körperlicher Gewalt gezwungen worden ist, nähere Angaben über den Verbleib des Bernsteinzimmers zu machen. Und das ohne meine Kenntnis oder ausdrücklichen Befehl. Trifft das zu, Herr Doktor?«

»Jawohl, Genosse.«

»Woraufhin Sie und ein Krankenpfleger, der mit besagtem Benjamin Kempa auf vertrautem Fuß gestanden zu haben scheint, keinen anderen Ausweg wussten, als seinen Leichnam in der Spree … Moment mal, bleiben Sie kurz dran!«

Wie von Furien gepackt, legte Mielke den Hörer beiseite und wühlte die Oberfläche seines Schreibtischs durch. Die Ausgabe der Morgenpost, auf die er es abgesehen hatte, war schnell gefunden, ebenso der Artikel auf Seite drei. »Berlin-Tiergarten. Vertraulichen Informationen zufolge wurde am gestrigen Abend unweit von Schloss Bellevue der Leichnam eines circa 35 Jahre alten Mannes aus der Spree geborgen«, murmelte er vor sich hin, wobei er seinen Informanten gänzlich vergaß. Und weiter: »Nach Angaben aus Polizeikreisen wurde Kriminalhauptkommissar Tom von Sydow mit der Durchführung der Ermittlungen betraut.« Von Sydow, aha. Auch noch ein Aristokrat!, schoss es Mielke durch den Kopf, während er mit grimmiger Miene zur Tür stürmte, sie aufriss und sich vor seinem Büroleiter aufbaute.

Dieser dachte bereits, sein letztes Stündlein habe geschlagen, durfte allerdings unmittelbar darauf durchatmen: »Erstens: Sie nehmen die Personalien von diesem Seelenklempner auf und werfen ihn umgehend aus der Leitung«, bellte Mielke, aufs Äußerste erregt.

»Und zweitens?«, fragte der Leutnant keck.

»Zweitens –«, fuhr Mielke fort, drückte ihm die Morgenpost in die Hand und legte die Stirn in Falten, »Sie setzen sämtliche Hebel in Bewegung, dass der Kriminalkommissar, von dem auf Seite drei die Rede ist, für immer von der Bildfläche verschwindet. Und zwar auf der Stelle.« Mielke warf seinem Büroleiter einen auffordernden Blick zu. »Haben wir uns diesbezüglich verstanden, Genosse? Oder gibt es am Ende noch irgendwelche Fragen?«

»Nein, Genosse Minister.«

»Guter Mann«, antwortete Mielke, machte kehrt und warf die Tür hinter sich zu.

21

Brandenburg an der Havel, Untersuchungshaftanstalt in der Steinstraße

| *08.10 h*

Flucht oder Strick. Etwas riskieren oder in diesem Dreckloch verrecken. So und nicht anders lautete die Frage.

Laut aufstöhnend vor Schmerzen, biss der 32-jährige Gefangene die Zähne zusammen, richtete sich im Zeitlupentempo auf und horchte auf den Korridor vor seiner Zelle hinaus. Fehlanzeige. Es rührte sich nichts. Das einzige Geräusch, das die bedrückende Stille durchbrach, war sein stoßweises, beinahe asthmatisches Keuchen, unterbrochen von einem Ächzen, das sich wie ein unterdrückter Hilferuf anhörte. Mit das Schlimmste für ihn war ein durchdringender Pfeifton im Ohr, wie vieles andere eine Folge der Verhöre, die er im Verlauf der letzten 24 Stunden hatte durchstehen müssen.

Peinliche Befragungen und anschließend drei Tage Dunkelhaft für unkooperatives Verhalten.

So einfach war das.

Noch hatten sie ihn jedoch nicht kleingekriegt. Solange ein Funke Leben in ihm steckte, würde das auch nicht passieren. Er würde sich zur Wehr setzen, sich mit Zähnen und Klauen verteidigen. Das hatte er sich geschworen. Immer und immer wieder. Und diesen Schwur würde er halten. Allen Versuchen, seinen Willen zu brechen, zum Trotz.

Der einstmals strohblonde, mittlerweile ergraute Schlacks lächelte gequält. All das war freilich leichter gesagt als getan, wenn nicht gar unmöglich. Unter anderem, weil er noch nicht einmal die Hälfte seiner Strafe abgesessen hatte. Damals, kurz nach seinem missglückten Fluchtversuch aus dem NKWD-Speziallager Nr. 3, war das anders gewesen. Zu dieser Zeit war er, Ole Jensen, im Vollbesitz seiner Kräfte, der Krieg erst seit ein paar Wochen zu Ende. Nicht im Traum hätte er zu jener Zeit daran gedacht, länger als ein paar Wochen im Knast sitzen zu müssen. Doch er war eines Besseren belehrt worden. Wieder einmal. Aus ein paar Tagen waren Monate, aus Monaten mittlerweile volle acht Jahre geworden. Die Hälfte hatte er in Berlin-Hohenschönhausen, den Rest innerhalb dieser Mauern absitzen müssen. Aus Gründen, die ihm bis zum heutigen Tage nicht ganz klar waren. Gut und schön, kurz nach Kriegsende war er an die Russen verpfiffen worden. Pech gehabt, keine Frage. Obwohl die vom Coup mit dem Bernsteinzimmer bis zum heutigen Tag nichts mitbekommen hatten. Die Operation Alberich war von Anfang bis Ende wie am Schnürchen gelaufen. Ein verächtlicher Zug trat auf Jensens Gesicht, auf einen Schlag, so schien es, waren sämtliche Blessuren vergessen. Es lief ganz bestimmt nicht so, wie sich das ein gewisser Hans-Hinrich von Oertzen vorgestellt hatte, nichtsdestoweniger mit beträchtlichem Erfolg. Die Alliierten, allen voran die Russen, hatten keine Spur des achten Weltwunders gefunden. Und würden auch keine finden. Es sei denn, er, Ole Jensen, würde sie auf die richtige Spur bringen. Genau das war jedoch ein Ding der Unmöglichkeit. Nicht etwa, weil er nicht wollte. Für seine Freilassung hätte er alles getan, sogar das Geheimnis, hinter dem offenbar auch die Stasi her war, verraten. Sondern schlicht und ergreifend deshalb, weil er nicht konnte.

Ohne fremde Hilfe, in erster Linie die seiner beiden Kameraden, war er nicht imstande etwas auszurichten. Da konnte ihn die Stasi noch so oft in die Mangel nehmen, ihn foltern, verprügeln, oder mit Schlafentzug an den Rand des psychischen Zusammenbruchs treiben. Nützen würde es den Folterknechten aus der Normannenstraße nichts. Aber auch rein gar nichts.

Wieder halbwegs bei Kräften, stützte sich Jensen auf die Handflächen und streckte seine Beine aus. Dass er dabei ins Leere stieß, überraschte ihn kaum. Aus Erfahrung wusste er, dass die Kellerverliese, in denen die zu Dunkelhaft verurteilten Häftlinge dahinvegetierten, im Gegensatz zu den übrigen Zellen mitunter recht geräumig waren. Nur eine der Methoden, um die Panik, in die man hier automatisch verfiel, noch zu steigern. Jensen holte tief Luft und zwang sich zur Ruhe. Hier galt es, einen kühlen Kopf zu bewahren, unter den gegebenen Umständen allerdings kein leichtes Unterfangen.

Kurze Zeit später, trotz angebrochener Rippe, blutender Nase und verstauchtem Schultergelenk, war es schließlich geschafft. Er hatte sich bis zur gegenüberliegenden Zellenwand vorgearbeitet. Dort machte er eine Kehrtwendung, rutschte auf dem Hosenboden nach hinten und ruhte sich mit schmerzverzerrter Miene aus.

Geschafft!

Fürs Erste jedenfalls. Um die Nerven zu behalten, ließ Jensen seine Gedanken geraume Zeit später erneut in die Vergangenheit abschweifen. Wie lange war das mit dem Bernsteinzimmer doch gleich her? Genau. Acht Jahre, zwei Monate und sieben Tage. Wenn es einen Tag gab, der sich ihm mehr als alle anderen ins Gedächtnis eingegraben hatte, war es der 10. April 1945 gewesen. Dieses Datum würde er so schnell nicht vergessen. Und die drei anderen, von Oertzen mit eingeschlossen, vermutlich auch nicht. Jensen fuhr mit der Handfläche an den Nasenlöchern entlang und stieß einen Seufzer der Erleichterung aus. Wenigstens hatte seine Nase aufgehört zu bluten. Für den Anfang gar nicht so schlecht.

Zurück zu von Oertzen, ermahnte er sich in der Absicht, die schmerzende Schulter so gut es ging zu ignorieren. Zu seiner klammheimlichen Freude hatte der Herr Standartenführer sein Fett abbekommen, wenn auch nicht so, wie er sich das gewünscht hatte. Wäre es nach ihm gegangen, hätte dieser arrogante Pinkel den nächsten Tag mit Sicherheit nicht mehr erlebt.

Wie immer, wenn Jensen an den 10. April dachte, wandten sich seine Gedanken dem eigentlichen Grund seines Hierseins zu. Logisch, er hatte versucht zu türmen, nicht einmal drei Tage nach seiner Arretierung im Speziallager Nr. 3. Dafür hatten ihm die Russen 20 Jahre aufgebrummt. Inklusive Zwangsarbeit in Sibirien. Das eigentlich Verwunderliche daran war jedoch, dass die Strafe nicht vollzogen und die gefürchtete Deportation nicht stattgefunden hatte. Allein das war ihm ein Rätsel gewesen, am heutigen Tage mehr denn je. Ein fast so großes wie das plötzliche Verschwinden von SS-Obersturmbannführer Curt Holländer, der ihm im Speziallager über den Weg gelaufen und von jetzt auf nachher wie vom Erdboden verschluckt gewesen war. Dafür musste es einen Grund geben, wenngleich er bezweifelte, dass er ihn jemals erfahren würde.

Seit damals waren mehr als acht Jahre vergangen, und es war an der Zeit, endlich einen Schlussstrich unter die Vergangenheit zu ziehen. Wären da nicht die Verhöre der letzten Tage gewesen, die allesamt um das gleiche Thema gekreist waren.

»Scheiß Bernsteinzimmer!«, fluchte Jensen, woraufhin sich prompt seine angebrochene Rippe bemerkbar machte. Weshalb sich die Stasi ausgerechnet auf ihn eingeschossen hatte, ging über seinen Horizont. Je länger er über seine Misere nachdachte, desto mehr.

Weshalb diese ganzen Verhöre, warum ausgerechnet während der letzten acht Tage? Dafür musste es doch, verdammt noch mal, einen Grund geben.

Alles Zufall? Nie im Leben.

Und außerdem – wie waren ihm diese Gestapo-Lehrlinge überhaupt auf die Schliche gekommen?

Die Frage aller Fragen.

Dank der schallisolierten Zellentür bemerkte Jensen seine herannahenden Bewacher erst, als sich der Schlüssel im Schloss drehte. Zu schwach, um auf die Beine zu kommen, hob er den rechten Arm und schirmte die aufgequollenen Augen gegen das grelle Neonlicht ab, das jeden Moment ins Innere strömen würde. Der einstmals so zähe Friese stöhnte gequält auf. Anscheinend wollen die es ganz genau wissen!, schoss es ihm durch den Kopf, während die innere Tür mit langgezogenem Knarren aufsprang.

Doch er irrte sich. Zum wiederholten und auch nicht letzten Mal an diesem Tag.

»Du hast Besuch, Jensen!«, rief ihm der Wärter zu, einer der widerwärtigsten Menschenschinder, die ihm jemals über den Weg gelaufen waren. »Auf geht's!«

Ohne groß nachzudenken, biss Jensen die Zähne zusammen und machte den Versuch, sich auf den Beinen zu halten. Dies gelang ihm mehr schlecht als recht. Offenbar kannst du mehr einstecken als gedacht, tröstete er sich in einem Anflug von galligem Friesenhumor. Auf ein Verhör mehr oder weniger kam es bei dem, was er bereits hinter sich hatte, nicht an.

Oder etwa doch?

*

Für Ole Jensen, auf dem Papier 32, kräftemäßig schlechter dran als ein Greis, sollte dies ein Tag der Überraschungen werden. Und zwar in mehrfacher Hinsicht.

Die erste bestand darin, dass er nicht ins Verhörzimmer eskortiert wurde. Stattdessen hieß es Treppen steigen, hinauf ins Obergeschoss. Von dort aus ging es in den Gebäudeflügel, in dem die Büros und Wachstuben lagen.

Die zweite Überraschung bestand darin, dass die beiden Wärter, normalerweise keine Kinder von Traurigkeit, ihm die Treppen hinaufgeholfen und sich jeglicher Beschimpfungen, geschweige denn Tritten, Remplern oder sonstiger Schikanen, enthalten hatten. Das war keineswegs üblich, an sich ein kleines Wunder.

Die dritte und vielleicht größte Überraschung war eine ganz andere, kein Vergleich mit dem, was er während der vergangenen acht Jahre durchgemacht hatte.

Als sich die Tür mit der Aufschrift ›Anstaltsleitung‹ hinter ihm schloss, blieb Ole Jensen die Spucke weg. Nicht etwa, weil die beiden Wärter draußen geblieben waren. Je nach Verhörmethode konnte so etwas durchaus vorkommen. Oder weil der Direktor, den er vom Sehen kannte, überhaupt nicht anwesend war. Der Auslöser für seine Verblüffung war vielmehr der Mann im eleganten Zweireiher und dem makellos weißen Hemdkragen, der mit dem Rücken zu ihm am Fenster stand und in aller Gemütsruhe eine rauchte.

Jensen stutzte, und der Pfeifton im Ohr, den er einem gezielten Faustschlag zu verdanken hatte, verflüchtigte sich. Ebenso die Befürchtung, er habe Halluzinationen. Ohne jeden Zweifel war er völlig klar im Kopf, ungeachtet des höllisch schmerzenden Schultergelenks und des seltsamen Bildes, das sich ihm bot. Die Art, wie der Besucher dastand, wie er an seinem Glimmstängel zog, wie er ihn zwischen Zeige- und Mittelfinger geklemmt hatte, wie er gekleidet war – das alles hatte er zuvor noch nicht gesehen. Die Person war für DDR-Verhältnisse viel zu elegant, erschien fast unwirklich. Darüber hinaus war es vor allem die schlanke Gestalt, die dafür sorgte, dass Ole Jensen den Mund nicht mehr zubekam. Von dem Impuls, auf der Stelle kehrtmachen zu müssen, wild durcheinanderwirbelnden Gedankenfetzen und dem vergeblichen Ringen nach Worten gar nicht zu reden.

Ole Jensen war sprachlos, die vielleicht größte Überraschung an diesem Tag.

»Da staunst du, was?«

Genau das war es, was er an Holländer seit jeher gehasst hatte. Diese an Trägheit grenzende Lässigkeit, diese Überheblichkeit, die Arroganz. »Wer wie ich acht Jahre im Stasi-Knast verbracht hat, den haut so schnell nichts mehr um, Kamerad. Nicht einmal du.«

Rembrandt stieß ein gallenbitteres Lachen aus, zog genüsslich an seinem Glimmstängel und blies einen kunstvoll geformten Rauchkringel in die Luft. Anschließend, mit an Apathie grenzender Nonchalance, drehte er sich zu seinem ehemaligen Kriegskameraden um, runzelte pikiert die Stirn und beäugte ihn von Kopf bis Fuß. »Sieht so aus, als hättest du ziemlich was abgekriegt«, sprach er in herausforderndem Ton, unter den sich unüberhörbare Schadenfreude mischte. »Mal wieder aus der Reihe getanzt, nehme ich an.«

»Und wenn schon – was kümmert's dich?«

Rembrandt drückte seine Zigarette aus und tat so, als komme Jensens Tonfall völlig überraschend für ihn. »Ist das etwa der Dank«, wehklagte er, »dass ich Himmel und Hölle in Bewegung gesetzt habe, um einem ehemaligen Kameraden aus der Patsche zu helfen?«

»Du siehst das ganz richtig, Holländer.«

»Was denn?«

»Das mit dem ›ehemalig‹«, raunzte Jensen und bewegte sich langsam auf den Schreibtisch zu, hinter dem sein Intimfeind Stellung bezogen hatte. »Wenn wir gerade dabei sind: Wie kommt es, dass du damals einfach verduftet bist? Wohl kaum, weil sie dich in ein anderes Domizil verfrachtet haben – oder? Da war doch was faul, Holländer, mir kannst du so schnell nichts vormachen.«

Rembrandt setzte eine gelangweilte Miene auf. »Weißt du was, Olaf? Ich glaube, du hast immer noch nicht kapiert, worum es im Leben geht.«

»Was du nicht sagst.«

»Nämlich darum, auf der jeweils richtigen Seite zu stehen. Damit man nicht so endet wie du.«

»Überaus lehrreich, aber das beantwortet nicht meine Frage.«

»Na schön, Ole, anscheinend willst du es nicht anders.« Holländer umrundete den Schreibtisch, lehnte sich auf die Vorderkante und verschränkte die Arme. »Im Gegensatz zu dir, der du es vorgezogen hattest, dein Heil in der Flucht zu suchen, hielt ich es für besser, mich mit den neuen Herren zu arrangieren.«

»Das heißt, die Russen haben dich als V-Mann eingesetzt.«

Holländer klatschte affektiert Beifall. »In deinen Augen sicherlich ein Abgrund an Verworfenheit, in meinen jedoch die einzige Möglichkeit, in absehbarer Zeit wieder auf freien Fuß zu kommen.«

Nur noch wenige Schritte von Rembrandt entfernt, wurde Jensen von ohnmächtiger Wut gepackt. Der Zustand, in dem er sich befand, war vergessen, abhandengekommen aber auch jedwedes Kalkül. »Soll das etwa heißen, du …«

»Weshalb ich beschloss, mich auf die eine oder

andere Weise nützlich zu machen«, fuhr Rembrandt unbeirrt fort. »Ein paar Informationen hier, ein paar Auszüge aus vertraulichen Gesprächen da, ein paar gut gemeinte Tipps an den Iwan hier und der …«

»… Verrat an den eigenen Kameraden da!«, fuhr Jensen dazwischen, ohne Rücksicht auf mögliche Konsequenzen. »Jetzt wird mir einiges klar.«

»Tut mir leid, Olaf, aber so dämlich, deine Fluchtpläne brühwarm auszuplaudern, konntest wirklich nur du sein. Dann doch lieber eine Kugel im Hirn, findest du nicht? Für jemanden wie dich ohnehin das Beste.«

»Du …«, begann Jensen und stürzte auf Rembrandt zu, die Hände zu Fäusten geballt.

Doch er kam nicht weit.

»Keinen Schritt näher, Jensen!«, herrschte ihn dieser mit gezückter Waffe an, die er exakt auf die Stirn des ehemaligen SS-Kameraden richtete. »Sonst bist du ein toter Mann.«

»Sag, was du willst, Stasi-Fotze, und sieh zu, dass du wieder anschaffen gehst!«

»Herr Oberleutnant, wenn ich bitten darf – ein Mindestmaß an guter Kinderstube wird doch wohl selbst bei dir vorhanden sein.« Die Waffe nach wie vor in der Hand, stieß sich Rembrandt vom Schreibtisch ab und schlenderte gleichmütig hin und her. »Um es kurz zu machen, du Prolet – natürlich bin ich nicht deinetwegen, sondern aufgrund einer Angelegenheit von eminenter Wichtigkeit hier. Das bedeutet, du darfst mir hübsch Rede und Antwort stehen. Fällt unser freundschaftliches Gespräch zu meiner Zufriedenheit aus, verspreche ich dir, ein gutes Wort für dich einzulegen. Ein faires Angebot, oder?«

»Falls es um das Bernsteinzimmer geht, du Lackaffe, gib dir keine Mühe.« Trotz des Pfeiftons, der sich heftiger denn je bemerkbar machte, antwortete Jensen mit einem breiten Grinsen. »Meinetwegen kannst du die ganze Bude hier auf den Kopf stellen – der Fetzen Papier, hinter dem du her bist, befindet sich ganz woanders.«

»Schlecht für dich, Jensen, wirklich sehr schlecht«, spöttelte Rembrandt, ließ seine Tokarew um den Zeigefinger herumwirbeln und sah den Gefangenen, von dem das Gelingen seines Coups abhing, mit hochgezogenen Brauen an. Ohne ihn aus den Augen zu lassen, begab er sich daraufhin hinter den Schreibtisch und beugte sich über die drei aneinandergeklebten Papierfetzen, auf der ein Flusslauf, Bergrücken und diverse Stollen zu erkennen waren. Die topografische Karte, an den Rändern bereits vergilbt und offenbar älteren Datums, war zu drei Vierteln komplett, und obwohl ihre Einzelteile sichtlich gelitten hatten, erkannte man sämtliche Details. Auffällig daran war, dass der linke obere Teil fehlte und dass die mit roter Farbe hervorgehobenen Linien, der Legende zufolge unterirdische Stollen, scheinbar geradewegs ins Nichts führten. »Dabei hatte ich fest daran geglaubt, in dir einen einsichtigen Verbündeten zu finden.«

»Such dir deine Handlanger woanders, Kameradenschwein, das Versteck drüben in Westberlin wirst du ohne mich sowieso nicht …« Die Schimpfkanonade, mit der er den verhassten Widersacher eindecken wollte, hatte noch nicht richtig begonnen, als Ole Jensen seinen Fehler bemerkte.

Einen Fehler, wie er größer nicht hätte sein können.

Rembrandt genoss seinen Triumph in vollen Zügen. »Sprich dich ruhig aus, Olaf«, stachelte er ihn schadenfroh an. »Gut zu wissen, dass du endlich Vernunft angenommen hast.« Holländer erhob sich, verstaute seine Tokarew und warf einen Blick auf die Uhr. »Beziehungsweise noch nicht ganz.«

»Wenn du denkst, ich verrate dir, wo …«

»Aber natürlich wirst du mir verraten, wo der fehlende Teil unserer Schatzkarte abgeblieben ist, Jensen. Weißt du auch, warum? Weil du raus willst aus diesem Loch, oder liege ich da falsch? Um jeden Preis, würde ich sogar sagen.« Rembrandt sah erneut auf die Uhr. »Gleich neun«, murmelte er, die Andeutung eines Flackerns in den Augen. »Höchste Zeit für ein Telefonat mit einem guten Freund.«

»Jemand, den ich kenne?«

»Höchstwahrscheinlich nicht«, wiegelte Rembrandt ab, schlenderte zur Tür und drehte sich blitzschnell um. »Aber immerhin jemand, den du in Kürze kennenlernen wirst. Vorausgesetzt, du nimmst endlich Vernunft an, Jensen.«

»Und wenn nicht?«

»Ich gebe dir genau eine Stunde Zeit, Olaf«, drohte Rembrandt mit erhobener Stimme, längst nicht mehr so abgebrüht wie zuvor. »Spätestens, wenn die Frist abgelaufen ist, wirst du auspacken, das garantiere ich dir.«

»Sicher?«

»Mehr als das.« Der Stasi-Offizier legte die Hand auf die Klinke, rückte seine Krawatte zurecht und funkelte Jensen boshaft an. »Keine Bange, Ole – die beiden Gorillas da draußen werden alles tun, damit es dir in der Zwischenzeit nicht langweilig wird.«

*

Es war kurz vor neun, als sich die im Verlauf des Morgens auf mehrere Tausend Demonstranten angewachsene Menge vor dem Eingang der verhassten Untersuchungshaftanstalt zusammenrottete. Eine Szene, wie sie sich an diesem Morgen überall in der DDR abspielte, einem Morgen, von dem nicht wenige glaubten, dass er ihnen die lang ersehnte Freiheit bescheren würde. Das hier war ihre Stunde, ihr Tag – und ihr Sturm auf die Bastille.

Beim Versuch, ihren Wunsch nach Freiheit, Einheit sowie Abdankung der Statthalter Moskaus Ausdruck zu verleihen, sollte es allerdings nicht bleiben. Die Menge wollte mehr, weit mehr. Dort drinnen, in der einstmals so gefürchteten Haftanstalt, saßen nicht nur gewöhnliche Kriminelle. Das war allen, die sich dem Demonstrationszug angeschlossen hatten, bekannt. Dort drinnen saßen die Denunzierten, die Regimegegner, die Opfer einer Willkür, wie sie vor nicht allzu langer Zeit noch an der Tagesordnung gewesen war.

Dort drinnen, in dem schäbigen Backsteingebäude, hätten auch sie, die sie auf das Portal zustürmten, sitzen können.

Allein schon deshalb würden sie sich von ihrem Vorhaben auch nicht abbringen lassen, erst recht nicht von den Wärtern und Stasi-Beamten, die den Versuch unternahmen, sich ihnen in den Weg zu stellen. Angesichts der Menge, der sie sich gegenübersahen, ein schier auswegloses Unterfangen. Es sei denn, sie würden zur Waffe greifen.

Aber genau das taten die Beamten nicht. Abgesehen von ein paar Warnschüssen, die inmitten des Wirrwarrs aus lauthals skandierten Parolen, Drohgebärden, unaufhörlichem Gejohle und wütendem Geschrei beinahe untergingen, geschah fast nichts. Es setzte Hiebe und Ohrfeigen, Mobiliar ging zu Bruch, darüber hinaus mehrere Fensterscheiben. Aber dabei sollte es zur allgemeinen Erleichterung blieben.

Schließlich sollte alles seine Ordnung haben. Soll heißen, dass beileibe nicht alle Gefangenen freigelassen werden konnten. In diesem Punkt waren sich die Demonstranten, die vom benachbarten Gerichtsgebäude aus in die Haftanstalt eindrangen, so gut wie einig. Wer etwas ausgefressen hatte, würde hinter

Schloss und Riegel bleiben. Ende der Diskussion. Freiheit war nun einmal nicht gleich Freiheit. Das war den meisten Beteiligten klar. Nur die zu Unrecht Inhaftierten, so die übereinstimmende Meinung, sollten auf freien Fuß gesetzt werden. Als Allererstes natürlich die armen Schweine in den schallisolierten Kellerverliesen. Die waren am schlimmsten dran.

Zum Beispiel ein gewisser Ole Jensen, der das, was sich vor seinen Augen abspielte, zunächst nicht begreifen konnte. All der Jubel, das Schulterklopfen, die aufmunternden Worte. Das Tageslicht, der stahlblaue Himmel, die Sonnenstrahlen, welche sich wie ein lebensspendendes Elixier in den schäbigen grauen Hinterhof ergossen, all das kam so überraschend für ihn, dass er das Leid, welches man ihm zugefügt hatte, auf einen Schlag vergaß und sich heimlich, still und leise in Richtung Ausgang davonmachte.

Dort jedoch, das Triumphgeschrei der siegestrunkenen Menge im Ohr, hielt Ole Jensen schweigend inne. Erst jetzt wurde ihm klar, dass es da drinnen jemanden gab, mit dem er noch eine Rechnung zu begleichen hatte.

Je gründlicher, desto besser.

*

»Scheiße, verdammte!« Die Hand am Abzug seiner Tokarew, stieß Rembrandt eine Serie von Flüchen aus und horchte angestrengt nach draußen. Bis vor zehn Minuten, am Ende seines Gesprächs mit Slavín, hatte er noch gedacht, sämtliche Fäden in der Hand zu halten. Dies war, wie er jetzt wusste, ein Trugschluss gewesen. Ein Irrtum, der ihn womöglich teuer zu stehen kommen würde.

»Hergelaufenes Gesindel!« Alles Fluchen half nicht. Er musste hier raus. Auf schnellstem Wege. Die Tokarew in der rechten Hand, spähte Rembrandt in den Gang hinaus. Gähnende Leere, nur ein fernes, sich stetig näherndes Grollen. Vereinzelte Stimmen, Schreie, das Geräusch zu Bruch gehender Türschlösser.

Schüsse.

Gleich darauf das Getrampel der Rotte, die durch das Treppenhaus in die oberen Stockwerke stürmte. Rembrandt brach der kalte Schweiß aus den Poren. Nichts wie raus hier!, durchzuckte es ihn, raus, solange es noch geht.

Die Frage war nur, wie.

Und wohin.

Der Blick des Stasi-Offiziers irrte durch den sparsam möblierten Raum und hinüber zu den vergitterten Fenstern. Für letztere hätte man dem Direktor eine Kugel verpassen müssen. Ulbrichtporträt, Schreibtisch, kackbraune Tapeten, Regale und jede Menge Aktenordner.

Sonst nichts.

Beim Anblick des Kleiderschrankes, der rechts neben dem Fenster stand, hellte sich Rembrandts Blick plötzlich auf. Wenig später wirbelte er herum, riss die

Tür auf und rannte zur Kleiderausgabe, die sich auf dem gleichen Stockwerk wie das Büro des Anstaltsleiters befand.

Er brauchte nicht lange zu suchen.

Die Häftlingskleidung, die er dort vorfand, passte wie angegossen. Rembrandt atmete tief durch. In diesem Aufzug würde er niemandem auffallen, und wenn, würde er eben einen auf Grimms Märchen machen. Groß anzustrengen brauchte er sich da nicht. Er war der geborene Schauspieler, imstande, seine Rollen nach Belieben zu wechseln. Hatte er diesen Schlamassel hier erst hinter sich, würde man weitersehen. Insbesondere bezüglich der Frage, wie er an den fehlenden Teil der Karte …

Der Fluch, den Rembrandt in diesem Moment ausstieß, war mit Abstand der vulgärste, der ihm am heutigen Tag über die Lippen gekommen war. Ohne einen weiteren Blick für den sündhaft teuren Zweireiher, den er achtlos in die Ecke geschleudert hatte, warf Rembrandt die Tür der Kleiderkammer hinter sich zu und stürmte in Panik davon. Als er das Büro des Anstaltsleiters erreichte, waren die Schritte ganz nah. Noch hätte er umdrehen, in die entgegengesetzte Richtung davonstürmen, sein Heil in der Flucht suchen können. Dass er es nicht tat, hatte mit einem Mangel an Intelligenz, Kaltschnäuzigkeit oder Selbstbeherrschung nichts zu tun. Die Tatsache, dass er die Tür aufriss, ins Zimmer stürmte und die Karte an sich raffte, die noch ausgebreitet auf dem Schreibtisch lag, war einzig und allein dem Umstand zuzuschreiben, dass SS-Obersturmbannführer Curt Holländer alias Rembrandt von hemmungsloser Gier gepackt worden war.

»Wohin so eilig, wenn man fragen darf?«

Rembrandt erstarrte, die zusammengefaltete Karte nach wie vor in der Hand. Um herauszufinden, zu wem die höhnische Stimme hinter seinem Rücken gehörte, brauchte er sich nicht einmal umzudrehen. Ihren Besitzer kannte er zur Genüge.

»Lass die Waffe stecken, Kamerad, sonst wird es dir leidtun«, drohte Jensen, ließ die Tür hinter sich ins Schloss fallen und zielte mit der Dienstpistole, die er einem Wärter aus der Hand gerissen hatte, auf Rembrandts Hinterkopf. »Keine Bewegung, sonst knallt's. So, du arroganter Fatzke, jetzt wirst du hübsch die Hände hochnehmen und mir das, was du dir unter den Nagel reißen wolltest, nach hinten reichen. Das kann der gute alte Ole gut gebrauchen.«

Rembrandt tat, was von ihm verlangt wurde, gab sich aber nicht geschlagen. »Kannst du mir verraten, was du damit anfangen willst?«, zischte er, nachdem Jensen die Karte an sich genommen hatte. »Ohne fremde Hilfe brauchst du mit dem Buddeln gar nicht erst anzufangen. Du weißt ja selbst, wie wir uns damals den Arsch aufgerissen haben. Und das zu viert. Oder muss ich dir die Schinderei erst wieder in Erinnerung rufen? Um an das Bernsteinzimmer ranzukommen, brauchst du mindestens ein halbes Dutzend Helfer. Und Bagger, Ole, schweres Gerät.« Seiner Sache absolut sicher, drehte sich Rembrandt gemächlich um. »Und vor allem«, flüsterte er mit ausgestreckter Hand, bereit, das Papier wieder in Empfang zu nehmen, »vor allem, mein lieber Ole, brauchst du eins.«

»Genug Sachverstand, um an den Schatz im Berge ranzukommen. Und natürlich dich.«

»Du hast es erfasst«, hauchte Rembrandt mit gehässiger Miene, »und darum macht der gute Junge jetzt keine Mätzchen mehr und überlässt mir schleunigst die Kar…«

»Setz dich, Holländer!«

»He, was soll das, ohne mich bist du …«

»Hinter den Schreibtisch, aber ein bisschen plötzlich. Und die Hände oben lassen, kapiert?«

»Damit kommst du nicht durch, Jensen. Hast du dich überhaupt mal gefragt, was du mit dem Plunder anfangen willst? Vorausgesetzt, du schaffst es, die Kisten überhaupt auszubuddeln? Glaub mir, am Ende wirst du zwischen sämtlichen Stühlen sitzen. Wenn die Stasi Wind von der Sache kriegt, kannst du dir gleich die Kugel geben. Von den Russen, denen wir das Zimmer geklaut haben, gar nicht erst zu reden. Und wer weiß«, fügte er genüsslich hinzu, »ob nicht auch die Amis mit von der Partie sind.« Holländer ließ sich entspannt in den Sessel sinken. »Komm schon, Ole, nimm endlich Vernunft an«, drängte er, gerade so, als habe er es mit einem ungezogenen Pennäler zu tun. »Und noch eins. Ich habe Freunde, einflussreiche Freunde. Nee, mein Junge, nicht nur bei der

Stasi. Man soll nicht alles Geld, das man hat, auf einen einzigen Gaul setzen. Alte Zocker-Weisheit.« Rembrandt verschränkte die Hände hinter dem Kopf und schnalzte genüsslich mit der Zunge. »Und mit diesen Freunden, von denen kein Mensch etwas weiß, habe ich ein kleines Geschäft abgeschlossen. Auf Gegenseitigkeit, wenn du verstehst, was ich meine. Um auf den Punkt zu kommen, heißt das, für jeden von uns beiden wird auf jeden Fall genug Knete übrig bleiben, um …«

»Kannst du mir vielleicht verraten, Holländer«, unterbrach ihn Jensen, zielte weiter auf den ehemaligen Kameraden und lachte verächtlich auf, »weshalb ich einer Kanalratte wie dir überhaupt trauen sollte? Da bist du sprachlos, was?«

»Schieß doch, und ich garantiere dir, dass du keine zehn Kilometer weit …«

»Darüber mach dir mal keine Gedanken!«, würgte Jensen seinen Gesprächspartner unbeirrt ab, während sich sein Zeigefinger um den Abzug der Pistole krümmte. »Ich weiß nämlich genau, was ich mit unserer Schatzkarte anfangen werde. Mit der vollständigen, versteht sich. Deine sogenannten Freunde brauche ich sicher nicht dazu.« Jensen pausierte, ein entspanntes Lächeln in dem von Schrammen, Beulen und Hautabschürfungen übersäten Gesicht. »Und am allerwenigsten dich.«

Dann drückte er ab.

22

Berlin-Kreuzberg, Polizeipräsidium in der Friesenstraße

| *08.45 h*

»Ist ja gut, Molli«, beschwichtigte Sydow seine tränenüberströmte Sekretärin, für die anscheinend gerade eine Welt zusammenbrach. »War nicht so gemeint.« Das hatte er nicht gewollt, obwohl er eine Stinkwut auf sie gehabt hatte. Der Artikel in der Morgenpost war das Letzte, was er zum gegenwärtigen Zeitpunkt gebrauchen konnte, aber da das Kind nun mal in den Brunnen gefallen war, hätte er sich seinen Temperamentsausbruch ebenso gut sparen können.

Doch so leicht wie erhofft ließ sich die unverheiratete, reservierte und eher zugeknöpft wirkende Charlottenburgerin nicht beruhigen. »Was hätte ich denn tun sollen!«, schniefte sie und zückte ein Spitzentaschentuch aus Batist, auf dem ihre Initialen eingestickt waren. Eine Szene wie aus einem Courths-Mahler-Roman, und wenn Sydow ehrlich war, sah Annerose Mollig auch wie einer der dienstbaren Geister ihrer Lieblingsautorin aus. Gerade einmal 30, war ihr Haar stets streng gescheitelt, und die Kleidung, die sie trug, schien der aktuellen Mode bewusst zu trotzen. Gestärkte Bluse, Stehkragen und Perlenkette, den langen grauen Rock als obligatorische Zugabe. Eine Gouvernante wie aus dem Bilderbuch. »Herr Peters hat nach Ihnen gefragt, mir kurz gesagt, worum es geht, und circa fünf Minuten später hat Herr Vanselow von der Morgen…«

»Der schöne Theodor – ich hab's geahnt!«, stöhnte Sydow und rollte mit den Augen. »Wie oft habe ich Ihnen eigentlich schon … Und was wollte er von Ihnen wissen?«

Die Sekretärin, deren fragiler Körperbau in krassem Widerspruch zu ihrem Familiennamen stand, schnäuzte laut und vernehmlich in ihr Taschentuch und ließ es nach diesem akustischen Crescendo wieder in ihrem dunkelgrauen Lederhandtäschchen verschwinden. »Was es denn so Neues gibt, hat er mich gefragt.«

Eine original Berliner Verwünschung auf den Lippen, konnte sich Sydow gerade noch bremsen. Nach dem gramzerfurchten Antlitz seiner Sekretärin zu schließen, die sich hinter ihre Schreibmaschine geflüchtet hatte, wäre das auch nicht unbedingt ratsam gewesen. »Eine ganze Menge, fürchte ich«, murmelte er stattdessen halblaut vor sich hin, gähnte und rieb die übernächtigten Augen. Er hatte die letzte Nacht kein Auge zugetan, und alles deutete darauf hin, dass sein Schlafdefizit weiter anwachsen würde. »Eine ganze Menge.«

»Kopf hoch, Herr Kommissar!«, munterte ihn die stets um sein Wohl besorgte Vorzimmerdame auf, öffnete ihre Thermoskanne und goss ihm eine Tasse

Bohnenkaffee ein. »Wie ich Sie kenne, ist des Rätsels Lösung bestimmt nicht mehr weit.«

»Ihr Wort in Gottes Ohr, Molli!«, seufzte Sydow, verdrückte sich wieder in sein Büro und stieß die Tür mit dem Absatz zu. Für Optimismus bestand keinerlei Anlass, im Gegenteil. Deutlicher ausgedrückt: Er war bislang noch keinen Schritt weitergekommen. Die Vernehmung des Pärchens, das auf den Leichnam am Spreebogen gestoßen war, hatte keinerlei Anhaltspunkte erbracht. Zu allem Unglück, das über ihn hereingebrochen war, hatte es sich bei den beiden Turteltäubchen um einen verheirateten Hotelier und seine ebenfalls unter der Haube befindliche Empfangsdame gehandelt, deren Techtelmechtel auf der Uferpromenade durch den Leichenfund jäh unterbrochen worden war.

Mit sich und der Welt auf Kriegsfuß, tröstete sich Sydow mit einem Schluck Bohnenkaffee und stellte die Tasse auf seinem Schreibtisch ab. Anschließend wandte er sich dem Fenster zu, beging dabei jedoch den Fehler, im Vorbeigehen einen Blick in den Spiegel zu werfen. Als er sein übernächtigtes Konterfei beäugte, sank seine Laune endgültig auf den Nullpunkt.

»Du brauchst eine Frau, Tom. Eine Frau, mein Junge, hast du gehört?«, schärfte er seinem Spiegelbild mit gestrengem Seitenblick ein, wobei er jedes R in Zitzewitz'scher Manier hervorhob. »Von wegen!« Nach Lage der Dinge würde bei seinem Anblick nicht einmal das liebeshungrigste Frauenzimmer von ganz Berlin und Umgebung anbeißen.

»Verzeihung, Herr Kommissar – das Krankenhaus in Zehlendorf hat gerade angerufen.«

Knallrot im Gesicht, drehte sich Sydow um, und obwohl er sich für seinen albernen Imitationsversuch schämte, verzog er beim Anblick seiner Sekretärin keine Miene.

»Und?«

»Eine Vernehmung des Motorradfahrers, der heute früh niedergeschossen worden ist, wird bis auf Weiteres nicht möglich sein«, erklärte Annerose Mollig, die im Umgang mit den übrigen Polizisten großen Wert auf die Anrede ›Fräulein‹ legte. Bei Sydow, dem Objekt ihrer Mutterinstinkte, machte sie dagegen eine Ausnahme. Er durfte sie sogar mit ihrem Spitznamen anreden. »Er scheint zwar auf dem Weg der Besserung zu sein, aber momentan sieht es anscheinend ziemlich düster aus.«

»Und seine BMW?«

»Weiterhin keine Spur von ihr«, antwortete die Sekretärin mit einem Tonfall, aus dem man hätte schließen können, sie müsse dies auf die eigene Kappe nehmen. »Zu dumm, dass die amerikanische Streife den Kerl, der den Motorradfahrer niedergeschossen hat, nicht zu fassen bekommen hat.«

Sydow atmete geräuschvoll aus. »Das können Sie aber laut sagen, Molli.«

»Kann ich sonst noch etwas für Sie tun, Herr Kommissar?«

»Nein, vielen Dank– für den Moment …, doch, können Sie!« Heilfroh, dass die Wunden, die seine Gardinenpredigt hinterlassen hatte, offenbar verheilt waren, flötete Sydow mit zuckersüßer Stimme: »Seien Sie bitte so gut und suchen Sie mir die Adresse von diesem von Oertzen raus. Vorausgesetzt, es gibt Hinterbliebene, ist es höchste Zeit, sie über den Vorfall in Kenntnis zu setzen.«

»Finde ich auch, Herr Kommissar«, antwortete die Vorzimmerdame mit belegter Stimme, aufgrund der Details, die Krokowski ihr in groben Zügen geschildert hatte, noch eine Spur blasser als sonst. »Das bleibt Ihnen wohl nicht erspart.«

»Mir?«

»Ja, wem denn sonst?«, bekräftigte Fräulein Mollig, nickte und trat den Rückzug an. »Von einem künftigen Kriminalrat kann man das ja wohl verlangen.«

Sprach's und warf die Tür hinter sich zu.

»Autsch!«, ächzte Sydow, fast erleichtert, endlich sein Fett abbekommen zu haben. »Eins zu eins – das hat gesessen.«

Da half nur ein weiterer Schluck Kaffee, und sei es nur, um den Kopf wieder halbwegs frei zu bekommen. Die erhoffte Besserung seines Gemütszustandes ließ jedoch auf sich warten. Weiterhin hundemüde, stellte Sydow die Tasse ab und trat ans Fenster. Der Bürgersteig vor dem Präsidium, nur einen Katzensprung vom Flughafen Tempelhof entfernt, war wie leer gefegt, und die brütende Hitze, auf die er liebend gerne verzichtet hätte, trieb ihm schon am frühen Morgen den Schweiß auf die Stirn. Wie nicht anders zu erwarten, kreisten seine Gedanken alsbald wieder um die Frage, über die er sich bereits mehrfach den Kopf zerbrochen hatte. Doch sooft er sie sich auch stellte, so sehr er sein Gedächtnis auch bemühte oder den Bekanntenkreis seines verstorbenen Vaters, des Freiherrn von und zu Sydow, auch durchforstete – der Name von Oertzen tauchte darin nicht auf.

In der Absicht, sich dem ungeliebten Aktenstudium zu widmen, nahm Sydow daraufhin einen Leitzordner aus dem Regal und lümmelte sich in den Sessel hinter seinem Schreibtisch. Dass daraus nichts wurde, machte ihm nicht sonderlich zu schaffen, das Ungetüm von einer Frau, die sich trotz heftiger Gegenwehr seiner Sekretärin den Weg in sein Refugium bahnte, dagegen schon. Er war so sehr auf sie fixiert, dass er das Jammerbild von einem Mann, der im Schlepptau der Roten Lola den Raum betreten hatte, zunächst völlig ignorierte.

»Nett, dass du wieder mal vorbeischaust, Lola«, würgte Sydow mit verkrampftem Lächeln hervor, vollauf damit beschäftigt, die Rangelei zwischen den beiden Kontrahentinnen zu beenden. »Bitte Platz zu nehmen, Majestät.«

»Ich muss schon sagen, Herr Kommissar, so etwas habe ich in all meinen Jahren bei der Kriminalpolizei …«

»Ich schon, Molli, ich schon«, stöhnte Sydow mit

Blick auf die Zweizentnerfrau, unter deren Gewicht der Stuhl vor seinem Schreibtisch bedenklich zu ächzen begann, und komplimentierte seine Sekretärin zur Tür hinaus. »Geht in Ordnung, lassen Sie mich mit der Dame allein.«

»Det haste aber schön jesagt, Schätzchen!«, grunzte die Rote Lola alias Erna Pommerenke nach dem Verschwinden ihrer Sparringspartnerin und stopfte eine echte Havanna in den grellrot geschminkten Mund.

»Was denn, Lola?«, fragte Sydow, nachdem die Tür hinter ihm ins Schloss gefallen war.

»Na, det mit der Dame«, polterte Kreuzbergs Bordellkönigin, deren hautenges Atlaskleid beinahe aus den Nähten platzte, von den Netzstrümpfen über den fettstrotzenden Schenkeln ganz zu schweigen. »Wenn ick jetzt noch Feuer kriege, Süßer, haste dir deine Gratisnummer redlich verdient.«

»Zu gütig, Lola!«, wehrte Sydow ab und reichte ihr sein Feuerzeug, nicht sicher, wie das Angebot zu verstehen war. »Kein Bedarf.«

Doch so leicht ließ sich die Grande Dame der Kreuzberger Liebesdienerinnen, nach der sich jeder Catch-as-catch-can-Veranstalter die Finger geleckt hätte, von Sydow nicht abwimmeln. »Weeste, wat ick glaube, Schätzchen?«, raunte sie ihm in mitfühlendem Tonfall zu, die qualmende Zigarre in der rechten, das Ende ihrer roten Federboa in der linken Hand. »Langsam aber sicher brauchste mal wieder 'ne …«

»Noch ein Wort, Lola«, schnitt ihr Sydow im Handumdrehen das Wort ab, »noch einziges Wort, und ich lasse dich auf der Stelle in U-Haft nehmen!« Er war es leid, ständig mit Ratschlägen eingedeckt zu werden, mochten sie auch noch so gut gemeint sein. »Halt dich da raus, klar?« Kaum hatte er seinem Ärger Luft gemacht, packte ihn die Reue, und so schluckte er ihn hinunter und fragte: »Was kann ich für dich tun, Kleines?«

»Frag lieber, wat ick für dir tun kann, Kleener«, blaffte die Rote Lola verschnupft, im Wissen, die Sympathie des einzigen Polizisten, dem sie über den Weg traute, dadurch nicht entscheidend schmälern zu können. »Und wie du meene mütterliche Fürsorje wieder jutmachen kannst.«

»Klingt interessant, Lola. Lass hören.«

»Wusste ick et doch, dat det dir interessiert.« Ein breites Grinsen auf dem mit Rouge vollgekleisterten Gesicht, lugte Erna Pommerenke über die Schulter und warf der Gestalt, die sich nach wie vor in der Nähe der Tür herumdrückte, einen auffordernden Blick zu. »Spuck's aus, Paule.«

Der Angesprochene, nach Sydows Schätzung höchstens 40, unter Umständen sogar wesentlich jünger, ließ sich nicht lange bitten. »Also, das war so«, legte der mittelgroße, mit Hut, zerfledderter Jacke und viel zu weiter Hose bekleidete Begleiter von Erna Pommerenke los, »eigentlich bin ich ja aus Wannsee, aber …«

»Det will der Herr Kommissar gar nich wissen, du Transuse«, funkte die Rote Lola dazwischen, sog an ihrer Havanna und nebelte ihn komplett ein. »Komm zur Sache, oder et setzt wat.«

»Ich … ich habe eine Aussage zu machen, Herr Kommissar«, tat der Gescholtene, von seiner Sprechweise her aus Schlesien, laut hüstelnd und mit bleicher Miene kund.

»Dann mal nichts wie los, Herr …«

»Nahler, Herr Kommissar, Paul Nahler«, vollendete der Angesprochene devot, die verhärmte, vor der Zeit gealterte Gesichtspartie auf den Hut gerichtet, den er als Zeichen der Ehrerbietung flugs abgenommen hatte. »Derzeit ohne festen Wohnsitz.«

»Und was gibt es Interessantes zu erzählen, Herr Nahler?«

»Paule, sagen Sie ruhig Paule zu mir, Herr Kommissar.«

»Also gut, Paule –«, fuhr Sydow mit freundlichem Lächeln fort, »wo drückt der Schuh?«

Nahler schluckte und fuhr mit der Hand über sein stoppeliges Kinn. »Ich habe … ich habe …, also, das war so: Vor zehn Jahren, genauer gesagt am 16. Juni 1943, ist ein Kumpel von mir in russischer Gefangenschaft gestorben. Aus diesem Anlass habe ich mir die Freiheit genommen, ihm einen kleinen Besuch abzustatten. Wie in jedem Jahr.«

»Das müssen Sie mir näher erklären, Paule.«

»Du, Herr Kommissar, ich bitte Sie. Ich sammle

nämlich alle möglichen Sachen, müssen Sie wissen. Als da wären Klamotten, Bierflaschen, alte Möbel und Gerümpel jeder Art. Lauter Zeugs eben, das die Leute nicht mehr brauchen. Ab und zu helfe ich noch in Lolas … in Lolas Kneipe aus.« Ein naiv-kindliches Lächeln trat auf Nahlers Gesicht. »Kein Mensch käme auf die Idee, mich zu siezen, im Leben nicht.«

»Na gut, wenn du drauf bestehst, Paule«, willigte Sydow ein, der den Stadtstreicher eigentlich ganz sympathisch fand. »Lass mal hören – wie war das gleich mit deinem Freund?«

»Wie gesagt – da er gestern vor zehn Jahren an Typhus gestorben ist, hielt ich es für meine Pflicht, mal wieder bei dem Ehrengrab meines Kumpels vorbeizuschauen, das seine Eltern für ihn auf dem Zehlendorfer Waldfriedhof …«

»Zehlendorf?«, rief Sydow aus, auf einen Schlag wie elektrisiert. »Habe ich da eben richtig gehört?«

»… haben anlegen lassen. Damals, anno 43, ist er ja einfach verscharrt worden. Irgendwo in Sibirien, am Arsch der Welt. Ohne Kreuz, ohne Pfarrer, ohne Ansprache. Einfach so.« Nahler errötete. »Entschuldigen Sie, Herr Kommissar, aber was haben Sie gerade eben gefragt?«

»Schon gut, Paule«, wiegelte Sydow ab und nahm sich vor, auf weitere Temperamentsausbrüche tunlichst zu verzichten. »Und dann?«

»Na ja, dann habe ich eine Flasche Doppelkorn geköpft und meinen Kumpel, die sechste Armee und all die armen Schweine, die der Iwan hat verrecken lassen, kräftig hochleben lassen.«

»Stalingrad-Macke«, wisperte die Rote Lola hinter vorgehaltener Hand. »Keen Wunder, wenn man bedenkt, wat der arme Teufel alles hinter sich hat.«

»Mit anderen Worten –«, bohrte Sydow weiter und strafte sie mit einem ungehaltenen Blick, »du hast die Flasche komplett leer getrunken.«

»Endlich mal einer, der mich versteht – genau, Herr Kommissar, ich habe mir kräftig einen hinter die Binde gegossen. Granatenmäßig, um die Wahrheit zu sagen. Mannomann, ich war so besoffen, dass ich nicht mehr gewusst habe, wo unten und wo oben ist.«

»Ergo: Du hast dich auf eine Bank gelegt und ein kleines Nickerchen gehalten.«

»Genau, Herr Kommissar«, setzte Nahler seine Erzählung mit einem entschiedenen Kopfnicken fort, nur um unmittelbar darauf wieder todernst zu werden. »Sehr lange hat mein Schläfchen aber nicht gedauert, wissen Sie.«

»Und das, obwohl du sturzbetrunken warst?«

Auf gleicher Höhe mit Erna Pommerenke, wechselte Nahler einen raschen Blick mit ihr. Deren aufmunternder Klaps, vergleichbar mit einem Handkantenschlag, war anscheinend der ideale Ansporn für ihn. »Wenn ich ehrlich bin, habe ich zuerst gedacht, ich hätte mir den Verstand weggesoffen«, gestand der Stadtstreicher freimütig ein und kratzte sich hinterm Ohr. »Aber dann, als dieser Dreikäsehoch zu buddeln angefangen hat, war mir klar, dass da droben noch ein paar graue Zellen übrig geblieben sind.« Nahler deutete mit dem Zeigefinger auf die zerfurchte Stirn: »So was, Herr Kommissar, so was kann sich nämlich kein Mensch ausdenken. Auf etwas derart Widerwärtiges kommt man nicht mal im Traum. Da taucht also diese halbe Portion auf und … und buddelt mir nichts, dir nichts einen Toten aus. Das muss man erst mal verkraften, oder?«

»Halbe Portion, sagst du?«

»Tut mir leid, Herr Kommissar, mehr kann ich über den Gnom nicht sagen. Ich hatte halt ordentlich einen intus, außerdem konnte ich wirklich nicht viel sehen.«

»Und weiter?«

»Schätzungsweise eine Stunde später ist dann erst richtig Leben in die Bude gekommen. Makaber gesagt. Da kriegt die halbe Portion nämlich Besuch, von einem Macker im Trenchcoat, mindestens zwei Köpfe größer als er. Feiner Pinkel, hörte sich zumindest danach an.«

»Besondere Kennzeichen?«

»Hochnäsig, herablassend und eiskalt. Anders kann man es wirklich nicht sagen.« Nahlers Blick wurde fahrig, die Stimme unstet und gedämpft. »Wenn ich mir überlege, was ich im Krieg alles mitgemacht habe – nee, Herr Kommissar, im Vergleich dazu kommt einem der Wintereinbruch vor Moskau wie ein Erholungsurlaub vor. Ganz ehrlich: So was habe ich selbst in vier Jahren Ostfront nicht erlebt.«

»Soll heißen, der Mann im Trenchcoat hat seinen Kumpel über die Klinge springen lassen.«

»Salopp ausgedrückt, Herr Kommissar. Aber durchaus zutreffend. Erst hat er ihm seine Knarre abgenommen, und dann … dann …«

»Janz ruhig, Paule, gleich hastes jeschafft.«

»Wenn du meinst, Lola – nun gut: Erst hat ihm dieser Satan in Menschengestalt seine Knarre abgenommen, dann musste der bucklige Steppke in die Grube klettern.«

»Fragt sich, aus welchem Grund.«

»Ersparen Sie mir die Details, Herr Kommissar, aber soweit ich erkennen konnte, muss es sich um irgendeine Art von Dokument gehandelt haben. Kurzum – am Ende hat der feine Pinkel bekommen, was er wollte, sich seine Beute geschnappt und dem Gnom eine Kugel durch den Kopf gejagt.«

»Und danach alles getan, um die Spuren zu verwischen.«

»Sie sagen es, Herr Kommissar.« Mit den Nerven sichtlich am Ende, rang Nahler nach Worten. »Das bedeutet … Sie müssen entschuldigen, Herr Kommissar, aber … das heißt, er hat das Grab wieder zugeschüttet.«

»Nur noch eine kurze Frage, Paule.«

Nahler rang sich ein zustimmendes Nicken ab, begleitet von einem aufmunternden Rippenstoß seiner Nachbarin, nach dem ihm beinahe die Luft weggeblieben wäre.

»Hast du irgendeinen blassen Schimmer, um welche Sorte Dokument es sich genau gehandelt hat? Denk mal kurz nach – wer weiß, vielleicht hast du es in der Aufregung nicht mitgekriegt.«

Nahler zuckte die Achseln. »Weiß nicht so recht –«, begann er, sichtlich bemüht, seine bruchstückhafte Erinnerung wieder aufzufrischen, »alles, woran ich mich erinnern kann …, genau! Jetzt fällt's mir wieder ein.«

»Was denn, Paule?«, fragte Sydow gespannt, auf alles, nur nicht auf die folgende Antwort gefasst.

»Dieser Henker im Trenchcoat hat etwas von einer … einer Schatzkarte erwähnt.« Nahler besann sich, hielt jedoch an seiner Wortwahl fest: »Genau so hat er sich ausgedrückt, Herr Kommissar.«

»Irrtum ausgeschlossen?«, insistierte Sydow, dem die Verblüffung überdeutlich ins Gesicht geschrieben war.

»In jedem Fall, Herr Kommissar.«

Sydow legte die Handflächen aneinander, stützte das Kinn auf den rechten und linken Zeigefinger und starrte an dem ungleichen Paar vorbei ins Leere. Geraume Zeit später, auf ein verlegenes Hüsteln von Nahler hin, brach er schließlich sein Schweigen. »Eins ist mir im Moment noch nicht ganz klar, Paule –«, murmelte Sydow, den Blick abwechselnd auf Nahler und seine wie ein Schlot qualmende Beschützerin gerichtet, »wieso eigentlich dieser anonyme Anruf, diese Heimlichtuerei? Warum hast du nicht gleich ausgepackt?«

Nahlers Antwort kam prompt. »Weil ich nach Möglichkeit noch eine Weile am Leben bleiben will, Herr Kommissar. Ist das so schwer zu verstehen?«

Sydow tat so, als habe er die Entschiedenheit in Nahlers Stimme überhört. »Na, das wollen wir ja wohl alle, oder?«

»Mag sein, aber wenn ich schon abkratzen muss, dann bitte nicht, weil mir die Stasi eine Kugel durch die Birne gejagt hat.«

»Die Stasi?«, fragte Sydow, dem die Rolle als begriffsstutziger Kommissar überhaupt nicht behagte. Trotzdem war ihm jedes Mittel recht, um Nahler aus der Reserve zu locken. »Wie kommst du denn auf die Idee?«

»Ganz einfach: Weil dieser Dreckskerl im Trenchcoat die halbe Portion mit ›Genosse‹ angesprochen hat.«

»Genosse, so, so.«

»Und mit ›Agent Laurin‹ – das kann ich beschwören.«

»Immer mit der Ruhe, Paule, ich glaub's dir auch so«, beschwichtigte Sydow den Stadtstreicher, verschränkte die Hände im Nacken und reckte die müden Glieder. Um wieder auf Touren zu kommen, reichte Kaffee allein anscheinend nicht aus. »Egal, welche Überraschungen mir der Tag noch bescheren wird, dank deiner Hilfe bin ich einen Riesenschritt weiter.«

»Das freut mich, Herr Kommissar«, strahlte ein

sichtlich erleichterter Paul Nahler mit stolzgeschwellter Brust. »Stets zu Diensten.«

»Wäre mir ein Vergnügen«, erwiderte Sydow, stand auf und reichte ihm die Hand. »Im Grunde hättest du eine Belohnung verdient.«

»Det lass mal meene Sorge sein, Schätzchen!«, entschied die Rote Lola prompt. »Zur Feier des Tages darf sich dat Paule erstmal auf Kosten des Hauses stärken, würde ick sagen.«

»Du als barmherzige Samariterin – öfter mal was Neues!«, gab Sydow zurück, schnappte sich ihren Zigarrenstummel und drückte ihn kurzerhand im Aschenbecher aus. »So leid es mir für dich tut, Paule, als Nächstes muss mein Assistent deine Aussage zu Protokoll nehmen, erst dann steht deinem Vergnügen eigentlich nichts mehr im ... Verdammt noch mal, was soll denn die Klopferei? Herein, ich bin doch nicht taub!«

»Verzeihung, Herr ... äh ... Entschuldigung, Tom, wenn ich einfach so reinplatze«, stammelte Eduard Krokowski beim Betreten des Zimmers, sichtlich irritiert wegen des Zigarrenqualms, durch den sein Elan einen herben Dämpfer erlitt. »Aber es gibt gute Nachrichten.«

»Sekunde, Eduard«, bat Sydow und machte eine weit ausholende Bewegung mit der linken Hand. »Darf ich vorstellen – Erna Pommerenke und ... Paule. Tu mir bitte den Gefallen und nimm die Aussage von Herrn Nahler zu Protokoll.« Ein Lächeln auf den Lippen, um das ihn jeder Japaner beneidet hätte, eskortierte er das ungleiche Paar daraufhin nach draußen auf den Korridor, bat um Geduld und kehrte in sein Büro zurück. »Dann mal raus mit der Sprache, Eduard«, forderte er seinen Assistenten auf, nachdem die Tür hinter ihm zugefallen war. »Was gibt's Neues?«

»Gerade eben hat das Krankenhaus angerufen, Tom«, antwortete Krokowski, dessen Jagdinstinkt einmal mehr nicht zu bremsen war. »Der Mann, der heute Morgen ange… äh … über den Haufen geschossen wurde, ist ab sofort vernehmungsfähig.«

»Na, wenn das mal keine gute Nachricht ist!«, frohlockte Sydow und verpasste Krokowski einen anerkennenden Klaps. »Sieht so aus, als käme die Sache langsam auf Touren.«

»Und was jetzt, Tom?«

»Als Erstes knöpfst du dir die beiden Turteltäubchen vor.« Um nicht unnötig Zeit zu vergeuden, fasste Sydow die neu gewonnenen Erkenntnisse kurz zusammen, zog sein Jackett an und warf einen Blick auf die Uhr. Zehn nach neun, schon so spät. Auf einmal konnte es ihm nicht schnell genug gehen, und so riss er die Tür zum Vorzimmer auf und rief Krokowski, der immer noch mit dem Zigarrenqualm haderte, über die Schulter hinweg zu: »Punkt eins im Kranzler, verstanden, Gefreiter Krokowski?«

»Zu Befehl!«, schnarrte Krokowski, trotz Rauchschwaden offenbar ganz in seinem Element. »Herr Kriminalhauptkommissar können sich jederzeit auf mich verlassen.«

Dann öffnete er die Tür, trat auf den Korridor hinaus und machte sich an die Arbeit.

»Hier, Herr Kommissar – die gewünschte Adresse«, bereitete Sydows Sekretärin, die seinen Sinn für Humor nicht unbedingt teilte, dem Herumgealbere ein abruptes Ende. »Hans-Hinrich von Oertzen, wohnhaft in Berlin-Zehlendorf, Seestraße Nummer …«

»Sie sind ein Schatz, Molli«, lobte Sydow die freudestrahlende Vorzimmerdame, nahm den Zettel mit der Adresse in Empfang und warf ihr eine Kusshand zu.

Bevor sich eine bis in die Haarspitzen errötende Annerose Mollig gefasst hatte, war die Tür längst wieder ins Schloss gefallen.

*

Zu seinem Leidwesen gelang Sydows überstürzter Aufbruch nicht wie geplant. Im Treppenhaus lief ihm nämlich der Polizeipräsident über den Weg, genau der Mann, um den er in den vergangenen Tagen einen Riesenbogen gemacht hatte. Da dies allein aufgrund Platzmangels nicht möglich war, blieb ihm nichts anderes übrig, als gute Miene zum bösem Spiel – sprich seiner bevorstehenden Beförderung – zu machen.

»Na, von Sydow – wohin so eilig?«, lautete die Begrüßung des wohlgenährten Polizeichefs, der ihn aus unerfindlichen Gründen ins Herz geschlossen hatte. »Mein Gott, wie sehen Sie denn aus!«

»Bei allem schuldigen Respekt, Herr Polizeipräsident: Sydow Komma Tom – ohne das ›von‹.«

Der leutselige Patriarch, der nicht nur wie Ludwig Erhard aussah, sondern zu allem Unglück auch noch ein fränkischer Landsmann des Bundeswirtschaftsministers war, ließ den Rüffel einfach über sich ergehen und sagte: »Ganz schöner Schlamassel da drüben, was?«

Sydow nickte, wenngleich ihm momentan ganz andere Dinge durch den Kopf gingen. So zum Beispiel die Herkunft eines gewissen Hans-Hinrich von Oertzen, mit dessen Vergangenheit er sich in Kürze näher befassen würde. Eine Vergangenheit, die ihre Schatten offenbar bis in die Gegenwart warf.

»Hören Sie mir überhaupt zu, Tom?«

»Aber selbstverständlich, Herr Polizeipräsident!«, schwindelte Sydow mit treuherziger Miene, was dazu führte, dass die Gnadensonne über seinem Haupt umso heller erstrahlte. »Sieht so aus, als würde es den Genossen in der Stalinallee demnächst an den Kragen gehen.«

»Meinen Sie wirklich?«

Sydow nickte, arbeitete sich behutsam bis zum Treppenabsatz vor und machte eine entschuldigende Geste. »Nichts für ungut, Herr Polizeipräsident«, heuchelte er mit zerknirschtem Gesichtsausdruck, da er weder Zeit noch Lust auf eine politische Diskussion hatte, »ich muss jetzt wirklich los.«

»Wenn wir gerade dabei sind, mein Junge –«, rief ihm der Polizeipräsident hinterher, als Sydow beinahe seinen Blicken entschwunden war, »seien Sie bitte so gut und kommen Sie morgen um zehn in mein Büro.«

»Aber gerne!«, antwortete Sydow, hob die Hand zum Gruß und hastete zum Hinterausgang. So sehr ihm das Wohlwollen schmeichelte, das ihm entgegengebracht wurde – im Moment hatte er ganz andere Sorgen. Und was seine Beförderung anging, würde ihm bei Gelegenheit bestimmt etwas einfallen. Allein der Gedanke an eine Tätigkeit im Innendienst reichte aus, um ihn auf der Stelle in Panik zu versetzen.

»So, mein Freund – und jetzt zu dir«, murmelte Sydow, als er die Tür zu seinem Aston Martin aufschloss, in Gedanken bereits bei dem bevorstehenden Besuch einer der vornehmsten Adressen in ganz Berlin. Dann ließ er den Motor an, stieß zurück und fuhr auf die Ausfahrt zu, um anschließend in Richtung Friesenstraße abzubiegen.

Doch dazu kam es nicht mehr. Nicht etwa, weil er einen Unfall gebaut, sondern weil er das, was er sah, zunächst für eine Halluzination gehalten hatte.

Als habe er alle Zeit der Welt, stieß sich der Mann im dunklen Anzug von der Häuserwand auf der gegenüberliegenden Straßenseite ab, schlenderte über die Fahrbahn und öffnete die Beifahrertür. Sydow war völlig überrumpelt, derart perplex, dass er den Motor abwürgte.

Juri Andrejewitsch Kuragin quittierte es mit einem Lächeln, schob seine Sonnenbrille nach oben und machte es sich auf dem Beifahrersitz bequem.

»Lust auf eine kleine Spritztour?«, fragte er, gerade so, als sei dies die normalste Sache der Welt. »Ich wette, Sie werden es nicht bereuen, Herr Kommissar.«

*

»Darf man fragen, was Sie mit mir vorhaben?«, fragte Sydow beim Überqueren der Mehringbrücke, nachdem sich Kuragin beharrlich ausgeschwiegen und den Rückspiegel während der gesamten Fahrt auch nicht eine Sekunde aus den Augen gelassen hatte. »Nicht etwa, dass ich Ihnen ...«

»Und ob Sie mir misstrauen, Herr Kommissar«, versetzte Kuragin mit der für ihn typischen Mischung aus Heiterkeit und Melancholie. Sogar bei knapp 100 Stundenkilometern erweckte er den Eindruck, dies alles sei nur ein Spiel für ihn, wenngleich Sydow klar war, unter welch ungeheurer Anspannung der Oberstleutnant des sowjetischen MGB stand. »Aber nichts für ungut – an Ihrer Stelle würde ich genauso denken.«

»Heißt das etwa, Sie sind fündig geworden?«

Kuragin bejahte und belauerte Sydow von der Seite. »Hand aufs Herz, Herr Kommissar – wissen Sie überhaupt, worauf Sie sich da eingelassen haben?«

»Ich denke schon«, gab Sydow trocken zurück. »Soll das etwa heißen, die Sache sei eine Nummer zu groß für mich?«

»Kommt ganz drauf an, wie viel Sie einstecken können«, wich Kuragin aus. »Und ob Sie in der Lage sind, es mit mehreren Gegnern gleichzeitig aufzunehmen.« Auf Sydows fragenden Blick hin wurde er etwas deutlicher: »Für den Fall, dass es ums Ganze geht.«

Sydow nahm es mit Gelassenheit, zumindest nach außen hin. »Haben Sie eine Ahnung, Kuragin«, entgegnete er, »was ich im Verlauf meiner fast zwanzigjährigen Tätigkeit in Diensten von Vater Staat alles über mich ergehen lassen … Mensch, pass doch auf, du Idiot!«

Es hätte nicht viel gefehlt, und der weinrote Laster vom Typ Mercedes-Benz L 3500, über dessen Ladefläche eine Plane gespannt war, wäre Sydow zum Verhängnis geworden. Das Überholmanöver, welches ihn zu einer Vollbremsung zwang, war derart waghalsig, dass er sich fragte, ob der Fahrer des Sechseinhalbtonners zu tief ins Glas geschaut hatte. Im Nachhinein, als er die Geschehnisse halbwegs verdaut hatte, war es Sydow nach wie vor ein Rätsel, wie er und Kuragin es geschafft hatten, die eigene Haut zu retten. Wäre die Fahrbahn in Höhe der Abzweigung Stresemannstraße um eine Idee rutschiger gewesen, hätte ihm seine Reaktionsschnelligkeit nichts genützt. So aber, nach einem heftigen Tritt auf die Bremse, kam er knapp zwei Meter hinter dem Lkw zum Stehen.

Gerade rechtzeitig, um erleichtert aufzuatmen, jedoch zu spät, um das, was sich vor seinen Augen abspielte, zu begreifen.

So kam es, dass er die dunkelblaue Limousine, die

urplötzlich neben ihm aufgetaucht war, zunächst nicht bemerkte. Dafür war er noch viel zu sehr auf den Lkw fixiert, zu wütend, um die Falle, in die er und Kuragin geraten waren, zu erahnen. Wäre der MGB-Agent nicht einen Tick schneller als der Beifahrer des Ford Popular gewesen, hätte dies für Sydow das Ende bedeutet. Mit Sicherheit hätte der Beifahrer mit seiner Tokarew auf Sydows Schläfe gezielt, abgedrückt und ihm aus nächster Nähe eine Kugel durch den Kopf gejagt. Blitzschnell, kaltblütig und ohne mit der Wimper zu zucken. Es waren Bruchteile von Sekunden, die ihm das Leben retteten, vielleicht nur wenige Hundertstel. Und es war Kuragin, dem er es zu verdanken hatte.

Dieser hatte das Unheil kommen sehen, geahnt, dass sie in einen Hinterhalt geraten waren, und so schnell reagiert, dass sich Sydow hinterher wie ein Statist vorkam.

Obwohl er das freilich nicht war.

Der dunkelhaarige, mit einer Sonnenbrille getarnte Attentäter war nur eine Seite des Problems, das Szenario, welches sich nach seiner Liquidierung durch Kuragin entfaltete, hingegen wesentlich bedrohlicher. Kaum hatte Sydow die Blutspritzer auf seiner linken Schulter registriert, ging die Sache erst richtig los. Seit der Vollbremsung war erst wenig Zeit vergangen, als die Plane auf der Ladefläche des Mercedes abrupt zurückgeschlagen wurde. Sydow traute seinen Augen nicht. Keine drei Meter entfernt, in nahezu idealer Schussposition, ragte auf einmal eine mit Strumpfmaske und dunklem Ledermantel bekleidete und obendrein mit einer AK-47 bewaffnete Gestalt empor, ein siegesgewisses, nachgerade hämisches Grinsen im Gesicht. Der Maskierte schien sich seiner absolut sicher zu sein, ging mit einer Seelenruhe zu Werke, die auf Sydow wie eine Provokation wirkte. Damit nicht genug, lächelte er ihn zu allem Überfluss noch an, spreizte die Beine und nahm Kuragin ins Visier. Aus einem Grund, den vermutlich nicht einmal der MGB-Offizier selbst kannte, verharrte dieser wie gelähmt auf seinem Sitz, die Waffe schussbereit in der Hand.

Dies war der Punkt, an dem Tom Sydow in Aktion trat. Ohne dem Ford, der mit quietschenden Reifen Richtung Checkpoint Charlie davonraste, auch nur eine Sekunde Beachtung zu schenken, riss er die Tür auf, ging in Deckung und feuerte das Magazin seiner Walther PPK bis auf die letzte Patrone leer.

Es war das Motorengeräusch des Lasters, die Mischung aus Abgasen, Benzingestank und dem Geruch nach Blut, was Sydow wieder zur Besinnung brachte. Er hob den Kopf, gerade rechtzeitig, um Zeuge zu werden, wie der von Kugeln durchsiebte Maskierte die Kalaschnikow fallen ließ, die Arme weit von sich streckte und mit schmerzverzerrter Miene auf der Ladefläche des Mercedes L 3500 aufschlug. Fast gleichzeitig trat der Lkw-Fahrer aufs Gas und raste mit Höchstgeschwindigkeit davon.

»Na, Herr Kommissar –«, meldete sich Kuragin im

gleichen Moment zu Wort, während er seine Tokarew mit gerunzelter Stirn verschwinden ließ und sich anschließend dem Sitz seiner Krawatte widmete, »verstehen Sie jetzt, was ich meine?«

Wieder hinter dem Steuer, hatte Sydow es auf einmal sehr eilig, legte den Gang ein und wollte die Verfolgung aufnehmen. »Was denn?«, fragte er gereizt, nachdem er den Motor abgewürgt und sich fast eine halbe Minute vergeblich bemüht hatte, ihn wieder anzulassen. »Meine Hochachtung, Kuragin – Ihre Ruhe würde ich gerne haben.«

»Was es heißt, sich mit mehreren Gegnern gleichzeitig anzulegen, meinte ich«, erläuterte der Geheimdienstler, der es vorgezogen hatte, Sydows Bemerkung einfach zu ignorieren. Kurz darauf sprang der Aston Martin endlich an. »Oder wollen Sie etwa behaupten, dies hier sei ein Routineeinsatz für Sie?«

»Routine oder nicht, ich wäre Ihnen wirklich dankbar, wenn Sie mir reinen Wein einschenken würden«, gab Sydow seinem Nebenmann zu verstehen, während er urplötzlich nach rechts abbog, um etwaige Verfolger zu irritieren. An der nächsten Kreuzung wiederholte er das Manöver und fuhr dieses Mal in die andere Richtung. Bis zum Checkpoint Charlie, dem an der Sektorengrenze gelegenen Kontrollpunkt, waren es höchstens noch 500 Meter, und allmählich fragte er sich, ob er im Eifer des Gefechts nicht ein bisschen zu weit gegangen war. »Sonst ...«

»Wollen Sie den Fall aufklären oder nicht?«, unterbrach ihn Kuragin mit einer Vehemenz, die für Sydow gänzlich unerwartet kam.

»Natürlich – wieso?«

»Ein Vorschlag zur Güte: Was halten Sie davon, zur Abwechslung einmal über den eigenen Schatten zu springen?« Von der Lässigkeit, die Kuragin gewöhnlich zur Schau trug, war nichts mehr übrig geblieben, die sonst so souveräne Fassade begann zu bröckeln. »Zum Misstrauen besteht keinerlei Grund.«

»Man wird doch mal fragen dürfen, oder?«

»Selbstverständlich«, antwortete Kuragin und sah Sydow über die Ränder seiner Sonnenbrille hinweg an. »Um Sie nicht weiter auf die Folter zu spannen, Herr Kommissar: Aufgrund eines Zwischenfalls, den wir beide nicht ins Kalkül gezogen haben, bin ich gezwungen, kurzfristig umzudisponieren.« Bevor Sydow Einwände erheben konnte, wies Kuragin mit dem Daumen nach rechts. »Hier entlang, Herr Kommissar.«

»Na schön, wie Sie wollen«, willigte Sydow achselzuckend ein und bog mit quietschenden Reifen nach rechts ab. Er hatte keine Ahnung, wozu das gut sein sollte. Trotz alledem hielt er lieber den Mund.

Der MGB-Offizier reagierte mit einem Lächeln. »Ich sehe, wir verstehen uns«, sagte er und bedeutete Sydow, vor einem schäbigen alten Mietshaus in der Alten Jakobstraße anzuhalten. »Wurde langsam Zeit, wenn Sie mich fragen.«

»Und ich dachte schon, Sie wollten mich rüber in

den Osten lotsen«, tat Sydow mit einem Seufzer der Erleichterung kund.

Doch er hatte sich zu früh gefreut.

»Wie kommt es eigentlich, dass Sie Gedanken lesen können?«, amüsierte sich Kuragin und machte Anstalten, aus Sydows Sportwagen zu steigen. »Exakt das habe ich vor.«

»Wie bitte?«

»Sie haben richtig gehört, Herr Kommissar. Wir beide, Sie und ich, werden einen kleinen Ausflug machen.« Der Geheimdienstler pausierte und ließ es sich nicht nehmen, die Verblüffung auf dem übernächtigten Gesicht seines Nebenmannes eine Weile zu genießen. »Zuvor sollten Sie sich jedoch um einen Parkplatz bemühen«, wies er Sydow vergnügt an. »Oder haben Sie etwa Angst, Ihr Spielzeug im Stich lassen zu müssen?«

23

Berlin-Zehlendorf, Allied Checkpoint Bravo
| 09.50 h

»Schon peinlich, wenn man sich eine Knarre mit leerem Magazin andrehen lässt!«, kriegte sich Curt Holländer alias Rembrandt vor Schadenfreude fast nicht mehr ein und trommelte vergnügt auf dem Steuer der nagelneuen Chevrolet Corvette C1 herum. Wenig später, in Sichtweite des amerikanischen Kontrollpunktes Dreilinden, drosselte er das Tempo. An jenem Punkt herrschte Hochbetrieb, es wimmelte nur so von Uniformierten. Deshalb fuhr er im Schritttempo, der geringste Fehler, und er wäre geliefert, der Traum von der Kohle, um die er Grant und Slavín erleichtern würde, für immer ausgeträumt. »Aber wenigstens hast du am Ende Vernunft angenommen, Olaf.«

Rembrandt genoss seinen Triumph in vollen Zügen und lehnte sich behaglich zurück. Die Flaggen der drei Westalliierten flatterten im Wind. Vor der Baracke auf dem Mittelstreifen, in der die Büros der MP und der Zollbeamten untergebracht waren, herrschte hektische Betriebsamkeit. Im Verlauf des Morgens hatte die Neuigkeit von den Ereignissen in Ostberlin in Windeseile die Runde gemacht und sich das Heer von Reportern und Schaulustigen, die den Schlagbaum umlagerten, immer mehr vergrößert. Sehr zum Ärger der Amerikaner, die alle Hände voll zu tun hatten, damit die Situation nicht außer Kontrolle geriet. Holländer konnte das nur recht sein. Je größer der Trubel, der hier herrschte, umso wahrscheinlicher, die Grenze nach Westberlin unbehelligt zu passieren. Rembrandt sah sich belustigt um. Militärfahrzeuge zuhauf, Sandsackbarrieren, Stacheldraht und bis auf die Zähne bewaffnete GIs. Diese Amis waren wirklich nicht mehr ganz richtig im Kopf. Die bildeten sich doch tatsächlich ein, die Welt würde auf dieses Tamtam hier hereinfallen. Käme es zum Äußersten, würden die Yankees keinen Finger rühren und die Aufständischen im Regen stehen lassen. Komme, was da wolle, auf einen Konflikt mit den Russen, einen bewaffneten noch dazu, würden es diese Kaugummi kauenden Hillbillies nicht ankommen lassen. Vor so etwas hatten die viel zu viel Schiss. Nein, die Amis würden keinen Finger rühren. Nicht einmal, wenn die Russen Ernst machen, ihre Panzer in Marsch setzen und den ganzen Spuk beenden würden. Da konnten diese Schwätzer beim RIAS noch so rumtönen. Hier die Russkis, dort die Amis. So und nicht anders lautete die Devise. Daran würden weder diese Schreihälse in Ostberlin noch irgendwelche Proleten vom Schlage der Brandenburger Demonstranten etwas ändern.

Knappe 50 Meter vom Schlagbaum entfernt zündete sich Rembrandt eine an und wartete, bis er und sein in sich gekehrter Mitfahrer an der Reihe waren. Von der Anspannung, unter der er stand, war nichts zu spüren, von der Genugtuung über Jensens unverzeihlichen Schnitzer dafür umso mehr.

»Die eine Hälfte für dich, Olaf, die andere für mich – wie unter Freunden üblich, stimmt's?«

»Ach, du kannst mich mal. Außerdem heiße ich Ole, falls du's immer noch nicht kapiert haben solltest. Hältst dich wohl für ziemlich schlau, was?«

»Apropos Einfallsreichtum«, sagte Holländer und warf einen Seitenblick auf den US-Reisepass, welchen Jensen gerade durchblätterte. »So gut wie echt – findest du nicht?«

»Und der Schlitten, mit dem wir durch die Gegend kurven?«

»Weise Voraussicht, Olaf, mehr nicht«, brüstete sich Rembrandt ungerührt. »Es geht doch nichts über eine funktionstüchtige Logistik – und über entsprechende Beziehungen zur Fälschungsabteilung.«

»Fälschungsabteilung?«

»Du stellst zu viele Fragen, Olaf«, wies Rembrandt seinen bärbeißigen Nebenmann zurecht und drosselte das Tempo, rein äußerlich die Ruhe selbst. »Fragen, die ich dir zum jetzigen Zeitpunkt wirklich nicht beantworten kann. Wie gesagt – angesichts der Verbindungen, über die ich verfüge, war es wirklich ein Klacks, diese Kiste hier aufzutreiben. Einschließlich der entsprechenden Papiere.«

»Denkst du etwa, die Amis fallen darauf rein?«

Rembrandt ließ den Kopf nach vorn sacken und seufzte gequält auf. »Aber, aber, Kamerad – wer wird denn gleich so pessimistisch sein«, stichelte er und verpasste Jensen einen Schubs mit dem Ellbogen. »So kenne ich dich ja gar nicht.«

»Wer weiß, vielleicht wirst du mich erst noch richtig kennenlernen.«

Als habe er überhaupt nicht zugehört, zog Holländer seinen Pass aus der Brusttasche und hielt vor dem Schlagbaum an. Winzige Schweißperlen traten auf seine Stirn, und das nicht nur aufgrund der Schwüle, unter der Berlin litt. »Aber gern«, gab er zurück, während ein US-Sergeant seinen Vordermann abfertigte. »Wie kommt es eigentlich, dass die Russen dich vor acht Jahren eingebuchtet haben? Ausgerechnet dich, wo du doch so ausgeschlafen bist?«

»Das Gleiche könnte ich dich fragen, Holländer.«

»Der gute alte Ole, stets eine schlagfertige Antwort auf Lager.« Rembrandt zog die Stirn kraus und fuhr mit der Hand über die rechte Schläfe. »Manche Menschen ändern sich wirklich nie.«

»So wie du, Holländer.«

»Jetzt halt aber mal die Luft an, Genosse. Ist das etwa der Dank, dass ich dir einen Passierschein nach Westberlin verschafft habe? Von der Aussicht auf ein sorgenfreies Leben einmal abgesehen?«

»Tu doch nicht so«, knirschte Jensen und ballte die

Faust. »Ginge es nach dir, würde ich noch immer im Knast sitzen.«

So gut wie nie um eine Antwort verlegen, schwieg sich Rembrandt überraschenderweise aus und ließ den amerikanischen Militärpolizisten, der soeben die Baracke verließ, nicht mehr aus den Augen. »Und wenn es nach dir ginge, Ole, hätte ich jetzt mehrere Kugeln im Kopf.«

»Nur Geduld, alter Junge, was nicht ist, kann ja noch …«

Zwischen einem Curt Holländer, wie Jensen ihn kannte, und dem Mann, dessen Gesicht beim Anblick des auf ihn zusteuernden MP-Leutnants in null Komma nichts aus den Fugen geriet, lagen Welten. Dennoch handelte es sich um ein und dieselbe Person. Auf den ersten Blick konnte sich Jensen diese Metamorphose nicht erklären, außer dass sich Holländer und der US-Streifenpolizist früher einmal über den Weg gelaufen waren.

Ob, wann und wo, blieb freilich unbeantwortet. Lief doch das, was im Folgenden geschah, so schnell ab, dass Ole Jensen nicht einmal zum Luftholen kam.

Keine drei Schritte von der Corvette entfernt, zog der bullige Leutnant plötzlich seine Waffe. Jensens Blick wanderte zu seinem Nebenmann, der ihn aber nicht wahrnahm. Stattdessen verschwand Holländers Rechte unter seinem Jackett, dies allerdings um Sekundenbruchteile zu spät. Der Militärpolizist war schneller, zielte und drückte ab.

Sein Pech, dass er es mit einem Agenten vom Schlage Rembrandts zu tun hatte. Der fackelte ebenfalls nicht lange, riss seine Waffe empor und feuerte, was das Zeug hielt. Ohne mit der Wimper zu zucken, ohne auf den vielstimmigen Aufschrei der Umstehenden zu achten, ohne Rücksicht auf Verluste. Und ohne Rücksicht auf Jensen, der wie festgenagelt auf dem Beifahrersitz verharrte.

Rembrandt hatte Glück, in der Tat. Die Waffe im Anschlag, torkelte der US-Leutnant auf die Corvette zu, drehte sich um die eigene Achse und krachte rücklings auf die Motorhaube.

Holländer focht das nicht an. »In Deckung, du Idiot!«, brüllte er Jensen an, drückte ihm die Tokarew in die Hand, legte den Rückwärtsgang ein und stieß zurück. Gerade rechtzeitig, bevor eine MG-Salve auf ihn abgefeuert wurde, welche die Fensterscheiben der Verwaltungsbaracke der Reihe nach zu Bruch gehen ließ.

Im Gegensatz zu dem GI, der zwischen dem Kofferraum der Corvette und der Motorhaube eines dunkelroten VW Cabriolet zerquetscht wurde, hatte Rembrandt nichts abgekriegt. Ohne Blick für den GI und den blutüberströmten Körper des Militärpolizisten, der unmittelbar vor ihm auf dem Pflaster aufschlug, legte er daraufhin wieder den Vorwärtsgang ein und ließ den Sechszylindermotor der Corvette laut aufheulen. Er tat dies mit einer Kaltschnäuzigkeit, welche die Umstehenden jäh erstarren ließ, mechanisch, abgeklärt und mit unbeteiligter Miene. Als ginge ihn alles nichts an, überrollte er den Zollbeamten, drückte aufs Gas, scherte nach rechts aus und jagte mit 140 Sachen davon. Auf die Schaulustigen, unter ihnen etliche Reporter, verschwendete Holländer keinen Blick. »Das wär's dann wohl gewesen!«, brüstete er sich, wohl wissend, dass ihn niemand einholen konnte. »Glück muss der Mensch haben!«

In einem Punkt hatte Curt Holländer, ehemaliger Obersturmbannführer der SS und Offizier im besonderen Einsatz, jedoch kein Glück, sondern ausgesprochenes Pech. Minuten später, im Begriff, seine Tokarew wieder ins Halfter zu stecken, fiel sein Blick in den Rückspiegel, woraufhin sich seine Miene umgehend verfinsterte.

Die Benzinspur auf dem Straßenbelag sprach eine deutliche Sprache. Der Blick, mit dem Jensen ihn musterte, nicht minder.

Ein Grund mehr für ihn, aufs Gas zu drücken, alles auf eine Karte zu setzen und das, was er sich vorgenommen hatte, durchzuziehen.

Koste es, was es wolle.

24

Berlin-Kreuzberg, Alte Jakobstraße | *10.05 h*

»Eins muss man Ihnen lassen, Kuragin«, räumte Sydow widerstrebend ein, während er sich keuchend und schwitzend durch den unterirdischen Abwasserkanal zwängte. Die stickige, von infernalischem Gestank durchtränkte Luft schnürte ihm beinahe den Atem ab, Kuragin hingegen tat so, als ließe ihn das alles kalt. »Auf den Kopf gefallen seid ihr Jungs vom MGB ganz bestimmt nicht.«

»Danke für die Blumen, Herr Kommissar«, antwortete der Geheimdienstler, vor nicht allzu langer Zeit noch stolzer Besitzer eines maßgeschneiderten Anzuges, der durch den Abstieg in Berlins Kloake komplett ruiniert worden war. »Sie wissen gar nicht, wie gut das tut.«

»Gern geschehen«, bekundete Sydow lapidar und folgte Kuragin auf dem Fuße, begleitet vom Rauschen der übelriechenden Brühe, durch die er seit geraumer Zeit watete. Wie lang der Stollen war, wagte er nicht zu fragen, gut möglich, dass der amerikanische Sektor längst hinter ihnen lag. Der Gestank war nicht zum Aushalten, die Ratten, die bei Kuragins Anblick laut quiekend das Weite suchten, gaben ihm den Rest. Sydow fluchte leise in sich hinein. An sich war er gegen Platzangst gefeit, aber so etwas, so ein penetranter Fäulnisgeruch war ihm bislang nicht untergekommen. Er konnte von Glück sagen, wenn er heil hier rauskam, mehr verlangte Sydow nicht.

»Nur keine Müdigkeit vorschützen, Herr Kommissar«, trieb Kuragin ihn an und verscheuchte eine besonders fette Wasserratte, die zunächst keinerlei Anstalten gemacht hatte, dem MGB-Oberst auszuweichen. »Wir sind gleich da.«

»Ihr Wort in Lenins Ohr, Kuragin«, presste Sydow hervor, während sich das Echo seiner heiseren Stimme in der Ferne verlor. »Davon werde ich noch meinen Enkeln erzählen.«

»Ihren Enkeln? Ich wusste gar nicht, dass Sie in den Stand der …«

»Schon gut, Kuragin«, ließ Sydow den Mann, auf den er seine ganzen Hoffnungen setzte, nicht ausreden und schloss mit den Worten: »Vergessen Sie's.«

»Warum denn so schnippisch, Herr Kommissar? Von Ihnen ist man so etwas ja nun wirklich nicht gewohnt«, hänselte ihn der Geheimdienstoffizier, blieb inmitten der zähflüssigen Kloake stehen und leuchtete in die pechschwarze Finsternis hinein. Sydow war so sehr mit sich selbst beschäftigt, dass er ihn beinahe angerempelt hätte, was Kuragin mit einem belustigten Stirnrunzeln registrierte. »Nur keine Panik, Herr Kommissar, in ein paar Minuten sind wir da.«

»Kann es sein, dass Sie sich hier bestens auskennen?«, wollte Sydow wissen, nachdem sich Kuragin wieder in Bewegung gesetzt hatte. »Ziemlich praktisch, so ein Abwasserkanal, nicht wahr?«

Kuragin prustete aufgekratzt in sich hinein und versuchte gar nicht erst, Sydows unausgesprochene Vermutung herunterzuspielen. »Das können Sie aber laut sagen!«, pflichtete er ihm bei und zerfetzte ein Spinnennetz, hinter dem ein schwacher Lichtschein zu erkennen war. In der Folgezeit kam dieser rasch näher, weshalb er seine Schritte merklich beschleunigte. »Aber was bleibt einem übrig bei den Bandagen, mit denen die Amerikaner zu Werke gehen. Da muss man sich eben etwas einfallen lassen, um sich ein Bild von der Lage im Westen zu machen. Ein Glück, dass es diesen Stollen gibt. Diesen und mindestens ein halbes Dutzend von der gleichen Sorte. Auf diese Weise können unsere Agenten jederzeit die … die … Wie sagt man bei Ihnen doch gleich?«

»Die Fliege machen.«

»Genau. Wenn Sie wüssten, wie viele unserer Genossen wir hier bereits durchgeschleust haben.« Kuragin blinzelte Sydow belustigt an. »An manchen Tagen geht's hier drunten wie auf der Avus zu.«

»Nichts für ungut, Kuragin – aber für einen hochrangigen Tschekisten* scheinen Sie mir verdammt noch mal ziemlich redselig zu sein«, gab Sydow zu bedenken, als er sich der Leiter näherte, die hinauf ans

* Sammelbegriff für einen Mitarbeiter der sowjetischen Geheimdienste, abgeleitet von ›Tscheka‹, der durch Lenin ins Leben gerufenen Geheimpolizei

ersehnte Tageslicht führte. »Haben Sie keine Angst, dies könnte Ihnen zum Verhängnis werden?«

»Ein wenig schon«, räumte Kuragin ohne Umschweife ein, atmete tief durch und drehte sich zu Sydow um. Der Lichtkegel seiner Taschenlampe tanzte wie ein Derwisch an der Decke entlang, wo sich offenbar eine Kolonie Fledermäuse eingenistet hatte. »Weshalb ich nunmehr Vorkehrungen gegen allzu neugierige Kriminalhauptkommissare der Berliner Kripo treffen muss. Keine Angst, das Chloroform ist mir momentan ausgegangen.«

»Wie bedauerlich«, feixte Sydow, dem die Aktion, zu der er sich hatte hinreißen lassen, nach wie vor nicht richtig geheuer war. »Was haben wir denn sonst noch so auf Lager?«

»Das hier.«

»Eine Augenbinde? Das meinen Sie doch wohl nicht …«

»Und ob ich das ernst meine!«, stellte Kuragin unmissverständlich klar. »Ganz ehrlich, Herr Kommissar – glauben Sie wirklich, ich hätte meine gute Kinderstube vergessen?« Kuragin ließ die Augenbinde, die er soeben aus seinem Jackett herausgefischt hatte, wie ein Pendel hin und her schwingen. »Wie pflegte der Genosse Lenin doch zu sagen – ›Vertrauen ist gut, Kontrolle ist besser‹. Was ich damit sagen will, ist: Entweder Sie gehen auf meinen Vorschlag ein oder treten weiter auf der Stelle. Tut mir leid, Towarischtsch – aber so und nicht anders lauten meine Bedingungen.«

»Sie spielen für Ihr Leben gern blinde Kuh, stimmt's?«

»Kann man so sagen.«

»Ja, wenn das so ist, bleibt mir wohl keine andere Wahl. Man ist ja schließlich kein Spielverderber.«

Kuragin schnitt eine Grimasse und legte Sydow die Augenbinde an. »Ach, wenn wir gerade dabei sind, Herr Kommissar, sollten Sie mit dem Gedanken spielen, den Verlauf des Stollens an …«

»… die CIA oder sonstige Interessenten auszuplaudern, kann ich mir das von vornherein abschminken, ich weiß. Aus dem einfachen Grund, weil Sie ihn vermutlich demnächst fluten werden. Stimmt's oder hab ich recht?«

Kuragin packte Sydow am Handgelenk und bugsierte ihn zur Leiter. »Wissen Sie, was ich mich schon des Öfteren gefragt habe, Herr Kommissar?«, fragte er, frei von jeglicher Ironie.

»Keine Ahnung.«

»Wieso ein Mann wie Sie, nach dem sich sämtliche Geheimdienste dieser Welt die Finger lecken würden, ausgerechnet bei der Berliner Kripo gelandet ist.«

»Wollen Sie das wirklich wissen, Kuragin?«

»Na klar«, versicherte der MGB-Oberst, »sonst würde ich ja nicht fragen.«

Im Widerschein des Lichts von Kuragins Taschenlampe sah Sydow um Jahre gealtert aus. Kreidebleich, übermüdet und ausgepumpt, musste er sich seine Antwort trotzdem nicht lange überlegen: »Weil wir uns sauberer Methoden bedienen, Juri –«, flüsterte er und strich mit seinen Handflächen über das mit Schweißperlen übersäte Gesicht, »Sie haben doch nichts dagegen, wenn wir uns duzen, oder?«

*

Von dem, was innerhalb der nächsten halben Stunde geschah, bekam Sydow so gut wie nichts mit. Er war einfach froh, wieder an der frischen Luft zu sein, wenngleich seine Freude nicht von Dauer war. Schuld daran war die Tatsache, dass er noch vor dem Verlassen der Kanalisation von einem MGB-Agenten in Empfang genommen, aus dem Einstiegsschacht gehievt und von einer weiteren Person auf Waffen durchsucht wurde. Alles ging so schnell, dass ihm kaum Zeit zum Nachdenken, geschweige denn zur Orientierung blieb. Keine Zweifel, Kuragin und seine Helfer hatten ihr Handwerk von der Pike auf gelernt. Allein schon die Art, wie sie ihn unterhakten und zu einer mit laufendem Motor wartenden Limousine dirigierten, ließ keinen anderen Schluss zu. Hier waren Profis am Werk, entschlossen, lautlos und effizient. Die machten das nicht zum ersten Mal.

Flankiert von den beiden Agenten, die noch kein einziges Wort miteinander gewechselt hatten, wurde Sydow daraufhin ziellos durch die Gegend chauffiert. Zumindest kam es ihm so vor. Die Verkehrsgeräusche, an denen er sich zu orientieren versuchte, waren zwar hin und wieder die gleichen. Sehr bald, seiner Schätzung zufolge nach etwa fünf Minuten, musste er allerdings die Waffen strecken und sich damit abfinden, dass Kuragins Taktik aufgegangen war. Allmählich wurde ihm flau im Magen, hatte er es doch mit Männern zu tun, für die es ein Leichtes gewesen wäre, ihn auf diskrete Art und Weise ins Jenseits zu befördern. Dass sie es nicht taten, ließ ihn hoffen, obwohl er keinen blassen Schimmer hatte, wozu das Verwirrspiel gut sein und welchen Nutzen er daraus ziehen sollte. Abwarten und Tee trinken!, lautete folglich das Motto, wobei er die Vorstellung, dies alles hier könne dem Polizeipräsidenten zu Ohren kommen, im Grunde amüsant fand. Eines, so Sydows Fazit, war gewiss: Käme das, was er sich gerade leistete, heraus, würde er seine Beförderung abschreiben können.

»Darf man fragen, weswegen Sie gerade eben geschmunzelt haben, Herr Kommissar?«, wollte Kuragin wissen, seiner Kurzatmigkeit nach zu urteilen zumindest ebenso angespannt wie er. Fast im gleichen Moment wurde Sydow ruckartig nach vorn geschleudert, woraufhin die Limousine nach rechts bog und so lange im Schritttempo weiterfuhr, bis sie schätzungsweise eine halbe Minute später zum Stehen kam. »Damit ich mitlachen kann, meine ich.«

»Ich habe mir vorgestellt, was der Polizeipräsident hierzu sagen würde«, gab Sydow bereitwillig Auskunft, während sich die Hintertüren öffneten und das Blindekuhspiel, an dem er immer weniger Gefallen fand, in die nächste Runde ging. Der Straßenlärm der letzten Viertelstunde war nahezu verebbt, nur noch bruchstückhaft zu vernehmen. Daraus und aus den Geräuschen, welche Kuragins Stiefel verursachten, zog er den Schluss, dass er auf einem der zahllosen Ostberliner Hinterhöfe gelandet war, oder, schlimmer noch, auf direktem Weg im Knast. »Endstation Hohenschönhausen, wenn ich nicht irre?«

»Falsch geraten, Herr Kommissar«, gab Kuragin zurück, der sich mittlerweile an seinen Humor gewöhnt zu haben schien. »Kap Deschnjew.«*

»Wusste ich's doch!«, stöhnte Sydow gequält auf, ein Grinsen auf den Lippen, das alles andere als gelöst wirkte. »Apropos Missverständnis – wollten wir beide uns nicht duzen?«

»Jetzt, wo wir wieder unter uns sind – gerne.«

Da Sydow seine liebe Not hatte, auf dem gepflasterten Untergrund nicht ins Stolpern zu geraten, wäre ihm das plötzliche Verschwinden des Herrn zu seiner Linken beinahe zum Verhängnis geworden. Wären da nicht Kuragin und die Tür gewesen, die eine Bauchlandung im letzten Moment verhinderten.

»Also doch nicht Kap Deschnjew«, murmelte er, beide Hände auf die Oberfläche einer massiven Metall-

---

* Nordöstlicher Punkt Russlands beziehungsweise Asiens

tür gestützt, während Kuragin Anstalten machte, das Sicherheitsschloss mithilfe seines Schlüssels zu öffnen. »Gott sei Dank.«

»Wo denkst du hin, Genosse Sydow«, antwortete sein neuer Duzfreund, schob ihn sachte beiseite und öffnete die Tür. Kurz darauf karrte er mit einem Hauch von Ernst in der Stimme nach: »Aber was nicht ist, kann ja noch werden.«

*

»So, da wären wir.« Am Ende eines wahren Labyrinths von Gängen, Treppenfluchten und Korridoren, in denen es beinahe so muffig wie in dem unterirdischen Stollen roch, schöpfte Kuragin kurz Atem, klopfte Sydow auf die Schulter und nahm ihm die Augenbinde ab. »Ab jetzt musst du ohne mich auskommen, Towarischtsch.«

»Ohne dich?«, rätselte Sydow und rieb sich die Augen. »Was soll denn das schon wieder heißen?«

Von einem milchverglasten Oberlicht abgesehen, drang kaum Licht in den Raum, der sich bei näherem Hinsehen als Vestibül einer geräumigen Etagenwohnung aus der Kaiserzeit entpuppte. Die vergilbten Jugendstiltapeten, verrostete Arme eines Kronleuchters und überall auf dem Boden herumliegende Stuckreste, die von der ungewöhnlich hohen Decke abgeblättert waren, ließen kaum einen anderen Schluss zu. Im Folgenden, das heißt nach dem Passieren einer weiteren Tür, sollte sich dieser Eindruck bestätigen. Auf beiden Seiten des geräumigen Korridors, auf dessen Parkettboden ein zerschlissener Läufer ausgebreitet war, lag eine Reihe geräumiger Zimmer, jedes von ihnen groß genug, um eine ganze Familie zu beherbergen. Das war natürlich nicht der Fall, überall herrschte gähnende Leere, die Fensteröffnungen waren mit Brettern vernagelt und sämtliche Räume, welche Kuragin und Sydow auf ihrem Weg durch den Korridor passierten, in nahezu komplettes Dunkel gehüllt. An den Modergeruch und die Schimmelflecken hatte sich Sydow beinahe gewöhnt, am Ende war er jedoch heilfroh, einen peinlich sauberen, mit elektrischem Licht, Telefon und zeitgenössischem Mobiliar ausgestatteten Raum zu betreten, an dessen Schmalseite sich ein weiterer Durchgang befand.

Kuragin, der seine Frage geflissentlich ignoriert hatte, ließ Sydow passieren, lehnte sich an den Türrahmen und verkündete mit unverhohlener Erleichterung: »Wie gesagt – da wären wir, Genosse Kriminalhauptkommissar.« Und weiter: »Was mich betrifft, bin ich der Auffassung, wir sind quitt.«

»Quitt?«, wiederholte Sydow und sah den Sowjetagenten, der ihm weiterhin wie ein Buch mit sieben Siegeln erschien, verdutzt an. »Wie darf ich das verstehen?«

»Wortwörtlich«, entgegnete Kuragin, wies mit der Kinnspitze auf die gegenüberliegende Tür und ließ einen Schlüssel in die Tasche seines Jacketts gleiten, an dessen linkem Ärmel immer noch Blut klebte. »Drastisch formuliert: Ab hier musst du dir selbst helfen, Tom. Was ich tun konnte, habe ich getan. Nicht nur aus Gefälligkeit, sondern aus Respekt, wie ich korrekterweise betonen muss. Wie du vor fünf Jahren diesen von der Tann zur Strecke gebracht hast, alle Achtung. Das war allererste Sahne, und ein schöner Zug von dir, ihn uns zwecks Sonderbehandlung zu überlassen. Recht ungewöhnlich für einen Klassenfeind, aber bekanntlich soll man die Hoffnung nicht aufgeben.« Kuragin klemmte ein Zigarillo in den Mundwinkel, nahm es wieder heraus und sagte: »Schade, dass wir beide nicht auf der gleichen Seite des Zauns beheimatet sind. An jemanden wie dich könnte ich mich wirklich gewöhnen. Du und ich zusammen auf Verbrecherjagd – eine vielversprechende Vision. Schade nur, dass sie so schnell nicht Wirklichkeit werden wird.« Kuragin zündete den original kubanischen Zigarillo an, paffte nachdenklich vor sich hin und sprach: »So, und jetzt heißt es wieder Dienst schieben. Zur Abwechslung mal nach Vorschrift. Nach allem, was mir bislang zu Ohren gekommen ist, scheint dies ein überaus denkwürdiger Tag zu werden. Wenn nicht gar der denkwürdigste seit dem Krieg.«

»Und ich?«

»Du, mein Freund, wirst diese Tür da drüben aufschließen und den Herrn, den du dort vorfinden wirst, ins Gebet nehmen. Auf dem Weg zur Lösung deines

Falles wird er dir ein erhebliches Stück weiterhelfen, so viel kann ich dir versprechen. Besonders, was die Konsequenzen angeht, die sich aus seinen Ausführungen ergeben.«

»Welche Konsequenzen?«

»Das musst du schon selbst herausfinden, Tom.« Auf Kuragins Gesicht, welches beinahe vollständig hinter einem süßlich riechenden Rauchschleier verschwand, blitzte ein rätselhaftes Lächeln auf. »Nur so viel sei gesagt: Du bist einem Riesending auf der Spur. Gäbe es für mich derzeit nicht so viel zu tun, würde ich mich liebend gerne selbst darum kümmern.« Kuragin hob die Rechte zum Abschiedsgruß. »Und wäre da nicht ein gewisser Tom Sydow, der vermutlich viel bessere Karten hat als ich.«

*

Die erste Tat, zu der sich Sydow nach dem Betreten des geräumigen Zimmers im rückwärtigen Teil der Etagenwohnung entschloss, bestand in dem vergeblichen Versuch, das von außen verbarrikadierte Fenster zu öffnen, die zweite darin, das Licht anzuknipsen. Nachdem beides fehlgeschlagen war, wandte er sich der Gestalt zu, die auf einem Stuhl inmitten des gähnend leeren Raumes saß. Durch die Tür, die Sydow offen gelassen hatte, fiel ein greller Lichtkegel und sorgte dafür, dass der Mann reflexartig zusammenzuckte.

›Mann‹ war vielleicht nicht das richtige Wort, eher Teenager. Der an Händen und Füßen gefesselte Blondschopf mit den markanten Wangenknochen, der bleichen Haut und den hervortretenden Augen war höchstens 20 Jahre alt, unter Umständen erheblich jünger. Er war völlig verängstigt, wies jedoch keinerlei Spuren von Misshandlungen auf. Das Auffallendste an ihm war das kindliche Gesicht, was Sydow zu der Schlussfolgerung verleitete, er habe es mit einem vor der Zeit in die Höhe geschossenen Lausejungen zu tun. Dass dem nicht so war, wurde ihm bei genauerem Hinsehen klar, zumal der Jüngling weiße Hosen, ein ebenfalls weißes Hemd und darüber einen Arztkittel trug, auf der mit schwarzen Lettern ein Name eingestickt war.

Wenige Schritte von ihm entfernt versuchte er, das Eingestickte zu entziffern, doch der Blondschopf begann am ganzen Leibe zu zittern, weshalb Sydow rasch näher trat und das Klebeband, mit dem er mundtot gemacht worden war, entfernte.

»Ich … ich habe doch schon alles gesagt!«, stammelte der junge Bursche und riss verängstigt die Augen auf. »Mehr als das, was ich bei Ihrem Kollegen zu Protokoll gegeben habe, kann ich Ihnen beim besten Willen nicht sagen.«

»Das brauchen Sie auch nicht.« Um ihn nicht weiter zu ängstigen, legte Sydow eine kurze Pause ein. Danach sah er den Blondschopf prüfend an und verriet: »Damit Sie Bescheid wissen: Ich bin nicht vom MGB.«

»Nicht vom ...?«

»Tom Sydow, Kripo Berlin. Von mir haben Sie nichts zu befürchten.«

»Sie nehmen mich auf den Arm, oder?«

»Weshalb sollte ich«, entgegnete Sydow, warf das Klebeband weg und begann damit, den jungen Mann von seinen Fesseln zu befreien. »Jens Liebermann, wenn ich nicht irre?«, fügte er nach einem Blick auf die Brusttasche seines Gesprächspartners hinzu, dem vor Furcht beinahe die Haare zu Berge standen und dem Sydow offenbar nicht ganz geheuer war. »Sehe ich das richtig?«

Der junge Mann, dessen Kinnpartie von einer hauchdünnen Flaumschicht überwuchert war, deutete ein Nicken an. »Wie er leibt und lebt.«

»Darf man fragen, wie Sie zu dieser Montur kommen?«

»Ich arbeite in der Charité.«

Obwohl es ihn beinahe umgehauen hätte, ließ sich Sydow nichts anmerken und mimte den Unbedarften. »So, so. Daher Ihre makellos reine Montur. Hoffen wir, dass dies auch auf Ihr Gewissen zutrifft.«

»Rein oder nicht, ich kann Ihnen nicht mehr sagen, als der MGB schon weiß«, hielt der junge Mann, bei dem es sich offensichtlich um einen Krankenpfleger handelte, mit urplötzlich aufkeimendem Trotz dagegen. »Zum x-ten Mal – ich habe nichts mit der Sache zu tun. Aber auch rein gar nichts, hören Sie.«

»Wie wär's, wenn Sie sich erstmal beruhigen und

wir beide anschließend noch mal kurz die Details durchgehen. Nichts für ungut, Herr Liebermann, aber so kommen wir nicht weiter.«

»Also gut, was wollen Sie wissen?«

»All die Dinge, worüber Sie sich bisher ausgeschwiegen haben«, antwortete Sydow, entknotete den Strick, mit dem der Ostberliner an den Stuhl gebunden worden war, und ließ ihm Zeit, seine Antwort genau zu überdenken.

Er sollte es nicht bereuen.

*

Sydow konnte es immer noch nicht fassen, auf welche Goldader er dank der Unterstützung eines gewissen Juri Andrejewitsch Kuragin gestoßen war. »Und wie haben Sie es angestellt, diesen Benjamin Kempa verschwinden zu lassen? Nach Lage der Dinge dürfte das alles andere als ein Kinderspiel gewesen sein.«

Liebermann stützte die Ellbogen auf die Knie und schlug die Hände vor die Augen. »Kann man wohl sagen«, stimmte er geraume Zeit später zu, massierte die Schläfen und richtete sich im Zeitlupentempo auf. »Vor allem, weil … weil …«

»Niemand etwas davon mitbekommen durfte, ist mir klar. Jede Wette, dass sich der Herr Stationsarzt vor Angst beinahe in die Hosen geschissen hat.«

»Hat er, Herr Kommissar, hat er.« Jens Liebermann, Krankenpfleger in der Psychiatrischen Klinik der Charité, lachte auf eine Weise, wie es Sydow bei einem Mann seines Alters und Aussehens nicht vermutet hätte. Dies hier war kein Lachen gewesen, nie im Leben. Es war der Ausdruck tief sitzenden Grolls, gepaart mit Enttäuschung, Rachsucht – und Hilflosigkeit. »Wenn's nicht so traurig wäre, könnte man drüber lachen.«

»Und dann? Wo haben Sie und dieser Stationsarzt den Leichnam anschließend hingekarrt?«

»Rüber zum Humboldthafen.«

»Um ihn mithilfe von Gewichten für immer in den kühlen Fluten der Spree versinken zu lassen«, flüchtete sich Sydow in Sarkasmus und hatte seine liebe Not damit, die Schilderungen seines Kronzeugen zu verdauen.

Liebermann schaute verdutzt aus der Wäsche. »Woher wissen Sie das, Herr Kommissar?«

»Erfahrung, junger Mann, jede Menge Erfahrung. Und ein geschultes Auge.«

Der Krankenpfleger nestelte verlegen am Kragen seines Hemdes herum. »Ich hab das alles nicht gewollt, Herr Kommissar –«, klagte er, »glauben Sie mir. Aber wenn die Stasi aufkreuzt, dir die Pistole auf die Brust setzt und damit droht, dich und deine Familie in die Mangel zu nehmen, bist du am Ende mit deinem Latein. Da sackt dir das Herz in die Hose, darauf können Sie wetten.«

»Keine müde Mark«, hieb Sydow in die gleiche Kerbe, um den Gesprächsfaden nicht abreißen zu lassen. »Mit den Jungs aus der Normannenstraße ist bekanntermaßen nicht gut Kirschen essen.«

»Beruhigend, dass Sie es genauso sehen, Herr Kommissar.« In seiner Not stieß Liebermann einen tiefen Seufzer aus. »Kempa hat mir vertraut, als Einzigem in dem ganzen Laden. Das hat Kröger natürlich schnell spitzgekriegt. So nach und nach ist der Kempa dann aufgetaut, hat mir seine Geschichte erzählt. Immer und immer wieder. Kein Tag verging, ohne dass er nicht in irgendeiner Form darauf zu sprechen gekommen ist.«

»Seine Geschichte?«

»Und was für eine, Herr Kommissar. Zwar habe ich mir das nie richtig vorstellen können, aber es sieht so aus, als sei Kempa tatsächlich in der SS und ein Experte in Sachen Grubenbau und Bergwerkskunde gewesen – in der SS, ausgerechnet der. Sei's drum: Ende April 1945 hat er sich dann wohl dünnegemacht, nach Berlin durchgeschlagen und stand eines schönen Tages daheim in Köpenick vor der Tür. Pech aber auch, dass seine Alte gerade mit einem anderen im Bett zugange gewesen ist.«

»Dumm gelaufen.«

»Kann man wohl sagen. Wer rechnet denn mit so was. Na ja, sieht so aus, als seien Kempa danach die Sicherungen durchgeknallt. Nicht, was Sie jetzt vielleicht denken, Herr Kommissar, seiner Alten hat er kein Haar gekrümmt, dem feurigen Liebhaber von nebenan auch nicht. Kempa hat ganz einfach Kleinholz gemacht, so richtig, wenn Sie verstehen, was ich meine. Da ist kaum ein Möbelstück heil geblieben. Noch am gleichen Tag haben sie ihn abtransportiert. Muss irgendwann Ende Juni passiert sein.«

»Und weiter?«

»Unterbringung in der geschlossenen Abteilung der Charité, seine Frau reichte die Scheidung ein, Kempa wurde zunächst als allgemeingefährlich, später dann als unheilbar schizophren eingestuft und durfte die Klinik fortan nicht mehr verlassen. Ach, übrigens – die Diagnose wurde von einem gewissen …«

»Doktor Kröger, seines Zeichens Stationsarzt, gestellt. Richtig?«

Liebermann nickte. »Das Verwunderliche daran: Seitdem ich dort arbeite – also seit über drei Jahren –, kann ich mich nicht daran erinnern, dass Kempa auch nur eine Minute lang wirres Zeugs geredet oder sich sonst irgendwie komisch verhalten hätte. Nee, Herr Kommissar, der Benjamin war vollkommen klar im Kopf. So wahr mein Name Liebermann ist.«

»Wollen Sie damit andeuten, er sei psychisch …«

»… vollkommen intakt gewesen, genau. Und alles andere als meschugge. Mit dem konnte man über alles reden. Über Stalin, Gott und die Welt.«

»In dieser Reihenfolge?«

Liebermann grinste. »Sie wissen schon, was ich meine, Herr Kommissar«, antwortete er, während sich sein Gesichtsausdruck spürbar entkrampfte. »Kurz und gut, wenn jemand bei klarem Verstand war, dann

Benjamin Kempa. Sieht man einmal von seiner Bernstein-Macke ab.«

Sydow runzelte die Stirn, enthielt sich jedoch jeglichen Kommentars.

»Mein Gott, was hat der Mann nicht alles angestellt, um an Bücher über das Bernsteinzimmer ranzukommen. Kempa war wie besessen davon. Da ist mit der Zeit ordentlich was zusammengekommen. Ich kann Ihnen gar nicht sagen, wie sehr er mir damit auf die Nerven gegangen ist.«

»Und die Anstaltsleitung?«, warf Sydow stirnrunzelnd ein. »Die hat ihn tatsächlich gewähren lassen? Ich meine, es ist doch nicht unbedingt selbstverständlich, dass man einen für unheilbar erklärten Patienten mit kunsthistorischer Fachliteratur versorgt – einfach so.«

Liebermann streute ein entschiedenes Nicken ein. »Aber genau das ist passiert, Herr Kommissar«, betonte er, »einfach so. Es hätte nicht mehr viel gefehlt, und Kempa wäre an die Uni berufen worden. Was das Bernsteinzimmer angeht, hat sich der Mann bestens ausgekannt. Können Sie mir ruhig glauben, Herr Kommissar.«

»Tue ich auch, junger Mann. Tue ich. Die Frage ist nur, weshalb er sich dann umgebracht hat. Und wie.« Sydow holte sich einen Stuhl und nahm Auge in Auge mit Liebermann Platz. Seine Gestalt, an der sich der von außen hereinströmende Lichtkegel brach, warf einen langen Schatten, und Liebermann wich seinem

Blick zunächst aus. »Keine Sorge«, redete Sydow seinem verschüchterten Gesprächspartner gut zu, »von mir haben Sie nichts zu befürchten.«

»Wirklich nicht?«

»Für den Fall, dass Sie mir die Wahrheit sagen – nein.«

»Er hat ihn fertiggemacht, Herr Kommissar.«

»Der Stationsarzt?«

Liebermann schüttelte den Kopf. »Der doch nicht. Ohne seinen Mentor von der Stasi hätte Kröger nicht mal einen fahren lassen.«

»Wer dann?«

»Dieser Kerl, der vor ein paar Tagen bei uns aufgekreuzt ist. Stasi-Schnüffler vom Scheitel bis zur Sohle.«

»Woher wollen Sie wissen, ob dieser …«

»Wenn man wie ich im Osten groß geworden ist, kriegt man mit der Zeit einen Blick dafür. Irrtum ausgeschlossen, Herr Kommissar, der Dreckskerl, der Kempa auf dem Gewissen hat, ist bei der Firma. Jede Wette.«

»Sehe ich das richtig, Liebermann – Sie behaupten, Kempa sei gefoltert worden.«

»Und wie, Herr Kommissar. Wenn möglich, ersparen Sie mir bitte die Einzelheiten.«

»Meinetwegen«, willigte Sydow, dessen Bedarf an makaberen Details im Verlauf des Tages mehr als gedeckt worden war, bereitwillig ein. Im Hinblick auf den Zustand, in dem er Kempas Leichnam angetroffen hatte, erübrigten sich weitere Fragen ohnehin. »Mit anderen Worten: Er hat es nicht mehr ausgehalten, Sie, Liebermann, um eine Überdosis Morphium gebeten und gestern in aller Herrgottsfrühe Selbstmord begangen.«

»Langsam werden Sie mir unheimlich, Herr Kommissar.«

Sydow spielte den Betroffenen. »War nicht meine Absicht«, beruhigte er sein Gegenüber, stützte die Ellbogen auf die Stuhllehne und sagte: »Bleibt die Frage, junger Mann, weshalb sich Kempa umgebracht hat.«

»Weil er nicht mehr weitergewusst hat, darum.«

»Und weshalb noch?«

»Ja, ja – ich weiß!«, brach es aus Liebermann ohne Vorwarnung heraus, »ich hätte ihn nicht so schmählich hintergehen dürfen. Das war unverzeihlich, durch nichts zu rechtfertigen.«

»Das müssen Sie mit sich selbst ausmachen, Herr …«

»Jens, Herr Kommissar.« Liebermann sah Sydow händeringend an. »Was hätte ich denn machen sollen?«, wehklagte er. »Dass Kempa mir vertraut hat, war schließlich jedermann bekannt. Kein Wunder, dass Kröger nicht gezögert hat, Kapital daraus zu schlagen.« Der Krankenpfleger spie seine Worte nur so aus. »Wissen Sie, was dieser Scheißkerl von mir verlangt hat? Nein? Ich solle Kempa aushorchen. Sie haben richtig verstanden, Herr Kommissar – aushorchen. Bespitzeln. Hinters Licht führen. Ausgerechnet Kempa. Als ob der irgendetwas zu verbergen gehabt hätte. Logisch, dass ich mich zunächst geweigert habe. Aber dann ist dieser Folterknecht von der Stasi aufgetaucht. Hat mit Entlassung gedroht. Auch damit, meine Familie und mich hopszunehmen. Können Sie mir verraten, was Sie an meiner Stelle getan hätten?«

Sydow zog es vor, darüber lieber nicht nachzudenken. »Wer weiß«, gab er stattdessen zu bedenken, »vielleicht war Kempa nicht der, für den du ihn gehalten hast.«

»Mag sein, dieser Bernsteinfimmel war in der Tat etwas ungewöhnlich. Und dann noch die Sache mit dieser Karte, schon komisch, da haben Sie recht.«

»Karte?«

»Kartenfragment, um es genauer zu sagen. Hat er mir vorgestern Abend in die Hand gedrückt. Unter dem Siegel strengster Verschwiegenheit. Ich solle sie einem gewissen Ole Jensen zukommen lassen, hat er gesagt. Irgendein SS-Kamerad, was weiß denn ich. Keine Ahnung, wo ich den guten Mann hätte aufspüren sollen.«

Sydow verzog keine Miene. So ganz allmählich wurde ihm die Sache klar, trotz eines fast übermächtigen Bedürfnisses nach Schlaf. Eine unbekannte Größe namens Ole Jensen, Benjamin Kempa und Standartenführer a. D. von Oertzen, allesamt in der SS, der möglicherweise auch der ominöse Stasi-Agent angehört hatte. Gut möglich, dass nicht nur Kempa und von

Oertzen, sondern alle vier etwas mit dem verschwundenen Bernsteinzimmer zu tun hatten. Die Frage war lediglich, was. Und vor allem: Gesetzt den Fall, dem war wirklich so – wo zum Teufel befand sich das verdammte Zimmer? Wohin war es kurz vor Kriegsende transportiert worden? Und von wem? Sydow war so sehr mit sich selbst beschäftigt, dass er Liebermann beinahe vergaß. Geraume Zeit später, nach minutenlangem Brüten, schreckte er wieder aus seinen Gedanken auf. »Kann es sein, dass du dir nicht anders zu helfen gewusst hast, als die dir anvertraute Karte prompt weiterzuleiten?«, wollte er von Liebermann wissen.

»So könnte man es ausdrücken, ja.«

»Verdammt knifflige Situation für dich, stimmt's?«

»Hören Sie, Herr Kommissar, wenn Sie glauben, Kempas Schicksal ließe mich kalt, irren Sie sich gewaltig«, stellte Liebermann auf eine Weise klar, die jegliche Zweifel an seiner Aufrichtigkeit zerstreute. »Was hätte ich denn machen sollen, können Sie mir das vielleicht …«

»Jeder ist sich selbst der Nächste, keine Frage«, warf Sydow mit belegter Stimme ein. »Was mich betrifft, kann ich dir da keinen Vorwurf machen. Die Frage ist, wie du auf Dauer damit klarkommen wirst. Und das, junger Mann, ist letzten Endes allein dein Problem.« Sydow erhob sich, schob den Stuhl beiseite und begab sich zur Tür. Dort angekommen, drehte er sich noch einmal um, ging in sich und sagte: »Eine Frage hätte ich allerdings noch.«

»Ja?«

»Bist du in der Lage, mir diesen Folterknecht von der Stasi zu beschreiben?«

Liebermann machte ein angewidertes Gesicht. »Ziemlich lange Haare, nicht auf den Kopf gefallen, geschliffene Umgangsformen, gut aussehend, gut gekleidet, gut gebaut – kurzum: Einer, auf den die Frauen fliegen.«

»Ein Salonlöwe sozusagen.«

»Genau.« Liebermann rieb sich die schmerzenden Handgelenke und stand mühsam auf. »Eiskalt, rücksichtslos, verschlagen und hinterhältig bis zum Gehtnichtmehr – um nur einige seiner Charaktermerkmale zu erwähnen. Vor so jemandem muss man sich hüten.«

»Besondere Kennzeichen?«

»Bitte halten Sie mich nicht für bekloppt, Herr Kommissar – aber er hat ausgesehen wie …«

»Nur keine falsche Scham, junger Freund«, übte sich Sydow in Galgenhumor. »Wir sind unter uns.«

»… wie Gene Kelly, als er in diesem Musketier-Film mitgespielt hat.« Liebermann dachte angestrengt nach. »Ja, genau!«, rief er nach einer Weile aus. »Er hat ausgesehen wie dieser d'Artagnan. Wegen seines Bartes, meine ich. Auf die Gefahr, als bescheuert dazustehen – er hätte glatt als Musketier durchgehen können.«

»Ein Scheusal mit d'Artagnan-Bart«, sinnierte Sydow vor sich hin, »öfter mal was Neues.«

»Vor dem müssen Sie sich in Acht nehmen, Herr Kommissar. Sonst ziehen Sie den Kürzeren.«

»Danke für den Tipp. Und sein Name?«

»Keine Ahnung.« Der junge Mann riss entschuldigend die Hände hoch. »Wirklich nicht.«

»Oder vielleicht Deckname? Für so was sollen die Jungs von der Stasi ja ein Faible haben.«

»Bedaure, Herr Kommissar – Fehlanzeige.«

Sydow atmete tief durch. »Tja, das wär's dann wohl gewesen«, murmelte er, tippte sich mit dem Zeigefinger an die Schläfe und wandte sich zum Gehen. »Schönen Dank auch, junger Mann.«

»Und was ist mit mir?«, rief Liebermann ihm verdutzt hinterher. »War das etwa schon …«

»Das war alles, du hast es erfasst«, erwiderte Sydow und drehte sich nochmals um. »Oder soll ich dich etwa verhaften?«

Liebermann ließ den Kopf hängen und schwieg.

»Na also.« Sydow stützte sich am Türbalken ab und sah seinen Gesprächspartner lange und eindringlich an. »Wie gesagt: Wie du deine Lage meisterst, Sportsfreund, liegt allein bei dir. Bleibt mir nur, dir Glück zu wünschen. Besonders, was deine Zukunft angeht.«

»Und Sie, Herr Kommissar?«

»Meine Wenigkeit? Ich werde alles daransetzen, auf die Spur von Mister Unbekannt zu kommen. Darauf kannst du dich verlassen.« Und auf die Spur dieser Bernstein-Connection, ergänzte Sydow im Stillen. Auf die Herren von der SS bin ich nämlich nicht sonderlich gut zu sprechen. »So leicht werde ich mich von Monsieur d'Artagnan sicherlich nicht ins Bockshorn jagen lassen.«

»Keine Bange, Sie werden das Kind schon schaukeln, Herr Kommissar.«

»Vorausgesetzt, die Stasi kommt mir nicht wieder in die Quere«, murmelte Sydow halblaut vor sich hin, drehte sich um und eilte im Laufschritt davon. »Oder ein Bernsteinjäger, von dem ich noch nichts weiß.«

25

Flughafen Berlin-Tempelhof | *11.50 h*

Die Sache war ihm wirklich nicht geheuer. Weniger aufgrund der Summe von einer Million, die würde Mister K auf den Tisch blättern. Ohne mit der Wimper zu zucken. Sondern weil er, Gregory Boynton Grant, das Gefühl nicht loswurde, dieser mit allen Wassern gewaschene Stasi-Agent wolle ihn aufs Kreuz legen. Ganz so einfach, wie er sich das anfangs gedacht hatte, würde der geplante Kuhhandel mit Sicherheit nicht über die Bühne gehen.

Am Fuß der Gangway angelangt, sah der stellvertretende Direktor der CIA auf die Uhr. Kurz vor zwölf, folglich nur noch gut einen halben Tag Zeit. Danach würde die Frist, die Mister K ihm gesetzt hatte, ablaufen. Ohne Wenn und Aber. Ob er es nun wahrhaben wollte oder nicht, es gab nur zwei Möglichkeiten: Entweder er brachte es fertig, den Deal innerhalb von zwölf Stunden über die Bühne zu bringen, oder er war geliefert. Beziehungsweise ein toter Mann.

Da er sich in Berlin ganz gut auskannte, blickte Grant stur geradeaus, setzte seine Sonnenbrille auf und steuerte auf die Abfertigungshalle zu. Für seinen Geschmack war es viel zu warm, der Himmel bedeckt und grau. Vor den Hangars stauten sich die Militärflugzeuge, unter ihnen eine DC-3 und direkt daneben eine B-29. Bei ihrem Anblick verklärte sich seine Miene, er musste automatisch an die Vergangenheit und an seine Zeit als CIA-Agent denken. Damals, auf dem Höhepunkt der Berlin-Blockade, hatte er sein Leben noch im Griff gehabt, anders als heute, als es dabei war, aus dem Ruder zu laufen. Grant umklammerte den Griff seines Koffers, zückte seinen Pass und gab sich Mühe, im Pulk der Geschäftsleute, Armeeangehörigen und Besucher aus dem Westen nicht aufzufallen. Bernsteinzimmer oder freier Fall, lautete die Devise, Karriere oder Absturz, High Society oder Knast, falls es ihn nicht schon vorher erwischen würde.

Weit davon entfernt, abgeklärt oder selbstsicher zu wirken, sah sich Grant verstohlen um. Hier draußen herrschte ein gewaltiger Lärm, ein ständiges Kommen und Gehen, eine Hektik wie vor fünf Jahren. Man musste kein Prophet sein, um das Außergewöhnliche am heutigen Tag zu erkennen. Kein Zweifel, hier braute sich etwas zusammen.

Und nicht nur hier.

Bei der Passkontrolle gab es keinerlei Schwierigkeiten. Grants Miene entspannte sich. Wäre ja noch schöner, dachte er, falls hier etwas schiefgegangen wäre. Mochte sein Pass auch gefälscht und auf den Namen Henry Gordon Stanley ausgestellt sein. Kein Grund zur Aufregung, wirklich nicht. Allein die Kleidung vom Typ amerikanischer Durchschnittsbürger, wozu unter anderem ein potthässliches Sakko gehörte, war so bieder, dass seiner Absicht, nicht weiter aufzufallen, abzutauchen und anschließend unter falschem Namen im Kempinski einzuchecken, zumindest in der Theorie nichts im Wege stehen würde.

In der Praxis, das heißt nach dem Verlassen des Abfertigungsgebäudes, nahmen die Dinge allerdings einen gänzlich anderen Lauf. Es fing damit an, dass Grant zu schwitzen begann, weniger aufgrund der vorherrschenden Temperaturen, die er von Haus aus und seinen Aufenthalten in New York gewohnt war. Er saß kaum im Taxi, hatte dem Fahrer gerade erst sein Ziel genannt, da war er bereits schweißgebadet. Grant hasste Schweiß, hasste den Gestank in den U-Bahn-Waggons, verabscheute den Geruch anderer Menschen, bisweilen sogar den eigenen. Das legte seine Sinne lahm, machte ihn nervös, fahrig – und unsicher.

Kurz darauf, als das Taxi in die Yorckstraße einbog, war die dumpfe Ahnung in ihm zur Gewissheit geworden. Irgendetwas war hier faul. Sein Riecher, auf den sich Grant wirklich etwas einbilden konnte, hatte ihn noch nie im Stich gelassen. Auf ihn, den Retter in der Not, konnte er jederzeit, nahezu blind, vertrauen.

Ein Blick in den Rückspiegel und Grant sackte in sich zusammen. Genau das, was er hatte vermeiden wollen, war eingetreten. Er hätte alles dafür gegeben, wenn sich seine Beobachtung als pures Hirngespinst entpuppt hätte. Zu seinem Leidwesen war dem allerdings nicht so. Das dunkelrote Cabrio, ein Buick vom Typ Skylark, kam ihm bekannt vor. Und nicht nur das. Beim Verlassen des Abfertigungsgebäudes, kurz vor dem Einsteigen, war es ihm bereits zum ersten Mal aufgefallen. In der Hektik hatte er nicht genauer hingeschaut, ein weiteres Indiz, dass der 17. Juni 1953 nicht der Tag von Gregory Boynton Grant werden würde. Mit Sicherheit nicht. Grant stöhnte innerlich auf. Es würde ein Tag werden, an dem es für ihn nur um eines ging: ums nackte Überleben.

Noch im gleichen Moment, mit Blick auf seine mit Hut, Krawatte und dunklem Blazer bekleideten Verfolger, ging ein Ruck durch ihn. So leicht, wie es sich die beiden Kerle hinter ihm gedacht hatten, würde er es ihnen nicht machen. Einfach lächerlich, zu glauben, sie könnten sich eine Sonnenbrille aufsetzen, in einen Buick lümmeln und unbemerkt hinter ihm herkurven. Diesen Zahn würde er den beiden ziehen.

Ein Hundertmarkschein, und der Taxifahrer, allem Anschein nach auf Draht, hatte verstanden. Auch ohne Worte. Kaum hatte er den Hunderter eingesteckt, beschleunigte der nagelneue Mercedes 170 auch schon auf 80 Sachen und bog mit quietschenden Reifen in die Potsdamer Straße ein. Dass er beinahe einen Radfahrer über den Haufen gefahren hätte, schien den Berliner mit dem unförmigen, im Vergleich zu seinem Körperbau viel zu groß geratenen Schädel nicht im Geringsten zu interessieren. Ohne Rücksicht auf den dichten Verkehr und seinen offenbar recht betuchten Kunden raste er mit einer Geschwindigkeit von mittlerweile über 100 Stundenkilometern auf den Tiergarten zu, überholte einen Linienbus, geriet auf die Gegenfahrbahn und fädelte mit einer Lässigkeit wieder ein, die Grant, selbst stolzer Besitzer von einem halben Dutzend Coupés, erschrocken zusammenfahren ließ.

Etwa zehn Minuten später, als der Mercedes in die Tiergartenstraße einbog, war es geschafft. Das Cabrio mitsamt seinen beiden Verfolgern war nicht mehr zu sehen. Einen Seufzer der Erleichterung auf den Lippen, ließ sich Grant auf den komfortablen Rücksitz sinken. Das war noch einmal gut gegangen, besser als zunächst befürchtet. Blieb die Frage, um wen es sich bei den Männern auf dem Vordersitz des Buick gehandelt haben mochte. Von seiner Reise hatte niemand etwas mitgekriegt, geschweige denn davon erfahren. Aufgrund der Tatsache, dass er auf Nummer sicher gegangen und unter falschem Namen gereist war, konnte man das getrost ausschließen. Alles nur ein Zufall?

Wer weiß, machte sich Grant selbst Mut, umklammerte den Vordersitz und brachte seinen Körper wieder in eine halbwegs aufrechte Position. Vielleicht siehst du langsam Gespenster. Könnte ja immerhin sein.

Schließlich hatte er einen turbulenten Abend gehabt, Ärger zuhauf und einen anstrengenden Flug hinter sich. Kein Wunder, wenn man da Halluzinationen hatte. So etwas kam eben hin und wieder vor. Selbst bei ihm, dem stellvertretenden Direktor der CIA.

Wieder guter Dinge, richtete Grant den Blick nach vorn. In der Zwischenzeit hatte der Taxifahrer einen Gang runtergeschaltet und sich in die Schlange eingereiht, die sich vor der Abzweigung Richtung Siegessäule gebildet hatte. Die Ampel sprang auf Rot, Zeit genug für einen kleinen Plausch.

»Besten Dank, gute Arbeit!«, lobte Grant den Fahrer und klopfte ihm anerkennend auf die Schulter, nicht ohne Stolz auf sein nahezu akzentfreies Deutsch.

Der Taxifahrer verzog keine Miene, änderte seine Blickrichtung nicht. Etliche Sekunden später, nachdem Grant zu dem Schluss gekommen war, sein Chauffeur sei irgendwie in Gedanken, drehte sich der Taxifahrer in aller Gemütsruhe zu ihm um. Er war um die 40, hatte dunkle Augen, wulstige Lippen und eine pockennarbige, auffallend poröse Haut. Am auffälligsten war jedoch das Muttermal, welches unter seinem Hemdkragen hervorlugte, man konnte es schlichtweg nicht übersehen.

»Gern geschehen!«, erwiderte der Taxifahrer, neigte den Kopf zur Seite und musterte Grant auf eine Weise, die normalerweise seinen Argwohn erweckt hätte. »War mir ein Vergnügen.«

Dann zückte er eine Spraydose, zielte damit auf sein Gesicht und ließ ihren Inhalt komplett entweichen.

»Na, dann wollen wir mal!«, fügte er hinzu, als Grant bereits bewusstlos zusammengesunken, die

Ampel auf Grün gesprungen und das Taxi nach rechts abgebogen war. »Sonst kommen wir am Ende noch zu spät.«

*

Als Grant wieder zu sich kam, hatte er Mühe, die Augen zu öffnen. Er war völlig benommen, seine Haut so erhitzt, dass er dachte, jemand habe ihm eine ätzende Flüssigkeit ins Gesicht geschüttet. Es fehlte nicht viel, und er wäre wieder ohnmächtig geworden. Brechreiz überkam ihn, weshalb er sich ruckartig nach vorn beugte. Genau das hätte er nicht tun sollen, drohte er in diesem Moment doch das Gleichgewicht zu verlieren und kopfüber von der Parkbank in Sichtweite des Denkmals von Friedrich Wilhelm III. zu fallen.

So weit sollte es jedoch nicht kommen. Nicht etwa, weil die Wirkung des Sprays, dem anscheinend reichlich Äther beigemischt worden war, plötzlich nachgelassen und er wieder Herr seiner Sinne gewesen wäre. Er fühlte sich immer noch hundeelend, wie kurz vor einem Infarkt. Der Grund, dass er nicht vornüberkippte und eine Bauchlandung nach Maß hinlegte, war ein anderer: jemand hielt ihn fest.

Dieser Jemand, der sich anscheinend geraume Zeit an seinem Anblick ergötzt hatte, schob den Arm unter seine linke Achsel und sorgte dafür, dass er das Gleichgewicht nicht verlor. Bis Grant überhaupt imstande war, nach ihm Ausschau zu halten, verging einige Zeit. Minuten, die ihm angesichts seines Zustandes wie Stunden vorkamen. Nach wie vor hielt Grant die Augen geschlossen, als weigere er sich, das Albtraumhafte seiner Situation als das zu akzeptieren, was es war: die Realität.

Er saß in der Klemme, dermaßen tief, wie er es sich nie und nimmer hätte vorstellen können. Schlimmer, so die plötzlich aufblitzende Erkenntnis, hätte es für ihn nicht laufen können.

»Na, Deputy Director – wieder einigermaßen ansprechbar?«

»Was … was woll…«, wehrte sich Grant, einen Geschmack im Mund, bei dem es ihm beinahe den Magen umgedreht hätte. Fest entschlossen, seine Haut so teuer wie möglich zu verkaufen, mobilisierte er die letzten Kräfte. Doch seine Zunge klebte derart hartnäckig am Gaumen, dass es geraume Zeit dauerte, bis ihm die Frage über die Lippen kam. »Was wollen Sie?«

»Eine Antwort auf die eine oder andere Frage«, entgegnete die Stimme neben ihm, gerade so, als sei es das Normalste der Welt, den stellvertretenden Direktor der CIA außer Gefecht zu setzen und eine willenlose Marionette aus ihm zu machen. »Mit der Bitte um möglichst detaillierte Informationen.«

Mit seinen geschlossenen Augen kam sich Grant wie beim Karussellfahren vor, und obwohl er völlig benebelt war, dämmerte ihm, dass er eine Riesendummheit begangen hatte.

»Ich höre, Mister Grant.«

»Wie kommt es, dass Sie so gut Englisch …?«

»Ich bin es, der hier die Fragen stellt, klar? Wer ist der Mann, mit dem Sie sich heute treffen wollen?«

Daher wehte also der Wind. Verzweifelt bemüht, seine Gedanken zu ordnen, klammerte sich Grant an der Parkbank fest, schnappte nach Luft und schlug die Augen auf. »Wüsste nicht, was Sie das angeht!«, trotzte er mit Blick auf die Gestalt an seiner Seite, deren Konturen sich im gleißend hellen Sonnenlicht in Nichts aufzulösen schienen.

»Owen McAllister, Special Operations Division der CIA und Beauftragter für Berlin«, stellte sich Grants Gesprächspartner kurzerhand vor, nicht gewillt, sich auf irgendwelche Mätzchen einzulassen. »Wir haben Ihre Telefonate abgehört, inklusive der letzten drei, die von Ihrer Villa aus geführt wurden. Daher sind wir über Ihre – wie drücke ich mich am besten aus? – über Ihre Winkelzüge und landesverräterischen Umtriebe bestens im Bilde.«

»Landesverrat – wie kommen Sie auf diese Idee?«

»Telefonischer Kontakt mit einem Agenten der DDR-Staatssicherheit – wie würden Sie so etwas bezeichnen, Mister Grant? Als einen Plausch unter Freunden?«

»Was wissen denn Sie schon von …«

»Freundschaft? Eine ganze Menge, Deputy Director. Pech für Sie, dass es sich bei dem Mann, der Ihre widernatürlichen Triebe zu befriedigen pflegte, ausgerechnet um einen sowjetischen Spion gehandelt hat. Oder vielmehr handelt. Der es vor seinem spurlosen Verschwinden offenbar verdammt eilig hatte, Ihre Pläne brühwarm auszuplaudern. Per Telefon, versteht sich. Dienst nach Vorschrift sozusagen.« Aus dem Mund des CIA-Agenten erklang ein hämisches Lachen. »Wie Sie sehen, Mister Grant, ist es sinnlos, mir etwas vormachen zu wollen. Eine Million Dollar für das Bernsteinzimmer, so lautete die Bedingung, oder?« Ein weiteres Lachen, an Häme kaum zu überbieten. »Ein Spottpreis, wenn man bedenkt, dass sein Wert um ein Vielfaches darüber liegt.«

Grant ließ den Kopf hängen und schwieg.

McAllister schien keinerlei Notiz davon zu nehmen. »Kein Grund für Selbstmitleid«, höhnte er. »Gäbe es Ihre Extravaganzen nicht, wären wir Ihnen wohl nie auf die Spur gekommen. Eine Villa in Hyannis Port, Segeljacht, Sammlung sündhaft teurer chinesischer Vasen, um nur einige Besitztümer aus Ihrem reichhaltigen Fundus zu nennen. Schreit geradezu nach Observierung, finden Sie nicht auch? Dazu Ihre … Ihre abartigen Neigungen, Deputy Director – irgendwann ist das Maß voll.«

»Was wollen Sie?«

»Namen, Sie Landesverräter, Namen.« Zum ersten Mal während des Gespräches wandte sich der CIA-Agent seinem am Boden zerstörten Gesprächspartner zu. Rote Locken, Sommersprossen, hellhäutig!, fuhr es Letzterem durch den Sinn, als sich ihre Blicke trafen. So und nicht anders stellt man sich einen Bullen mit irischer Abstammung vor. »Für wen arbeiten Sie, Mister Grant?«

»Für den gleichen Laden wie Sie.«

»Mir ist nicht nach Scherzen zumute, du dreckiger Arschficker!«, presste McAllister wutentbrannt hervor. »Zum letzten Mal, Grant: Für wen arbeiten Sie?«

Auf dem besten Weg, seinem Nebenmann an die Gurgel zu gehen, holte Grant mit der Linken aus. Aber ein Blick auf die beiden CIA-Männer, bei denen es sich offenbar um seine Verfolger handelte, erstickte seine Wut jedoch im Keim. An das Geländer gelehnt, welches das Denkmal des Preußenkönigs und Siegers über Napoleon umgab, hätten sie nicht gezögert, ihn über den Haufen zu schießen. Ein Wink von McAllister hätte genügt, um Grants Schicksal zu besiegeln. Das wurde ihm schlagartig klar. »Ob Sie mir nun glauben oder nicht – keine Ahnung.«

»Ist im Moment auch nicht so wichtig«, ließ der SOD-Agent mit gönnerhaftem Grinsen verlauten und nickte seinen Kollegen, welche die Szene aus einer Distanz von etwa 20 Metern verfolgten, mit siegesgewisser Miene zu. »Mein Auftrag lautet, das Bernsteinzimmer in meinen Besitz zu bringen.«

»Meiner auch.«

»Kleiner Witzbold, was?«, zischte McAllister, nur mit Mühe in der Lage, sein cholerisches Temperament zu zügeln. »Nun gut: Meinen Anweisungen zufolge sind Sie, Mister Grant, dazu auserkoren, den Lockvogel zu spielen. Wird Ihnen bestimmt nicht schwerfallen.« Der CIA-Agent ließ ein hämisches Lachen erklingen. »Was nichts anderes heißt, als dass Sie unsere freundschaftliche Unterredung tunlichst vergessen, im Kempinski absteigen und auf den Mann Ihrer Träume warten werden.«

»Und dann?«

McAllister bleckte die Zähne. »Wenn es so weit ist, werden Sie Sorge tragen, dass er Ihnen sämtliche das Bernsteinzimmer betreffenden Informationen ausplaudert. Mit Betonung auf sämtliche, Mister Grant. Genaue Lage des Verstecks, Umfang und Wert der von den Nazis geraubten Preziosen, eventuell installierte Sprengfallen – Sie wissen schon, was ich meine.«

»Wozu das Ganze, wenn man fragen darf? Soweit ich weiß, stammt das alles aus Sankt Petersburg.«

»Merkwürdig, dass ausgerechnet Sie diese Frage stellen, Grant.« McAllister stand auf und bedeutete seinen beiden Gorillas, sich um Grant zu kümmern. »Sagen wir's einmal so, Deputy Director: In Zeiten wie diesen sollte man jede Gelegenheit nutzen, um den Russen in die Suppe zu spucken. Habe ich mich deutlich genug ausgedrückt?«

»Deutlicher geht es nicht«, stimmte Grant zu, einigermaßen klar im Kopf. »Eine Frage hätte ich freilich noch.«

»Was geschehen wird, wenn Sie mit gezinkten Karten spielen, meinen Sie?«

»Genau.«

»Aber, aber, Mister Grant«, entrüstete sich McAllister in scheinheiligem Ton. »Als stellvertretender Direktor unserer Firma müssten Sie eigentlich wissen, dass wir alles daransetzen werden, damit Sie uns nicht mehr durch die Lappen gehen. Ein Rat unter Freunden: Versuchen Sie's gar nicht erst.«

»Gesetzt den Fall, alles spielt sich genauso ab, wie Sie es geplant haben – was dann?« Beim Gedanken an die nächsten Stunden brach Grant der kalte Schweiß aus, und es fiel ihm schwer, sich weiter auf das Gespräch zu konzentrieren. »Was … was geschieht dann mit mir?«

»Darum, mein lieber Mister Grant«, erwiderte McAllister, steckte die Hände in die Hosentaschen und trottete gemächlich von dannen, »habe ich mir noch keinerlei Gedanken gemacht. Wie heißt es im Volksmund doch so schön: Am Ende kriegt jeder, was er verdient.«

26

52° 32' N, 14° 23' O, an Bord einer Iljuschin vom Typ Il-12T

| 11.50 h Berliner Zeit

»Noch fünf Minuten bis zum Absprung«, kündigte die Stimme aus dem Bordlautsprecher an, im Frachtraum, wo Slavín gerade seine Ausrüstung überprüfte, so gut wie nicht zu verstehen. Aber das war dem Mann, auf den sein Auftraggeber sämtliche Hoffnungen setzte, egal. Wassili Danilowitsch Slavín musste schmunzeln. Dieser Besuchow war wirklich nicht mehr ganz richtig im Kopf. Er war hinter dem Bernsteinzimmer her wie der Teufel hinter der armen Seele, würde nichts unversucht lassen, das Objekt seiner Begierde aufzustöbern.

Die Frage war nur, warum. Dass sich Besuchow eigentlich nur für Huren, Wodka und Spielkasinos interessierte, war landläufig bekannt, bis hinein in die Geheimdienstkreise, wo die Dossiers, die über ihn angelegt worden waren, inzwischen mehrere Stapel umfassten. Slavín geriet ins Grübeln. Dieser Hurensohn hatte mehr Dreck am Stecken als sämtliche sowjetischen Unterweltgrößen, Schieber und Schwarzhändler zusammen. Ein schier endloses Sündenregister, das ausreichte, um ihn lebenslänglich in den Gulag zu befördern oder ihn kurzerhand an die Wand zu stellen. Trotz alledem schien er so etwas wie einen Freibrief zu besitzen, was sich Slavín lediglich dadurch erklären konnte, dass er über beste Verbindungen, womöglich sogar bis hinauf ins Politbüro, verfügte und diese auch weidlich auszunützen pflegte. Jedenfalls gut zu wissen, stellte Slavín mit Blick auf seine Fallschirmjägerausrüstung fest, die er während des Fluges von Sotschi nach Kiew und von dort aus weiter nach Brest mindestens ein halbes Dutzend Mal überprüft hatte, für wen der alte Hurenbock die Kohlen aus dem Feuer holen sollte.

Besuchow und Berija unter einer Decke – welch ein ungleiches Paar.

»Drei Minuten noch«, gab ihm der Kopilot der Iljuschin Il-12T per Handzeichen zu verstehen, öffnete die Absprungluke und drückte ihm seine Lederkappe in die Hand. Wie sehr ihn Slavíns Anblick irritierte, war dem untersetzten Blondschopf aus dem Baltikum deutlich anzumerken, wenngleich er sich Mühe gab, dies vor ihm zu verbergen. Einen Mann mit seinem Aussehen, noch dazu einen mit Prothese, bekam man schließlich nicht alle Tage zu Gesicht, von der Frage nach dem Woher und Wohin, die den krummbeinigen Litauer natürlich brennend interessierte, einmal abgesehen.

Slavín setzte die Kappe auf und nickte.

»Na, dann viel Glück«, brüllte der Kopilot, begleitet von den Propellergeräuschen, die durch die offene Luke ins Innere der Frachtmaschine drangen. Die Iljuschin befand sich im Sinkflug, inmitten eines bleifarbenen Wolkenschleiers, der anscheinend kein Ende nehmen wollte. Die Luft war eiskalt, ließ ihn buchstäblich erstarren. »Sieht so aus, als hätten Sie es nötig.«

Ein Klugscheißer, der seine Nase in anderer Leute Angelegenheiten steckte. Das hatte ihm gerade noch gefehlt. Slavín tat so, als habe er die Bemerkung überhört. Doch der Kopilot, neugierig wie ein sibirisches Waschweib, ließ nicht locker, trat an seine Seite und tat genau das, was er besser hätte bleiben lassen sollen.

»Sonderauftrag?«, lautete seine Frage, worauf Slavín ihn mit einem kurzen, dafür aber umso ungehalteneren Seitenblick strafte. »Jetzt kommen Sie schon, mir können Sie es sagen.«

»Etwas in der Art«, antwortete Slavín, hart an der Grenze zur Unhöflichkeit. Dann rückte er seine Kappe zurecht, näherte sich der Luke und warf einen Blick nach draußen. Die Sicht war gleich null, von der Landschaft, die er in knapp 3.000 Meter Höhe überquerte, so gut wie nichts zu sehen. Slavín, Ex-Major des NKWD, warf einen kurzen Blick auf die Uhr. Seiner Schätzung nach würde die Iljuschin in diesem Moment die Oder überqueren, was bedeutete, dass es allmählich ernst für ihn wurde. In etwas mehr als vier Stunden würde er seinen alten Kumpel Rembrandt treffen. Von diesem Termin hing eine Menge, wenn nicht gar alles ab. Das Vertrackte daran war, dass die Amerikaner anscheinend Lunte gerochen hatten. Anders konnte er sich das, worüber ihm Tretjak, Grants Gespiele für gewisse Stunden und zugleich Besuchows Verbindungsmann zur Italo-Mafia, Bericht erstattet hatte, nicht erklären. Dass der stellvertretende Direktor der CIA mitten in der Nacht und dazu Hals über Kopf nach Berlin flog, hatte natürlich einen Grund. Slavíns Blick wurde düster, und das nicht nur wegen des Kopiloten, der jede seiner Bewegungen genau verfolgte. Das Bernsteinzimmer – wie sollte es anders sein. Daran, so zumindest Tretjak, war offenbar nicht nur Besuchow, sondern auch die CIA interessiert. Ein Gegner, den er bis vor Kurzem nicht auf der Rechnung gehabt hatte, den man keinesfalls unterschätzen durfte.

Kein Zweifel, es würde hart auf hart zugehen.

»Noch zwei Minuten!«, krakeelte der Pilot und drehte sich zu Slavín um. »Erreichen 2.500 Meter.«

Als Zeichen, dass er verstanden hatte, hob der ehemalige Major die Hand und machte sich zum Absprung bereit. Einsätze wie diesen hatte er schon mehrfach mitgemacht, zum letzten Mal vor zwei Jahren, als er in Korea stationiert gewesen, über feindlichem Gebiet abgesprungen und so schwer verletzt worden war, dass er seinen Dienst hatte quittieren müssen. Von heute auf morgen ein Krüppel, war er vor dem Nichts gestanden, wäre da nicht Besuchow gewesen, der Leute wie ihn gut brauchen konnte. Slavín gab ein geringschätziges Schnauben von sich. Eigentlich hätte er diesem behaarten Schrat dafür dankbar sein müssen, aber dem war nicht so. Leib und Leben riskieren und sich mit einem Hungerlohn abspeisen lassen – nicht mit ihm. Hier, gut zwei Kilometer über DDR-Gebiet, ging es um seinen persönlichen Vorteil, nicht um den seines Auftraggebers und seiner obskuren Hintermänner. Was nichts anderes hieß, als dass er seinem Kumpel aus NKWD-Tagen einen Koffer voller Blüten andrehen, die versprochene Lageskizze in Empfang nehmen und selbige im Anschluss daran meistbietend verhökern würde. Wie hatte Besuchow doch getönt: ›Erst die Ware, dann das Geld.‹

Ein Fehler, wie er größer nicht hätte sein können.

»Beende Sinkflug. Flughöhe: 2.000 Meter. Noch 60 Sekunden bis zum Absprung.«

Slavín holte tief Luft. In ein paar Minuten wäre alles vorbei und er, wie geschaffen für Himmelfahrtskommandos, längst über alle Berge. Dafür würde sein Kontaktmann sorgen, auf den er sich blind verlassen konnte. Auch hier hatte Slavín nichts dem Zufall überlassen, nicht umsonst hatte er als einer der versiertesten Agenten der UdSSR gegolten.

»30 Sekunden bis zum Absprung.«

»Und Sie wollen mir wirklich nicht sagen, was die ganze Aktion hier …«

»Bedaure, Genosse, streng geheim.« Allein schon die Art, wie Slavín dies sagte, hätte genügt, um misstrauischere Gemüter aufhorchen zu lassen. Da er jedoch ein schlichtes Gemüt besaß, war der Kopilot völlig arglos, blind für die Vorzeichen der nahenden Katastrophe. »Wenn Sie jetzt bitte so gut wären, beiseitezutreten. Damit Ihnen nichts zustößt, meine ich.«

»20, 19, 18 …«

»Möchte wissen, wie wir das dem verantwortlichen Genossen beibringen wollen«, beharrte der Balte und dachte offenbar nicht daran, Slavín den Weg freizugeben.

»Was denn?«

»Na, das mit dieser Aktion hier. 4.000 Kilometer hin und zurück, und keiner weiß, warum.«

»Wissen Sie was, Genosse?«, fragte Slavín, ein Lächeln im Gesicht, das hinsichtlich seiner Durchtriebenheit seinesgleichen suchte.

»Nein.«

»Zehn, neun …«

»Sie haben noch genau eine Minute Zeit, um darüber nachzudenken«, beschied Ex-Major Wassili Danilowitsch Slavín den naseweisen Litauer, lachte kurz auf und sprang mit ausgebreiteten Armen in die Tiefe.

Knapp 60 Sekunden danach, in Sichtweise seines Landeplatzes, den er nur um wenige Hundert Meter verfehlen sollte, breitete sich sein Fallschirm aus, worauf der ehemalige NKWD-Offizier den Zünder aktivierte, der am Gürtel seines Tarnanzuges befestigt war.

Einen Atemzug später, auf die Sekunde genau eine Minute nach seinem Sprung, glühte am Himmel ein grellroter Feuerball auf, und die Trümmer der Iljuschin Il-12T, glühend rot wie emporgeschleuderte Magma, stürzten vom graublauen Himmel herab.

Sehr zur Freude von Slavín, der ohne jegliche Blessuren auf dem Boden aufsetzte, sich seines Fallschirms entledigte und in einem nahegelegenen Wäldchen verschwand.

27

Ostberlin, zwischen ehemaligem Kaufhaus Wertheim und Potsdamer Platz

| *12.05 h*

Es war der Mut der Verzweiflung, der sie trieb. Demzufolge hatten sie auch keine Angst. Weder vor den Stasi-Schlägern, die mit Knüppeln auf sie losgingen, noch vor den Vopos, die wahllos in die Menge feuerten, erst recht nicht vor den russischen Panzern, mochte deren Anblick auch noch so bedrohlich sein. Die Demonstranten, unter ihnen zahlreiche Arbeiter, Lehrlinge und Frauen, erhoben drohend die Fäuste, schrien die Wut heraus. So leicht, wie es sich die Russen und ihre Lakaien von der SED gedacht hatten, würden sie es diesem Pack nicht machen.

Und so bildeten sie eine Front gegen die russischen Panzer, ohne jede Furcht vor dem Rasseln ihrer Ketten, dem Dröhnen ihrer Motoren, den hin und her schwenkenden Geschütztürmen. Die Tausenden Demonstranten auf der Leipziger Straße hatten nichts mehr zu verlieren, und so traten sie auch auf. Verbittert, zornig und wütend. Entschlossen, ihre Haut so teuer wie möglich zu verkaufen. Am heutigen Tage, dies war allen klar, würde sich das Schicksal ihres Landes und ihr ganzes weiteres Leben entscheiden. Genau deshalb waren sie hier.

Kaum waren die stählernen Kolosse aufgetaucht, flogen die ersten Steine. Es gab Schmährufe zuhauf, Pfiffe ertönten, anti-sowjetische Parolen wurden skandiert, die herbeieilenden Vopos mit Schimpfwörtern überhäuft. Auf die Besatzung der olivgrünen T-34 Panzer, jeder von ihnen über 30 Tonnen schwer, schien dies jedoch keinen Eindruck zu machen. Als gäbe es die Demonstranten nicht, rollten sie weiter Richtung Potsdamer Platz, dorthin, wo die Sektorengrenze verlief. Doch die sowjetischen Besatzer hatten die Rechnung ohne die zu allem entschlossenen Demonstranten gemacht. Ein wahrer Geschosshagel setzte ein, und es gab nicht wenige, die auf die Panzer kletterten, die Gehäuse mit ihren Fäusten traktierten oder gar ihre Antennen abknickten. Die Mutigsten unter ihnen eilten mit Feuerlöschern herbei, spritzten den Schaum in die Sehschlitze hinein. Der Aufruhr hatte seinen Höhepunkt erreicht. Die Erhebung, mit der sich so viele Hoffnungen verbanden, stand auf des Messers Schneide.

Höchstens noch 100 Meter von der Sektorengrenze entfernt, blieb Tom Sydow stehen und fuhr herum. Es war genauso gekommen wie befürchtet. Genauso, wie er es vorhergesehen hatte. Wahrlich kein Grund, auf seine prophetischen Gaben stolz zu sein. Eher ein Anlass, um aus der Haut zu fahren. Sydows Gesicht rötete sich vor Zorn, und der Impuls, welcher in diesem Moment Besitz von ihm ergriff, ließ ihn den Grund, weshalb es ihn nach Ostberlin verschlagen hatte, vergessen. Mit der Bekämpfung von Randalierern, Rowdys und Schlägern hatte dies hier wirklich nichts zu tun. Dies hier war ein Akt der Verzweiflung. Der Versuch, das Joch der Unterdrückung abzuschütteln, diejenigen loszuwerden, die dabei waren, das gesamte Land zu ruinieren.

Weshalb sich Sydow nicht in Sicherheit brachte, wusste er zunächst selbst nicht so genau. Schließlich hatte er allen Grund, möglichst schnell das Weite zu suchen. Trotzdem konnte er seinen Blick von den beiden T-34 Panzern, die nur noch 50 Meter von ihm entfernt waren, nicht abwenden. Nicht davon und auch nicht von den beiden jungen Männern, die den Mut aufbrachten, sie mit Steinen zu bewerfen. Einer nach dem anderen, als gäbe es die todbringende 85-mm-Kanone, welche sie und die Umstehenden auf der Stelle in Stücke reißen würde, überhaupt nicht.

Sydow konnte sich einfach nicht losreißen, wie elektrisiert von der denkwürdigen Szenerie. Er sah die beiden jungen Männer, hörte die aufmunternden Rufe der übrigen Passanten, roch das Dieselöl, welches durch den Auspuff der russischen Panzer drang, nur eines sah er nicht: die Vopos, die dabei waren, auf der gegenüberliegenden Straßenseite Position zu beziehen. Hätte er sie rechtzeitig bemerkt, wäre er natürlich in Deckung gegangen. So aber blieb er einfach stehen, den Salven, die in diesem Moment abgefeuert wurden, schutzlos ausgeliefert.

Bei der Kugel, die ihn kurz darauf traf, handelte es sich um einen Querschläger, der seinen Vordermann nur knapp verfehlt, vom nahen S-Bahn-Schild abgeprallt und seinen linken Oberschenkel gestreift hatte. Sydow verspürte einen stechenden Schmerz, dann wurde ihm auch schon schwarz vor Augen und er verlor das Gleichgewicht. Durch die Menge der Schaulustigen, die das Geschehen vom Potsdamer Platz aus verfolgte, ging ein Aufschrei des Entsetzens, wovon Sydow allerdings kaum etwas mitbekam. Die Hand an den Oberschenkel gepresst, lag er zusammengekrümmt am Boden, während einer der beiden Panzer plötzlich ausscherte und sich wie ein vorsintflutliches Ungeheuer auf ihn zubewegte. Die Luft erzitterte vom Dröhnen seiner Ketten, ein Geräusch, das die aufgeregten Rufe der Umstehenden, ja sogar alle übrigen Laute erstickte. Es war totenstill, und er, Tom Sydow, dem drohenden Schicksal hilflos ausgeliefert.

Das hast du nun davon!, schoss es ihm durch den Kopf. Ein paar lumpige Meter noch und er wäre in Sicherheit gewesen. In letzter Sekunde, halb ohnmächtig und zu keinem klaren Gedanken mehr fähig, rappelte sich Sydow schließlich auf. Ohne die kräftigen Arme, die sich im gleichen Moment unter seine Achseln schoben, ihn emporrissen und im Eiltempo mit sich fortschleiften, wäre er dazu jedoch kaum fähig gewesen. Sydow war wie benebelt, und so nahm er die Sanitäter, die sich wenige Minuten später seiner annahmen, kaum wahr. Er war in Sicherheit, viel mehr konnte er an einem Tag, an dem sein Leben gleich mehrfach in Gefahr geraten war, anscheinend nicht erwarten.

Und er war wieder im Westen.

*

»Bitte recht freundlich, Herr Kommissar!«

Sydow traute seinen Augen nicht, als sich das Konterfei eines ihm wohlbekannten Reporters der ›Morgenpost‹ ins Blickfeld schob, und obwohl die amerikanische Sanitäterin lautstark protestierte, schwang er die Füße von der Tragbahre, entstieg dem Krankenwagen, ließ den piekfein gekleideten Star unter den Berliner Boulevardreportern einfach stehen und humpelte wütend von dannen, ohne einen Blick für die bis an die Zähne bewaffneten GIs, die unweit von ihm Stellung bezogen hatten.

Zu allem Überfluss auch noch der schöne Theodor. Am heutigen Tage blieb ihm wirklich nichts erspart.

»Warum so abweisend, Herr Kommissar?«, rief ihm Theodor Morrell, König unter den Westberliner Schürzenjägern, über die Köpfe der herandrängenden Schaulustigen hinterher. Eine Mühe, die er sich ebenso gut hätte sparen können. Sydow war stinksauer, wäre es ihm nicht so dreckig gegangen, hätte er diesem aufgeblasenen Schnüffler gezeigt, was eine Harke ist. In diesem Fall aber präsentierte er ihm einfach die kalte Schulter, löste sich aus der Menge, die den Potsdamer Platz bevölkerte, und hielt Ausschau nach einem Taxi, das ihn von hier aus ins Café Kranzler bringen sollte. Es war fünf nach halb eins, höchste Zeit also. Er war gespannt, was sich inzwischen zugetragen und was Krokowski aus dem Mann, der heute Morgen in aller Herrgottsfrühe angeschossen worden war, herausgekitzelt hatte.

»Aber, aber, Herr Kommissar«, beschwichtigte ihn Morrell, nicht geneigt, sich so ohne Weiteres abschütteln zu lassen. Hinter der Fassade des Gigolo steckte ein profunder Menschenkenner und geschulter Beobachter, auch wenn er so aussah, als sei er zu den Dreharbeiten für einen Revuefilm unterwegs. »So war das doch nicht gemeint.«

Trotz der Schmerzen, die ihn quälten, hielt Sydow zähneknirschend inne und wirbelte herum.

»Zu deiner Information, Theo«, giftete er, kaum fähig, sich auf den Beinen zu halten, »vor gerade einmal zehn Minuten haben mich die Amis wieder zusammengeflickt. Streifschuss. So was drückt bekanntlich auf die Laune, Herr Morrell. Und wenn wir gerade dabei sind: Solltest du dich noch mal an Molli ranpirschen und dir Informationen über laufende Ermittlungen verschaffen, kannst du dich auf was gefasst machen, verstanden? Meine Sekretärin aushorchen – dreister geht es ja wohl nicht!«

Wie auf Kommando setzte Morrell seine Unschuldsmiene auf, und die graubraun schimmernden Augen nahmen einen treudoofen Ausdruck an. »Das sagt gerade der Richtige. Oder wollen Sie etwa behaupten, es habe Sie mal eben so nach drüben verschlagen?

Aus Spaß an der Freude und um ein bisschen auf den Putz zu hauen?«

»Ich zähle jetzt bis drei, Theo. Wenn du bis dahin nicht die Kurve gekratzt hast, kriegst du dermaßen was vor den Latz geknallt, dass du deine Weibergeschichten die nächsten paar Monate vergessen kannst, ist das klar?«

»Alles, bloß das nicht, Herr Kommissar!«, wehrte Morrell händeringend ab. »Etwas Schlimmeres könnte mir wirklich nicht passieren.«

»Hast du eigentlich nichts Besseres zu tun, als Fotos von mir zu schießen?«

»Jetzt kommen Sie schon«, warf der Boulevardreporter besänftigend ein, darauf bedacht, nicht noch mehr Unmut zu erregen. Im Umgang mit Gesetzeshütern war er zwar einiges gewohnt, auf eine Auseinandersetzung mit Sydow, den er sehr schätzte, wollte er es dennoch nicht ankommen lassen. »Sie wissen ebenso gut wie ich, was von einem Angehörigen meiner Zunft erwartet wird.«

»Und das wäre?«

»Sensationsmeldungen, Herr Kommissar. Das Volk giert geradezu danach. Traurig, aber wahr. Noch ein paar Fotos wie das von den beiden Steinewerfern, und ich kann vorzeitig in Rente gehen.«

»Soll das etwa heißen, du …«, begann Sydow, brach jedoch unvermittelt ab, um das Taxi herbeizuwinken, das er auf der gegenüberliegenden Straßenseite erspäht hatte.

»Das soll heißen, dass ich mein Tagespensum erfüllt habe – genau«, versetzte Morrell mit Blick auf Sydows schmerzverzerrte Miene, als dieser Anstalten machte, in das bereitstehende Taxi zu steigen. »Mehr als erfüllt, um es genau zu sagen.«

»Wie heißt sie denn?«, hänselte ihn Sydow, begrüßte den Fahrer mit einem Kopfnicken und ließ sich erschöpft auf den Beifahrersitz fallen. »Komm schon, Morrell, mir kannst du es ruhig sagen.«

Zu seinem Erstaunen reagierte der schöne Theodor nicht so, wie es Sydow erwartet hatte. Der Reporter drehte den Spieß um und fuhr mit dem Zeigefinger genüsslich über den sorgsam zurechtgestutzten Oberlippenbart. »Bei allem Respekt, Herr Kommissar. Heißen wäre vermutlich zutreffender.« Im Mundwinkel des 42-Jährigen, der erheblich jünger wirkte, bildeten sich zarte Grübchen. »Hier, Herr Kommissar – frisch aus der Dunkelkammer«, versetzte Morell und reichte ihm die Schwarz-Weiß-Aufnahme, die er aus seinem Jackett gezogen hatte und auf der zwei Männer in einem amerikanischen Straßenkreuzer abgebildet waren, an Sydow weiter. »Als Wiedergutmachung sozusagen.«

»Besten …« Einigermaßen verblüfft, brach Sydows Dankesbezeugung jäh ab. Als fürchte er, einer Halluzination zu unterliegen, irrte sein Blick zwischen Morrell und dem Fahrer des Chevrolet hin und her. »Wo hast du denn die Aufnahme her, Theo?«, brach es schließlich aus ihm hervor, was der Angesprochene mit einem amüsierten Stirnrunzeln quittierte.

»Wusste ich's doch, dass Sie das interessiert, Herr Kommissar.«

»Das kannst du aber laut sagen«, erwiderte Sydow mit neu erwachter Energie, steckte das Foto ein und sah Morrell grinsend an. »Einsteigen, aber ein bisschen plötzlich!«

SCHWALBE V

Berga an der Elster, Thüringen

(10.04.1945)

»›Schwalbe V‹ war der Tarnname für eine der größten unterirdischen Baustellen in Hitlers Reich. Bis zu 1.800 KZ-Häftlinge aus Buchenwald, 800 Kriegsgefangene und 500 deutsche Bergleute gruben unter Aufsicht der ›Organisation Todt‹ eine Produktionsstätte in das Gestein der Hügellandschaft bei Berga, in der Heizöl zu Flugbenzin verarbeitet werden sollte. Kurz vor der Fertigstellung der gigantischen Untergrundraffinerie musste die Baustelle vor den anrückenden US-Truppen geräumt werden. In den folgenden Tagen wurden die Querstollen der Fabrikationsstätte gesprengt. Es war eine Präzisionsarbeit, die den Zugang zur Innenwelt verschloss. Was sollte die mühsame und gefährliche Sprengung für einen Sinn haben? Was mochte sich hinter dem Geröll verbergen? Weder die Amerikaner, die 1945 die Region besetzten, noch die Sowjets, zu deren Besatzungszone sie dann gehörte, hatten das abgeschottete Hydrierwerk jemals systematisch inspiziert. ›Schwalbe V‹ ist bis heute das größte unerforschte Geheimnis unter bundesdeutschem Boden. Alle halsbrecherischen Unternehmungen, in das Stollensystem vorzudringen, sind bislang gescheitert.‹

Guido Knopp: *Das Bernsteinzimmer – dem Mythos auf der Spur*. München 2003, S. 161f.

28

Berga an der Elster, in unmittelbarer Nähe der Front

| bei Einbruch der Dunkelheit

Für sich anbahnende Katastrophen hatte Ole Jensen schon immer einen siebten Sinn gehabt. Hier, einen halben Kilometer vom Stolleneingang entfernt, sollte ihm dieser jedoch nichts nützen.

Dabei hatte sich alles so gut angelassen. Die 24 Kisten befanden sich an Ort und Stelle, Zeugen hatte es keine gegeben. Bis vor Kurzem war das unterirdische Stollensystem noch zur Herstellung von Treibstoff benutzt und erst am Vortag von der SS geräumt worden. Tausende hatten hier Tag für Tag rund um die Uhr bis zur Erschöpfung geschuftet. Kriegsgefangene, KZ-Häftlinge, Zwangsarbeiter. Wie umfangreich das unterirdische Labyrinth in Wahrheit war, konnte man beim besten Willen nicht sagen, auch nicht, wohin die einzelnen Schächte führten. Es gab Dutzende davon, darüber hinaus ein Gewirr von Gängen, Fabrikationshallen, Depots und Lagerstätten, wie geschaffen als Versteck für das Bernsteinzimmer und so unübersichtlich, dass man ohne Planskizze stundenlang herumgeirrt wäre. Genau das war ihm und den Kameraden jedoch erspart geblieben, dank der Karte, aus der von

Oertzen beinahe eine Staatsaffäre gemacht hatte. Bislang hatte er sie wie einen Schatz gehütet, weder ihn noch Holländer oder Kempa einen Blick darauf werfen lassen. Überhaupt war der Herr Standartenführer mit wachsender Dauer der Operation Alberich zusehends nervös, um nicht zu sagen hektisch geworden. Kein Wunder, hatte es sich doch längst herumgesprochen, dass die Amerikaner nicht mehr weit weg waren und der Traum vom Endsieg nicht viel mehr als ein Trugbild war, das sich demnächst in Luft auflösen würde. Ab durch die Mitte, raus aus den Uniformen und untertauchen, solange es noch möglich war. So und nicht anders lautete die Losung für den Tag.

Doch so einfach, wie er sich das dachte, lagen die Dinge wahrscheinlich nicht. Ole Jensen konnte das Unheil förmlich riechen, lange bevor es über ihn, die Sondereinheit Alberich und die drei Lkw-Fahrer, die beim Transport des Zimmers mit eingespannt worden waren, hereinbrach.

Die Bahngleise, auf denen ein ausrangierter Tankwagen, Treibstoffbehälter und leere Ölfässer vor sich hinrosteten, waren bereits in Sichtweite, als Ole Jensen bemerkte, wie die Wände des Stollens urplötzlich in Bewegung gerieten. Nicht weiter schlimm!, machte er sich selbst Mut, so was kommt hier bestimmt öfter vor. Ein Blick auf Kempa, seinen Vordermann, überzeugte ihn vom Gegenteil. Der introvertierte Dresdener begann nämlich zu rennen, zumindest sah es so aus. Viel weiter als ein paar Meter kam er allerdings nicht, und was als Fluchtversuch begonnen hatte, wurde zu einer kläglichen Pantomime. Der Bergwerksingenieur stöhnte leise auf, zog die Schultern ein und blieb stehen.

Jetzt mach schon, du Idiot!, schoss es Jensen durch den Kopf, doch bevor er seinem Unmut Luft machen konnte, war es bereits zu spät.

»Wassereinbruch!«, schrie Kempa mit sich überschlagender Stimme, kurz bevor das Inferno über sie hereinbrach.

Erst im letzten Moment, für den Rest des Trupps viel zu spät, setzte sich Kempa in Bewegung, gefolgt von Jensen, der Mühe hatte, mit ihm Schritt zu halten. Holländer und von Oertzen waren da wesentlich besser dran, ihnen und den Lkw-Fahrern, drei blutjungen Wehrmachtsgefreiten, um mindestens 20 Meter voraus. Jensen sah weder nach rechts noch nach links, duckte sich und rannte um sein Leben. Das dumpfe Grollen aus dem Inneren des Berges nahm zu, wurde zu einem Rumpeln, am Ende gar zu einem Krachen, wie bei einer Kollision zweier Lokomotiven. Kurz darauf, nicht einmal einen Atemzug später, war es so weit. Die Decke über ihnen begann zu bröckeln, und ehe sich Jensen versah, schoss eine Wasserkaskade daraus hervor. Nass bis auf die Haut, rannte der baumlange Friese weiter, folgte den Bahngleisen, geriet ins Stolpern und lief wie von Furien gehetzt auf den Ausgang des Stollens zu, ohne einen Blick für seine Kameraden, die ihm im Abstand von wenigen Schritten folgten.

Innerhalb weniger Sekunden, die Jensen wie eine Ewigkeit vorkamen, sollte sich das ändern. Der Stollen, den er gerade hinter sich gelassen hatte, brach zusammen. Eine nicht enden wollende Geröllawine rollte heran, zermalmte, zerquetschte und zerdrückte alles, was sich ihr in den Weg stellte. Tonnenweise Staub, scharfkantige Splitter und Gesteinsbrocken wirbelten durch die Luft, wie nach einer gewaltigen Explosion. Keuchend vor Anstrengung, rannte Jensen um sein Leben. Doch das Glück war ihm hold. Außer ein paar Kratzern, reichlich Staub auf der Uniform und einem Hustenanfall, der ihn mehrere Minuten außer Gefecht setzte, war der SS-Sturmbannführer mit heiler Haut davongekommen.

Nicht so die drei Gefreiten, die sich an Jensens Fersen geheftet hatten. Zwei von ihnen waren wie vom Erdboden verschluckt, irgendwo unter dem Schutthaufen begraben, der den Seitenstollen fast komplett ausfüllte. Der dritte lag leblos am Boden, nur der Oberkörper ragte aus einem riesigen Geröllhaufen hervor. Er gab keinerlei Lebenszeichen mehr von sich, bewegte sich nicht, wimmerte nicht, atmete nicht.

Oder etwa doch? Immer noch unter Schock, beugte sich Jensen vornüber und rang nach Luft. Das Klügste wäre gewesen, so schnell wie möglich abzuhauen, und die Versuchung, genau das zu tun, drohte übermächtig zu werden. Zu seinem Erstaunen trat jedoch das genaue Gegenteil ein. Er kehrte um. Jensen kannte sich selbst nicht mehr, tippte mit dem Zeigefinger gegen die Stirn. Auf so eine blöde Idee konnte wirklich nur er kommen, die Quittung dafür würde bestimmt nicht lange auf sich warten lassen.

Nur noch drei Schritte von der Geröllhalde entfernt, horchte der Friese auf.

»Hilf mir, Kamerad!«, hallte es ihm aus dem Halbdunkel entgegen, »mich hat's erwischt.«

Na, du machst mir vielleicht Spaß!, dachte Jensen, stellte seine Grubenlampe ab und ging neben dem blutjungen Gefreiten in die Knie. Dessen Atem ging unregelmäßig, der Kopf war zur Seite geneigt, die Pupillen verdreht, der Mund halb offen. Blut trat hervor, anfangs nur ein kleines Rinnsal, wenig später ein regelrechter Strom. Jensen schauderte, der Anblick ging ihm unter die Haut. Man musste kein Experte sein, um zu erkennen, dass der arme Teufel keine Chance hatte, wenngleich er sich mit aller Macht gegen sein Schicksal sträubte.

Und dennoch: Jensen konnte sich nicht dazu durchringen, ihn einfach liegen zu lassen.

»Wie heißt du, mein Junge?«, fragte er und kannte sich beinahe selbst nicht mehr.

»Fröhlich.«

»Das weiß ich«, entgegnete Jensen und nickte dem höchstens 18 Jahre alten, dunkelblonden und hoch aufgeschossenen Lkw-Fahrer, mit dem er bisher keine drei Sätze gewechselt hatte, aufmunternd zu. »Mit Vornamen, meinte ich.«

»Karl.«

»Hör zu, Karl – ich denke, es ist am besten, wenn du so wenig wie möglich sprichst und dich nach Möglichkeit überhaupt nicht be…«

Der Rest des Satzes ging im qualvollen Stöhnen von Fröhlich unter. »Geben … geben Sie sich keine Mühe, Sturmbannführer«, presste er mit zusammengebissenen Zähnen hervor. »Mit mir geht's zu Ende.«

»So was darfst du nicht sagen, Kamerad«, widersprach Jensen, insgeheim eher vom Gegenteil überzeugt. Nach Lage der Dinge hatte Fröhlich schwerste innere Verletzungen erlitten, kein Wunder angesichts der Felsbrocken, zwischen die der arme Tropf geraten war. »Nicht bewegen, das ist jetzt das Wichtigste.«

»Sehen … sehen Sie die Kette an meinem Hals?«, flüsterte der Gefreite, dermaßen leise, dass Jensen ihn beinahe nicht mehr verstand und so dicht wie möglich an den Sterbenden heranrückte. »Die habe ich von meiner Mutter.«

Jensen nickte, und obwohl er glaubte, ihn könne nichts mehr erschüttern, spürte er einen faustdicken Kloß im Hals.

»Sind Sie so gut und tun mir einen Gefallen?«

»Jeden, mein Junge, jeden«, hörte sich Jensen sagen und wurde das Gefühl nicht los, dass er dabei war, eine Riesendummheit zu begehen. »Schieß los.«

»Bringen Sie das Medaillon meiner Mutter zurück? Berlin-Kreuzberg, Großbeerenstraße Nummer …«

»Schon gut, Kamerad, will sehen, was sich machen

lässt«, versicherte Jensen, richtete sich auf und machte sich daran, die Kette vom Hals des todgeweihten jungen Mannes zu lösen. Nach mehreren vergeblichen Anläufen, auf die Jensen mit einem unterdrückten Fluch reagierte, war es schließlich geschafft, das Sankt-Christophorus-Medaillon in seiner Uniformjacke verschwunden. »Kopf hoch – wird schon werden.«

»Das glauben aber auch nur Sie, Sturmbannführer.« Trotz der Schmerzen, die seine zerquetschten Gliedmaßen verursachten, rang sich der Sterbende ein mattes Lächeln ab. »Und Sie werden auch wirklich tun, worum ich Sie gebeten habe?«

»Nur keine Bange, meen Jong«, versicherte Jensen, erstaunt, dass er gerade in diesem Augenblick in den Jargon seiner friesischen Heimat verfiel. »Auf mich kannst du dich verlassen. Ich werde sämtliche Hebel in Bewegung setzen, um deinen Wunsch zu …«

»Einen Scheißdreck werden Sie tun, Sie Idiot!«, bellte eine ihm bestens bekannte Stimme dazwischen. »Sonst lasse ich Sie an die Wand stellen.«

Einen Blick im Gesicht, in dem sich seine abgrundtiefe Verachtung gegenüber von Oertzen spiegelte, rappelte sich Ole Jensen auf, klopfte den Staub von seiner Uniformjacke und drehte sich um. »Seit wann«, schäumte er, kurz davor, die Kontrolle über sich zu verlieren, »seit wann ist es eigentlich verboten, sich um einen sterbenden Kameraden zu kümmern?«

»Noch so eine impertinente Äußerung«, geiferte von Oertzen, während Holländer ebenfalls kehrtmachte und seine Karbidlampe auf die beiden Streithähne richtete, »und ich lasse Sie vor ein Kriegsgericht stellen. Nur, damit Sie Bescheid wissen.«

Jensen glaubte, er habe sich verhört. Noch nie in seinem Leben war ihm ein derart borniertes Arschloch über den Weg gelaufen, und er wusste nicht, ob er lachen, losbrüllen oder seinem Vorgesetzten schlicht und ergreifend an die Gurgel gehen sollte. »Tun Sie, was Sie nicht lassen können«, gab Jensen ungerührt zurück. »Und viel Glück bei der Suche nach einem Kriegsgericht.«

Einen kurzen Moment lang kehrte Stille ein, und es schien, als wolle das Echo von Jensens Stimme nicht verklingen.

Dann zog von Oertzen seine Dienstpistole. »Was war das da gerade eben?«, kläffte er und richtete die Waffe direkt auf Jensens Stirn. »Sag das noch mal, du friesischer Dorftrottel.«

Sein Kontrahent verzog keine Miene, wenngleich er innerlich vor Wut kochte. Auf sein Heimatdorf, nur einen Katzensprung von Emden entfernt, ließ er nichts kommen. Wenn ihn jemand auf die Palme brachte, dann Leute, die über die Friesen herzogen. »Falls es Ihnen nichts ausmacht«, gab Jensen mit vorgetäuschtem Gleichmut zurück, »würde ich es vorziehen, wenn wir uns weiter siezen.«

»Auch noch frech werden, das hab ich gern.« Die Hand am Abzug seiner Luger 08, bebte von Oertzen vor Zorn. »Zu Ihrer Information, Jensen: Ich hätte die drei Grünschnäbel sowieso liquidiert. Diesbezüglich sind die Weisungen, die mir der Reichsführer erteilt hat, glasklar.« Die Mimik von SS-Standartenführer Hans-Hinrich von Oertzen fror buchstäblich ein, und ein eisiger Blick beherrschte sein Gesicht. »Und darum, Sie impertinenter Klugscheißer, werden Sie jetzt den Weg freigeben und nicht weiter den barmherzigen Samariter spielen. So dumm, es sich mit mir zu verderben, sind nicht einmal Sie. Hab ich recht?«

»Und wenn nicht?«

»Dann werde ich Sie auf der Stelle über den Haufen schießen, Jensen. Und als Nächsten diesen Milchbubi da.«

»An Ihrer Stelle würde ich das besser bleiben lassen, von Oertzen. So, und jetzt runter mit der Pistole, sonst jage ich Ihnen eine Kugel durch den Kopf.«

Curt Holländer, der sich seinem Vorgesetzten von hinten genähert hatte, meinte es ernst. Das merkte von Oertzen genau. Wütend auf Jensen, sich selbst und vor allem Holländer, der die Stirn besaß, sich gegen ihn aufzulehnen, ließ er die Waffe aus der Hand gleiten und knurrte: »Dafür werden Sie büßen, Holländer. So wahr ich Hans-Hinrich von Oertzen heiße.«

»Vorausgesetzt, Sie bekommen die Gelegenheit dazu«, parierte Holländer, stellte die Karbidlampe auf einen Felsblock und bückte sich blitzschnell nach der Waffe. »Doch so dumm, sich es mit mir zu verderben, sind nicht einmal Sie, oder?«

»Wenn ich Sie erwische, Holländer, können Sie Ihr Testament machen.«

»Nach Ihnen, Herr Standartenführer, nach Ihnen.« Gänzlich unbeeindruckt steckte Holländer die Luger in seinen Gürtel und drückte von Oertzen die Mündung seiner Mauser so heftig in den Nacken, dass dieser unwillkürlich zusammenzuckte. »Die Karte, von Oertzen, aber ein bisschen plötzlich.«

»Das wird Sie teuer zu stehen kommen, Vaterlandsverräter.«

»Die Karte, oder ich muss zu anderen Methoden greifen, du Schrumpfgermane.«

»Ich hab's ja gleich gewusst!«, knirschte von Oertzen, außer sich vor Wut. »Aber der Reichsführer wollte ja nicht auf mich hören. ›Fachleute‹ – wenn ich das schon höre. Ein Sprengstoffexperte und zu allem Überfluss auch noch ein Kunsthistoriker. Verlässliche Parteigenossen wären mir wesentlich lieber gewesen. Lieber jedenfalls als zwei raffgierige Verräter, die nichts Besseres im Sinn haben, als sich auf schamlose Weise zu bereichern.«

»Drei, Standartenführer, drei.« An Benjamin Kempa, der wie aus dem Nichts auftauchte, hatte keiner der drei auch nur einen Gedanken verschwendet. Das sollte sich ändern, weit mehr, als es von Oertzen lieb sein konnte. »Die Karte, Sie Menschenschinder«, fuhr der Dresdener ihn an, ließ sich von Holländer die Luger aushändigen und blieb neben dem Paladin Himmlers stehen. »Sie haben richtig gehört«, karrte der sonst so zurückhaltende, mindestens um einen Kopf kleinere Spezialist für das Bergwerkswesen nach. »Die Planskizze von Schwalbe V, aber zackig!«

»Dafür werden Sie mir büßen, Kempa«, grollte von Oertzen und förderte aus der Innentasche seiner Uniformjacke einen aus vier Blättern bestehenden Faltplan zutage. »Das garantiere ich Ihnen.«

»Nicht so voreilig, von Oertzen, sogar Sie werden auf Ihre Kosten kommen.« Zum Entsetzen seiner Kameraden, die ihn wie eine Erscheinung aus dem Jenseits anstarrten, ließ sich Benjamin Kempa die Karte aushändigen, warf einen Blick darauf und zerriss sie anschließend in vier Teile. »So, das wäre geschafft«, stellte er aufatmend fest und gab ein schrilles Kichern von sich. Im Schein der Karbidlampe sah er wie ein dem Erdreich entstiegener Kobold aus, und es schien, als sei er nicht mehr ganz richtig im Kopf. »Alles brüderlich geteilt!«, rief er freudestrahlend aus. »Damit mir nur ja niemand auf falsche Gedanken kommt.«

Über das Gesicht des SS-Sturmbannführers huschte ein hinterlistiges Grinsen, und ehe es sich Holländer versah, spürte er die Mündung der Luger an seiner Schläfe. »So leid es mir tut, lieber Curt –«, stieß er achselzuckend hervor, neigte den Kopf zur Seite und blinzelte Holländer treuherzig an, »um ganz sicherzugehen, benötige ich deine Waffe.«

»Sag mal, hast du eigentlich noch alle Tassen …?«

»Mein Problem, Herr Obersturmbannführer a. D.«, fauchte Kempa zurück, entwand Holländer die Waffe und warf sie Ole Jensen zu. »Und jetzt mach, dass du fortkommst, Professor, bevor ich dir eine Kugel durch den Kopf jage.«

»… im Schrank, Kleiner?«, schrie Holländer, drauf und dran, sich auf Kempa zu stürzen. Doch dann, im Angesicht der entsicherten Waffe, besann er sich, funkelte seinen Kontrahenten an und wich mit erhobenen Händen zurück. »Solltest du mir jemals wieder über den Weg laufen«, schäumte er, den Zeigefinger drohend in die Höhe gereckt, »werde ich dir die Rechnung präsentieren, Benjamin.« Im Anschluss daran spie er aus, machte kehrt und sah zu, dass er davonkam.

»So, Herr Standartenführer«, wandte sich Kempa daraufhin wieder seinem Vorgesetzten zu. »Jetzt zu Ihnen. Da ich Tierliebhaber bin, werde ich mich damit begnügen, Sie eine Weile in Schach zu halten. Damit sich unser gemeinsamer Freund Jensen endlich um unseren verletzten Kameraden kümmern kann. Zufrieden, Ole?«

Kempas Frage verhallte ungehört, und es verging fast eine Minute, bis der Dresdener eine Antwort bekam.

»Wie man's nimmt, Benjamin«, erhob sich Jensens Stimme, gedämpft und so kraftlos, dass Kempa erschrocken zusammenfuhr. »Melde gehorsamst, Herr Ingenieur: Der arme Teufel hat's hinter sich.«

*

»Da geht er hin und kehrt nie wieder«, brummte Ole Jensen missvergnügt vor sich hin, nachdem von Oertzen im Schutz der Dunkelheit verschwunden war. »Ich glaube, das war ein Fehler, Benjamin.«

»Ihn einfach so entwischen zu lassen, meinst du?« Benjamin Kempa trat frierend auf der Stelle und blieb seinem Kameraden die Antwort schuldig. Es war kalt hier draußen, lausig kalt sogar. Am Fuße des Steilhangs, der unmittelbar ans Ufer der Elster grenzte, herrschte Totenstille, und der Eingang zum Stollen 1 sah wie das Tor zur Unterwelt aus. Aus der Ferne drang Geschützlärm an sein Ohr, die Zeit, so schien es, lief ihnen unweigerlich davon. Spätestens morgen früh, vielleicht aber auch schon in ein paar Stunden, würden die Amerikaner anrücken. Bis dahin musste die Operation Alberich beendet, die Spuren ihres Tuns beseitigt sein. »Sei's drum, wir machen uns besser auf die Socken.«

»Scheiß Bergwerk, verdammtes.«

»Das kannst du laut sagen«, stimmte Kempa zu und verfiel in dumpfes Brüten. Dann blickte er auf, lächelte und sagte: »Na ja, wenigstens bist du auf die Art noch zu einer neuen Uniform und einem Paar ausgelatschter Stiefel gekommen. Wirklich schick, Ole, wie aus dem Ei gepellt.«

»Weißt du vielleicht was Besseres, Benjamin?«, ereiferte sich Jensen und ließ den Blick zu den Wracks der drei Lkws schweifen, die er soeben in die Luft gejagt hatte. »Wie ich ihn kenne, hätte Fröhlich bestimmt nichts dagegen gehabt. Was nützt es dem armen Teufel, wenn er in seiner Uniform be…«

»Schon gut, Ole, schon gut – heutzutage muss jeder sehen, wo er bleibt.«

»Und du, Benjamin – was wird aus dir?«

»Aus mir?« Kempa gab ein wehmütiges Lachen von sich. »Erst mal nach Hause, würde ich sagen.« Der Dresdener seufzte, und sein Atem zeichnete gespenstische Figuren in die frostklare Luft. »Nicht ganz leicht, nach allem, was man so hört. Sieht so aus, als müsste ich mich beeilen. Sonst liegt daheim kein Stein mehr auf dem anderen. Sehr lange werden die Russen bestimmt nicht mehr brauchen, um Berlin in einen Trümmerhaufen zu verwandeln.«

»Ein Grund mehr, zusammenzubleiben, findest du nicht?«

»Gut möglich.« Kempa senkte den Blick, darauf bedacht, Jensen nicht in die Augen sehen zu müssen. »Trotzdem glaube ich, jeder von uns sollte es auf eigene Faust probieren. Gemeinsam zuschlagen, getrennt marschieren – ist wahrscheinlich besser so.«

Jensen lächelte gequält. »Ganz wie du willst, Benjamin«, flüsterte er, gab ein Verlegenheitsräuspern von sich und drückte Kempas Hand. »Dann mach's mal gut, Benjamin.«

»Du auch, Ole.«

»Tschüss«, flüsterte Jensen vor sich hin und winkte der Gestalt, die mit weit ausholenden Schritten den Bahngleisen zustrebte und kurz darauf in die Dunkelheit eingetaucht war, noch lange hinterher. »Und viel Glück.«

Kurze Zeit später, allein auf weiter Flur, unterzog er den Sprengkasten, der sich in gebührendem Abstand vom Stolleneingang befand, einer letzten Inspektion, schloss die Augen und drückte den Hebel bis zum Anschlag hinunter.

FÜNF

Westberlin

(17.06.1953, am Nachmittag)

29

Berlin-Kreuzberg, Großbeerenstraße | *13.20 h*

»Ob Sie es hören wollen oder nicht, Herr Jensen –«, schloss die verhärmte, vor der Zeit gealterte und leicht gebeugt gehende Gemischtwarenhändlerin und brachte die Kaffeetasse ihres unverhofften Besuchers beinahe zum Überlaufen, »das, was Sie für meinen Karl getan haben, macht Ihnen so schnell keiner nach. Nichts da, nichts da, ich weiß, was Sie jetzt sagen wollen. Das war doch wohl selbstverständlich. Nee, Herr Jensen, war es eben nicht. Mal ehrlich: Sie hätten es sich ja ganz einfach machen können und zu den Amis überlaufen oder sich einfach Richtung Heimat verdrücken können. Stimmt's oder hab ich recht? Na also.«

Luise Fröhlich, nach Kriegsende unter anderem Trümmerfrau, Hilfsarbeiterin und Straßenbahnschaffnerin, die zur Feier des Tages Bohnenkaffee gekocht hatte, stellte die Kanne ab und bekräftigte ihre Worte durch ein entschiedenes Nicken.

»Zeigt den Amis die Hacken, mogelt sich durch die russischen Linien und riskiert, dass er kurz vor knapp noch eine Kugel verpasst bekommt. Und das alles nur, um den letzten Wunsch eines Sterbenden, meines Sohnes, zu erfüllen. Alle Achtung, junger Mann, das verdient Respekt. Ich weiß, dass Sie das nicht gerne hören, Herr Jensen – aber dafür haben Sie einen Orden verdient.«

»Reichlich spät dafür, finden Sie nicht auch?«

In Erinnerungen schwelgend, nahm die waschechte Schlesierin von Jensens Verfassung kaum Notiz. Für sie war er ein Held, daran gab es nichts zu rütteln. »Acht Jahre Knast – das muss man sich mal vorstellen«, ereiferte sich die alleinstehende Dame, in deren guter Stube Jensen gerade saß. »Und das alles nur wegen irgendeines Nachbarn, der Sie bei den Russen verpfiffen hat.«

»Drei Tage vor dem Einmarsch der Amerikaner.«

»Genau.« Luise Fröhlich legte die mit Gichtknoten übersäten Hände aneinander und blickte nachdenklich vor sich hin. »Ende Juni 45, ich weiß«, sinnierte sie, das Gesicht von tiefen Falten durchzogen. »Wenn ich wüsste, wer Sie denunziert hat, würde ich mit dem Betreffenden mal ordentlich Tacheles reden.«

»Lieber nicht«, fiel Jensen der 53-jährigen Mutter seines ehemaligen Schützlings ins Wort und warf einen Blick auf die gerahmte Fotografie, die auf der Kommode neben der Wohnzimmertür stand. »Wozu auch?«

»Er war ein stattlicher junger Mann, nicht wahr?«

»Und was für einer«, beeilte sich Jensen zu versichern, das Bild eines unter tonnenschwerem Geröll begrabenen und mit dem Tode ringenden Kameraden vor Augen, dessentwillen er beinahe vor die Hunde gegangen wäre. Auf die Idee, im belagerten Berlin unterzutauchen, hatte wirklich nur ein Vollidiot wie er kommen können. »Nur leider eben zu früh gestorben.«

»Wenigstens weiß ich, wo er begraben liegt.«

»Immerhin etwas, da haben Sie recht«, murmelte Jensen, in Gedanken bei jener Nacht vor acht Jahren, als er den Stollen von Schwalbe V in die Luft gejagt und sich anschließend bis hierher durchgeschlagen hatte. Dass der Gefreite Fröhlich nicht etwa von einer feindlichen Kugel, sondern von Unmengen Schutt, Geröll und Felsbrocken zur Strecke gebracht worden war, hatte er verschwiegen. So genau, fand er, brauchte das Frau Mama auch nicht zu wissen. Manchmal kam man um eine kleine Notlüge eben nicht herum. »Wäre diese amerikanische Granate nicht gewesen, könnte er immer noch leben.«

»Schicksal, Herr Jensen, da kann man nichts machen«, seufzte Luise Fröhlich, erhob sich und öffnete die oberste Schublade der Kommode, in der sie die wenigen Habseligkeiten aufbewahrte, die den Krieg heil überstanden hatten, unter anderem auch das Medaillon, auf dessen Vorderseite der heilige Christophorus zu erkennen war. »Ein Erbstück von meinem Großvater«, verriet sie, das Andenken an ihren Sohn in der flachen Hand. »Hätte meinem Karl Glück bringen sollen. Ich hab's mir jeden Tag angeschaut – wie im Übrigen auch Ihre Uniform, Ole. Sie haben doch nichts dagegen, wenn ich Sie mit dem Vornamen anrede, oder?«

»I wo, Frau Fröhlich, wo denken Sie hin!«, beteuerte Jensen, dem Ziel seines Besuches einen Riesenschritt näher, wenngleich er sich reichlich schäbig, um nicht zu sagen wie der letzte Mensch vorkam. ›Ihre Uniform‹ – denkste!, fuhr es ihm durch den Sinn, voller Verachtung für sich selbst und die Schmierenkomödie, welche er gerade inszenierte. Um den Kopf aus der Schlinge zu ziehen, blieb ihm jedoch nichts anderes übrig, deshalb spielte er lieber den Ahnungslosen. »Wenn mich jemand duzen darf, dann Sie.« Jensen räusperte sich und nippte an seiner Tasse. »Wenn wir gerade dabei sind, Mutter Fröhlich …«, druckste er herum, »würde es Ihnen etwas ausmachen, mir die Uniform kurz zu …, aber nur, falls es Ihnen nichts …«

»Es ist wegen der Stiefel, stimmt's?«

Wie vom Donner gerührt, zuckte Jensen zusammen, stammelte ein paar zusammenhanglose Worte und verstummte.

»Wegen des ausgehöhlten Absatzes, in dem diese Karte versteckt war.« Als sei nichts geschehen, legte Luise Fröhlich das Medaillon wieder in die Schublade, ließ ihren Gast links liegen und trat ans Wohnzimmerfenster, von wo aus sie einen auf der gegenüberliegenden Straßenseite geparkten BMW 501 beobachtete, dessen Fahrer nervös auf dem Steuer herumtrommelte. »Beziehungsweise das, was von ihr übriggeblieben ist.«

»Tut mir leid, Mutter Fröhlich, aber es ist so, dass …«

»Muss es nicht, junger Mann, muss es nicht. Der

Krieg hat eben seine eigenen Gesetze, verändert die Menschen von Grund auf, verdirbt sie bis ins Mark. Warum, frage ich mich, sollten ausgerechnet Sie da eine Ausnahme sein? Ein bisschen viel verlangt, finden Sie nicht auch?«

»Und woher …«

»Weshalb ich so genau im Bilde bin, wollen Sie wissen? Karl hat mir geschrieben, das letzte Mal mit Datum vom 30. Mai. Feldpostbrief, bezeichnenderweise ohne Absender. Er und zwei andere Kameraden würden in Kürze zu einem geheimen Kommandounternehmen abkommandiert, hieß es da. Unter Federführung der SS. Sicherstellung von Kunstschätzen, aber das sei nur so ein Gerücht. Keine Ahnung, wieso der Brief nicht zensiert worden ist. Hing wahrscheinlich mit dem allgemeinen Chaos zusammen, was weiß ich.« Luise Fröhlich zog den Vorhang, den sie im Verlauf des Gesprächs einen Spaltbreit geöffnet hatte, wieder zu und ließ ihren Blick auf einem sichtlich geknickten Ole Jensen ruhen. »Ein Freund von Ihnen?«, fragte sie geraume Zeit später und deutete über die Schulter hinweg zum Fenster.

»Das nun nicht gerade«, bekannte Jensen zerknirscht.

»Sondern?«

»Das genaue Gegenteil davon.«

»Verstehe«, antwortete Luise Fröhlich. Und wechselte rasch das Thema: »Sie sind kein gewöhnlicher Landser gewesen, stimmt's?«

Jensen verneinte. »Wie sind Sie drauf gekommen?«

»Auf Ihr Versteck im Stiefelabsatz? Purer Zufall.« Luise Fröhlich strich sich über die grauen, wie eine Eins gescheitelten und zu einem Knoten geflochtenen Strähnen. »Irgendwann habe ich mir gedacht, es sei an der Zeit, Ihre Stiefel wieder auf Vordermann zu bringen. Vor allem den linken, der war ganz schön ausgelatscht. Ich denke, Sie können sich vorstellen, wie dumm ich aus der Wäsche geguckt habe.«

»*Seine* Stiefel, Frau Fröhlich, nicht meine.«

Die Augen auf das Porträt ihres Sohnes an der Wand gerichtet, verstrichen Minuten, bis Luise Fröhlich eine Reaktion zeigte. »Mit anderen Worten: Sie haben seine Uniform angezogen, um nicht sofort als SS-Mann entlarvt zu werden.«

»Genau.«

»Na, wenn schon – an dem, was Sie für meinen Sohn getan haben, ändert das nichts«, entschied die resolute Dame, nahm den Rahmen mit dem Bild ihres Sohnes auseinander und förderte einen versiegelten Umschlag zutage, der zwischen der Fotografie und der Rückseite des Rahmens deponiert gewesen war. »Hier, junger Mann«, sprach sie im Flüsterton, drückte ihm den Brief in die Hand und ging daran, den Inhalt der Schublade komplett zu durchwühlen, »somit wären wir quitt.«

»Auf jeden Fall, Frau Fröhlich, und vielen Dank.«

»Keine Ursache, Herr Jensen, keine Ursache«, flüsterte Luise Fröhlich ihrem Gast zu und begutachtete einen Wehrmachtsdolch, den sie soeben aus der Kommode gekramt hatte. »*Sein* Dolch –«, betonte sie mit wehmütigem Lächeln und bot ihn Jensen wie eine Morgengabe dar. Die Lippen fest aneinandergepresst, ging ihr Blick ins Leere. »Wer weiß«, flüsterte sie wie zu sich selbst, »wer weiß, wozu das Ding noch gut sein wird.«

30

Berlin-Charlottenburg, Café Kranzler am Kurfürstendamm

| *13.35 h*

»Lange Rede, kurzer Sinn –«, rekapitulierte Sydow am Ende von Krokowskis Rapport, »du bist der Meinung, dass es sich bei dem Kerl auf dem Bild und dem Mann, der den Fahrer der BMW-Maschine ins Jenseits befördern wollte, um ein und dieselbe Person gehandelt haben könnte.«

»Durchaus, das heißt, falls man der Beschreibung des Opfers trauen kann.« Eduard Krokowski trank sein Mineralwasser leer, was bei Sydow einmal mehr für Kopfschütteln und verständnisloses Augenrollen sorgte. »Also, wenn du mich fragst, Tom …«

»Tue ich, Eduard, falls du's noch nicht gemerkt haben solltest.«

»… die Wahrscheinlichkeit, dass es sich um zwei verschiedene Personen handelt, ist meines Erachtens relativ gering. D'Artagnan-Bart, gepflegte Kleidung, überhaupt das ganze Aussehen – ich denke, wir sind dem Richtigen auf der Spur.«

»Nerven hat der Kerl, das muss man ihm lassen.« Sydow leerte seine Tasse, bestellte sich noch einen Mokka und studierte das Bild, auf dem zwei Männer in einer Corvette, entsetzt zurückweichende Zollbeamte, wild gestikulierende GIs und eine zu Bruch gegangene Schranke zu erkennen waren, zum wiederholten Mal. Man musste schon verdammt abgebrüht sein, um so ein Ding durchzuziehen. Daran bestand kein Zweifel. Hier war ein Profi am Werk gewesen, abgezockt, berechnend und eiskalt. In diesem Punkt glichen sich die Schilderungen des Motorradfahrers und diejenigen von Nahler und Liebermann bis aufs Haar. Anscheinend stand für diesen Fatzke eine Menge auf dem Spiel, sonst wäre er nicht so rabiat vorgegangen. Wobei das Wort ›rabiat‹ die Wahl der Mittel, deren er sich bedient hatte, nur höchst unzureichend beschrieb. Folterungen wie im Mittelalter, Mord, Fahrerflucht – und das alles, um einem seit acht Jahren verschollenen Artefakt auf die Spur zu kommen. Sydow wurde nachdenklich. Irgendetwas passte hier nicht zusammen, zumindest nicht richtig. Um sich vorzustellen, dass die Stasi hinter dem Bernsteinzimmer her war, bedurfte es keiner großen Fantasie. Befände es sich erst in ihrem Besitz, würden die Jungs aus der Normannenstraße bei den Russen ordentlich Punkte sammeln können. Allein das, so Sydows Fazit, ergäbe bereits ein plausibles Motiv. Wenn, ja wenn Mielke und Co. derzeit nicht ganz andere Sorgen hätten. Einen Aufstand niederschlagen und gleichzeitig Jagd auf das Bernsteinzimmer machen? Höchst unwahrscheinlich, wenn nicht gar ausgeschlossen. Folglich musste ein anderes Motiv herhalten. Die Frage war nur, welches. Zumal die Stasi mit Sicherheit nicht darauf aus war, sich mit den Amis anzulegen. Und genau das war es, was der Kerl hinter dem Steuer der Corvette heute Morgen getan hatte. Mit einer Kaltblütigkeit, die ihresgleichen suchte.

»Und was nun?«

»Gute Frage, Eduard, gute Frage.« Sydow rief der Bedienung zu, er wolle zahlen, und verzehrte den Rest seines Käsesandwiches, bevor er sich wieder Krokowski zuwandte: »Irgendwelche Vorschläge, Herr Kriminalassistent?«

»Großfahndung, was sonst.« Für seine Verhältnisse ungewöhnlich wortkarg, ließ Sydows Assistent sein Glas auf der Tischplatte hin und her rutschen.

»Meinetwegen. Wird sich zeigen, ob das was bringt.«

»Übermäßig zuversichtlich hörst du dich nicht gerade an.«

»Bin ich auch nicht«, gestand Sydow mit Blick auf die großformatige Schwarz-Weiß-Aufnahme ein. »Mister X wird sicher nicht so blöd sein und weiter mit einer amerikanischen Luxuslimousine rumkurven. Fällt doch viel zu sehr auf. Vorausgesetzt, der Kerl ist so gerissen, wie wir denken, wird es ihm nicht schwerfallen, bei nächster Gelegenheit eine Karre zu klauen.«

»Oder er lässt die Corvette irgendwo stehen.«

»Genau.« Sydow stützte den Ellbogen auf die Tischkante und zupfte nachdenklich an seiner Nasenspitze herum. »Fragt sich, was der Kerl im Schilde führt. Was der Grund ist, weshalb er so viel riskiert.«

»Geld, was denn sonst?«

»Du willst mir doch nicht etwa weismachen, dass die Jungs aus der Normannenstraße Prämien einstreichen? Komm schon, Eduard, das glaubst du doch selbst nicht. Wenn schon eine Belohnung, dann höchstens einen Orden, mehr ist für unseren Musketier mit Sicherheit nicht drin.«

»Und was, wenn er zwar bei der Stasi ist, aber auf eigene Faust agiert?«

»Ein Einzelgänger, meinst du? Also wirklich, Eduard. Auf so eine bescheuerte Idee kannst auch wirklich nur ...« Im Begriff, Krokowski wieder auf den Boden der Tatsachen zu bringen, blieb Sydow glatt die Spucke weg. »Moment mal – verstehe ich dich da richtig: Du bist allen Ernstes der Meinung, dass wir es hier mit einem Überläufer zu tun haben?«

»Warum nicht?«, gab Krokowski selbstsicher zurück. »An Interessenten für das Bernsteinzimmer herrscht bestimmt kein Mangel. Russen, Amerikaner, schwerreiche Kunstliebhaber – du kannst es dir aussuchen, Tom.«

»Kempa: SS-Mitglied. Von Oertzen: SS-Mitglied. Würde mich nicht wundern, wenn dieser ... wie hieß er doch gleich?«

»Ole Jensen.«

»Genau. Würde mich nicht weiter überraschen, wenn Kempas Kumpel ebenfalls mit von der Partie gewesen wäre. Wer weiß, vielleicht ist es ja der Kerl auf dem Beifahrersitz.«

»›Mit von der Partie‹ – wobei denn?«

»Bei einer geheimen Kommandooperation, in deren Verlauf das …«

»… Bernsteinzimmer von der Bildfläche verschwunden ist. Auf dass man sich zu gegebener Zeit daran erinnern, bei den Alliierten lieb Kind machen oder sonst wie Kapital daraus schlagen möge.«

Sydow pfiff anerkennend durch die Zähne. »Dafür hast du einen Orden verdient, Eduard!«, verkündete er. Und murmelte halblaut vor sich hin: »Vorausgesetzt, unsere Theorie stimmt.«

»Ehrlich gesagt: Eine Beförderung wäre mir lieber.«

»Wenn, dann aber bitte nur für dich«, entgegnete Sydow, kramte einen Fünfmarkschein hervor und legte ihn auf den Tisch. »Stimmt so, Fräulein«, ließ er die Bedienung wissen, die zunächst große Augen machte, ihr Glück kaum fassen konnte und sich freudestrahlend entfernte. »Mit den besten Empfehlungen von der Kripo Berlin.«

»Wenn wir gerade von Empfehlungen reden – wie geht es weiter?«

»Großfahndung, wie gehabt«, antwortete Sydow, biss auf die Zähne und rappelte sich auf.

»Wenn du mich fragst, solltest du möglichst schnell einen Arzt konsultieren«, riet ihm Krokowski, auf dem besten Wege, zu seiner alten Form und gestelzten Ausdrucksweise zurückzufinden.

Die Strafe folgte auf dem Fuße. »Halt dich da raus,

Herr von und zu Hochgestochen«, schnauzte Sydow ihn an, steckte das Foto ein und machte sich auf den Weg zur Tür.

»Und ich?«

»Du, Special Agent Krokowski, wirst dich jetzt ins Document Center begeben, den dortigen Archivar konsultieren – man beachte die Wortwahl! – und versuchen, etwas über Benjamin Kempa, Hans-Hinrich von Oertzen und ein Phantom namens Ole Jensen in Erfahrung zu bringen. Korrekt ausgedrückt?«

»Dafür hast du einen Orden verdient, Tom!«, hieb Krokowski in die gleiche Kerbe wie sein Vorgesetzter und öffnete die Tür, um Sydow passieren zu lassen. »Und was ist mit dir?«

»Mit mir? Ich werde mich um die trauernden Hinterbliebenen eines distinguierten Herrn namens …«

»Aber doch wohl nicht in deinem Zustand, Tom.«

»… Hans-Hinrich von Oertzen kümmern. Bin schon gespannt, in welches Fettnäpfchen ich treten werde. Hast du gerade was gesagt, Eduard?«

»Ich geb's auf«, seufzte Krokowski und folgte Sydow auf dem Fuß.

»Auf keinen Fall«, entschied Sydow, winkte ein Taxi herbei und sagte: »Die Sache fängt gerade erst an, mir Spaß zu machen.«

*

Beim Anblick der Villa in der Seestraße, vor der ihn das Taxi abgesetzt hatte, musste Sydow automatisch an seine Jugend in der Nähe von Neuruppin denken. Sein Elternhaus lag direkt am Ruppiner See, nur einen Katzensprung von Wuthenow entfernt. Es war der ganze Stolz seines Vaters gewesen, einer von einem halben Dutzend Krautjunkern, die in der Gegend das Sagen gehabt hatten. Nach dem Krieg, als Sydow in die Schule kam, war es mit dem ererbten Besitz steil bergab gegangen, weshalb Vater ihn nach Eton geschickt, sein Hab und Gut für einen Spottpreis verscherbelt und in den diplomatischen Dienst eingetreten war. Etliche Jahre später, nach der Scheidung der Eltern und der Rückkehr seiner Mutter nach England, war er zur Kripo gegangen – und bis auf den heutigen Tag dort geblieben.

Sydow drückte auf die Klingel. Da niemand öffnete oder sich blicken ließ und seine Verletzung ihm mehr zusetzte, als ihm lieb war, öffnete er kurzerhand die Tür und betrat den Garten, durch den ein sorgsam geharkter Mittelweg zum Portikus der mondänen, kurz nach der Jahrhundertwende erbauten Villa führte.

Und blieb wie angewurzelt stehen.

Noch etwas, das nicht zusammenpasst, dachte er, umgeben von Sonnenblumenrabatten, Dahlien, Stockrosen und Buchsbäumen, die den Eindruck einer durch nichts zu erschütternden Idylle erweckten. Impressionen, die durch den Wannsee, der zwischen sorgfältig gestutzten Hecken hindurchschimmerte, noch verstärkt wurden. Auf welche Weise auch immer der Eigentümer des Anwesens zu seinem Vermögen gekommen war, er hatte gewusst, wo es sich gut leben ließ, und hatte allem Anschein nach eine Menge Geld auf den Tisch geblättert, um sich dieses irdische Paradies unter den Nagel reißen zu können.

»Sie wünschen, mein Herr?«

Sydow war nicht gerade ein Naturliebhaber, aber dennoch so sehr in den Bann des Gartens gezogen, dass er das Mädchen am anderen Ende des Weges nicht bemerkt hatte. »Tom Sydow, Kripo Berlin«, antwortete er, setzte sich wieder in Bewegung und zückte seinen Dienstausweis, um sich gegenüber dem etwa 15 Jahre alten Teenager auszuweisen. »Wenn es keine allzu großen Umstände macht, hätte ich gerne mit Frau von Oertzen gesprochen.«

»Worum geht es, wenn man fragen darf?«

Volltreffer!, stellte Sydow erleichtert fest und setzte sein Strahlemannlächeln auf. Im Adressbuch war nur der Name des Hausherrn verzeichnet, deshalb hatte er einfach drauflosspekuliert. »Wenn es Ihnen nichts ausmacht, möchte ich es der Dame des Hauses lieber persönlich sagen.«

»Muss das wirklich sein?«, widersetzte sich das Mädchen und trat Sydow mit verschränkten Armen in den Weg. »Meine Mutter fühlt sich nicht wohl.«

»So leid es mir tut, junge Dame«, beharrte Sydow, der nicht vorhatte, sich wie ein Hausierer abfertigen zu lassen. »Ich muss auf diesem Gespräch bestehen.«

Das Mädchen rümpfte die Nase, baute sich trotzig vor ihm auf. Von Oertzens Tochter war bildhübsch anzuschauen, mit Sommersprossen, langem, zu einem Pferdeschwanz zusammengebundenem Haar, gertenschlank und einem cremefarbenen, mit roten Kirschen verzierten Petticoat samt Stöckelschuhen. Allem Anschein nach war sie auf dem Weg zu irgendeiner Feier, möglicherweise auch zu einem Besuch. Auf Polizisten war sie offenbar nicht gut zu sprechen, obwohl der Eindruck, den Sydow von ihr bekam, an sich kein negativer war.

»Ob es Ihnen behagt oder nicht.« Mit das Auffälligste, wenn nicht gar Anziehendste an der jungen Dame waren ihre Augen – blau schimmernd, weit offen und von zarten Brauen überwölbt. Sydow stutzte, und während er sie so betrachtete, dachte er an die Zeit vor dem Krieg, als er 17 und zum ersten Mal richtig verknallt gewesen war. Und dann, zur Verwunderung des Mädchens, fiel es ihm plötzlich wie Schuppen von den Augen, und er war so perplex, dass er es einfach nur weiter anstarrte und keinen vernünftigen Ton mehr herausbrachte.

»Ist Ihnen etwa nicht gut?«, fragte sie in verunsichertem Ton. »Vielleicht ist es wirklich besser, wenn Sie nachher noch mal wieder…«

»Schon gut, Liebes«, machte plötzlich eine Stimme auf sich aufmerksam, »du kannst jetzt ruhig rüber zu deiner Freundin gehen. Ich komme schon allein zurecht.«

»Wirklich?«

Die adrette, ihrer Tochter wie aus dem Gesicht geschnittene Enddreißigerin gab ein bekräftigendes Nicken von sich. »Auf alle Fälle!«, versicherte sie, verabschiedete sich von ihrem Kind und wandte sich daraufhin Sydow zu. Der wiederum wusste nicht, wie ihm geschah, konnte den Blick von der Frau, die ihn mit gewinnendem Lächeln willkommen hieß, einfach nicht abwenden. Zuerst glaubte er, einer Sinnestäuschung zu erliegen und bekam vor lauter Überraschung den Mund nicht mehr zu. Unmittelbar darauf, als er von Oertzens Frau Auge in Auge gegenüberstand, bestand jedoch kein Zweifel mehr. Sydow errötete, die Knie weich wie Butter.

»Komm doch rein, Tom«, lud ihn die Frau vor dem von ionischen Säulen gestützten Portikus ein, machte eine einladende Handbewegung und wartete, bis er seine Verblüffung überwunden hatte. »Ich bin mir sicher, es gibt eine Menge zu bereden.«

31

Berlin-Charlottenburg, Hotel Kempinski am Kurfürstendamm

| *14.15 h*

»Eine Luxussuite – na, wenn das kein gutes Omen ist.« Kurz vor dem ersehnten Ziel machte sich Rembrandt einen Spaß daraus, Gregory Boynton Grant noch eine Weile zappeln zu lassen. Seine Worte trieften nur so vor Hohn, und er genoss seinen Auftritt in vollen Zügen. In Gedanken längst auf der Siegerstraße, stellte er seinen Aktenkoffer ab, rieb sich die Hände und ließ seinen Blick durch das Hotelzimmer schweifen. Der stellvertretende Direktor der CIA, scheinbar abgestumpft, müde und apathisch, ließ es geschehen. Für ihn, so schien es, war das Spiel gelaufen. Der einzige Triumph, der ihm vergönnt war, würde darin bestehen, die Pläne dieses arroganten Schnösels zu durchkreuzen und ihn McAllister ans Messer zu liefern. Anschließend würden sie ihm die Quittung präsentieren, ihn für das, was er zu verantworten hatte, zur Rechenschaft ziehen. Um sich auszumalen, was das bedeutete, musste er seine Fantasie erst gar nicht bemühen. Diesbezüglich war er Realist genug. Gregory Boynton Grants Blick trübte sich, seine Hand umschloss das mit Schweißperlen übersäte Genick. Es ging nur noch darum, wie sie ihn aus dem Weg räumen würden. Und wo.

»Freut mich, dass es Ihnen gefällt, Mister ...«

»Glauben Sie im Ernst, ich bin so dämlich, dass ich meine Karten auf den Tisch lege? So gut müssten Sie mich inzwischen kennen, Mister Grant.« Überheblich wie ehedem, beendete Rembrandt die Inspektion der luxuriösen, mit allen Schikanen ausgestatteten Suite und fläzte sich wie selbstverständlich in den Plüschsessel, neben dem ein aus Mahagoni gefertigter und mit Intarsien in Form eines Schachbrettmusters verzierter Teetisch stand.

»Na gut, dann eben nicht«, gab Grant achselzuckend klein bei und warf einen Blick auf die Standuhr in unmittelbarer Nähe der Tür. Viertel nach zwei, stellte er fest, bemüht, seine Nervosität zu überspielen. Gerade einmal drei Stunden war es her, seit er in Tempelhof gelandet war. Drei lumpige Stunden, in deren Verlauf seine Aktien auf null gesunken waren.

Oder sogar noch tiefer.

»Hübsch, wirklich sehr hübsch«, spöttelte Rembrandt, streckte alle viere von sich und erweckte den Eindruck, als sei er zum Vergnügen hier. »Für einen stellvertretenden CIA-Direktor gar nicht mal so übel.«

»Wohl neidisch, was?«

Äußerlich gelassen, ging Rembrandt über die Provokation hinweg. »Höchste Zeit, zum Geschäftlichen zu kommen, finden Sie nicht auch?«, schlug er vor, in den Anblick eines Spitzweg-Repros vertieft, auf dem ein verschneiter Friedhof zu sehen war.

»Von mir aus.«

»Eine Million – und keinen Cent weniger.«

»Erst die Ware, dann das Geld.«

»Die Ware?« Rembrandts Augen funkelten amüsiert. »Kann es sein, dass Sie mich diesbezüglich falsch verstanden …?«

»Schluss mit der Komödie!«, fuhr Grant dazwischen, durchmaß den Raum und baute sich drohend vor seinem Widersacher auf. »Sie wissen ganz genau, was ich meine. Haben Sie die Karte aufgetrieben – ja oder nein?«

»Selbstverständlich«, versetzte Rembrandt, von der Drohgebärde nicht im Mindesten berührt. Um dies zu bekräftigen, ließ er die Handfläche auf der Brusttasche der tadellos sitzenden Pagenuniform ruhen. »Äußerst adrett, finden Sie nicht auch?«, lenkte er mit Blick auf seine Montur ab und zupfte am Stehkragen der weinroten, mit Goldfäden durchwirkten Jacke herum. »Keine Sorge – ihr rechtmäßiger Besitzer wird es überstehen. Ein kleines Nickerchen im Dienst – kommt hin und wieder mal vor.«

»Was mit der Karte ist, will ich wissen.«

»Alles hier drin«, beteuerte er. »Oder zweifeln Sie etwa an mir?«

»Zeigen Sie her.«

»Nur keine unarische Hast«, antwortete Grants Kontrahent mit unverhüllter Ironie, vollführte eine schwungvolle Gebärde und zog einen braunen Umschlag hervor.

»Sie denken aber auch an alles.«

»Voilà, Deputy Director«, verkündete Rembrandt, tat so, als wolle er ihn Grant überreichen und zog ihn im letzten Moment wieder zurück. »Das Objekt Ihrer Begierde.«

»Wie gesagt: erst die Ware, dann das Geld.«

»Auf die Gefahr, Sie enttäuschen zu müssen, Deputy Director: Ganz so einfach, wie Sie sich das gedacht haben, wird unsere kleine Transaktion nicht werden.«

»Und weshalb nicht, wenn man fragen darf?«

»Weil ich – um es offen auszusprechen – restlos enttäuscht von Ihnen bin, Mister Grant«, antwortete Rembrandt, erhob sich und schob den verdutzten Spitzenagenten kurzerhand beiseite. Der war so verblüfft, dass kein Wort des Protestes über seine Lippen kam, nicht einmal, als Rembrandt auf den massiven Marmortisch kletterte und eine Wanze entfernte, die an einem der acht Arme eines Kristallleuchters aus venezianischem Buntglas befestigt gewesen war. Das Gleiche geschah mit den Miniaturmikrofonen, die sich hinter dem Repro und unter dem Teetisch befanden, alles in allem ein halbes Dutzend. Nach getaner Arbeit, ein hämisches Grinsen im Gesicht, warf Rembrandt die Wanzen in den Papierkorb und ließ sich wieder in den Plüschsessel fallen.

Ohne eine Miene zu verziehen, ließ Grant auch das

geschehen. »Anders ausgedrückt –«, fuhr Rembrandt nach einer Kunstpause fort, während er behaglich die Beine ausstreckte, »um mich aufs Kreuz zu legen, müssen Sie schon etwas früher aufstehen. Wie kann man nur so borniert sein und annehmen, ich würde Ihre diskret gekleideten Landsleute übersehen, die sich drunten in der Lobby tummeln. Tarnung ist alles, ich weiß. Aber wenn Sie jemanden in eine Falle locken wollen, tun Sie mir bitte den Gefallen und stellen sich in Zukunft etwas geschickter an. Dilettantismus ist mir ein Gräuel.« Rembrandt lächelte affektiert. »Eins zu null für mich, hab ich recht, Mister Grant? Um Sie nicht weiter auf die Folter zu spannen: Sie werden mir das Geld aushändigen, die Karte ablichten und keinen Finger rühren, wenn ich mich diskret zurückziehe. Haben wir uns verstanden, Deputy Director? Vorausgesetzt, Ihre Gorillas treten nicht in Aktion, werde ich Ihnen im weiteren Verlauf des Tages eine Nachricht zukommen lassen, aus der hervorgeht, wo genau sich das Versteck des Bernsteinzimmers befindet.«

»Soll das etwa bedeuten, dass …«

»Sie haben es erfasst, Mister Grant«, kam Rembrandt der Frage seines Gegenspielers zuvor. »So leid es mir für Sie tut – mit der Karte allein werden Sie nichts anfangen können. Aus Gründen, die Sie sicher nachvollziehen können, habe ich mir erlaubt, sämtliche Ortsangaben zu tilgen. Sozusagen als Vorsichtsmaßnahme, die, wie Ihr Vorgehen beweist, ihre volle Berechtigung zu haben scheint.«

Rembrandt reckte sich, öffnete den Umschlag und breitete die Karte auf dem Teetisch aus.

»Bedienen Sie sich, Mister Grant«, forderte er seinen Auftraggeber auf. »Ich darf doch wohl annehmen, dass der stellvertretende Direktor der CIA eine Sofortbildkamera parat hat, oder?«

»Alle Achtung – Sie scheinen sich Ihrer Sache ziemlich sicher zu sein.«

»Pure Routine, Deputy Director, weiter nichts.«

»Und was, wenn ich mich weigere?«

»Sie werden lachen, Grant – für den Fall, dass Sie tatsächlich so töricht sein sollten, habe ich längst vorgesorgt. Also, was ist? Kommen wir nun ins Geschäft – ja oder nein?«

»Nur keine übertriebene Eile, mein Bester«, beschwichtigte Grant seinen Widersacher, nur mäßig beeindruckt und längst nicht so willfährig wie erhofft, »so viel Zeit, um mit mir anzustoßen, werden Sie gerade noch haben.« Ohne sich weiter um ihn zu kümmern, nahm Grant zwei Gläser zur Hand, goss sich selbst und Rembrandt einen Jack Daniel's ein und machte es sich anschließend auf dem Sofa bequem. »Cheers!«, rief er bestens gelaunt aus und prostete seinem Gegenüber zu. »Oder – wie es hierzulande so schön heißt – prost!«

»Was soll der Quatsch, Grant?«, knurrte Rembrandt, sprang auf und machte einen Schritt nach vorn. »An Ihrer Stelle würde ich die Faxen bleiben lassen, sonst …«

»Sonst was?«, fiel ihm Grant ins Wort, kaum fähig, mit seiner Schadenfreude hinterm Berg zu halten. »Zu Ihrer Information, Genosse – im Ventilator, der sich da oben über dem Teetisch befindet, ist eine Kamera versteckt. Made by CIA, ferngesteuert und in der Lage, gestochen scharfe Bilder zu schießen und sie anschließend per Funkbild zu übertragen. Mit einem Wort: Die Mühe, mit Ihnen um die Karte zu feilschen, kann ich mir getrost sparen. Und die Arbeit, das Geld aus dem Safe zu holen, ja wohl auch. Sie haben sich verkalkuliert, Genosse, kapiert? Um Ihre Haut zu retten, müssen Sie sich etwas einfallen lassen. Ich für meinen Teil ziehe es dagegen vor, mich ... wie sagten Sie doch gleich? ... mich auf diskrete Art und Weise zurückzuziehen.« Offenbar bester Laune, ließ Grant seinem Sarkasmus freien Lauf. »Mein Kompliment, wie immer Sie auch heißen mögen. Wenigstens waren Sie nicht so einfältig, von dem schottischen Whiskey zu kosten.« Ein Lächeln auf den Lippen, in dem das Höchstmaß an Verachtung steckte, zu dem er fähig war, trank Grant sein Glas auf einen Zug leer, schnalzte mit der Zunge und sagte: »Wirkt nicht sonderlich schnell, das Zeug, aber wenigstens so, dass man keinerlei Schmerzen verspürt und nicht wie ein Tier verenden muss. Ein Cocktail nach Art des Hauses, Sie verstehen. Schade nur, dass ich das dumme Gesicht eines gewissen David McAllister von der Special Operations Division aller Wahrscheinlichkeit nach nicht mehr zu sehen bekommen werde.«

Dunkelrot vor Zorn, riss Rembrandt die Karte an sich und baute sich drohend vor seinem Kontrahenten auf. »Dafür wirst du mir büßen, Arschficker!«, zischte er, nur um Sekundenbruchteile später in die Mündung eines Revolvers vom Fabrikat Smith & Wesson zu blicken. »Her mit den Moneten, sonst ...«

»Sonst was?«, fuhr Grant ihn an. »An Ihrer Stelle, Sie Dilettant, würde ich meine Waffe stecken lassen und den Mund nicht so voll nehmen. So, und jetzt raus hier, bevor ich es mir anders überlege und Ihnen eine Kugel verpasse. Hören Sie schlecht? Raus!«

Kurz davor, endgültig die Beherrschung zu verlieren, fletschte Rembrandt die Zähne und stierte den Mann, der ihm die schmerzlichste Lektion seines bisherigen Lebens verpasst hatte, mit einer Mischung aus Hass, Verblüffung und ungläubigem Staunen an und ließ die Karte in der Innentasche seiner Uniformjacke verschwinden. Kaum war dies geschehen, riss er die Tür auf und verschwand.

Für Grant, der seine Waffe achtlos aus der Hand gleiten ließ, jedoch kein Grund zur Freude. »So, und jetzt zu uns beiden«, murmelte er, griff zum Hörer und wählte. Bis das Freizeichen ertönte, dauerte es beinahe eine halbe Minute, und das Knacken in der Leitung, verlässliches Indiz für einen mithörenden Agenten, versetzte ihn in ungeahnte Euphorie. Grant strahlte über das ganze Gesicht, alsbald von einer sämtliche Sinne lähmenden, überall an seinem Körper spürbaren Taubheit erfasst. »Wäre doch gelacht, wenn ich es nicht schaffen würde, dich aufs Kreuz zu … Hallo, Mister K, schön, Sie am Apparat zu haben.«

Um seinen Gesprächspartner ans Messer zu liefern und sich für all das, was ihm angetan worden war, zu rächen, brauchte Gregory Boynton Grant nur wenig Zeit. Danach war das Leben von Oleg Kwaczynski, schwerreicher und zugleich schwerkranker Ölmagnat, Kunstmäzen und Baulöwe aus Chicago, keinen Schuss Pulver mehr wert.

Im wortwörtlichen wie auch übertragenen Sinn.

Mit sich und der Welt im Reinen. legte Grant auf, schloss die Augen und verlor kurz darauf das Bewusstsein, ein entspanntes Lächeln im Gesicht.

32

Berlin-Wannsee, Seestraße | *14.25 h*

»Ich habe gewusst, dass du kommen wirst, Tom. Die Frage war eigentlich nur, wann«, sprach Lea von Oertzen mit Blick auf die neueste Ausgabe der Morgenpost, die aufgeschlagen auf dem Wohnzimmertisch lag, erhob sich und trat an die Terrassentür, von der aus man einen ungestörten Blick auf den Wannsee genoss. Wind kam auf, und im Licht der Nachmittagssonne, die immer häufiger hinter dichtem Gewölk verschwand, bildeten sich smaragdfarbene Schaumkronen.

Sydow, der sich wie ein schüchterner Pennäler vorkam, hatte keine Ahnung, was er darauf antworten sollte. In Gegenwart seiner Jugendliebe, die er mit 17 aus den Augen verloren hatte, fiel es ihm schwer, die richtigen Worte zu finden und den Grund für seinen Besuch, nämlich die Vergangenheit ihres unlängst verstorbenen Gatten, nicht zu vergessen. Zu viel ging ihm in diesem Moment durch den Kopf, als dass er sich voll und ganz darauf hätte konzentrieren können, nicht zuletzt die Zeit mit Lea, die an seinem inneren Auge vorüberzog. Damals, im Sommer 1930, war die Welt noch in Ordnung gewesen, anders als heute, wo kein

Tag verging, an dem er nicht mit den Abgründen der menschlichen Existenz konfrontiert wurde.

»Tut mir leid, Lea, dass ausgerechnet ich es bin, der … der …« Auch sonst nicht unbedingt dafür geschaffen, die richtigen Worte zu finden, blieb Sydow mitten im Satz stecken und stierte verlegen vor sich hin.

»Der mir eine derartige Hiobsbotschaft überbringen musste, meinst du?«, sprang Lea von Oertzen, der seine Befangenheit nicht entgangen war, bereitwillig in die Bresche. »Darf ich dir etwas anvertrauen, Tom? Etwas, das dich vermutlich überraschen wird?«

»Na klar, Lea – was immer du auf dem Herzen hast.«

Die Dame des Hauses lächelte, wurde jedoch umgehend wieder ernst und blickte mit angespannter Miene zum Fenster hinaus. Tief in Gedanken, folgte ihr Blick dem hufeisenförmigen Pfad, der sich an einem Birkenwäldchen vorbei zum Bootssteg schlängelte. »Ich habe es kommen sehen, Tom. All die Jahre über habe ich es kommen sehen.«

»Hört sich ziemlich deprimierend an.«

»War es auch, Tom – falls du die Erfahrungen meinst, die ich während meiner Ehe mit Hans-Hinrich machen musste.«

»Wann habt ihr beide geheiratet?«

»Exakt vier Jahre, nachdem sich ein gewisser Tom Sydow am Ende der Sommerferien wieder Richtung England verabschiedet hatte. Von dem ich zwar noch zwei, drei Briefe bekam, danach aber nichts mehr gehört und noch weniger gesehen habe.« Lea von Oertzen senkte den Kopf und fuhr mit der Hand an der rechten Schläfe entlang. »Der größte Fehler meines Lebens, wenn du es genau wissen willst.«

»Aber …«

»Kein ›Aber‹, Tom«, ließ ihn die dunkelblonde, ein wenig zu schlanke und für ihr Alter beinahe jugendlich wirkende Hausherrin erst gar nicht ausreden. »Ich weiß genau, wovon ich rede. Falls du auf Veronika anspielst – sie ist der Grund, weshalb ich nicht schon frühzeitig einen Schlussstrich gezogen habe.«

»Liegt es«, tastete sich Sydow mit der gebotenen Vorsicht voran, »liegt es womöglich daran, dass dein Mann während des Dritten Reiches Karriere gemacht hat?«

Lea von Oertzen musste wider Willen schmunzeln. »Nur keine falsche Rücksichtnahme, Tom«, ermunterte sie ihn. »Ja, das war der Grund«, räumte sie ein, »aber nicht nur.«

»Sondern?«

»Sondern weil er einen Pakt mit dem Teufel geschlossen hatte. Karriere zu machen ist eine Sache, mit Verbrechern zu paktieren dagegen eine andere.«

»Will heißen: Er war in der SS.«

Sie nickte. »In meiner Naivität wollte ich es zunächst nicht wahrhaben, worauf sich Hans-Hinrich da eingelassen hatte. Später, während des Krieges, ist mir dann allmählich ein Licht aufgegangen. Aber da war es längst zu spät.«

»Kriegsverbrechen?«

»Mehr, als man sich vermutlich vorstellen kann«, antwortete die hochgewachsene Frau, bemüht, nach außen hin gefasst zu wirken. »Oder will – je nachdem. So ungeheuerlich, dass seine Schuld niemals getilgt werden kann.«

»Wie hast du davon erfahren?«

»Vor nicht ganz drei Wochen.«

Sydow hielt es nicht mehr auf dem Sofa aus. »Wie bitte?«, stieß er ungläubig hervor, auf dem besten Weg, jeglichen Kredit zu verspielen. »Das meinst du doch wohl nicht ernst.«

»Typisch Kriminalist«, lautete die verbitterte Replik, »kein Vertrauen, nicht einmal zu mir.«

»Tut mir leid, Lea, ich tue doch nur meine ...«, beeilte sich Sydow, seinen Schnitzer wiedergutzumachen, wurde jedoch jäh unterbrochen.

»Pflicht, Treue, Ehre und diese ganzen abgedroschenen Floskeln – du glaubst gar nicht, wie mich das anekelt, Tom.«

»Dann lass uns über etwas anderes reden.«

»Schon gut, Tom – besser jetzt als nie.«

»Mir kannst du alles sagen, das weißt du.«

Ein wehmütiges Lächeln im Gesicht, drehte sich Lea von Oertzen, geborene von Hardenberg, zu ihrem Jugendfreund um. Sydow war wie betäubt, so hinreißend kam sie ihm vor. Hellblaue Augen, weiche, von hohen Wangenknochen gesäumte Gesichtszüge, winzige, ungeheuer anziehend wirkende Lachfalten –

man musste schon ziemlich bescheuert sein, wenn man diese Frau links liegen ließ. Oder Hans-Hinrich von Oertzen heißen.

»Wie wir uns auseinandergelebt haben, willst du wissen?«, las Lea von Oertzen ihrem Besucher die Gedanken von den Augen ab. »Er hat mich betrogen, so oft, dass es mir zuletzt nichts mehr ausgemacht hat.«

»Und woran ist er gestorben?«

»Kehlkopfkrebs.«

»Der Grund für eine abschließende Generalbeichte?«

Von Oertzens Witwe nickte. »So könnte man es nennen, Tom. Seltsam – aber er hatte wahnsinnige Angst vor dem Sterben. Kein Wunder, wenn man bedenkt, was er alles verbrochen hat. Geiselerschießungen, Standgerichte, Kampf bis zum letzten Mann – um nur einige seiner Gräueltaten zu nennen.«

»Mit einem Wort: ein ganz Fanatischer.«

»Treffend formuliert, Herr Kriminalhauptkommissar«, scherzte Lea von Oertzen, nicht etwa in Schwarz, sondern mit einem cremefarbenen Kostüm samt hautenger Bluse bekleidet. »Einen geeigneteren Mann hätte Himmler für dieses Himmelfahrtskommando nicht finden können.«

»Himmelfahrtskommando?«

»Lass gut sein, Tom Sydow – deswegen bist du doch hier, oder?«

»Sagen wir's mal so – deswegen bin ich hergekommen.«

»Wie dem auch sei –«, wich Sydows Gesprächspartnerin rasch aus, »der Auftrag Himmlers, das Bernsteinzimmer beiseitezuschaffen, kam ihm anscheinend wie gerufen. Man stelle sich das einmal vor: Das Tausendjährige Reich liegt in Trümmern, und Hans-Hinrich hat nichts Besseres zu tun, als für Himmler die Kastanien aus dem Feuer zu holen.«

»Heißt das, er hat seinen Auftrag erledigt?«

Ein Schatten legte sich über Lea von Oertzens Gesicht. »Hat er, Tom, hat er. Mein Gatte und drei weitere Mitglieder eines Sonderkommandos der SS.«

»Unbemerkt?«

»So gut wie. Ein paar Wochen amerikanische Gefangenschaft, und das war's dann auch schon. Der Krieg war noch nicht richtig vorbei, da befand er sich wieder auf freiem Fuß.«

»Wie das?«

»Anscheinend hat er den Yankees weismachen können, er sei nur eine subalterne Charge gewesen. Und das trotz Blutgruppentätowierung. Sei's drum. Nach dem Krieg hat er rasch wieder Fuß fassen können, zuerst als Immobilienmakler, später in der Politik. Vor knapp zwei Jahren, genauer gesagt im September 1951, ist er dann von Lüneburg nach Berlin versetzt worden.« Lea von Oertzen atmete tief durch. »So, und jetzt weißt du alles, Tom – wie wär's, wenn wir beide noch eine Tasse Kaffee …«

»Danke, Lea, vielleicht später.«

Im Begriff, wieder Platz zu nehmen, horchte die Hausherrin auf und sah Sydow prüfend an.

»Nimm es mir nicht übel, Lea, aber ich muss unbedingt wissen, wer …«

»… der Kerl war, der diese Ruchlosigkeit begangen hat?«

Sydow wich ihrem Blick aus und lief rot an. »Genau.«

»Ich habe Angst, Tom. Um mich und Veronika. Kannst du das nicht verstehen?«

»Solange ich da bin, Lea«, flüsterte Sydow und erkannte sich selbst nicht wieder, »brauchst du vor nichts und niemandem auf der Welt Angst zu haben.«

»Ich weiß, Tom, ich weiß.« Auge in Auge mit dem übernächtigten, unrasierten und linkisch wirkenden Kripo-Beamten, in dessen Gegenwart sich ihre Ängste in Nichts auflösten, stieß Lea von Oertzen einen leisen Seufzer aus, lächelte und sagte: »Also gut, Tom – dann nehme ich dich beim Wort.« Und fügte mit kaum hörbarer Stimme hinzu: »Er heißt Holländer, Tom, SS-Obersturmbannführer Curt Holländer, er ist vergangenen Donnerstag hier aufgetaucht und hat damit gedroht, Veronika und ich würden den nächsten Tag nicht erleben, falls wir nicht bereit seien, mit ihm zu kooperieren.« Lea von Oertzens Miene verhärtete sich. »Kooperieren – genau so hat er sich ausgedrückt. Pech für ihn, dass Hans-Hinrich darauf gedrungen hat, sein Geheimnis mit ins Grab zu nehmen.«

»Ein Fragment der Karte, auf der das Versteck des Bernsteinzimmers verzeichnet ist?«

»Richtig. Keine Ahnung, ob ich richtig gehandelt habe oder nicht – aber ich habe es nicht fertiggebracht, seinen letzten Wunsch zu ignorieren.«

»Und dieser Holländer?«

»Glaubt mir nicht, beschimpft mich, stößt finstere Drohungen aus, unter anderem, Veronika könne etwas zustoßen. Die Stasi sei auf derlei Fälle spezialisiert, ließ er mich wissen.« Lea von Oertzen besann sich und sah Sydow besorgt an. »Sieht so aus, als schrecke dieser Holländer vor nichts zurück.«

»Da muss ich dir recht geben, Lea. Fragt sich nur, was dieses Dreckschwein noch alles in petto hat.«

»Ganz gleich, was er vorhat, Tom – gegenüber dem Helden meiner Teenagerjahre wird er das Nachsehen haben. Jede Wette.«

Sydow errötete bis in die Haarspitzen. »Was macht dich so sicher, Lea?«

»Ganz einfach. Ich weiß, wo sich das Zimmer befindet.«

Sydow glaubte, er habe nicht richtig gehört. »Du weißt …«, stammelte er, irritiert wie selten zuvor, »du weißt was?«

Die Augen seiner Gesprächspartnerin sprühten nur so vor Belustigung. »Du hast richtig gehört, Junker von Sydow. Bevor ich das Geheimnis lüfte, bist jedoch erstmal du an der Reihe. Beziehungsweise die Verletzung, die du die ganze Zeit über so mannhaft zu kaschieren versucht hast. Der linke Oberschenkel, hab ich recht? Keine Widerrede, Tom – so viel Zeit muss einfach …«

Sydow war dermaßen durcheinander, dass er das Läuten des Telefons beinahe überhört hätte. Erst als ihm die Hausherrin einen Wink gab, drehte er sich um und humpelte an den Apparat.

»Für dich, Tom – ein gewisser Herr Krokowski.«

»Sydow hier, was gibt's?« Kaum hielt er den Hörer am Ohr, fiel Sydow aus allen Wolken. Sein Atem beschleunigte sich, und obwohl er es besser wusste, beschlich ihn das Gefühl, Krokowski erlaube sich einen Scherz mit ihm. »Kuragin?«, keuchte er und warf einen hastigen Blick auf die Uhr. »Und wann?« Mit jeder Sekunde, die verstrich, eine Idee bleicher im Gesicht, hörte Sydow gebannt zu. »Und wo? In Ordnung – schick mir einen Streifenwagen her, und zwar schnell. Alarmstufe eins, na klar. Alle verfügbaren Kräfte zusammenziehen, ohne Rücksicht auf Dienstschluss oder sonstige Wehwehchen. Ich verlasse mich auf dich, hörst du? Bis später, Eduard. Ende!«

»Irgendetwas nicht in Ordnung?«

»Erzähl ich dir später, Lea«, vertröstete Sydow von Oertzens Frau, von der er sich nur mit Mühe losreißen konnte, legte auf und begab sich eilig zur Tür. Dort wiederum drehte er sich um und fragte: »Wenn wir gerade dabei sind, Lea, schon mal etwas von einem gewissen Ole Jensen gehört?«

Die Angesprochene nickte. »Einer der vier Musketiere – wieso?«

Sydows Miene verfinsterte sich. »Gut möglich, dass ich demnächst die Klingen mit ihm kreuzen werde. Und damit ich nicht aus der Übung komme, knöpfe ich mir anschließend seinen Gefährten vor.«

»D'Artagnan?«

»An dir ist eine Kriminalistin verloren gegangen!«, rief Sydow aus, strich der Jugendliebe, die keine mehr war, über die Wange und wandte sich zum Gehen.

OSTSEEGOLD

Berlin / Moskau

(17.06.1953)

›Auch alle weiteren bis dahin ausgewerteten Dokumente sprachen eine deutliche Sprache – das Bernsteinzimmer war mit an Sicherheit grenzender Wahrscheinlichkeit bis zum Untergang der Stadt in Königsberg verblieben.‹

Maurice Philip Remy: *Mythos Bernsteinzimmer*. München 2003, S. 196.

›Je länger das Kunstwerk in Königsberg aufbewahrt wurde, desto unwahrscheinlicher ist es, dass einem deutschen Spezialkommando ein längerer Transport gen Westen gelingen konnte, ohne von den Truppen der Roten Armee aufgehalten zu werden. Vieles spricht dafür, dass der verlorene Schatz irgendwo zwischen Königsberg und der Ostsee sein geheimes Versteck gefunden hat. Möglich, dass – sollte es jemals gefunden werden – nichts als verfaultes Holz und ein riesiges Puzzle losgelöster Bernsteinplättchen übriggeblieben sind. Sollte da die Welt mit ihrer Fantasie und dem Mythos des verschwundenen achten Weltwunders weiterleben?‹

Hans-Christian Huf (Hrsg.): *Sphinx – Geheimnisse der Geschichte*. Bergisch Gladbach 1994, S. 279.

33

Berlin-Gatow, Jachthafen | *15.05 h*

»Sehe ich das richtig, Holländer –«, giftete Slavín und machte sich nicht die Mühe, seinen Groll vor Rembrandt zu verbergen, »Sie halten mich für so dämlich, dass ich Kopf und Kragen riskiere und mir eine Karte andrehen lasse, mit der ich nichts anfangen kann? Zum Spottpreis von einer Million Dollar? Denken Sie vielleicht, ich sei übergeschnappt?«

»Ich denke, es ist das Beste, Genosse, wenn Sie einen kurzen Blick auf die Rückseite werfen«, erwiderte Rembrandt kühl. »Damit es zwischen uns beiden nicht zu Missverständnissen kommt.«

Keineswegs besänftigt, kniff Slavín die Augen zusammen und stierte den Mann, von dem der Erfolg seiner Mission abhing, mit hasserfüllter Miene an. Er misstraute ihm zutiefst, mehr als allen Ganoven zusammen, mit denen er im Auftrag von Besuchow zu tun gehabt hatte. Trotzdem führte kein Weg an ihm vorbei, es sei denn, er würde ihn auf der Stelle ins Jenseits befördern. Unter den gegebenen Umständen kam dies leider nicht infrage, hatte er es doch mit einem der besten Stasi-Agenten zu tun, die es gab. Dass er nicht allein, sondern in Begleitung war, machte die

Sache nicht einfacher, weshalb sich Slavín entschloss, sein hitziges Temperament zu zügeln.

»Na, habe ich Ihnen etwa zu viel versprochen?«, tönte Rembrandt, wechselte einen kurzen Blick mit Jensen und ließ die Umgebung des Jachthafens, den Slavín als Treffpunkt vorgeschlagen hatte, nicht aus den Augen. Der Wind hatte stark aufgefrischt und die Masten der Segelboote, die ringsum vertäut waren, bedrohlich zur Seite kippen lassen. Die Luft, feuchtwarm, stickig und schwül, roch nach Unwetter, und bis auf ein Motorboot, das gegen den Wellengang auf der Havel ankämpfte, war nichts Verdächtiges zu sehen. Trotzdem oder gerade deswegen hatte Rembrandt ein ungutes Gefühl. Slavín, der ihn über den Rand der Karte hinweg taxierte, war nun einmal nicht vertrauenswürdig, dafür kannte er ihn einfach zu gut.

»Und wer sagt mir, dass ich mich auf Sie verlassen kann?«, argwöhnte Slavín, nachdem er die Orts- und Positionsangaben auf der Rückseite studiert hatte. »Wer sagt mir, dass sich das Bernsteinzimmer auch wirklich in diesem thüringischen Kaff befindet und nicht irgendwo anders, womöglich sogar im Westen? Oder am Ende in Königsberg?«

»Ich.«

Slavín stutzte, und als sein Blick auf Jensen traf, geriet die unversehrte Hälfte seines Gesichts in Bewegung. Die linke, starr, rötlich und entstellt, mutete wie eine Teufelsfratze an, wovon sich sein Gegenüber freilich nicht irritieren ließ.

»›Ich?‹«, höhnte er. »Was soll das heißen?«

»Gestatten: Jensen«, stellte sich der baumlange Friese vor, der es bislang vermieden hatte, im Zwist zwischen Slavín und Rembrandt das Wort zu ergreifen. Er betrat den Bootssteg, an dessen Ende die beiden einander gegenüberstanden, und betonte: »*Ole* Jensen.«

»Wer, zum Teufel, sind Sie?«

»Der Mann, der den Eingang zum Stollen, dessen Planskizze Sie gerade in Händen halten, vor etwas mehr als acht Jahren in die Luft gejagt hat.«

»SS?«

»Sie haben es erfasst, Genosse«, trumpfte Jensen auf, die Hände tief in den Hosentaschen vergraben. »Wie im Übrigen auch mein Kamerad, SS-Obersturmbannführer Curt Holländer.«

»Sieh an, davon habe ich nichts gewusst. Hätten Sie mir ruhig beichten können, Holländer. Ein SS-Offizier bei der Stasi – wie schade, dass Genosse Stalin das nicht mehr erleben durfte.«

»Möge er in Frieden ruhen.«

»Treffend formuliert.« Von Natur aus argwöhnisch, justierte Slavín seine Augenklappe und fuhr sich durch das rötliche, wie stets auf den Millimeter genau zurechtgestutzte Haar. Sein intaktes Auge, giftgrün schimmernd und auf einen unsichtbaren Punkt fixiert, der sich irgendwo im Inneren von Jensens Schädel zu befinden schien, funkelte und blitzte, doch der Effekt, den er erhofft hatte, blieb aus. »Feine Gesellschaft, in die ich da geraten bin«, schnaubte er, sah zuerst Holländer, darauf wieder Jensen an und schien fürs Erste zufrieden. »Höchste Zeit, Nägel mit Köpfen zu machen, meine Herren!«

»Eine Million. Und keinen Cent weniger.«

»Warum so nervös, Holländer?«, machte sich Slavín einen Spaß daraus, sein Gegenüber bis aufs Blut zu reizen, faltete die Karte zusammen und ließ sie in seinem Jackett verschwinden, unter dem sich seine schusssichere Weste abzeichnete. Dann sprang er auf das Achterdeck der Motorjacht, die neben ihm vertäut war, verschwand unter Deck und kehrte kurz darauf mit einem Aktenkoffer zurück, den er Holländer mit breitem Grinsen überreichte. »Hier – die versprochene Belohnung.«

Der ließ es sich nicht nehmen, einen Blick ins Innere zu werfen, worauf sich seine Miene spürbar aufhellte. »Freut mich, dass unsere Bemühungen zu einem glücklichen Ende gelangt sind«, verkündete er, triefend vor Ironie, vermied es allerdings, Slavín die Hand zu schütteln, was dieser mit einem maliziösen Augenaufschlag quittierte. »Bleibt mir nur noch, mich von Ihnen zu verabschieden.«

»Doswidanja, Genosse«, erwiderte Slavín, schob seine Prothese nach vorn und griff zu. »Und noch viel Spaß mit dem Geld.«

»Doswidanja«, echote Rembrandt und entwand sich Slavíns Griff, bemüht, sich seine Antipathie nicht anmerken zu lassen. »Bis zum nächsten Mal.«

»Ich fürchte, ein nächstes Mal wird es nicht geben«, versetzte sein ungewöhnlich heiter gestimmter Gegenpart, begab sich hinter das Steuer seiner Jacht und ließ den Motor laut aufheulen. Dann gab er Vollgas, vollführte eine weite scharfe Rechtskurve und raste in Richtung Pfaueninsel davon, während die Gischt mehrere Meter in die Höhe schoss.

Gerade einmal zehn Sekunden vergingen, und er wurde von dem Regenschleier, der über der Havel niederging, verschluckt.

»Na, das wär's dann wohl gewesen«, sprach Ole Jensen und sah den ehemaligen Kriegskameraden, dessen Blick die Umgebung absuchte, auffordernd an. »Höchste Zeit, sich auf die Socken zu machen. was, Holländer?«

»Ich schon, Ole«, triumphierte Rembrandt, ein Lächeln im Gesicht, das sein Gegenüber prompt erwiderte. »Was dich betrifft, wäre ich mir da nicht so sicher.«

»Und weshalb nicht, Kamerad?«

»Deswegen!«, fuhr Rembrandt den Fragesteller an, den Geldkoffer in der linken, seine Tokarew, mit der er auf Jensens Brustkorb zielte, in der ausgestreckten rechten Hand. »Tut mir leid, Ole – aber mit Kameraden zu teilen ist nun mal keine Stärke von mir.«

»Klar, hast dich ja schließlich darauf spezialisiert, sie aus dem Weg zu räumen«, erwiderte Jensen, verschränkte die Arme vor der Brust und verzog keine Miene. Sein eisgraues Haar, das der aufkommende Wind völlig zerzaust hatte, ließ ihn noch hagerer erscheinen als sonst. »Oder sehe ich das etwa falsch?«

»Keineswegs«, stimmte ihm Rembrandt im Bewusstsein, dass sein schärfster Widersacher bald mundtot gemacht sein würde, hohnlächelnd zu. Dann richtete er die Mündung der Tokarew auf Jensens Stirn, blinzelte ihn an – und drückte ab.

Wieder und wieder, so lange, bis er begriffen hatte, dass sich keine Munition in ihr befand.

Jensen, zwischen Verachtung und Genugtuung schwankend, sah seelenruhig zu. »Wie sagtest du doch gleich, Kamerad –«, amüsierte er sich, »›schön blöd, wenn man sich eine Knarre mit leerem Magazin andrehen lässt!‹ Willkommen im Klub. Schon vergessen, dass du sie mir vorhin am Checkpoint Bravo in die Hand gedrückt hast? Verständlich, musstest dich ja schließlich ganz aufs Fahren konzentrieren.«

»So war das nicht gemeint, Jensen, lass uns noch mal in Ruhe über alles reden, dann …«

Weiter kam Rembrandt nicht, da Jensens Wehrmachtsdolch die linke Herzkammer durchbohrte. Rembrandt stand da wie versteinert, die Tokarew nach wie vor in der ausgestreckten Hand. Sekunden später, als Jensen sein Werk längst vollendet hatte, erschlaffte seine Linke, und der Koffer prallte mit einem dumpfen Schlag auf den Eichenbohlen der Anlegestelle auf. Steif wie eine Salzsäule, beschrieb Rembrandt einen Halbkreis, geriet ins Taumeln und stolperte mit ausgestreckten Armen auf das Ende des Bootssteges zu. Das einzige Geräusch, das dabei erklang, war der unstete Tritt seiner Stiefel, vermischt mit dem Heulen des Windes, der so böig war, dass er seinen Aufprall auf dem Wasser beinahe übertönte.

Etliche Minuten danach, als der Leichnam Rembrandts bereits von der Strömung erfasst und hinaus auf die stürmische Havel getrieben worden war, stand Ole Jensen weiterhin an der Stelle, wo er das Leben seines Widersachers ausgelöscht hatte. Sein Blick ging hinüber zum Grunewald, und es dauerte seine Zeit, bis er seine Gedanken geordnet hatte.

Zu guter Letzt, mit dem Gefühl, das einzig Richtige zu tun, griff Ole Jensen nach dem Koffer, holte weit aus und schleuderte ihn in die aufgewühlten Fluten der Havel.

*

In Sichtweite der Glienicker Brücke drosselte Slavín das Tempo und bog nach Steuerbord. Keine Spur von amerikanischen oder sowjetischen Posten und Grenzpatrouillen, nur allzu verständlich angesichts des Wolkenbruchs, der sich über ihm entlud. An seiner Stimmung, die ans Überhebliche grenzte, änderte dies kaum etwas. Alles lief nach Plan, und nichts, aber auch rein gar nichts deutete darauf hin, dass sich dies in nächster Zeit ändern würde.

Eine Einschätzung, die beim Auftauchen des Flugbootes vom Typ Berijew R-1, dem Stolz seiner sowjetischen Konstrukteure, weiter genährt wurde. Es war das erste mit Strahltriebwerken ausgestattete Flugboot der Welt, fast 800 Stundenkilometer schnell und der Konkurrenz aus den USA haushoch überlegen. Seine Reichweite betrug 2.000 Kilometer, mehr als genug, um es bis nach Odessa zu schaffen, wo er auf der Stelle untertauchen, sich mithilfe diverser Kontakte und seiner märchenhaften Beute eine neue Identität zulegen und anschließend von der Bildfläche verschwinden würde. Slavín lachte zufrieden in sich hinein. Mit einer Million Dollar im Gepäck wird es sich bestimmt gut leben lassen!, frohlockte er im Stillen,, und während das Flugboot circa einen halben Kilometer entfernt von ihm auf dem Jungfernsee aufsetzte, wurde der ehemalige NKWD-Offizier, dem Gefühlsregungen an sich suspekt waren, von überbordender Euphorie gepackt. Ein paar Minuten noch und er hätte für alle Zeiten ausgesorgt. Dann endlich würde er ein Leben führen, wie er es sich immer gewünscht hatte, aller Sorgen und eines gewissen Besuchow, der vermutlich vor Wut schäumen würde, ein für alle Mal ledig. Dafür würde allein die Karte mit dem Versteck des Bernsteinzimmers sorgen, aus der er zu gegebener Zeit Kapital zu schlagen gedachte.

Im Begriff, zwischen Stützschimmer und Rumpf hindurchzunavigieren, vergewisserte sich Slavín, ob sich die Frucht seiner Bemühungen auch wirklich in seinem Jackett befand. Anschließend nahm er das Gas zurück und wartete, bis sich die Motorjacht auf gleicher Höhe mit der Einstiegsluke des Flugzeugs befand. Dann warf er seinen mit einem Sicherheitsschloss versehenen Aktenkoffer in den Frachtraum und kletterte behände an Bord. Für die fast acht Meter lange, gut und gerne 100.000 Dollar teure Luxusjacht hatte er nicht einmal einen Blick übrig, schloss die Luke, nahm seinen Koffer an sich und begab sich zum Bug.

»Na, Slavín – wie steht's?«, fragte der kleinwüchsige Georgier, Kontaktmann, Pilot und Logistiker in einer Person, als Slavín die Cockpittür öffnete und sich auf dem Platz des Kopiloten breitmachte. »Sieht so aus, als hättest du Erfolg gehabt.«

»Kann man so sagen«, beantwortete der Angesprochene die Frage, auf die er bei anderer Gelegenheit höchst unwirsch reagiert hätte. »Grund genug, mal wieder ordentlich einen zu heben, findest du nicht auch, Sasa?«

»An mir soll's nicht liegen, Wassili«, lachte der schmuddelig gekleidete Pilot, der kaum über das Armaturenbrett hinausreichte, und ließ den Blick über die Instrumententafel gleiten. »Dann wollen wir mal, oder?«

»Einen Augenblick, so eilig haben wir es nun auch wieder nicht«, dämpfte Slavín den Eifer seines Nebenmannes, warf einen Blick aus dem Fenster und zog ein mit Antenne, diversen Schaltern und Blinklampen versehenes Gerät aus der Tasche, nur knapp doppelt so groß wie eine Streichholzschachtel, jedoch ungleich effektiver. »Ab geht die Post.«

»Nichts lieber als das«, antwortete der Georgier, fuhr die Triebwerke hoch und beschleunigte auf über 200 Stundenkilometer, wobei die heftige Detonation, welche die Segeljacht unmittelbar nach dem Start der Berijew R-1 in tausend Stücke riss, bei ihm allenfalls für ein müdes Grinsen sorgte. »Damit du rechtzeitig wieder zu Hause bist.«

»Dürfte nicht allzu schwierig …«, begann Slavín, brach allerdings mitten im Satz ab und erstarrte.

»An Ihrer Stelle, Towarischtsch, wäre ich mir da nicht so sicher.« Die Mündung der Tokarew, die Slavín an seiner Schläfe spürte, sprach eine klare Sprache, zu eindeutig, als dass er Gegenwehr geleistet hätte. Er war überrumpelt worden, kaum imstande, klar zu denken. »Es sei denn, Sie ziehen es vor, die Realität zu ignorieren. Wovon ich Ihnen allerdings dringend abraten würde. Wenn ich Sie wäre, Slavín, würde ich mich fragen, ob es nicht besser wäre zu kooperieren.«

»Kooperieren? Und wieso?«

»Weil Sie am Ende sind, Genosse Geldeintreiber – auf die Gefahr hin, Ihnen die letzten Illusionen rauben zu müssen.«

In Slavíns Gehirn begann es fieberhaft zu arbeiten, und er sah den Piloten aus dem Augenwinkel an. Zu seiner Verwunderung, die alsbald in ohnmächtigen Zorn umschlug, tat Sasa Abuladse jedoch so, als sei die Tatsache, dass er mit einer Tokarew bedroht wurde, die normalste Sache der Welt. Slavín wurde von unbändigem Zorn erfasst, begann zu begreifen, dass er in eine Falle getappt war. »Wie viel?«, presste er zähneknirschend hervor, absolut sicher, die Stimme des Unbekannten bislang nicht gehört zu haben. »Schießen Sie los.«

»Typisch für Sie, absolut typisch«, fuhr Kuragin den Mann, hinter dem er seit geraumer Zeit her war, voller Verachtung an. »Denkt, mit Geld ließe sich alles regeln. Ich fürchte, da sind Sie schief gewickelt.« Kuragin verstärkte den Druck auf Slavíns Schläfe, rückte auf Tuchfühlung an ihn heran und sagte: »Gestatten: Kuragin – Juri Andrejewitsch Kuragin, Oberstleutnant des MGB. Unter anderem zuständig für die Bekämpfung der organisierten Kriminalität, wenn Sie verstehen, was ich meine.«

»Nicht im Geringsten.«

»Dachte ich mir. Um meine Zeit nicht unnötig zu vergeuden, einstweilen nur so viel: Es hat uns erhebliche Mühe gekostet, Ihnen und Ihresgleichen auf die Spur zu kommen. Etliche Jahre, um es genau zu sagen. Und auch nur dadurch, indem es dem MGB gelungen ist, Ihr Netzwerk, das sich nahezu über ganz Europa erstreckt, mithilfe von Informanten zu infiltrieren. Kopf hoch, Towarischtsch! Ein Patzer wie der, welcher Ihnen am heutigen Tage unterlaufen ist, kommt schließlich in den besten Familien vor.«

»Sie sollten Märchenerzähler werden, Kuragin – oder im Russischen Staatszirkus als Clown anheuern.«

»Nach Ihnen, Slavín – falls Sie nichts dagegen

haben«, fuhr Kuragin ungerührt fort und spöttelte: »Wer anders als Sie wäre so dumm, auf eine derartige Finte hereinzufallen? Nebenbei – der Mann an Ihrer Seite, mein Duzfreund Sasa, arbeitet seit Jahren für den MGB. Ein Glücksfall für uns, dass Sie so weitsichtig waren, gerade ihn um Hilfe zu bitten.«

Der Blick, den Slavín dem Piloten zuwarf, sprach Bände, wovon sich der Leutnant und Informant des MGB, dem die Zufriedenheit ins unrasierte Gesicht geschrieben stand, aber nicht im Geringsten beeindruckt zeigte.

»Ich sehe, Sie beginnen zu begreifen«, sprach Kuragin mit tonloser Stimme, »das erspart uns eine Menge Zeit. Woher ich wissen will, weshalb Sie sich Hals über Kopf nach Berlin begeben haben? Ganz einfach. Mir kam der Zufall zu Hilfe, so etwas soll es ja ab und zu noch geben. Dass Sie im Begriff waren, uns mit Ihrer Anwesenheit zu beehren, war mir dank Sasas Tipp natürlich nicht verborgen geblieben, die Frage war nur, weshalb.«

»Fantasie haben Sie ja, das muss Ihnen der Neid lassen.«

»Und jede Menge Informationen, Slavín –«, konterte Kuragin, dem das Gespräch unbändige Freude zu bereiten schien, »oder wollen Sie etwa bestreiten, dass das Dokument, das sich in Ihrem Jackett befindet, rein zufällig dorthin gelangt ist? Jetzt machen Sie mal einen Punkt, Genosse, für so dumm werden Sie mich doch wohl hoffentlich nicht halten. Ihr Pech, dass Sie gegenüber meinem Freund Sasa, dessen Nachricht mich vor gerade einmal zwei Stunden erreicht hat, im Gegensatz zu Ihren sonstigen Gepflogenheiten ungewöhnlich redselig waren. Mal ehrlich, Slavín – finden Sie nicht auch, dass die Suche nach dem Bernsteinzimmer eine Nummer zu groß für Sie ist?«

»Das Bernsteinzimmer, was Sie nicht sagen.«

»Machen wir uns nichts vor, Slavín – Sie stehen mit dem Rücken zur Wand. Jede Wette, dass Sie kooperieren werden.«

»Wenn Sie sich da mal nicht täuschen, Kuragin.«

»Wohl kaum. Sie werden mir jetzt die Karte aushändigen, in deren Besitz Sie mithilfe Ihres alten Weggefährten aus DDR-Tagen …«

»Woher wollen Sie das wissen, Kuragin?«

»… gekommen sind. Woher, fragen Sie? Offen gestanden, Slavín, Sie enttäuschen mich. Erst plaudern Sie alles brühwarm an Sasa aus, und dann bekommen Sie nicht einmal mit, dass die beiden Telefonate mit Ihrem Stasi-Kumpel vom MGB abgehört werden. Ich muss schon sagen, Genosse, ich hätte Sie wirklich für gewiefter gehalten.«

»Scher dich zum Teufel, Hurensohn!«

»Nicht, bevor Sie mir verraten haben, für wen Sie arbeiten, Slavín.«

»Aus mir kriegen Sie nichts raus, kapiert?«

»Für Besuchow, stimmt's?«

»Wenn Sie alles so genau wissen, wieso fragen Sie mich dann überhaupt?«

»Vielleicht, weil ich gerne aus Ihrem Munde hören würde, dass die Verbindungen von Besuchow bis nach Moskau reichen. Nach allem, was man so hört, sogar bis in den Kreml.«

»Finden Sie nicht, das sollte Ihnen zu denken geben?«, trotzte Slavín, wild entschlossen, seine Haut so teuer wie möglich zu verkaufen. »Oder legen Sie es darauf an, mit Berija persönlich aneinanderzugeraten?«

»Besten Dank, Slavín«, entgegnete Kuragin lapidar, während die Berijew auf eine Gewitterfront zuflog. »Genau das wollte ich hören.« Aus ihrem Zentrum, in etwa auf halbem Weg zwischen Berlin und der Oder, schossen die Blitze gleich bündelweise hervor, und je näher das Flugboot dem Unwetter kam, umso dichter die Mixtur aus Graupel und scharfkantigen Hagelkörnern, die von außen gegen das Cockpitfenster prasselten. »Jetzt ist mir einiges klar.«

»Wenn wir krepieren, dann alle, oder sehe ich das falsch?«

Kuragin brach in schallendes Gelächter aus, wurde jedoch umgehend wieder ernst. »Höchste Zeit für eine kurze Nachricht nach Odessa, finden Sie nicht auch?«

»Wüsste nicht, wozu das ...«

Auf einen Schlag wie umgewandelt, drückte Kuragin seinem Vordermann die Waffe so heftig gegen die Schläfe, dass Slavín das Wort im Mund stecken blieb. »Jetzt hören Sie mir mal gut zu, Einauge –«, flüsterte er, »Sie werden schön brav sein, über Funk unsere Position durchgeben und so tun, als ob wir kurz vor dem Abstürzen sind. Frei nach dem Motto: je dramatischer, desto besser. Auf geht's, oder brauchen Sie eine Extraeinladung?«

»Fick dich selbst, du …«

»Sasa, das Mikro«, befahl Kuragin, packte Slavín an den Haaren und riss sein Gesicht so weit nach hinten, dass er ihm direkt in die Augen sehen konnte. »Ich zähle bis fünf«, fauchte er und stieß seinem Widersacher den Lauf der Tokarew so tief in den Mund, dass dieser verzweifelt zu würgen begann. »Eins, zwei, drei …«

Krebsrot im Gesicht, schnellte Slavíns Prothese im allerletzten Moment nach oben, worauf ihn Kuragin in den Würgegriff nahm, dem Piloten seine Waffe zuwarf und von diesem das Mikrofon in die Hand gedrückt bekam. »Wie war das doch gleich mit dem Märchenerzähler?«, spottete er. »Wer weiß, vielleicht kann ich noch von Ihnen lernen!«

*

Knapp zwei Minuten später, nachdem der Funkspruch abgesetzt worden war, bog Kuragin seinem Intimfeind die Hände auf den Rücken, legte ihm Handschellen an und nahm auf dem Sitz hinter ihm Platz.

»Na also!«, rief er erleichtert aus, damit beschäftigt, sich ohne erkennbare Eile anzugurten. »Warum denn nicht gleich so?«

»Was haben Sie vor, Kuragin?«, keuchte Slavín und warf einen wütenden Blick über die rechte Schulter. »Sie haben doch nicht etwa Angst, dass ich stiften gehe, oder?«

»Sie vielleicht nicht«, gab Kuragin mit unbewegter Miene zurück, während er einen Helm mit der Aufschrift CCCP aufsetzte. »Aber wir. Passt wie angegossen, finden Sie nicht auch?«

Slavín erbleichte, wurde kalkweiß im Gesicht. Dann richtete er den Blick wieder nach vorn.

Kuragin nahm es mit einem hintergründigen Schmunzeln hin. »Berijew R-1«, dozierte er mit sichtlichem Vergnügen, »erstes mit Strahltriebwerken angetriebenes Flugboot weltweit. Ausgestattet mit Radar, vier 23-Millimeter-Kanonen, Druckkabine und – sozusagen die Krönung sowjetischer Ingenieurskunst – Schleudersitzen! Der Platz des Kopiloten, den wir uns zu manipulieren erlaubt haben, natürlich nicht mit inbegriffen.«

»Das können Sie nicht …«

»Und ob ich das kann, Slavín!«, fiel Kuragin seinem Widersacher ins Wort. »Für den Fall, dass es Ihnen ein Trost sein sollte – ich habe mir die Freiheit genommen, die Westberliner Kripo über Ihr geplantes Tête-à-Tête mit einem gewissen Curt Holländer, seines Zeichens Offizier in besonderem Einsatz des MfS, in Kenntnis zu setzen, als ausgleichende Gerechtigkeit sozusagen. Wer weiß, wie lange Ihr Intimus die Belohnung, die er aus Ihren Händen in Empfang genommen hat, überhaupt wird genießen können. Schön und gut, alles hat seinen Preis, vor allem das Wissen um den Verbleib des Bernsteinzimmers. Ach, wenn wir gerade dabei sind: gestatten, dass ich die Karte für Sie in Verwahrung nehme?«

Halb wahnsinnig vor Furcht, Wut und Hass, musste Slavín mit ansehen, wie Kuragins Hand in seinem Jackett verschwand, die Karte hervorzerrte und sich anschließend wieder aus seinem Blickfeld entfernte. »Zu Ihrer Information, Slavín – Sasa wird gleich mit dem Sinkflug beginnen. In drei, vier Minuten, vielleicht auch etwas später, wird die Maschine irgendwo in der Schorfheide aufschlagen, mit ein wenig Glück sogar in einem der zahlreichen Seen.« Die Andeutung eines Lächelns im Gesicht, ließ Kuragin die Karte in seinem Overall verschwinden, griff nach Slavíns Koffer und nickte seinem Freund und Kollegen, der auf sein Kommando zum Ausstieg wartete, aufmunternd zu. »Tut mir leid, dass ich Ihnen bis dahin nicht Gesellschaft leisten kann, Slavín. Aber von Stund an werden sich nicht nur meine und diejenigen meines unvermutet zum Millionär gewordenen Freundes Sasa, sondern auch unsere Wege trennen. Es gibt da nämlich noch etwas, das ich zu erledigen habe – vorausgesetzt, mein Schleudersitz funktioniert. Gute Reise, Slavín – und einen angenehmen Flug!«

*

Obwohl er gut daran getan hätte, das Weite zu suchen, rührte sich Ole Jensen nicht vom Fleck, sondern starrte mit unbewegter Miene auf die Havel hinaus. Soeben hatte er den ersten Mord seines Lebens begangen, wenngleich er sicher war, dass es niemanden gab, der Holländer eine Träne nachweinte. Nicht ganz so sicher war er sich, was aus ihm werden sollte. Das Unwetter, welches er nur am Rande registriert hatte, war abgeebbt, die Luft längst nicht mehr so schwül und der Grunewaldturm, der sich am jenseitigen Ufer erhob, zum Greifen nah. Irgendwo da draußen musste sich der Leichnam von Holländer befinden, ein Spielball der Wellen, die ihn hoffentlich nie mehr an Land spülen würden. Ole Jensen holte tief Luft, reckte die müden Glieder und ließ die Zeit, die unwiderruflich hinter ihm lag, nochmals Revue passieren. Zehn Jahre war es her, seit er in die SS eingetreten war, nicht etwa aus freien Stücken, sondern weil Experten wie er dringend benötigt worden waren. Er hatte dafür büßen müssen, schlimmer, als er es sich je hätte träumen lassen. Mord und Totschlag, Gefangenschaft, Stasi-Knast – und das alles nur, weil es sich ein gewisser Herr Himmler in den Kopf gesetzt hatte, kurz vor Kriegsende noch ein paar Faustpfänder verschwinden zu lassen. Ausgerechnet er, Ole Jensen, hatte das Pech gehabt, zur Teilnahme an einem dieser Himmelfahrtskommandos verdonnert zu werden, eine Laune des Schicksals, die ihm jede Menge Scherereien, acht Jahre hinter Gittern und Erlebnisse beschert hatte, die er sein Lebtag nicht mehr vergessen würde.

Aber damit, stellte Jensen aufatmend fest, war es jetzt vorbei. Endgültig. Vom heutigen Tage an würde ein anderes Leben beginnen, weitaus besser als dasjenige, mit dem er für immer abgeschlossen hatte.

Völlig durchnässt, müde bis zum Umfallen und in Gedanken ausschließlich mit sich und seiner Zukunft beschäftigt, hatte Ole Jensen die Schritte, die sich vom Ufer aus näherten, nicht bemerkt, nicht einmal, als der hochgewachsene, mindestens ebenso abgekämpft und ausgelaugt wirkende Mann um die 40 direkt neben ihm stand, einen Glimmstängel ansteckte und sein Aroma mit sichtlicher Erleichterung genoss.

»Ole Jensen, wenn ich mich nicht irre?«, fragte er geraume Zeit später, als seine Lucky Strike beinahe zu Ende geraucht war. »Tom Sydow – Kripo Berlin. Wenn es Ihnen nichts ausmacht, hätte ich ein paar Fragen an Sie.«

34

Lubjanka in Moskau | *15.40 h Berliner Zeit*

»Das war Andrej Antonowitsch«, sagte Lawrenti Berija, und er sagte es so, als seien die Erfolgsmeldungen, die ihm gerade übermittelt worden waren, im Grunde zu erwarten gewesen. Das wiederum war beileibe nicht der Fall, woran Georgi Malenkow, Erster Sekretär des ZK der KPdSU, keinen Anstoß nahm. Der 51-jährige, leicht übergewichtige und während der Stalin-Ära zu Amt und Würden gelangte Karrierist gab sich betont lässig, wenngleich er seinem Erzrivalen, aussichtsreichster Kandidat im Ringen um die Position des ersten Mannes im Staat, zutiefst misstraute und ihn nicht zu Unrecht verdächtigte, nach der alleinigen Macht zu streben. »Sieht so aus, als bekäme er die Lage in Ostberlin allmählich in den Griff.«

»Bleibt die Frage, ob wir uns darüber freuen sollen oder nicht«, sinnierte Malenkow und nippte an seinem Tee.

»Gretschko* hat richtig gehandelt, was denn sonst!«, empörte sich Berija, drei Jahre älter, von Geburt Georgier und nach Stalins Tod vor mehr als drei Monaten der meist gefürchtete Mann im Land. Ein Prädi-

---

* Andrej Antonowitsch Gretschko, sowjetischer Oberkommandierender in der DDR

kat, das er seiner Funktion als Geheimdienstchef und dem Ruf verdankte, der bei Weitem rücksichtsloseste Scherge des verstorbenen Diktators gewesen zu sein. »Wo kämen wir da hin, wenn wir eine Rotte hergelaufener Konterrevolutionäre einfach gewähren lassen würden.«

Am Fenster postiert, von wo aus er einen ungestörten Blick auf den Lubjanka-Platz und die Bronzestatue von Felix Dserschinski* genoss, zog es Malenkow vor, auf die martialischen Anwandlungen des kahlköpfigen Kaukasiers zunächst nicht zu reagieren. Stattdessen leerte er sein Glas, stellte es ab und wandte sich dem Porträt zu, das am Kopfende des schmucklosen Sitzungssaales hing. Noch war es nicht so weit, dass es irgendjemand, er selbst mit eingeschlossen, gewagt hätte, Stalins Konterfei zu entfernen. Dazu war die Erinnerung an den Woschd** noch zu lebendig, die Schrecken, Ränkespiele und tödlichen Intrigen der Vergangenheit viel zu präsent, als dass man sie einfach hätte ignorieren und anschließend zur Tagesordnung übergehen können. »Genau, Genosse Berija, wo kämen wir da hin.«

»Ich muss schon sagen, Genosse Malenkow«, wunderte sich Berija, und bettete den Hinterkopf auf die mit einer Spitzendecke drapierte Lehne des Ledersessels, in dem er es sich gerade bequem gemacht hatte, »für meine Begriffe lässt Ihr patriotischer Elan einiges zu wünschen übrig.«

---

* Geheimdienstchef unter Lenin

** russ.: Führer

»Der Ihrige, Lawrenti Pawlowitsch, dafür umso weniger.«

»Wie schön, dass wir wenigstens diesbezüglich der gleichen Meinung sind«, konterte Berija geschickt, schob die randlose Brille nach unten und schärfte dem ungeliebten Verbündeten mit gestrenger Miene ein: »Sie wissen doch, Georgi Maximilianowitsch – nur dann, wenn wir beide uns einig sind, wird es uns gelingen, diesen Bauerntrampel namens Chruschtschow von der Macht fernzu…«

Ein neuerliches Schrillen des Telefons, bei dessen Klang Berija erschrocken zusammenfuhr, machte dem Gespräch vorläufig ein Ende. Berija nahm ab, meldete sich, lauschte angestrengt und erblasste. »Abgestürzt?«, ächzte er, wobei sein Blick wie zufällig an dem Porträt seines politischen Ziehvaters haften blieb. »Und wo, Valentin Sergejewitsch?« Außerstande, die offensichtliche Hiobsbotschaft zu verdauen, saß Berija stocksteif auf seinem Sessel und hörte dem Anrufer mit wachsender Bestürzung zu. Ein Mann, der so gut wie nie seine Gefühle zeigte, ließ sich Berija zu einem lauten und vernehmlichen »Dermo!«* hinreißen, worauf Malenkow mit ostentativem Gleichmut reagierte.

»Schlechte Nachrichten?«, fragte der ZK-Sekretär nach, als Berija den Hörer wutentbrannt auf die Gabel geschleudert hatte.

»›Schlecht‹ ist gar kein Ausdruck!«, fuhr Berija sei-

* russ.: Scheiße!

nen Gesprächspartner an, nicht ahnend, dass dieser demnächst die Fronten wechseln und er, Berija, nur noch neun Tage zu leben haben würde. »Die Operation Puschkin, so scheint es, ist endgültig gescheitert. Was nichts anderes bedeutet, als dass wir das Bernsteinzimmer endgültig abschreiben können.«

»Und damit den Prestigegewinn, den wir beide uns von seiner Entdeckung erhofft hatten«, vollendete Malenkow, zog den Vorhang zu und begab sich zur Tür. »Vielleicht doch keine so gute Idee, Kontakte zu knüpfen, die einem unter Umständen zum Verhängnis werden könnten.«

»Was hätte ich sonst machen sollen, Malenkow – einen meiner Agenten mit dem Auftrag betrauen? Sie wissen ebenso gut wie ich, dass Chruschtschow mittlerweile überallhin seine Spitzel lanciert hat. Inzwischen sind wir so weit, dass ich mich nicht einmal mehr auf meine eigenen Leute verlassen kann. Die kleinste Indiskretion, und die Sache wäre aufgeflogen. Und was dann, können Sie mir das vielleicht verraten? Was, wenn Chruschtschow davon erfahren hätte? Dann wären wir bis auf die Knochen blamiert gewesen.«

»Ich fürchte, Lawrenti Pawlowitsch«, entgegnete Malenkow, nahm seinen Hut vom Haken und öffnete die Tür, »ich fürchte, das sind wir sowieso.« Nur um etliche Sekunden später, nachdem sich die Tür bereits hinter ihm geschlossen hatte, hinzuzufügen: »Beziehungsweise Sie, Lawrenti Pawlowitsch – dafür werde ich schon sorgen.«

35

Berlin-Zehlendorf, Waldfriedhof | *17.42 h*

»Alter: 33, geboren in Dresden, aus gutem – will scherzhafterweise sagen, arischem – Hause, Besuch des dortigen Gymnasiums, Abitur, Studium der Ingenieurswissenschaften mit Schwerpunkt Bergbau, vom Wehrdienst freigestellt, danach, kurz nach Beginn des Russlandfeldzuges, Eintritt in die SS. Ob zwangsweise oder aus freien Stücken, lässt sich im Nachhinein nicht mehr feststellen. Sei's drum. Kurz vor Kriegsende die Rekrutierung für ein streng geheimes Kommandounternehmen mit dem Decknamen Alberich – was sich dahinter verbirgt, ist uns ja inzwischen bekannt.«

Wie immer, wenn es um Recherchearbeit ging, hatte Eduard Krokowski seine Sache ausgesprochen gut gemacht, hatte das, was er im Document Center in Erfahrung gebracht und Sydow soeben ins Ohr geflüstert hatte, Hand und Fuß. In Ermangelung eines Pfarrers beziehungsweise einer Grabrede muteten seine Worte jedoch ausgesprochen makaber an, und Sydow war kurz davor, dem Übereifer seines Assistenten einen Dämpfer zu verpassen. Aber dann, im Anschluss an Krokowskis Rapport, begannen beide Totengräber bereits damit, den Sarg in die Grube hinabzulassen, und so kam er ungeschoren davon.

Es war eine zutiefst bedrückende Szenerie, die sich Sydow bot, und wären Peters, Krokowski und Jensen nicht zur Stelle gewesen, der es sich nicht hatte nehmen lassen, seinem Kameraden das letzte Geleit zu geben, wäre sie noch viel bedrückender gewesen. Die Nachrichten aus Ostberlin trugen das Ihrige zu seiner düsteren Stimmung bei, und der Ort, an dem er sich befand, gab ihm den Rest. Die Stille und der Geruch nach Lehm, feuchtem Laub und morschem Holz waren kaum zu ertragen, selbst das Abendrot und die von der Gewitterschwüle gereinigte Luft kamen dagegen nicht an.

Doch bald war auch schon alles vorbei, Peters und Krokowski, der Jensen sofort unter seine Fittiche genommen hatte, auf dem Weg zurück zum Wagen. Da Sydow es nicht fertigbrachte, sich einfach so zu verdrücken, wartete er ab, bis das Trio seinen Blicken entschwunden war, pflückte ein paar Kornblumen und ließ sie unter den erstaunten Blicken der beiden Totengräber auf den schmucklosen Eichenholzsarg fallen.

»Sieh mal einer an, Herr Kommissar – so kenne ich Sie ja gar nicht.«

Viel zu erschöpft, um sich überhaupt noch über etwas zu wundern, verharrte Sydow auf der Stelle und sah den Totengräbern, die den Hinzugekommenen neugierig musterten, bei der Arbeit zu. Nach einiger Zeit, als dieser direkt neben ihm stand, rang er sich zu einer Erwiderung durch. »Vor Ihnen ist man auch nirgendwo sicher –«, flachste er und ergänzte: »Nicht mal auf dem Friedhof. Apropos, da fällt mir gerade ein: Wollten wir beide uns nicht duzen?«

»Nichts dagegen«, willigte Kuragin ein. »Jetzt, wo ich den Dienst quittiert habe, brauchen wir beide kein schlechtes Gewissen mehr dabei zu haben.«

Sydow zog die Brauen hoch, bedachte Kuragin mit einem kurzen Blick und sagte: »Na dann – willkommen in der Freiheit.«

»Die Freude ist ganz auf meiner Seite«, gab Kuragin zurück, wenngleich nicht so, dass Sydow ihm hundertprozentig glaubte. »Ich habe sogar ein kleines Geschenk mitgebracht«, kündigte er daraufhin an, zog einen Umschlag hervor und drückte ihn Sydow in die Hand. »Ich denke, du weißt, worum es sich dabei handelt.«

Einigermaßen überrascht, wog Sydow das Kuvert in seiner Hand, betrachtete es von allen Seiten und fragte: »Hast du dir das auch genau überlegt?«

Kuragin lächelte. »Das mit meiner Kündigung? Na klar.«

»Trotzdem, ich finde, die Karte …«

»… gehört dir!«, vollendete Kuragin bestimmt. »Tu damit, was du für richtig hältst. Was mich betrifft, werde ich keine Ansprüche darauf erheben.«

»Ernsthaft?«

Kuragin, mindestens ebenso erschöpft, nickte. »Nur keine Hemmungen, ich habe mir die Sache gut überlegt.«

Weiterhin unschlüssig, starrte Sydow geraume Zeit ins Leere und ließ die Ereignisse der letzten 24 Stunden an sich vorüberziehen.

Im Anschluss daran atmete er tief durch, warf den Umschlag in Kempas Grab und wandte sich zum Gehen.

36

Berlin-Wannsee, Seestraße | *21.20 h*

»Und was wird mit ihm geschehen?«, fragte Lea von Oertzen, packte das Verbandszeug zusammen und verschwand kurz in der Küche, um ihrem Patienten, der es sich auf der Terrasse bequem gemacht hatte, etwas zu trinken zu holen. »Ich meine, das werden die Russen doch nicht einfach so auf sich sitzen lassen. Von der Mafia, mit der dieser Holländer anscheinend handelseinig geworden war, gar nicht zu reden.«

»Das genau ist das Problem, da muss ich dir recht geben«, stimmte Sydow zu, legte seinen Fuß hoch und betrachtete den Wannsee, auf dessen spiegelglatter Oberfläche sich das Licht der untergehenden Sonne spiegelte. Hier, umgeben von Birken, englischem Rasen und Schmuckbeeten, konnte man es wirklich aushalten, und so ließ er fünf gerade sein, die Arme auf der Lehne der schmiedeeisernen Gartenbank ruhen und die Aura, welche Leas selbst geschaffene Idylle verbreitete, auf sich wirken. »Er wird nicht umhinkommen, möglichst rasch eine neue Identität anzunehmen.«

»Und Jensen?«, fragte Lea, ein Tablett mit Sandwiches, einer Teekanne und Keksen in der Hand, als sie sich wieder zu ihm gesellte. »Was wird aus ihm?«

Sydow lächelte verschmitzt. »Den habe ich fürs Erste bei Tante Lu einquartiert«, verriet er seiner Gastgeberin. »Mal sehen, wie er die Nacht übersteht. Tja, und morgen wird er mir noch mal Rede und Antwort stehen müssen. Das meiste ist zwar geklärt, aber eben noch nicht alles.«

»Also Sieg auf der ganzen Linie«, sagte Lea, stellte das Tablett auf den Gartentisch und wollte sich gerade neben ihn setzen, als es laut und vernehmlich klingelte.

»Für dich, Tom!«, rief sie ihm kurz darauf aus dem Wohnzimmer zu und begab sich wieder auf die Terrasse.

Bis Sydow sich wieder zu ihr gesellt hatte, war kaum eine Minute vergangen. »Der Polizeipräsident!«, verkündete er mit breitem Grinsen, nahm Leas Gesicht zwischen die Hände und drückte ihr einen Kuss auf den Mund.

»Und was hat er gesagt?«, wollte sie wissen, sichtlich angetan von einem Gefühlsausbruch, wie sie ihn so sicherlich nicht erwartet hatte, ergriff Sydows Hand und sah ihn erwartungsvoll an.

»Dass aus Gründen, die ihm der Innensenator nicht nennen wollte, meine Beförderung vorerst auf Eis gelegt worden ist!«, triumphierte Sydow, schloss seine Jugendliebe in die Arme und flüsterte: »Lea – das muss gefeiert werden!«

EPILOG

Sankt Petersburg / Russland

(31.05.2003)

37

Katharinenpalast in Zarskoje Selo
| kurz nach Mitternacht

Der russische Präsident, Bundeskanzler Schröder und die zahlreichen Ehrengäste, die im Verlauf des denkwürdigen Tages wie die Heuschrecken über die altehrwürdige Residenz von Russlands berühmtester Zarin hergefallen waren, hatten sich längst wieder in ihre Quartiere begeben, als die Nachtwächterin, eine betagte Rentnerin jenseits der 80, durch die Gänge der weitläufigen Zarenresidenz schlurfte. Auf den Sicherheitsdienst, so ihr durch nichts zu erschütterndes Credo, war nun einmal kein Verlass, und da sie nicht viel Schlaf benötigte, machte es ihr nichts aus, Russlands ganzem Stolz einen mitternächtlichen Besuch abzustatten und das Wunder, von dem die ganze Welt sprach, in aller Ruhe zu begutachten. Seit damals, jenem denkwürdigen Tag, als sie das Bernsteinzimmer zum letzten Mal unversehrt zu Gesicht bekommen hatte, waren beinahe 62 Jahre vergangen, dennoch kam es ihr so vor, als sei es gestern gewesen.

Die ehemalige Kunsthistorikerin, seit Jahrzehnten außer Dienst, aber nach wie vor als Mädchen für alles tätig, kam aus dem Staunen nicht mehr heraus. Ein

Wunder, in der Tat, dachte sich die Alte, als sie die in langjähriger Filigranarbeit rekonstruierten Paneele, Pilaster und Mosaike, Meisterwerke russischer Restaurationskunst, wie eine himmlische Erscheinung betrachtete. Über sechs Tonnen verarbeiteter Bernstein im Wert von etwa drei Millionen Euro. Kaum vorstellbar, aber wahr. Die Alte geriet in Verzückung, ein ehrfürchtiger Schauder nach dem anderen überlief ihre gebeugte Gestalt. Doch plötzlich, ohne dass sie von irgendwoher Schritte vernommen hätte, hörte sie Stimmen, die, wie sie tags darauf ihren Enkeln erzählen würde, ganz unzweifelhaft von einem Mann und einer Frau stammten. Die Taschenlampe in der rechten und den Gehstock in der linken Hand, gefror der Alten das Blut in den Adern, aber mit der Zeit, aufgrund des samtweichen, ans Frivole grenzenden Tonfalls der Frau, legte sich ihre Aufregung wieder. Sonderbar!, sinnierte die Alte, sah sich bedächtig um und brummelte: »Na ja, wer weiß, vielleicht siehst du langsam Gespenster!«

Genau das schien allerdings nicht der Fall zu sein, war doch die Stimme der Frau, geziert, heiter und verführerisch zugleich, ganz deutlich zu hören. »Was für eine Pracht!«, jubilierte sie, kaum imstande, sich zu beruhigen. »Nicht wahr, mein lieber Orlow?«

»Durchaus, Majestät.«

»Warum denn so zurückhaltend, mon chéri?«, zwitscherte die Frau in altertümlichem Russisch, eine Spur zu schrill vielleicht, dennoch gut zu verstehen. »Ich finde, es ist überaus ansehnlich geworden – und um ein Vielfaches schöner als das Original!«

ENDE

GLOSSAR

›*Auferstanden aus Ruinen*‹: Titel der DDR-Hymne; Text von Johannes R. Becher, Melodie von Hanns Eisler

Adele Sandrock: Ufa-Star der 20er- und 30er-Jahre, 1937 verstorben

Bursztynowa Komnata – ściśle tajne!: Bernsteinzimmer – streng geheim! (poln.)

CD: Corps Diplomatique (frz. Bezeichnung für Diplomatisches Corps)

Compris?: Verstanden? (frz.)

Dépêchez-vous!: Beeilt Euch! (frz.)

Dermo!: Scheiße! (russ.)

Doswidanja!: Auf Wiedersehen!

Eremitage: Im Winterpalast in Sankt Petersburg untergebrachte Sammlung wertvoller Gemälde, Kunstwerke und Artefakte

Felix Dserschinski: Geheimdienstchef unter Lenin

Gretschko: Andrej Antonowitsch Gretschko, sowjetischer Oberkommandierender in der DDR während des Volksaufstandes am 17. Juni 1953

HA: Hauptabteilung

HVA: Hauptverwaltung Aufklärung des MfS, d. h. Auslandsnachrichtendienst der DDR

IM: Inoffizieller Mitarbeiter des Staatssicherheitsdienstes der DDR

Jekaterina Alexejewna: Thronname Katharinas II. der Großen

Joseph McCarthy: US-Senator (1897-1953) und führender Politiker während der nach ihm benannten durch extremen Antikommunismus geprägten McCarthy-Ära der frühen 50er-Jahre

Kap Deschnew: östlichster Punkt des russischen beziehungsweise asiatischen Festlands

Langer Lulatsch: Spitzname für den Berliner Funkturm

Lawrenti Berija: Geheimdienstchef der UdSSR, vermutlich am 26. Juni 1953 von seinen Rivalen im Politbüro exekutiert

Lubjanka: Zentrale, Gefängnis und Archiv diverser russischer Geheimdienste am gleichnamigen Platz in Moskau, heute Sitz der Bundesagentur für Sicherheit der Russischen Föderation (FSB)

MGB: Ministerium für Innere Angelegenheiten

Muschik: leibeigener russischer Bauer

Nikita Chruschtschow: Nachfolger Stalins als Parteichef der KPdSU, 1964 entmachtet

NKWD: Volkskommissariat für Innere Angelegenheiten (dem die Geheimpolizei unterstellt war)

OibE: Offizier im besonderen Einsatz des Ministeriums für Staatssicherheit der DDR (MfS)

Post mortem: nach seinem Tod (lat.)

RIAS: Rundfunk im amerikanischen Sektor (Programmdirektor Schütz am 16.06.1953)

Stalinallee: in den Bezirken Berlin-Mitte bzw. Friedrichshain-Kreuzberg gelegene Straße, 1961 in Karl-Marx-Allee umbenannt und Ausgangspunkt der Unruhen des 17.6.1953

Starez: ehrwürdiger Greis

Towarischtsch: Genosse

Tschekist: Sammelbegriff für einen Mitarbeiter der sowjetischen Geheimdienste, abgeleitet von Tscheka, der von Lenin ins Leben gerufenen Geheimpolizei

UB: eigentlich Ministerstwo Bezpieczeństwa Publicznego (Ministerium für öffentliche Sicherheit, MBP), auch unter dem Namen Urząd Bezpieczeństwa (UB) bekannt; unter anderem zuständig für nachrichtendienstliche Tätigkeit und Gegenspionage

Unternehmen Barbarossa: Deckname für Hitlers Feldzug gegen die Sowjetunion

VEB: Volkseigener Betrieb in der DDR

VEB Horch, Guck und Greif: Spitzname für die Stasi

Walter Ulbricht: Generalsekretär des ZK der SED (1893-1973)

Whist: Kartenspiel für vier Personen, Vorläufer des Bridge-Spiels

Woschd: Führer (russ.)

Zarskoje Selo: Residenz der russischen Zaren, ca. 25 Kilometer von Sankt Petersburg entfernt